W0197644

OLIVIER ADAM

DIE SUMME ALLER MÖGLICH- KEITEN

ROMAN

Aus dem Französischen von
Michael von Killisch-Horn

Klett-Cotta

Die Übersetzung dieses Buches wurde vom *Centre national du livre* gefördert. Der Verlag bedankt sich für die großzügige Unterstützung.

Klett-Cotta
www.klett-cotta.de
Die Originalausgabe erschien unter dem Titel »Peine Perdue«
© Flammarion, Paris, 2014
Für die deutsche Ausgabe
© 2017 by J. G. Cotta'sche Buchhandlung
Nachfolger GmbH, gegr. 1659, Stuttgart
Alle deutschsprachigen Rechte vorbehalten
Printed in Germany
Cover: ANZINGER UND RASP Kommunikation GmbH, München
Unter Verwendung eines Fotos von © plainpicture / Susan Fox,
aus der Kollektion Rauschen
Gesetzt in den Tropen Studios, Leipzig
Gedruckt und gebunden von Friedrich Pustet GmbH & Co. KG,
Regensburg
ISBN 978-3-608-98033-2

Zweite Auflage, 2017

Für Karine,
mehr denn je …

1

ANTOINE

Er hört sein Herz in seinem Kopf schlagen. Das und sein Atem nehmen allen Raum ein. Die Autos auf dem nassen Asphalt, die Motoren, die Reifen, alles verbindet sich zu einem diffusen Brei im Hintergrund. Die Lichter, gleichsam orange und rote Schlieren, die Palmen, die Girlanden, die Neonlichter, die Laternen, die Cafés, die Läden, das bleibt zurück. Mehr oder weniger helle, undeutliche Massen. Das Hotel, in dem Marion jobbt, Zimmerreinigung und Frühstücksservice, das Schild Typ Los Angeles Hotel California, die Wahnsinnsmühe, die es ihm macht, sich vorzustellen, wie sie mit dem Arschloch im kurzärmligen Handelsvertreterhemd schläft, die Werkstatt, in der es nach Motoröl stank, noch vor einem Jahr, bevor der Chef ihn feuerte, weil er sich in den Pausen zudröhnte, das Krankenhaus, in dem der Kleine geboren wurde, und der Schmerz darüber, dass er ihn nicht mehr jeden Tag sehen kann, das bleibt zurück. Er beschleunigt, und es bleibt zurück. Der Schmerz in Beinen und Lunge, die Muskeln, die explodieren, und der Atem, der aussetzt, das Gefühl, jeden Augenblick ohnmächtig zu werden, das lässt alles vergessen.

Antoine biegt nach rechts, und das Meer am Ende der

Straße ist glatt: Aluminiumblech, gesäumt von fast braunen Körnern. Die Sonne kämpft sich mühsam durch die Wolken, als hätte der Himmel uns etwas zu sagen. Hinter ihm entfernt sich das Stadion, und er versucht, nicht an das Spiel vom Sonntag zu denken, die Wut, die in ihm hochgekocht ist, weil er mitten auf dem Spielfeld gefoult wurde, die Sicherung, die durchgebrannt ist, und die Fresse des Abwehrspielers, deren Knochen unter seiner Faust krachten, und das Blut, das spritzte, er versucht all das aus seinem Gedächtnis zu streichen, auch wenn es ihm, warum soll er lügen, einen Heidenspaß gemacht hat. Wie es scheint, ist es nicht sicher, ob er aufs Spielfeld zurückdarf. Es wird eine Disziplinarkommission zusammentreten. Na schön, warum nicht, aber mal ehrlich, wer außer ihm ist in dieser Mannschaft schon fähig, das Ding in den Kasten zu setzen? Und wer wird sich in zwei Wochen nicht lächerlich machen? Sie haben gelost, und Nantes ist aus dem Hut gekommen, und das ist alles andere als ein Geschenk. Noch nie hatte er einen solchen Gegner gehabt. Hätte im Traum nicht daran gedacht, dass sie eines Tages gegen Nantes spielen würden. Zehnte in der 1. Liga letztes Jahr. Profis, von denen manche schon in der Europa League gespielt haben. Niemand weiß, wie sie es geschafft haben, so weit zu kommen. Und sie nicht mehr als die anderen. »Die Magie der Coupe de France«, haben die Zeitungen geschrieben. Man braucht sich nur Calais anzuschauen. Quevilly. Auch solche Amateure, die beinahe das ganze Programm durchgezogen hätten. Als sein Vater nach dem Spiel zu ihm in die Umkleide gekommen war, hatte er ihm vorgeworfen, er habe sich ja sowieso nie entscheiden können, er habe immer zwischen Boxen und Fußball geschwankt, aber das sei kein Grund, um zu versuchen, beide miteinander zu verbinden. So ist er immer schon gewesen, sein Vater: ein Komiker. Danach waren sie ein Bier trinken gegangen im Strandgasthof. Der Alte hatte vor der Arbeit noch eine Stunde rumzubringen. Dass er in seinem Alter immer noch Mauern hochzieht, ist der reinste Wahnsinn. Er ist trocken wie die Korkeichen da drüben in den Hügeln. Manchmal hat man das Gefühl, seine Knochen könnten brechen wie Äste, und seine Haut ist nur noch Rinde. Viel war nicht los gewesen, zwei, drei Rentner, die sich den Rücken wärmten, zwei italienische Motorradfahrer, eine Frau um die vierzig ohne Begleitung und, etwas weiter entfernt, ein Typ um die sechzig, mit einem Koffer zu seinen Füßen, der sein Gesicht der Sonne entgegenstreckte, als könnte er ihr dadurch tatsächlich näherkommen.

Sie hatten schweigend getrunken. Sie konnten noch nie so richtig miteinander reden. Aber sie können damit leben. Sie müssen nicht viele Worte machen. Jeder weiß, mit wem er es zu tun hat. Antoine beobachtete ihn, wie er die Augen zusammenkniff und an seiner Kippe zog, und dachte an die Zeit, als seine Mutter noch da gewesen war, an die Art, wie sein Vater auch damals schon mit ihr geschwiegen hatte. Er ist nett, aber er ist redselig, scherzte sie immer und fuhr mit der Hand durch sein verbranntes Haar. An dem Tag bediente Sarah. Nachdem die Alten gegangen waren, wartete Antoine, bis ihre Schicht beendet war, um sie ins Mobile Home mitzunehmen. Sie fickten, und danach lagen sie da, starrten an die Decke und rauchten, obwohl sie es theoretisch nicht durften. Das Mobile Home gehört ihm nicht. Es ist ein Nichtraucher-Mobile-Home, hatte sein Boss ihm eingeschärft. Er lässt ihn für die Dauer der Arbeit dort wohnen, das ist alles. Was danach ist, weiß Antoine nicht. Das wird sich schon finden.

Vor zwei Monaten hat er die Wohnungsschlüssel abgegeben. Seit zehn Monaten hatte er keine Miete mehr bezahlt. Schließlich hatte der Eigentümer gedroht, ihm seinen Sohn und seine Kumpel aus Bastia auf den Hals zu hetzen. Er konnte sie immer noch anrufen. Seit Marion mit dem Vollidioten abgehauen war, seit sie den Kleinen mitgenommen hatte, ertrug Antoine diesen Ort nicht mehr. Das Schlafzimmer, das sie dem Jungen überlassen hatten. Das Wohnzimmer, in dem sie die Schlafcouch aufklappten. Der Tisch unter dem Fenster, das auf die Bahngleise ging, und dahinter die letzten Gebäude, bevor das dunkle Bergmassiv die Landschaft frisst.

Wind kam auf, Sarah döste. Als der Wind richtig heftig wurde, glaubte er, das Dach des Wohnwagens neben ihnen würde wegfliegen. Er hatte es am Tag zuvor installiert. In der Nacht ging er mehrmals hin aus, um nachzuschauen, ob es hielt. Sarah ging um vier Uhr morgens. Alex, ihr Kerl, kam gegen sieben von der Nachtschicht nach Hause. Er bewacht Lagerhallen zwanzig Kilometer entfernt. Ausrüstung, die man mieten kann. Elektronisches Zeug. Hi-Fi, Video, Computer. Antoine begegnet ihm manchmal in seiner miesen Uniform, mit seiner Taschenlampe am Gürtel und seinem Hund bei Fuß. Häufig trinkt er im Stadtzentrum noch einen Kaffee und wartet, bis er zu Hause ist, um sich umzuziehen. Bestimmt kommt er sich in dem Aufzug ganz groß vor. Bestimmt macht es ihn geil, nach Hause zu kommen, zu Sarah ins Bett zu kriechen und sie zu ficken als harter Kerl, als Bulle oder was immer er sich einbildet zu sein.

Antoine beschleunigt trotz des Sandes, der ihn drei Tonnen wiegen lässt. Entlang des Wassers zerfällt die Stadt in Hotels mit Meerblick und Privatvillen. Man fragt sich, wo die Kohle, die hier in Strömen fließt, herkommt. Er nimmt den Pfad, der zum großen Strand führt mit seinen Parkplätzen unter den Kiefern am Rand und den drei auf Pfählen errichteten Strohhütten. Jeff ist so sehr damit beschäftigt, seine Terrasse zu fegen, dass er ihn nicht bemerkt. Er kämpft gegen den Sand, Körnchen für Körnchen, auch an den Tagen, an denen geschlossen ist. Zu dieser Jahreszeit öffnet er nur am Wochenende und mittags, wenn strahlendes Wetter ist. Im hinteren Teil des Gastraums, neben den Toiletten, hat er sich eingerichtet. Ein Feldbett und seine Tasche auf dem Boden. Meist schläft er dort. Nachts sind sie allein zwischen dem Sand, den Kiefern und dem schlafenden Wasser. Antoine auf seinem leeren Campingplatz mit seinen halb neugestrichenen Mobile Homes, orange, rot, türkis, smaragdgrün, lavendelfarben, den Palmendächern, die zu Anfang der Saison, die hier im März beginnt, neu gedeckt werden müssen. Und Jeff in seiner Strohhütte, die von abnehmbaren Türflügeln aus Holz verschlossen wird, wenn er die Energie aufbringt, sie einzuhängen, also nicht sehr oft, sein Baseballschläger reicht ihm, behauptet er jedenfalls, obwohl Antoine unter seinem Bettrahmen deutlich die Knarre gesehen hat, die er versteckt, für den Fall der Fälle. Für welchen weiß er nicht. Alles, was er weiß, ist, dass er nicht so ein Ding bei sich haben möchte. Manche haben das Glück, stark genug zu sein, um sicher zu sein, dass sie es nicht benutzen würden. Er ist nicht davon überzeugt. Manchmal ist es besser zu wissen, wozu man fähig oder nicht fähig ist.

Er erreicht das Mobile Home, und Chet stürzt sich auf ihn. Als er vorhin laufen gegangen war, schlief das Tier noch. Hornissen flogen in seinem Schädel her um wegen der Whiskys, die er und Jeff sich am Vorabend in einer für die Jahreszeit merkwürdig milden Nacht genehmigt hatten. Der ablandige Wind liebkoste sie, und Jeff sprach davon fortzugehen, weit weg, etwas aus seinem Leben zu machen, doch das war dermaßen abstrakt, dass nicht so recht erkennbar war, wie er das anfangen wollte. Das ist das Problem mit dem Leben, dachte Antoine. Dasjenige, das man hat, ist immer zu eng, und das, das man gern hätte, ist zu groß, um es sich auch nur vorstellen zu können. Die Summe aller Möglichkeiten ist das Unendliche, das gegen null tendiert. Letztlich geht es vor über. Es geht immer vor über. Chet hat so großen Hunger, dass Antoine nicht sicher ist, ob er nicht an ihm Geschmack finden würde, wenn er ihm nicht sein Fleisch aus dem Kühlschrank holt. Der Geruch steigt ihm in die Nase. Er übergibt sich nicht, weil er nichts zum Übergeben hat, aber ihm ist kotzübel.

Er duscht und macht sich an die Arbeit, obwohl Sonntag ist. Obwohl er gar nicht da sein sollte. Obwohl er um diese Zeit mit den anderen im Bus sitzen und dem Coach zuhören sollte, wie er seine Weisheiten über die gegnerische Mannschaft zum Besten gibt. Seine lächerliche Taktik, um den Gegner durcheinanderzubringen, während es Antoines Meinung nach, egal, mit welchem Gegner du es zu tun hast, nur eines gibt, sich den Ball schnappen und ihn in den Kasten setzen. Als der Trainer ihm ganz todernst gesagt hatte, dass er ihn weder im Bus noch auf der Bank sehen wolle, dass das völlig sinnlos sei, weil er gesperrt sei, hat ihn das dermaßen umgehauen, dass er wortlos gegangen ist. Das Beste, was er machen konnte. Antoine kennt sich. Er war so wütend, dass er ihm eine reingehauen hätte. Und das ist genau die falsche Reaktion. Ein Trainer ist eine Respektsperson. Ob du Anelka, Ribéry oder Herr Soundso heißt. Seitdem versucht der Trainer alle fünf Minuten, ihn anzurufen, aber da kann er lange warten, dass Antoine rangeht.

Er beginnt mit dem Streichen der Wohnwagen. Zweite Schicht Türkis. Er schaut auf die Uhr, sechs Stunden noch. Genug Zeit, um fertig zu werden und mit dem Orange anzufangen. Mit den Dächern wird er Dienstag beginnen. Morgen wird er wie geplant blaumachen. Er wird zu Marion und ihrem Blödmann von Autoverkäufer gehen, um Nino zu holen. Der Kleine liebt es, Zeit im Wohnwagen zu verbringen. Sie werden sich mittags eine Pizza besorgen und danach ins Marineland gehen. Der Junge ist verrückt nach diesem ganzen Zirkus. Man muss nur mal sehen, wie seine Augen leuchten, wenn die Delphine Saltos machen, und erst recht, wenn das Mädchen auf ihren Rücken surft. Bei seiner Mutter hat er ein Plüschtier à la Flipper. Er hat es immer bei sich. Er redet mit ihm. Er sagt, eines Tages würden sie beide im Meer leben. Dieser Blödsinn kostet ein Heidengeld, aber Sarah hat ihm zwei Eintrittskarten geschenkt. Ihre Schwester arbeitet dort. Nicht als Schwertwaldompteurin. Auch nicht als Tierärztin. Die Tiere füttern ist nicht ihr Ding. Sie sitzt lediglich an der Kasse des Souvenirshops. Unmengen von Plüschtieren. Haufenweise alberner Schnickschnack mit Delphinaufdruck. Sie werden Antoines Schwester auf dem Heimweg besuchen. Louise wohnt nicht weit weg, so ein bisschen mitten im Nirgendwo. Sie und ihr Kerl haben ein Grundstück gekauft. Er baut ein Haus. Sagt er zumindest. Denn im Augenblick gibt es nur angefangene Mauern, Zementsäcke, Leichtbausteine, die Schlitten, an denen er ständig her umschraubt, mit den dazugehörigen Ersatzteilen, und einen Wohnwagen, in dem sie vorübergehend wohnen. Vorübergehend, von wegen … Seit langem schon macht ihr Häuschen nicht die geringsten Fortschritte. Der Alte hat seine Hilfe angeboten, aber Franck hat rundweg abgelehnt. Er will es mit seinen eigenen Händen bauen. Er will niemandem etwas schulden. Und davon rückt er nicht ab. Das ist seine Philosophie, sagt er. Und beim Alten zu wohnen kommt nicht in Frage. Louise lehnt es kategorisch ab. Sagt, sie hätte ihren Stolz. Und mit über dreißig bei den Eltern leben, wenn man in festen Händen ist, das wäre kein Leben. Als ob das, das sie jetzt führt, eins ist. Der Wohnwagen. Das Nirgendwo, das sie umgibt. Die Macchia und die staubigen Wege. Ihr Kerl, der dauernd in seinem Lkw hockt. Und sie, die die Alten im Altersheim hundert Kilometer entfernt pflegt. Antoine schaut sie häufig an und sieht seine Mutter. Als sie Kinder waren und bevor ein Tumor ihr das Gehirn wegfraß und sie binnen exakt drei Monaten unter die Erde brachte. Nur dass seine Mutter, wenn er so zurückdenkt, immer ein breites Lächeln auf den Lippen hatte und nicht die geringste Spur von Müdigkeit zeigte, trotz der Arbeit. Immer stark. Immer besorgt. Immer überall Blumen und das Licht ihres Lachens. Wie sie es schaffte, so durchzuhalten, er weiß es nicht. Er sagt sich häufig, dass nichts sie unterkriegen, dass nichts sie umhauen konnte. Und schließlich haben die ihr einen Tumor angedreht, um sie zu bestrafen.

Um sie in die Knie zu zwingen. Einknicken zu lassen. Fragen Sie ihn nicht, wer »die« sind, er weiß es nicht. Aber er hat oft das Gefühl, dass sie existieren und dass sie fest entschlossen sind, sie kaputtzumachen. Und fragen Sie ihn auch nicht, wen er meint, wenn er »uns« sagt. Wir ist wir. Das ist alles. Die, die gemeint sind, wissen es genau. Und die anderen auch. Jeder weiß, wo er steht. Auf welcher Seite der Schranke.

Nach dem Türkis fängt er mit dem Orange an. Zwischen zwei Pinselstrichen wirft er einen Blick zum Strand, zum glitzernden ruhigen Meer unter dem tiefblauen Himmel und zum weißen Sand, der mit Holzstücken und trockenen Algen übersät ist. Seit zwei Tagen kündigen sie heftigen Seegang an, geben alle möglichen Warnungen raus, aber im Augenblick ist davon nichts zu sehen. Alles ist ruhig und windstill. Und die Luft so mild, dass Antoine nur ein T-Shirt trägt. Der Geruch der Farbe macht ihn benommen. Er könnte vielleicht eine Pause machen und sich einen kleinen Joint drehen, schließlich gibt es hier keinen, der ihn überwacht wie früher in der Werkstatt. Der Chef war kein schlechter Kerl, aber er ertrug es nicht, wenn Antoine eine schwere Zunge und rote Augen hatte. Du musst mehr schlafen, sagte er immer, du musst dich ausruhen, du musst aufhören, jeden Abend auszugehen, wenn du dann am nächsten Tag bei der Arbeit schlappmachst, du bist dreißig, hast einen Jungen, eine liebe Frau und Miete zu zahlen, du musst kürzertreten und ein gesünderes Leben führen, du wirst nicht immer einen so netten Chef wie mich haben, der dich dafür bezahlt, dass du ab Mittag Maulaffen feilhältst. Ich mein's ja nur gut, weißt du, wenn du so weitermachst, wie willst du dann den anderen im Stadion zeigen, wo's langgeht? Und wer kann den Ball so in die Torecke schießen wie du? Ich frage dich. Fragen konnte er ihn gern, auch wenn es nur um den bescheidenen Ruhm der Lokalmannschaften geht. Alle hier sagen, dass er Profi hätte werden können, wenn er gewollt hätte, die Wahrheit aber ist, dass ihn niemand geholt hat, und verdammt noch mal, seit er in Fußballschuhen übers Spielfeld rennt, muss es ja wohl einen Grund dafür geben, schließlich waren die Typen der Trainingszentren bei all den Spielen, in denen er als Mittelstürmer der Regionalauswahl spielte. Offensichtlich haben sie hinter den Torsalven, die er schoss, und den Pässen den Kerl gesehen, auf den man sich nicht verlassen kann, der nicht diszipliniert genug ist, um hart zu trainieren und sich zu dem Leben zu zwingen, das nötig ist, um Profi zu werden. Vielleicht waren seine Augen auch ihnen zu rot. Als der Chef ihn hinten in der Werkstatt hatte rauchen sehen, als er begriffen hatte, dass es nicht an der Zechtour am Abend zuvor und an ein paar Gläsern zu viel lag, als er kapiert hatte, dass Antoine sich während der Pausen zudröhnte, hatte er ihm nicht die geringste Chance gelassen. Er hatte ihn angesehen, als hätte er gerade seine Tochter vergewaltigt, und gesagt: Du bist gefeuert, pack deine Sachen, ich will dich nicht mehr sehen. Antoine hatte nicht gewusst, wie ihm geschah. Es war doch nur ein verdammter Joint gewesen, Scheiße, sie hatten sich doch immer gut verstanden, wie Vater und Sohn in den Filmen, mit dieser typisch männlichen, rauhen und stummen Zärtlichkeit, auch wenn das letztlich, wenn man es recht bedenkt, nur eine gute Ausrede ist, um für immer gefühlsbehindert und unfähig zu menschlichen Beziehungen zu sein. Antoine ging wie der letzte Blödmann nach Hause. Mit Marion lief es damals schon nicht mehr sehr gut, sie fand, dass er nicht genug für den Jungen da sei, dass er keine Verantwortung übernehme, dass er sich nicht genug um ihn kümmere, nicht oft genug mit ihm rede, selbst als der Junge nicht größer als eine Katze gewesen sei und nur gebrabbelt habe, habe er es nicht getan, sie fand, dass er zu viel Zeit im Stadion verbringe und danach mit den Kumpeln um die Häuser ziehe, dass er zu spät nach Hause komme. Er hatte sich noch immer nicht dazu durchgerungen, ein richtiges Zimmer für Nino einzurichten, war nie da, wenn ein Arztbesuch anstand, wenn der Kleine vom Hort oder von der Schule abgeholt werden musste, und schon davor hatte er immer eine gute Ausrede parat gehabt, um ihm nicht das Fläschchen zu geben oder ihn aufs Töpfchen zu setzen, ihm die Windeln zu wechseln oder mit ihm an die frische Luft zu gehen. Mit ihm an die frische Luft gehen bedeutete, in den Park zu gehen. Verdammter Park. Mit all diesen Weibern und ihren Kinderwagen und diesen Typen, die ihre Kinder an den Rutschbahnen anfeuerten, als ginge es darum, einen dreifachen Salto rückwärts zu machen. Hör zu, ich will ja mit ihm rausgehen, aber an den Strand, antwortete er ihr. Das lehnte sie ab, wegen dem Sand. Was konnte er dafür? Was konnte er dafür, dass die Strände voller Sand waren, und Scheiße, seit wann war der Sand gefährlicher als der Staub und die widerliche Erde der armseligen Grünanlagen in der Nähe der Geschäfte und Autos? Wo hatte sie nur diesen Blödsinn aufgeschnappt, Strände wären keine Orte für Babys? Antoine wusste es nicht, aber eins war sicher, dass nach der Werkstattgeschichte, von dem Moment an, als er sich in der Arbeitsagentur wiedergefunden hatte, zwischen ihnen nichts mehr wie vorher gewesen war. Oder dass es vielleicht wie vorher weitergegangen war, dass sie sich aber schon auf dem absteigenden Ast befunden hatten und nur weiter auf dem Weg nach unten gewesen waren. Das war vielleicht auch die perfekte Entschuldigung für sie, sie traf sich vermutlich schon mit ihrem Autoverkäufer und wartete nur noch auf einen verdammten Fehltritt von ihm, um mit gutem Gewissen abzuhauen. Dem guten Gewissen von Mädchen wie ihr, die immer alles richtig machen und Typen wie ihn zu unreifen Kindern herabwürdigen, auf die man sich nie verlassen kann. Solche Mädchen sieht man überall in Scharen, so dass man glauben könnte, das sei das Gesetz des Geschlechts, das idealtypische Modell, Moral predigend und besessen von dem Gedanken, ihre Kerle zur Häuslichkeit zu erziehen, sie ein Leben als Angestellte, verantwortungsbewusste Väter, perfekte Gastgeber führen zu lassen, die mit Schürze in der Küche stehen, auf den Markt gehen, Zeitung lesen, um sich zu informieren, mit den Kindern in den Park gehen und einen Van fahren. Im Club ist das ganz einfach, jeder hat eine solche Frau. Und selbst bei der, von der du es nicht geglaubt hättest, die du besoffen und in superkurzem Rock in der Disco angemacht hast, konntest du nach sechs Monaten sicher sein, dass sie eine blitzblanke Wohnung, Abende zu Hause, Aufgabenteilung und ein Kind haben möchte, möchte, dass du aufhörst, dich anzuziehen wie ein mieser Jugendlicher, dass du eine richtige Arbeit findest und dass du aufhörst, mit deinen geistig zurückgebliebenen Kumpeln auszugehen, die sie vor einem Jahr noch so cool fand.

Er macht sich wieder ans Streichen, schließlich muss er vorankommen. Im Augenblick liegt er in der Zeit, aber er darf nicht trödeln. Vor allem nicht, wenn er morgen mit Nino zu den Delphinen will. Und außerdem weiß er, dass, sollten sie zufällig gegen Nantes gewinnen, alle aus dem Häuschen geraten werden, dass sie sie noch mehr trainieren lassen werden, wie letzte Woche, und sie diesmal vielleicht sogar in ein Trainingslager schicken werden in einem Zentrum mit beschissenen Bädern und Fitnessraum. Das Rathaus, Perez oder irgendeine Firma werden dafür blechen: dass sie voll die Karte des Außenseiters ausspielen. Die Halbfinalspiele der Coupe de France sind es durchaus wert. Und dann werden sie vielleicht dort spielen müssen, in einem dieser Profistadien mit Umkleiden, die größer als ihr Spielfeld sind, mit Kameras überall, und wo die Spieler der gegnerischen Mannschaft sie anschauen werden, als wären sie der letzte Dreck. Allein das Spiel wird ihn drei Tage kosten, und die fehlen ihm dann, um alles neu zu streichen und diese falschen exotischen Dächer anzubringen, Dinger, die für Inselatmosphäre sorgen und die stinknormalen Mobile Homes in Mini-Resorts verwandeln sollen, Füße im Wasser, Cocktails, Spas *all inclusive.* Aber es lohnt sich nicht zu träumen, denn dafür müsste man erst mal Nantes schlagen, und wenn man bedenkt, wie schwer sie es letzte Woche gegen Antibes gehabt haben, ist das keineswegs gesagt. Natürlich hätte das Ergebnis besser ausgesehen, wenn Antoine diesem verdammten Verteidiger, der ihn mitten auf dem Spielfeld gefoult hatte, nicht seine Faust in die Fresse geknallt hätte, mit elf gegen elf hätten sie sie sicher fertiggemacht, aber wie der Trainer immer sagt, Die einzige Wahrheit im Sport ist das Ergebnis, und das Ergebnis war ein miserables Spiel. Antoine glaubt, dass er dem Typen die Nase eingeschlagen hat. Am Eingang der Umkleide drohten ihm zwei, drei seiner Kumpel, das werde ein Nachspiel haben, sie würden ihn nicht so einfach davonkommen lassen, wenn sie er wären, würden sie sich zweimal umschauen beim Überqueren der Straße.

Antoine streicht in aller Eile die erste Schicht. Der Bungalow präsentiert sich allmählich in der Farbe unreifer Aprikosen. Durch das Plexiglasfenster kann er die Standardeinrichtung erkennen, Kochnische, kleines Wohnzimmer und die Tür, die ins Schlafzimmer führt, nichts Besonderes, aber wenn du nach einem Jahr Arbeit dort einziehst, den Harzgeruch der Kiefern um dich herum riechst und den Sand unter deinen Füßen spürst, und wenn das Meer sich nur ein paar Schritte entfernt im Dauersonnenschein ausbreitet, ganz ehrlich, dann brauchst du, sofern das Wasser nicht von Quallen verseucht ist, nichts anderes und bist der König der Welt. Sind wir nicht die Könige der Welt, hm?, pflegte seine Mutter zu sagen, wenn es am Wochenende schön war oder wenn sie an den Juniabenden nach der Arbeit mit dem Picknickkorb hierherkamen, um die Ärsche in den goldgelben Sand zu drücken und in das Blau zu starren, das alles aufsaugte und manchmal ins Lavendelblau ging, bevor die Dämmerung hereinbrach. Obwohl sie immer schon hier gelebt hatte, hatte sie es niemals sattbekommen, das Meer zu betrachten, darin zu schwimmen, hatte sie nie die Sonne sattbekommen, die so sehr auf sie niederbrannte, dass der Alte ständig sagte: Der Krebs wird dir noch die Haut zerfressen. Letzten Endes hatte der Krebs ihr Inneres gewählt, direkt ihr Gehirn angegriffen.

Chet beginnt zu bellen und rennt los, wie von der Tarantel gestochen. Wenn er so rennt, könnte man ihn tatsächlich für einen totalen Schwachkopf halten, seinen dummen alten Hund. Was ist nur in ihn gefahren, dass er so bellt? Antoine dreht sich um und sieht zwei Typen mit Kanistern auftauchen. Sie gehen direkt auf die Mobile Homes zu. Hätte er die Zeit, würde er fast denken, dass dieser Köter doch nicht so blöd ist. Bevor Marion sie rausgeschmissen hat, war er sogar ein bemerkenswertes Tier, man könnte fast glauben, dass er es auch nicht erträgt, den Jungen nicht mehr zu sehen, nicht mehr ständig von ihm an den Haaren gezogen zu werden, dass er deswegen ballaballa geworden ist, eine Art Hundedepression, ausgelöst durch das Vermissen, aber vielleicht ist das nur Projektion. Inzwischen beginnen die Kerle, ihre Kanister vor dem ersten Bungalow zu leeren. Verdammt, was tun diese Irren da? Antoine geht auf sie zu, schreit sie an, sich zu verpissen, ihren Scheiß woanders zu machen. Die Typen stellen ihre Kanister ab. Bücken sich und heben etwas auf. Als Antoine begreift, dass es Baseballschläger sind, rennt er zum Strand, verfolgt von den beiden Irren. Er läuft zu Jeffs Hütte und wälzt sich im Sand, ohne zu begreifen, wie, und ohne dass jemand ihn berührt hat. Ein italienischer Spieler, der zwei Minuten vor dem Schlusspfiff einen Strafstoß provozieren will. Nur dass niemand da ist, der pfeift, und diesmal nicht er das Tor schießen wird. Er spuckt Sand und versucht aufzustehen. Das Gebrüll des Typen, als Chet ihm in die Wade beißt, ist das Letzte, was Antoine hört. Bevor der Schläger seinen Schädel trifft und ihn zerschmettert. Danach ist alles schwarz. Es gibt nichts mehr. Es ist, als wäre er tot.

2

MARION

Es ist nicht das erste Mal, doch es schlägt ihr jedes Mal schwer auf den Magen, wenn sie den Kleinen so warten sieht, gleichsam mit dem Blick eines Verdurstenden. Sie kann ihm noch so oft sagen, dein Vater wird nicht vor acht da sein, schon frühmorgens stellt er sich ans Fenster und hält Ausschau nach ihm. Er will seinen Platz nicht einen Augenblick verlassen, aus Angst zu verpassen, wie sein Vater am Ende der Straße auftaucht. Selbst sein Frühstück isst er die Nase an die Scheibe gedrückt. Oder sie schaltet den Fernseher ein, in dem die Zeichentrickfilme laufen, die er an jedem anderen Tag der Woche um nichts auf der Welt versäumen würde, es nutzt alles nichts. Wenn sie ihm seinen Pyjama aus- und eine Jeans und ein T-Shirt anziehen will, ist es das Gleiche, er ist nicht von dort wegzukriegen. Also zieht sie ihn an, wie sie eben kann, indem sie ihn in alle Richtungen verbiegt, während der Junge nach draußen starrt, als würde er darauf hoffen, dass Spider-Man persönlich erscheint. Spider-Man, sein Held. Er und die Delphine, das ist alles, was zählt. Was die Beziehung zwischen beiden betrifft … Man muss ihn in seiner Verkleidung mit den falschen Brust- und Bauchmuskeln sehen. »Mein kleiner Spider«, nennt Antoine ihn.

27

Um acht Uhr dreißig sind sie kein Stückchen weitergekommen, sie ist spät dran, sie muss wirklich los und spürt ganz genau, dass der Junge sich verkrampft und dass sein Gesicht sich zu einer enttäuschten Grimasse verzerrt. Im Badezimmer hört sie Marco flüstern, die Sache sei doch schon seit einer Stunde klar wie Kloßbrühe. Er murmelt in seinen Bart, dass es immer das Gleiche sei, dass man diesem kleinen Arschloch eben einfach nicht vertrauen könne. Wenn er das sagt, meint er Antoine, sie sind in etwa gleich alt, aber Marco spricht von ihm immer, als wäre er ein Kind, ein dreißigjähriger Junge, zugedröhnt mit Shit und mehr oder weniger unfähig zu leben, wie es sich gehört. Doch obwohl sie eigentlich das Gleiche denkt, obwohl Antoine und sie Vergangenheit sind, mag sie nicht besonders, wenn er so von ihm spricht. Vor allem nicht vor dem Jungen. Und vor allem Marco. Der auftaucht, das Handtuch um die Taille, während sie ihre Jacke anzieht und nach Tasche und Autoschlüsseln greift. Sie hört ihn schimpfen, da nehme er schon mal einen Tag frei, und dann habe er den Kleinen am Hals, aber was kann sie dafür?

»Hör zu, er wird schon kommen. Du kannst doch zehn Minuten hier warten, das wird dich nicht umbringen. Die Fische laufen dir nicht weg. Und was du mit ihnen machst, ändert sowieso nicht viel an ihrem Leben.«

Marco macht sein Arschgesicht und schüttelt den Kopf, was heißen soll: sehr komisch. Sie traut sich nicht hinzuzufügen, dass es sich angesichts des Wetterberichts vielleicht gar nicht lohne, angeln zu gehen. Im Fernsehen hätten sie sogar gesagt, es könnte gefährlich werden. Das würde nichts nützen. Sie sieht von hier, wie er die Augenbrauen hochzieht, als wollte er sagen: Wenn du glaubst, jemand wie ich hat Angst vor ein bisschen Wind und ein paar Spritzern … Die Miene eines Kerls, der seiner selbst sicher ist und mit beiden Beinen unerschütterlich fest im Leben steht, die ihn in seine Arme getrieben hat, als mit Antoine nichts mehr wie vorher gewesen war, sie sich von morgens bis abends nur angeschrien hatten, sogar vor dem Jungen, als ihnen alles zwischen den Fingern zerronnen war und die Tage ihren inneren Zusammenhalt verloren hatten und einfach unerträglich geworden waren. Als sie Angst vor dem Leben gehabt hatte, das sie dem Jungen boten. Sie gibt Marco einen Zungenkuss. Küsst Nino auf die Stirn und ist weg.

Als sie ins Hotel kommt, ist Coralie im Frühstücksraum, wirft ihr einen finsteren Blick zu und hält ihr ihre Uhr unter die Nase. Marion kann immer noch den Klang von Coralies Stimme hören, als sie ihr am Abend zuvor erwidert hatte, okay, aber allerspätestens acht Uhr dreißig, um neun beginnt mein Dienst im Krankenhaus. Coralie geht zum Umkleideraum, ohne abzuwarten, dass Marion sie ablöst, und verschwindet ohne ein Wort. Nicht dass die beiden sich nicht mögen, aber sie haben sich eigentlich nicht wirklich etwas zu sagen. Und wenn zufällig doch, dann ist es immer irgendwie daneben. Man könnte meinen, sie befinden sich nicht auf derselben Wellenlänge. Sprechen nicht über dasselbe Leben und über dieselbe Welt. Marion betrachtet den fast leeren Raum. Nur ein altes Paar sitzt dort. Sie sind fertig, aber sie bleiben noch, den Blick auf das große Fenster gerichtet, als würde auf der anderen Seite alles davonfliegen, als würde man ihnen

plötzlich ihre Terrasse ohne Liegestühle und den Sand-
streifen, ihr Meer flach wie ein See im schrägen Sonnenlicht, nehmen. Es ist schon verrückt, die Leute, die hierherkommen, können nicht einen Augenblick den Blick
von all dem abwenden. Die sichelförmige Bucht und die
orangefarbenen Felsen, die Kiefern, die Korkeichen, die
sich an wer weiß was klammern, das karminrote Massiv,
das sich an den Himmel lehnt und einen vom Rest der
Welt isoliert. Doch für sie ist das bloß eine Landschaft wie
jede andere, die sie nicht mehr beeindruckt als die Straßen
dahinter oder der Parkplatz von Cora. Schließlich muss
man den Dingen ins Auge sehen: Das ist nur Wasser und
Steine. Und nach einer Weile war's das, du hast alles gesehen. Das gilt auch für das auf der Rückseite kahle Massiv.
Und das »goldene« Licht, wie sie sagen. Was kümmert es
sie, dass das Licht golden ist? Davon wird sie nicht satt und
kann ihre Miete nicht bezahlen oder ihrem Jungen ein an-
ständiges Leben bieten. Eben doch, würde Marco ihr mit
seinem oberlehrerhaften Ton entgegnen, der sie halb verrückt macht. All dem haben wir es doch gerade zu verdan-
ken, dass wir hier Arbeit haben. Das Meer, die Felsen und
das Licht. Die Kiefern, die Korkeichen, die Olivenbäume.
Der Sand. Die kleinen Felsbuchten. L'Esterel. Eigentlich
müsste man, wie er meint, danke sagen. Dem Himmel,
dem Zufall, allem. Manchmal hat sie das Gefühl, einen
Pfarrer zu hören.

Die beiden Alten lächeln ihr zu und danken ihr höflich,
bevor sie händchenhaltend hinaufgehen. Die Frau geht
mit Trippelschritten. Sie hält sich an ihrem Mann fest, als
könnte sie jeden Augenblick hinfallen. Marion ist immer
gerührt, wenn sie so etwas sieht, diese alten Paare, die sich

eine gute Zeit machen und nach so vielen Jahren des Zusammenlebens immer noch Händchen halten. Sosehr sie sich auch bemüht, es gelingt ihr einfach nicht, sich vorzustellen, wie sie in ihrem Alter wäre. Sie räumt den Tisch ab und geht zur Rezeption, um zu überprüfen, welche Zimmer belegt sind und welche bereits frei geworden sind. Die Chefs sind nicht da, wie jeden Montag, und jetzt, da Coralie gegangen ist, braucht sie sich nicht mehr zu beeilen. Sie ruft Marco zu Hause an und hört sofort Nino im Hintergrund, und damit ist alles klar. Antoine ist noch immer nicht gekommen, und der Junge jammert, dass er nicht ins Marineland und die Delphine, die Schwertwale und die Pinguine sehen kann. Im ersten Augenblick macht es sie wütend, ihn deswegen quengeln zu hören, aber sie weiß genau, dass sie nicht auf ihn böse ist, wenn sie tief in ihr Herz blickt, weiß sie es. Was sie auf die Palme bringt, ist nicht sein Gejammer, sondern die Karten für Marineland. Denn sie weiß genau, woher sie kommen. Und dass diese Nutte Sarah ihre Schwester nicht nur wegen Antoines schönen Augen gebeten hat, sie ihr kostenlos zu geben. Bei dem Preis finden sie reißenden Absatz. Man wird also sagen, dass diese ganze Geschichte nach Eifersucht stinke, dass diese verdammten Karten für Marineland sie deswegen fuchsen würden und auch, Scheiße, dass schließlich sie Antoine vor die Tür gesetzt habe und dass er seinen Schwanz in jede beliebige Muschi stecken könne, das gehe sie nichts an, selbst wenn es die einer verheirateten Frau wäre, ginge sie das nichts an. Selbst wenn es Sarah wäre, ginge sie das nichts an. Was soll sie ihnen antworten? Dass sie eifersüchtig ist, obwohl sie Schluss gemacht haben? Ist es das, was sie hören wollen? Sie legt auf und tippt

Antoines Nummer. Sie gerät an den Anrufbeantworter und beschimpft ihn nach allen Regeln der Kunst, obwohl es ihr in der Seele wehtut, weil sie ihn tief in ihrem Innern niemals wirklich hassen kann, selbst wenn er sich solche Gemeinheiten leistet. Selbst wenn sie sich vorstellt, wie er im Bett liegt und seinen Rausch ausschläft, weil er mit Jeff allzu sehr gesoffen und geraucht hat, anstatt seinen Arsch hochzukriegen und seinen Jungen abzuholen, der auf ihn wartet, als wäre er der Messias, und das Wort »Papa« nicht aussprechen kann, ohne dass eine Milliarde Sterne in seinen Augen leuchten. Sie fragt sich die ganze Zeit, was er getan haben mag, um das zu verdienen, außer dass er sich nicht um ihn kümmert, seine Arbeit verloren hat, ihre Beziehung zerstört hat und ein übers andere Mal vergessen hat, ihn mitzunehmen. Als Antoine ihr gesagt hat: Jeff hat einen Job für mich gefunden, ich werde die Mobile Homes neben seiner Hütte renovieren, ist doch cool, hm?, hat sie nicht gewusst, was sie sagen sollte. Sie misstraut ihm zutiefst. Die beiden zusammen, da kommt nie etwas Gutes raus. Sie kennen sich seit der Grundschule und waren mehr oder weniger unzertrennlich seitdem. Selbst als der Arzt Jeff gesagt hat, er habe Knöchel aus Glas und wenn er nicht im Rollstuhl landen wolle, sollte er besser mit dem Fußball aufhören. Danach ist Jeff eine Weile von der Bildfläche verschwunden. Zuerst hat er die Schule abgebrochen, und dann hat er ein bisschen alles und viel nichts gemacht. Jobs, die er schon wieder los war, kaum dass er sie bekommen hatte. Saisonjobs in Restaurants und Discos. Kellner, Nachtwächter. Er schlug sich durch, indem er Schwarzhandel trieb. Nichts Schlimmes, nur das Übliche: geschmuggelte Zigaretten, gefälschte Klamotten, die vom

Lkw gefallen waren, etwas Shit und zwei, drei Pillen. Sie hat immer das Gefühl gehabt, dass er Antoine nach unten zieht. Und seit der Geburt des Kleinen mag sie es gar nicht, dass er sich in ihrer Nähe herumtreibt mit seinen nervösen Bewegungen und seinem seltsamen Lachen, seinen irren Augen und den Schläfen, die immer zu glühen scheinen, dieser ständige Eindruck, er könnte jeden Augenblick ausflippen, gewalttätig werden oder irgendwelchen Blödsinn machen. Doch weil Antoine keine Arbeit mehr hatte, sagte sie sich, dass dieser Job vielleicht eine ganz gute Sache wäre, dass ihm das wieder in den Sattel helfen würde. Manchmal sagt sie sich, dass es das war, was ihnen den Rest gegeben hat. Die Arbeitslosigkeit und das Herumhängen. Am Ende ertrug sie es nicht mehr, ihn in Unterhose und T-Shirt zusammengesunken auf dem Sofa sitzen zu sehen, die Hände in den Chips, während der Kleine sich stundenlang schwachsinnige Zeichentrickserien reinzog. Das nannte er sich um den Kleinen kümmern: ihn den ganzen Tag vor die Glotze zu setzen. Nach einer Weile fingen sie an, sich wegen jeder Kleinigkeit anzuschreien und sich die ganze Zeit zu beschimpfen. Es war vorbei. Dabei war es zwischen ihnen nicht immer so gewesen. Man hätte sie sehen müssen, bevor sie sich festgefahren hatten. Bevor das Leben, die Zeit oder Dinge, die sich eben entwickelt haben, wie sie sich entwickelt haben, sie in etwas verwandelten, was sie sechs Monate zuvor nicht gewesen waren. Zwischen ihnen hatte es nicht immer nur Vorwürfe und Dinge, die sie in die Luft gehen lassen, gegeben, die Details des konkreten Lebens und den Scheißärger mit der Miete, die bezahlt werden muss, den beschissenen Jobs, der Kohle und all dem, was dadurch in jedem von uns abgenutzt, abgebaut und welk wird. Nein, am Anfang hatte es so etwas wie Gnade gegeben. Und Leichtigkeit. Etwas wirklich Schönes. Vibrierendes. Besser nicht daran denken. Diese Bilder, die wiederkehren, diese Stückchen von ihnen beiden, die sich verflüchtigt haben, aber wie grelles Licht gewesen waren, sind Glassplitter, die mitten im Herzen stecken.

Sie beginnt ihren Rundgang durch die Zimmer. Zu dieser Jahreszeit ist das Hotel nur zu einem Viertel belegt, außer am Wochenende: Schon am Freitagabend kommen die Italiener, um die Küste zu genießen, weil sie ihre schlimmer als hier versaut haben. Zumindest soviel sie weiß, da sie nie dort gewesen ist. Und dort ebenso wenig wie woanders. Aber Marco behauptet das mit der Miene dessen, der immer mehr als alle anderen weiß und bereits alle möglichen Leben gelebt hat, obwohl auch er weder viel von hier weggekommen ist noch viel mehr gemacht hat, als Autos im Nissan-Autohaus an der Nationalstraße zu verkaufen. Sie klopft an der Tür von Zimmer 12, und niemand antwortet. Am Ende des Flurs kommt das alte Paar aus seinem Zimmer, um einen Spaziergang zu machen. In diesem Rhythmus werden sie nicht sehr weit kommen. Sie sind angezogen, als glaubten sie sich in der Bretagne. Sie vor allem. Aber die Alten frieren dauernd. Mit ihrer Mutter ist es das Gleiche. Sie trägt immer acht Schichten übereinander. Wenn sie eine auszieht, sagt sie, sie schäle sich wie eine Zwiebel. In ihrer Wohnung stellt sie die Heizung bereits im Oktober an, selbst wenn draußen noch mindestens zwanzig Grad sind. Dabei ist sie nicht immer so gewesen. Es hat angefangen, als Marions Vater abgehauen ist. Marion war vierzehn, aber er hatte bereits seit

Jahren ein Doppelleben geführt. Geistig schien sie schon fast erwachsen zu sein. In dem Alter hatte er zu arbeiten begonnen, aus seiner Sicht hatte er also richtig gehandelt, er hatte durchgehalten, bis sie groß und selbständig war, er konnte sich also verdrücken. Von wegen. Er hatte es ihnen mitgeteilt, als wäre es das Natürlichste von der Welt. Seine Koffer waren gepackt. Er hatte sie im Kofferraum seines Peugeot verstaut. Sie erinnert sich noch an das Motorengeräusch, das sich in der Nacht entfernt, und wie sie den Rücklichtern des Wagens vom Fenster ihres Zimmers aus nachschaut. Dann war alles erloschen, und das war alles gewesen; es gab nur noch die Zikaden, die eingeschalteten Fernseher der Nachbarn, das Klappern des Bestecks und die gedämpften Stimmen. Die Lichtquadrate in den Fassaden der anderen Häuser, die ihrem ähnelten, die kleinen vierstöckigen Würfel am Stadtrand, letzte Schutzwälle vor dem Nichtsmehr der verbrannten, rissigen Hügel aus orangefarbener Erde. Danach haben ihre Eltern sich nicht mehr wiedergesehen. Seine Mutter wollte es nicht. Sie sagte: Er ist gegangen, er ist gegangen. Er ist aus meinem Leben verschwunden. Es ist, als wäre er nie drin gewesen. Und sogar wenn er Marion zurückbrachte, wenn die Wochenenden vorbei waren, die sie bei ihm verbrachte, mit seiner neuen Frau, mit der er schon seit zehn Jahren zusammen war, und ihrer Tochter, die Marion »meine große Schwester« nannte und ihren Vater »Papa« und die in die Grundschule kam, am Ende dieser Wochenenden, an denen ihr Vater sie einlud, ohne jemals irgendetwas erklärt zu haben, als wäre das alles vollkommen normal, sogar da weigerte ihre Mutter sich, das Wort an ihn zu richten oder ihn auch nur zu sehen, sie überließ

Marion die Schlüssel der Wohnung, für die er weiterhin die Miete bezahlte, und kam erst drei oder vier Stunden später nach Hause, um wirklich sicher zu sein, ihm auf keinen Fall zu begegnen. Und dann verschwand er vollständig aus Marions Leben. Immer häufiger vergaß er, sie anzurufen, um sie einzuladen, das Wochenende bei ihm zu verbringen. Und Marion ließ den Dingen ihren Lauf. Je länger es dauerte, desto mehr fragte sie sich, was sie da eigentlich zu suchen hatte, wenn sie bei ihnen war. Sabine, ihre Stiefmutter, sprach kaum mit ihr und ging ihr aus dem Weg, als wäre allein schon ihre Gegenwart eine Anklage. Und sie konnte es nicht mehr ertragen, mit anzusehen, wie ihr Vater ihre Halbschwester in die Arme nahm und mit ihr auf eine Weise umging, wie er es mit ihr nie getan hatte. Obwohl sie nicht mehr in dem Alter war, in dem er sie auf den Schoß nehmen, ihr Haar küssen oder sie kitzeln würde, bis sie ihn anflehen würde aufzuhören. Heute müssen es dreizehn Jahre sein, dass sie ihn nicht mehr gesehen hat. Und als Antoine sie an dem Tag, an dem sie ihn kennenlernte, fragte, was ihr Vater im Leben mache, da antwortete sie ihm, dass er tot sei. Denn so sah sie die Dinge zu dem Zeitpunkt. Ihr Vater hatte sie verraten, verlassen, es war, als wäre er tot in ihrem Inneren. Anfangs hatte sie das mit Antoine verbunden. Seine Mutter war gestorben, als er fünfzehn war. Ihr Vater ebenso, auch wenn es nicht der Wahrheit entsprach, auch wenn sie im Gegenteil das Gefühl hatte, dass er endlich lebte, dass er in all den Jahren, in denen er gewartet hatte, dass sie alt genug wäre, um fortgehen zu können, um sein wahres Leben zu beginnen, in einer Schleusenkammer, einem Fegefeuer, einer Vorhölle gelebt hatte. Sie und Antoine waren

Halbwaisen, und die beiden Eltern, die ihnen blieben, waren so etwas wie stumme Gespenster, die sich im großen Nirgendwo verirrt hatten. Sie hatten sich erkannt, und sie kann sich des Gedankens nicht erwehren, dass das in ihrer Geschichte eine Rolle gespielt hat. Sie hingen beide im Leeren und waren frei zu tun, was sie wollten, an diesem Ort, an dem es nur das Meer gibt und die Nebensaison, in der alles menschenleer ist, und die Hochsaison, in der es von Menschen nur so wimmelt. Sie hatten das Gefühl zu treiben. Nicht zu wissen, was sie aus ihrem Leben machen sollten und wohin es sie führen würde. Also hatten sie sich aneinandergeklammert. Später kam der Kleine, und sie dachte, das würde sie endgültig erden. In dieser Welt verankern, in der alles umhertreibt, ohne dass man so richtig weiß, wie man die Dinge anpacken soll. Letztlich hat es nicht gereicht. Antoine trieb weiterhin wie ein hohles Stück Holz auf einem Fluss. Und sie lernte Marco kennen. Nahm einen Job als Pflegerin an und arbeitete zusätzlich im Hotel. Und das ist okay. Es ist nicht das Paradies, aber es ist okay. Sie ist auf dem richtigen Weg. Wenn es denn einen gibt.

Sie betritt das Zimmer und findet das Bett ungemacht, das Frühstückstablett voller Croissantkrümel und verschütteten Kaffee vor, wie üblich. Sie räumt ab, entfernt die zerknitterten Laken und zieht die Kopfkissen ab, als ein dicker Kerl im Anzug auftaucht, ohne zu klopfen. Was sucht er hier? Coralie hatte notiert, dass der Gast das Zimmer verlassen habe. Er stammelt, er habe etwas vergessen, er brauche nur einen Augenblick. Er sieht sie mit seinen Schweinsäuglein an. Geht ganz nah an sie heran, woraufhin sie so tut, als habe sie nichts bemerkt, und sagt, Tut mir leid, ich dachte, das Zimmer sei leer, ich komme später wieder. Sie will gehen, aber er packt sie an der Schulter. Sie könne ruhig bleiben, das störe ihn nicht, im Gegenteil. Er drückt sich an sie, und sie spürt seinen widerlichen steifen Schwanz an ihrer Jeans, seine feuchten Hände, die ihre Brüste suchen. Sie entwindet sich ihm, so gut sie kann, versetzt ihm einen Stoß mit dem Ellenbogen und fragt ihn, was das solle, ob er sich für DSK halte oder was, doch er hört nicht auf, sagt, dass sie ihn errege und wenn sie nett zu ihm sei, würde sie eine Belohnung bekommen.

»Lass mich los, oder ich rufe die Bullen.«

»Du kleines Miststück! Dann ruf sie doch. Du weißt nicht, wen du vor dir hast. Die Bullen hier tun, was ich ihnen sage.«

»Ich scheiß drauf, wer du bist. Du lässt mich los, und basta!«

Sie greift nach dem ersten Ding, das ihr in die Hände fällt, eine Flasche Reinigungsmittel, spritzt ihm ins Gesicht und läuft hinaus auf den Flur. Sie hört ihn gerade noch brüllen, dass er ihre Chefs kenne und wenn sie auch nur irgendetwas sage, sei sie in null Komma nichts gefeuert. Als sie unten ist, nimmt sie das Telefon und tippt die Nummer der Polizei, doch irgendetwas hält sie zurück. Sie speichert lediglich seinen Namen, für den Fall, dass. Perez. Serge Perez. Das sagt ihr etwas, aber sie kann sich nicht erinnern, was. Sicher, weil es sie an keine konkrete Person erinnert. Es ist nur die Art von Name, die man jeden Tag hört. Jedenfalls scheint der Kerl im Geld zu schwimmen. Sein tadelloser Anzug und die Vuitton-Tasche, die er über der Schulter trug, sind ihr nicht verborgen geblieben. Und der Benz auf dem Parkplatz gehört mit Sicherheit auch ihm. Und man weiß ja, wie so was endet. Die Gerechtigkeit hier wie anderswo, scheiß drauf. Es zählen nur die Kohle und die Macht, die sie über die Leute und die Dinge verleiht. Das ist die einzige Regel. Ganz zu schweigen, dass er vielleicht die Wahrheit gesagt hat, vielleicht ist er ja ein Kumpel des Chefs, und sie kann es sich nicht leisten, den Job zu verlieren. Also geht sie in den dritten Stock hinauf und macht Zimmer 32 und 38 und 39. Sie bemüht sich. Versucht es. Doch alle fünfzehn Sekunden muss sie ans Fenster gehen und nachschauen, ob der Wagen immer noch da steht. Nach einer Weile sieht sie ihn endlich einsteigen, nachdem er seine Tasche in den Kofferraum gelegt hat. Er braust los wie ein Bekloppter. Und bald hört sie nur noch das Motorengeräusch, das nach und nach immer leiser wird. Wie damals, als ihr Vater auf und davon ist.

Sie geht wieder in ihr Stockwerk hinunter und macht zuerst das Zimmer der beiden Alten. Das geringste Geräusch lässt sie zusammenzucken. Und dann passiert es, bevor sie sich vom Fleck rühren kann oder begreift, was passiert: Sie kotzt auf die Tagesdecke.

3

PAUL UND HÉLÈNE

Sie haben das Hotel verlassen, sich an den Händen haltend. Seit bald einer Woche sind sie jetzt hier, und jeden Tag machen sie den gleichen Spaziergang, eingemummelt in ihre Mäntel, ihre Schals, ihre Mützen, langsam am Meer entlanggehend und sich lange stumme Pausen auf einer Bank gönnend, die von keinem Baum beschattet wird. Es ist ein vertrauter Weg für sie, ein sehr kurzer in Anbetracht der Jahre, die sie hier verbracht haben, sobald sie konnten, sobald die Arbeit ihnen Raum ließ, und dann in der ersten Zeit ihres Ruhestands. Seit sechs Jahren waren sie nicht mehr hier. Haben das Einfamilienhaus in Soisy nicht verlassen, in dem ihre Kinder aufgewachsen sind und in dem sie beide leben, mit Zimmern, die nur noch selten benutzt werden, wenn ein Fest, ein Geburtstag gefeiert wird. Ihr Horizont beschränkt sich auf das Erdgeschoss, das gepflegte Wohnzimmer, in das das Nachmittagslicht scheint und die Fensterkreuze auf den Teppich zeichnet. Wolldecken. Teekannen. Englisches Tuch. Schöne Bücher. Sträuße aus Trockenblumen. Mozart und Schubert. Und das Klavier, an dem die drei Kinder geübt hatten. Hélènes Welt letztendlich. Ihre Liebe für den Herbst. Die Romane. Die impressionistische Malerei. Die goldene

Zeit der Hollywoodfilme und die Filme von Claude Sautet. Sami Frey, Yves Montand, Romy Schneider. Michel Piccoli. Beigefarbene Regenmäntel und Peugeot, Kellnerinnen der alten Cafés, Zigaretten. Telefon auf dem Tresen. Woody Allen. Barbara. Die Gärten, Rosenstöcke, Pfingstrosen, Azaleen, Kamelien.

Er findet es etwas merkwürdig, hier zu sein. Im Hotel zu wohnen. Nicht zu Hause zu sein. Auf der Höhe des Meeres zu bleiben. Nachdem sie so viele Wochen und dann Monate in ihrem Haus dort oben über der Bucht verbracht hatten, das sich an den Rastel klammert, der je nach Tageszeit, Einfallswinkel des Lichts und Jahreszeit von Blassrosa zu Orangerot wechselt. Natürlich hätte sie ihren letzten Aufenthalt gern dort verbracht. Er weiß es wohl. Ein letztes Mal von der Terrasse der Sonne zuschauen, wie sie im Meer versinkt. Ein letztes Mal im Schaukelstuhl schaukeln, von der alten Wolldecke gegen die Kälte geschützt, eine Tasse glühend heißen Tee in Händen, die herzzerreißende Stimme von Billie Holiday im Wohnzimmer. Ein letztes Mal den kleinen Weg zwischen den Gärten hinuntergehen, rosa Häuser und Terrassen aus hellem Stein, hinter den Bougainvilleen und dem Oleander versteckte Swimmingpools, sich den Weg bahnend zwischen den Olivenbäumen und den Erdbeerbäumen, ein letztes Mal zu dem kleinen Strand im Osten der Bucht gelangen, zu dem Felsvorsprung, der in das unvorstellbar ruhige Wasser abfällt. Ein letztes Mal eintauchen in die glücklichen und ruhigen Sommer, Dutzende von Stufen in dem von Sturzbächen rissigen Massiv, das der Juli austrocknete, Miniaturcanyons und orangefarbene und grüne Täler unter den karmesinroten Felswänden, hohe Klippen und Macchia auf Plateaus, niedrige, verbrannte Vegetation, eingetrocknete Düfte nach Harz und Gras. Abendliche Strandspaziergänge in der perfekten Wärme des August- oder Septemberwassers, große regelmäßige, fließende Armbewegungen, Kinder, immer halbnackt im hellen Licht, die mit den Jahren größer wurden, bald erwachsen und ihrerseits von Kindern begleitet waren, die, ebenfalls in Shorts und mit gebräunter Haut, sich anspritzen an der Grenze von Sand und Meer oder in der Felsspalte über der Halbinsel feststecken, die im Hintergrund das Spiel der kleinen Buchten und der akrobatischen Kiefern und die Verteilung der Ocker- und Türkistöne im grellen Licht erkennen lässt, zwischen den niedrigen Pflanzen laufen, sich vor dem plötzlichen Auftauchen eines Wildschweins fürchtend, bis zu den Schultern im Süßwasser eines Weihers, ohne Angst vor Schlangen, oder ihre Geburtstagsgeschenke auspacken im Rauch der tropfenden Kerzen auf dem Kuchen, der auf dem unverwüstlichen grünen Plastiktisch steht, der nie ausgewechselt wurde, trotz seiner Hässlichkeit, die man irgendwann nicht mehr wahrnahm, wie das Wachstuch mit den provenzalischen Motiven, das den großen Wohnzimmertisch bedeckte, die Vorhänge, die Siebziger-Jahre-Tagesdecken, die aus der Mode gekommen und dann plötzlich wieder ganz modern waren. Ja, das hätte sie sich gewünscht, obwohl es ihr einen Stich ins Herz gab zu wissen, dass das alles endgültig vorbei war, dass die Kinder groß geworden und jetzt selbst überforderte Eltern waren, mit ihnen verbunden durch die Erinnerung an sehr viel engere Bindungen, die körperliche, fast animalische Vertrautheit einer Meute, eines Einzellers, von der nur Spuren übrig bleiben, ein hartnäckiges Gefühl des Vermissens, das man kaschieren muss, eine Sehnsucht. Auch wenn die Enkel natürlich, doch nein, es lässt sich nicht leugnen, es ist nicht das Gleiche, Freude, Leben, ein wenig Zärtlichkeit, aber trotzdem nichts, das vergleichbar, das so intensiv und unruhig wäre. Natürlich ist das jetzt alles unmöglich, und die Kinder und deren Kinder wohnen nicht mehr dort, sie sehen sie nur noch an Geburtstagen, an Weihnachten, bei den Mahlzeiten einer Familie, die jetzt so zahlreich ist, dass Paul seine Erschöpfung nicht mehr zu verbergen vermag. Zu viele Geräusche, Lachen, Bewegungen. Er macht sich Vorwürfe deswegen, aber manchmal erschöpft ihn sogar die Freude. Das Leben selbst. Mit seinem Pulsieren, seinem ungeheuren Aktivismus, seiner Geschwindigkeit, seinem ständigen Gewimmel. All das erträgt er nicht mehr sehr lange. Er braucht lange ruhige, stille, erholsame Strandspaziergänge. Als würde man tief durchatmen. Er hat so viel mehr Zeit, Langsamkeit nötig. Es ist, als hätten sich seit Jahren das aufdringliche Alter, sein eigener Rhythmus verlangsamt. Während das Leben der anderen ihm in einem sehr schnellen Modus abzulaufen scheint. Als drehte er sich mit der Geschwindigkeit einer Langspielplatte, während um ihn herum alle geschäftig mit der Geschwindigkeit einer Single umhersausen. Er, sie. Das Haus in Soisy. Ruhig und geregelt. Und die Welt drum herum. So unharmonisch. Ständige Arrhythmie. Parallele Zeitbänder, die unabhängig voneinander ablaufen, ohne jede Koordination. Und dann all das, was klemmt, stockt, sich verschlechtert. Das Herz, das Sehen, die Knie, die Hüfte. All das zwingt ihn zu einer eingeschränkten Tätigkeit, wird schwächer. Versagt nach und nach den Dienst. Das Fahrrad, das Steuer, die Treppen. Reduziert nach und nach alles. Die Aktivitäten, die Reisen, die Mahlzeiten in Gesellschaft, das Lesen. Wird immer schwächer, ja. Und Hélène, die immer so lebhaft, so unverwüstlich, so gesund wirkte. Irgendwann, es lässt sich nicht leugnen, wurde er eine Last für sie. Und weil sie niemals gefahren war, mussten sie sich seinetwegen entschließen, nicht mehr hierherzukommen, in das Haus über der Reede. Wozu, wenn man auf die Terrasse beschränkt ist? Und wie soll man einkaufen gehen? Schließlich kann man nicht jedes Mal ein Taxi rufen, wenn man hinunterwill, um Brot zu kaufen, einen Kaffee im Gasthof zu trinken oder am Strand in der Sonne zu liegen. Natürlich waren das willkommene Ausreden, und als er heute den Weg entlanggeht, dessen Schönheit ihm das Herz schwer macht, ermisst er seinen Egoismus. Ermisst, wie sehr er diese Müdigkeit des Altgewordenseins nur allzu gern willkommen geheißen hat, wie er sich darin gewälzt hat. Wie er bereitwillig die Verlangsamung akzeptiert hat, ohne wirklich zu kämpfen, indem er ein Alter überstrapaziert hat, das nicht zu leugnen war, aber trotz allem keineswegs so gefräßig. Er ermisst, wie sehr er es nach und nach als Schutzwall errichtet hat, als Ausrede, als Rückzug. Nein, er wollte nicht mehr herkommen. Weil er das Brennen der verlorenen Dinge nicht mehr ertragen konnte. Diesen Schmerz zu wissen, dass alles unwiderruflich Vergangenheit ist. Verloren und unwiederbringlich. Er hatte Angst, nichts mehr anschauen zu können, ohne zu spüren, dass ihm die Tränen kommen und sich ihm das Herz zusammenschnürt, bis er erstickt. Das Haus, die Terrasse, die Bucht, jeder Quadratmeter Macchia, jeder Pfad. All das bis oben hin angefüllt mit einem Leben, das seinem Ende entgegengeht. Kurzum, er hat es nicht ertragen mit anzusehen, wie seine Kinder aufwuchsen, aus dem Haus gingen und sich von ihm entfernten. Sich entzogen und ihre eigene Zelle gründeten, autonom, abgeschieden, vollkommen unzugänglich. Er hat es nicht ertragen, sie nicht mehr bei sich zu haben. Auch wenn nach diesen stürmischen Jahren die Jahre allein mit Hélène, hier oder in Soisy, mit einer gleichbleibenden und wohltuenden Langsamkeit vergangen sind, Erholung, Ruhe, Stille, von denen er geglaubt hatte, er habe sie nötig gehabt. Eine köstliche Langeweile. Doch nach und nach hat er sich eingemauert, versucht, sich vor der Erinnerung zu schützen. Unmöglich, diese Fotos anzuschauen. Unmöglich, die Wandschränke zu öffnen, in denen sie diese Erinnerungen aufbewahrt hat. Unmöglich, diese Zimmer zu betreten, in denen alles so oder fast so geblieben ist, wie es war. Bücherregale voller Kinderbücher, Jugendromane, Comics. Die Modelle des Ältesten. Die Puppensammlung der Kleinen. Die Sporttrophäen des zweiten. Ballettschuhe, Judoanzug, Tennisschläger. Partituren, Gitarren und Klarinette. Schränke voller getragener und zu klein gewordener Kleidung, manchmal nacheinander weitervererbt vom Ältesten an den Jüngeren und an die Jüngste, schließlich zusammengelegt und aufbewahrt für niemanden, eingepackt wie kleine Gräber, die jedes Alter wie verlorene Kinder mitnehmen, die man nicht mehr wiedersehen wird. Wo sind sie, dieser dreijährige Jean und der zwölf- oder fünfzehnjährige? Und Didier, der Neugeborene, blond, dann braun, dann wieder blond, punk- oder new-age-gebleicht? Und Clémence, für immer die Kleine, selbst mit zwanzig, Studentin und die Letzte zu Hause, die

Kleine, obwohl sie ihre eigene Praxis hat, für immer die Kleine? Wohin sind sie verschwunden? Und wem soll man anvertrauen, dass man um sie trauern muss? So viel Trauer wie verlorene Jahre. Multipliziert mit drei Kindern. Mit wem darüber reden? Außer mit ihr. Die so sehr die Erinnerungen liebt. Die Spuren. Für die das, was vergangen ist, so lebendig und fröhlich bleibt. So gegenwärtig. Als wäre es immer noch frisch und niemals verwelkt. Als ob nichts die Zeit, die Vergangenheit, all das verschwimmen, verblassen lassen, auslöschen könnte. Aber heute ist alles anders. Heute ist sie diejenige, die so tief gefallen ist, heute muss man ihr ununterbrochen den Arm reichen, scheint sie bei jedem Schritt gleich umzufallen, ertappt er sie, wie sie nach der geringsten Anstrengung einschläft, sie, deren Gedächtnis löchrig wird, sie, die von der Krankheit zerfressen wird, ohne dass Strahlen und Chemie noch etwas daran ändern können. Sie hat von ihm verlangt, ein letztes Mal hierherzukommen. Bevor sie zu nichts mehr fähig ist. Vor einer neuen Behandlung. Von der man weiß, dass sie sinnlos ist. Oder das Leben ein wenig verlängert. Das Ende hinauszögert.

Sie setzen sich auf eine Bank. Ihr ist kalt, ihm auch. Man muss dazusagen, dass der Wind sie, seit sie das Hotel verlassen haben, pausenlos vor sich her treibt und sie zu Eis erstarren lässt. Er bläst, wie er es hier noch nie erlebt hat. Im Augenblick bedrängt er sie von hinten, aber wie sollen sie ihm auf dem Rückweg trotzen? Sie wird es schlechterdings nicht schaffen. Das ist sicher. Er wird ein Taxi rufen müssen. Sie werden wie jeden Tag nach dem Spaziergang in ihr Zimmer zurückkehren, und sie wird bis zum Abend schlafen. Er wird die Zeit totschlagen, ohne etwas Besonderes zu tun. Er braucht nicht mehr viel, um die Stunden vergehen zu lassen. Und es genügt schon so wenig, um sie überlaufen zu lassen. Er fragt sich übrigens, wie die Zeit vor dem Ruhestand und mehr noch, als die Kinder zu Hause waren, so dehnbar sein konnte. Wie man es schaffte, so viele Dinge hineinzupacken. Die Arbeit, die Sitzungen, die Reisen, die Seminare, das Haus, der Papierkram, der Garten, das Laufen, das Fahrradfahren, das Kino, die Bücher, die Rechnungen, das Heimwerken, die Reparaturen, die Mahlzeiten, die Freunde, die Elternabende, das Hin- und Herfahren, um den einen zum Tennis, den anderen zum Reiten, die dritte ins Konservatorium zu bringen, das Fernsehen, die Beschwerden eines jeden, die Aufmerksamkeit, die man ihnen schenken musste. Natürlich hat er das nicht alles geschafft. Und er macht sich endlose Vorwürfe, dass er nicht genügend Zeit für sie und für die Kinder gefunden hat, dass er zu viel Zeit der Arbeit und sich selbst gewidmet hat: all die Momente, die er abzwackte, um allein zu sein, sich zurückzuziehen, als müsste er ihnen fortwährend entkommen, ihnen ein wenig aus dem Weg gehen, um dann letztlich nie häufig genug da, anwesend, aufmerksam genug gewesen zu sein, nie wirklich, was sie ihm übrigens oft vorgeworfen haben. Du bist ja nie da gewesen. Du hast alles für deine Arbeit gegeben. Du hast dich nie wirklich um uns gekümmert. Jedenfalls nicht kontinuierlich. Du hast uns regelmäßig eine Stunde gewidmet, eine volle Stunde, die wir nutzen und die wir uns aufheben, für den Rest der Zeit im Gedächtnis behalten mussten. Heute reicht schon so wenig. Die Zeitung durchblättern. Ein Kreuzworträtsel. Einkaufen gehen. Die Debatten auf dem Parlamentskanal verfolgen. Sie ansehen und versuchen, sich fünfzig Jahre gemeinsamen Lebens vorzustellen, ohne dass es einem gelingt. Weil es nichts bedeutet. Weil es nur fünfzig aufeinanderfolgende, immer andere Leben sind. Ein fortlaufender und zugleich zerstückelter Faden. Inkohärent und vollkommen linear. Stücke, die sich nicht zusammenfügen und doch nicht voneinander losgelöst werden können. Tausend Leben. Ein einziges Leben. Er betrachtet den Himmel, und er ist ihm noch nie so dunkel vorgekommen und das Wasser noch nie so zartlila. Er blickt sich um und findet keinen Ort, an dem man sich vor dem Regen schützen könnte, der sicher bald einsetzen wird. Dessen drohendes Bevorstehen ein Versprechen auf Überflutetwerden ist, das spürt er genau. Bestimmt spürt sie es auch. Die seine Hand hält und ihn mit so viel Vertrauen und Güte ansieht. Ihre Augen, die so ruhig und so voller Richtigkeit sind. Hat er sie auch nur einmal bei einem Verstoß ertappt, er, der immer so energiegeladen war, so voller gegenstandsloser Wut, unbegründeter Traurigkeit, ungerechtfertigter Unzufriedenheit, Unruhe, Verbitterung, Schwerfälligkeit, geschwärzt von welcher Tinte, von welchem Motiv eigentlich? Hat er es jemals gewusst? Ein ganzes Leben, das bald zu Ende sein wird, und niemals wurde sie dabei ertappt, nicht diese Freude, diese Beherztheit, diese Richtigkeit in allen Dingen verkörpert zu haben. Und er ebenfalls nie dabei, nicht diese Zyklothymie, diese zusammengebissenen Zähne, dieses Hindernis verkörpert zu haben. Ohne Ursprung und erkennbare Ursache. Seine Krankheit, wie er sie lange genannt hat. Und wie er sie jetzt nicht mehr nennen kann, da die Krankheit des Körpers sie angegriffen hat. Und allmählich dahinrafft. Und auch ihn dahinraffen wird. Denn dessen ist er sich ganz sicher. Er wird nicht lange ohne sie weiterleben können. Er wird weder die Kraft dazu noch, ehrlich gesagt, ein Interesse daran haben. Trotz der Kinder, die nur noch seinen Namen tragen. Alle über vierzig. Trotz der Enkelkinder. Eine Schar von Kindern, die am Wochenende von einem Zimmer ins andere galoppieren, sich auf dem Rasen im Garten austoben, schweißgebadet und mit rotem Kopf in die Küche schneien und einen Granatapfelsaft und ein Stück Honigkuchen, einen Cookie oder irgendetwas anderes verlangen, bevor sie wieder zu den Blumenbeeten zurückrennen, in denen ihre Bälle unweigerlich landen. Die dann das Haus verlassen, das nach ihrem Weggang unendlich leer ist, sonntagabendliche Melancholie erfüllt von Stille nach den Besuchen, den Mittagessen, für die er die besten Weine aufgemacht hat, den Gesprächen, in denen man die aktuellen Neuigkeiten austauscht, dem endlosen Kaffee auf der Terrasse oder im Wohnzimmer, wo das Feuer knistert und der unvermeidliche Brassens oder Stéphane Grappelli auf der Stereoanlage spielt, weil die Jüngste hier nur das hören will, das erinnere sie an ihre Kindheit, sagt sie. Das Haus, das danach so sehr von ihrer Abwesenheit überläuft, dass er nicht mehr weiß, wie er es füllen soll. Und sogar Hélène wirkt jedes Mal hilflos. Plötzlich in ihren Gedanken verloren, lässt sie den Tee in ihrer Tasse kalt werden, tut so, als sähe sie eine politische Sendung im Fernsehen, und beginnt schon um 18 Uhr, das Abendessen vorzubereiten, stumm und gleichsam verstört. Plötzlich so wehmütig, dass jede ihrer Bewegungen davon angesteckt und schwerfällig wirkt. Und dann kommt die Nacht, und der verlangsamte Gang ihres Lebens geht ohne sie weiter, lediglich gespickt mit Telefonanrufen und E-Mails. Was wird er tun, wenn sie nicht mehr da sein wird? Wird er sich in diese Zukunft versetzen können, die keine Zukunft hat? Ihr ganzes Leben hat er gedacht, dass er vor ihr gehen würde. Ihr ganzes Leben hat er sich nie vorstellen können, allein weiterzuleben. Sich von ihr zu entfernen. Sie tatsächlich aus den Augen zu verlieren. Selbst wenn es zu häuslichen Gewittern kam. Eskapaden. Ehebruch. Selbst wenn sein idiotisches Herz glaubte, für eine andere zu schlagen, und seine blinden Augen undeutlich die Möglichkeit eines anderen Lebens wahrnahmen. Weniger geregelt. Weniger glatt. Weniger klar. Seinem inneren Chaos, seinem unaufhörlichen Brodeln, seiner vergrabenen Wut angepasst. Wie konnte er sich so verirren? Nicht begreifen, dass sie alles waren, was er brauchte. Sie und ihre Korrektheit. Die Kinder und ihre gesunde Freude. Die unerschütterliche Ruhe der Tage. Die Sanftheit, mit der sie alles machte. Ihre Klugheit und der regelmäßige Herzschlag, den er in ihr spürte. Ihre Gelassenheit und diejenige, die sie um sich herum zu organisieren vermochte. Sie war in jedem Augenblick seine Führerin. Diejenige, die ihn unermüdlich wieder auf Kurs brachte. In den Mittelpunkt rückte. Diejenige, durch die er manchmal Harmonie fand. Dann ging er im Tagesablauf auf, der gegliedert wurde durch winzige Blendungen, und begriff, was es sein musste und was allein zählte. Ein Leben aus Details. Aus Sein mit den Wesen und Dingen. Ein Stein. Moos. Reflexe auf fließendem Wasser. Ein unbeständiger Himmel. Ein Vogel. Eine Blume. Ein Gesicht. Ein Wehen, das kommt und geht und sich selbst genügt.

Sie stehen auf und wollen ihren Spaziergang fortsetzen. Natürlich ist das absurd. Der Wind wird stärker, sie werden niemals zurückgehen können. Es beginnt zu regnen, und der Regen durchnässt sie sofort. Das Meer leckt bereits den Beton und dringt bis zu ihren Füßen, während sie vorsichtig auf Distanz bleiben und an den Gitterzäunen der Küstenvillen entlanggehen. Sie sieht ihn an, und in ihren Augen scheint eine Frage auf. Ist er sicher, weitergehen zu wollen? Ihre Hand zu halten und durch den Regen und im aufgewühlten Meer zu der unerreichbaren Halbinsel zu gehen? Den Weg weiterzugehen, der immer schmaler wird, bis er im Meer verschwindet? In diese Nacht mitten am Tag einzutauchen, diesen anthrazitfarbenen Himmel, der bereits alles verschlungen hat, diese dichte Regenwand, die sie jetzt zerfetzt? Er nickt langsam. Sie lächelt ihn an. Wohin gehen sie? In welche Nacht tauchen sie ein? Welche Sintflut wird sie mitreißen, auflösen? Auslöschen. Verschlingen. Welcher Wind treibt sie in welches Nichts?

4

MARCO

Seit sechs Monaten lebt er jetzt mit Marion zusammen, und anscheinend haben Nino und er es immer noch nicht geschafft, sich so richtig aneinander zu gewöhnen. Der Junge sieht ihn immer mit dieser Art von Misstrauen an, die wirkt, als hätte er Angst. Es stimmt schon, Marco hat keine Geduld mit ihm, er neigt dazu, böse zu werden, wenn der Kleine nicht tut, was er ihm sagt, oder wegen nichts und wieder nichts quengelt. Und er muss zugeben, dass er ihm in den seltenen Fällen, in denen sie unter vier Augen sind, nicht viel Geistvolles zu sagen hat. Wenn Nino ihn bittet, mit ihm zu spielen, abgesehen vom Fußball draußen und auch nicht allzu lange, kriegt er es nicht hin, warum, weiß er nicht. Er versucht es, aber es funktioniert nicht. Nach drei Minuten verliert er die Geduld, seine Gedanken schweifen ab, und er tut alles, um das Zusammensein abzukürzen, verlässt den Raum mit den Worten: Ich bin in zwei Minuten wieder da, ich muss was erledigen, und natürlich ist er zwei Stunden später noch immer nicht zurück. Und wenn Nino ihm seine Kindergeschichten erzählen will, einen seiner Träume oder was er mit einem seiner Freunde gemacht oder was er in der Kantine gegessen hat, vermag er sich nie zu konzentrieren, sich wirklich dafür zu interessieren. Es ist stärker als er. Er kann nichts machen. Manchmal sagt er sich, dass es anders sein wird, wenn er ein eigenes Kind hat. Obwohl er nicht sicher ist, eines Tages eines zu haben. Zumindest nicht mit Marion. Natürlich macht sie ihn verrückt, aber er ist nicht sicher, ob das auf Gegenseitigkeit beruht. Oder wenn doch, ob die Gefühle gleich stark sind. Sie antwortet ihm immer, dass er sich solche Fragen nicht stellen solle, dass sie sich wohl mit ihm fühle, dass er zuverlässig und verantwortungsvoll sei, dass sie sich beschützt fühle, dass sie genau das brauche. Wenn jemand weiß, was das mit Liebe zu tun hat, soll er es ihm erklären, denn für ihn sind sie Millionen Kilometer davon entfernt. Häufig sagt er sich, dass sie sich an seiner Seite ausruht, Kräfte sammelt. Und eines Tages wieder in den Kampf zieht. Er wird den Gedanken einfach nicht los, dass er für sie nur ein Intermezzo ist. Und dass er sich wohl oder übel damit zufriedengeben muss.

Das Telefon klingelt, und sie ist dran. Sie hat noch immer nichts von Antoine gehört, und spät wie es ist, werden sie sich wohl damit abfinden müssen: Er wird nicht kommen.

»Und Nino?«, fragt er.

»Na ja, nimm ihn doch einfach mit zum Angeln.«

»Er wird sich zu Tode langweilen. Und außerdem dachte ich, sie hätten ein Unwetter angekündigt ...«

»Dann weiß ich auch nicht. Denk dir was aus.«

Sie legt auf, und Marco sieht, wie die Augen des Jungen feucht werden. Er hat begriffen, dass es diesmal Ernst ist, dass sein Vater ihn nicht abholen wird und dass er Marineland vergessen kann. Man kann ihm vorwerfen, was man will, aber dieser Junge kapiert schnell. Marco versucht, ihn zu trösten, indem er ihm sagt, sie würden zusammen angeln gehen und er werde ihn die Angel halten und sogar auswerfen lassen, er dürfe sogar die Rolle drehen, wenn einer anbeißt, doch das entlockt ihm nicht mal die Andeutung eines Lächelns. Aber er hat es sowieso nur gesagt, um etwas zu sagen. Draußen verfinstert sich der Himmel, und die Bäume beginnen sich zu biegen. Seit einer Stunde wird der Wind immer stärker, und man fragt sich, wie lange das noch so weitergeht. Wenn er schon mal einen Tag freimacht. Wenn er schon mal nicht im Autohaus ist in seinem schönen Anzug, mit seinen sorgfältig rasierten Wangen, seinen tadellos gekämmten Haaren und seinem schönsten Lächeln und versucht, Autos an all die Typen zu verkaufen, die nur schauen und meist nicht die geringste Absicht haben, irgendwas zu kaufen. Das ist etwas, das er nicht begreifen kann. Die Menge von Leuten, die man in den Werkstätten, in den Geschäften, überall sieht und die den lieben langen Tag damit verbringen, einen Schaufensterbummel zu machen, nur um sich zu beschäftigen, sich scharfzumachen, sich das Wasser im Mund zusammenlaufen zu lassen, als müssten sie nachprüfen, ob all die Dinge, von denen die Werbung sie träumen lässt und die sie sich nie werden leisten können, auch tatsächlich irgendwo existieren. Und man muss ihre Gesichter sehen, wenn ein Typ mit dem entsprechenden Scheckbuch hereinkommt und sich an seinen Schreibtisch setzt, um ohne mit der Wimper zu zucken den schönen funkelnden Schlitten zu kaufen, in dem Marco ihn fünf Minuten zuvor hat Platz nehmen lassen wie in einem Traum für 30 000 Euro.

»Also, gehen wir«, sagt er zu Nino und zieht ihm seine Jacke an.

»Wohin?«

»Deinen Papa suchen.«

Der Junge sieht plötzlich so glücklich aus, dass Marco sich unwillkürlich fragt, was er nur an Antoine finden mag und was sie wohl miteinander machen oder reden, wenn sie zusammen sind. Als er ein Kind war, hätte ihm nichts mehr Angst eingejagt, als allein mit seinem Vater zu sein. Aber er sah ihn sowieso fast nie. Der Alte kam häufig erst spät nach Hause. Nicht wirklich wegen der Arbeit. Eher wegen der Pause, die er auf dem Heimweg in der Bar machte. Und wenn er zufällig früh nach Hause kam, dann ging er schlafen und stand erst wieder zum Abendessen auf, das man schweigend und vor dem Fernseher einnehmen musste. Wenn er das Wort an seinen Bruder oder an ihn richtete, dann nur, um sie anzuschreien, sie sollten sich beruhigen, auch wenn sie keinen Finger krumm gemacht hatten, oder für den vierteljährlichen Anschiss wegen der Schulnoten, die nicht gerade überragend seien, während er sich totschufte, und wenn sie nicht büffeln würden, würden sie ein Scheißleben führen wie er. Auch am Wochenende sahen sie ihren Vater so gut wie nie. In der Regel war er mit dem Fahrrad unterwegs oder beim Angeln, und abends ging er mit seinen Kumpeln ins Stadion, um das Spiel zu sehen. Und wenn er die Beherrschung verlor und ihnen wegen einer Lächerlichkeit eine schmierte, sagte ihre Mutter stets: »Ihr müsst ihn verstehen, er ist fix und fertig, er ruiniert sich die Gesundheit, damit ihr alles habt, das ist kein Leben.« Und sie hatte bestimmt nicht unrecht. Und außerdem hatte er nicht nur schlechte Seiten. Als er älter war, begleitete er ihn manchmal mit dem Fahrrad oder zum Angeln. Sie fuhren mit dem Boot eines seiner Kumpel aus der Werkstatt, ein Typ mit ganz zerknittertem Gesicht, der ein Zigarillo nach dem anderen kaute. Der Alte wirkte dann fast glücklich, inmitten der kleinen Buchten, Oberkörper und Gesicht brutzelnd in der brennenden Sonne. Oder auf den Straßen des Massivs, wo die Düfte von Süßholz und verbranntem Gras, trockener Erde und kandierten Steinen seine Lunge von dem Tabak reinwuschen, der sie seit seinem vierzehnten Lebensjahr und seinem Eintritt in die Fabrik verrußte. Aber anscheinend hat das als Behandlung nicht gereicht. Letzten Endes hat er den Ruhestand, diesen Horizont, der ihm der einzig mögliche zu sein schien, das einzige Versprechen, an das er jemals geglaubt hat, kaum noch kennengelernt. Das Schlimmste ist, dass Marco sich nicht einmal sicher ist, ob ihm das eine Lehre gewesen ist. Ob er selbst sein Leben nicht wie alle anderen auch führt, indem er sich vorstellt, dass es ein anderes danach gibt, für das es sich wirklich lohnt, dass man sich bis dahin abrackert.

Er setzt Nino auf die Rückbank, ohne Kindersitz, nur mit einem Kissen unter dem Hintern, damit er ein bisschen höher sitzt. Er klemmt den Sicherheitsgurt unter seinem Arm fest, damit er nicht auf seinen Hals drückt, falls … Er weiß sehr gut, dass das nicht korrekt ist, aber er wird es sich doch nicht antun, an seinem freien Tag wegen lächerlicher fünf Kilometer zu Leclerc zu fahren. Zumal sie bereits einen Kindersitz haben, Marion hat nur vergessen, ihn ihm für alle Fälle dazulassen. Er lässt den Motor an und warnt den Jungen, dass er sich besser nicht auf seine funkelnagelneuen Sitze übergibt. Es ist kaum zu glauben, aber man kann keine drei Kilometer mit dem Knirps im Auto fahren, ohne dass der seinen ganzen Mageninhalt von sich gibt. Und Marco erträgt es nicht, wenn man in seinem Wagen kotzt. Es ist idiotisch, aber es ist so. Sicher eine Art Berufskrankheit. Sie verlassen die Résidence, die aus drei kleinen Blocks aus Häusern mit Balkons zwischen der Stadt und den ersten Ausläufern des Massivs besteht, die denen ähneln, in denen Marion aufgewachsen ist, aber ganz neu sind und vor allem luxuriöser. Obwohl man sich manchmal fragt, ob der wirkliche Unterschied zwischen zwei Wohnanlagen nicht einfach nur der Quadratmeterpreis ist und die Tatsache, dass ein Typ beschlossen hat, das Wort »Luxus« in den Anzeigen für Eigentums- oder Mietwohnungen willkürlich zu gebrauchen. Zwei Kilometer weiter wimmelt es auf den Pfaden inmitten der Korkeichen nur so von Eidechsen und Wildschweinen, und danach gibt es nur noch Felsen und Macchia, so weit das Auge reicht. Normalerweise ist es vollkommen trocken, aber im Augenblick plätschert es überall, Sturzbäche, die bis zu den Knöcheln reichen und weiß der Teufel woher fließen und kiloweise orangefarbene Erde zum Meer mit sich reißen. Er schaltet das Radio ein, und sofort beginnt der Kleine auf seinem Sitz herumzuzappeln. Das ist das erste Zeichen von Entspannung, seit seine Mutter zur Arbeit gefahren ist. Er hätte früher daran denken sollen. Es ist stärker als er, sobald dieser Junge Musik hört, reißt es ihn mit und lässt ihn alles vergessen, auch dass er mit seinem Stiefvater oder wie immer Sie ihn nennen wollen, im Wagen sitzt. Sie durchqueren die Stadt bis zur Promenade, die am Meer entlangführt, die Palmen, die Platanen, die geschlossenen Karussells, die kleinen verbarrikadierten Eisbuden, die bis zur schönen Jahreszeit abgebauten Strandrestaurants und die Trümmer, die überall zurückbleiben: Holzstücke, Leichtbausteine, aller möglicher Schutt, schwarzer, mit Erde und Kieseln vermischter Sand. Im Sommer ist es nicht mehr wiederzuerkennen und überfüllt, die Autos dicht an dicht von morgens bis abends und die Ströme halbnackter und sonnencremeglänzender Touristen, die meisten mit krebsroter Haut, die provenzalischen Märkte vollgestopft mit in China hergestellten Dingen, die aneinanderklebenden Badetücher und die Unmengen dösender Körper dichtgedrängt wie die Sardinen in einer riesigen Büchse unter freiem Himmel und gesäumt von Salzwasser. Weiter weg zerfällt die Stadt in Villen auf Felsen, die in die türkisfarbenen Fluten abfallen: kilometerweit private Paradiese, die einen ein für alle Mal begreifen lassen, dass das Meer und die Schönheit hier wie woanders nicht für alle da sind, dass es eine Hierarchie gibt und Plätze, die für die Öffentlichkeit nicht zugänglich sind. Sie fahren an Mauern entlang, hoch wie Häuser, um diesen ganzen Reichtum vor den Blicken der anderen zu schützen. Von Zeit zu Zeit öffnet sich zwischen zwei Anwesen, eingefasst von zwei orangerosa Felsspitzen, eine kleine Sandsichel, bedeckt mit getrockneten Algen am klaren Horizont. Gewöhnlich vervollständigen das wunderbar transparente türkisfarbene Wasser und die leicht geneigten Seekiefern die Postkarte. Doch jetzt ist der Himmel anthrazitfarben, und das fast violettgraue Meer ist übersät von Schaumstreifen. Marco wirft einen Blick auf das Massiv, das sich nach Norden erstreckt und von Wolken verhüllt wird. Der Wind wird immer heftiger, die ersten Tropfen prasseln auf die Windschutzscheibe und prallen wie Pingpongbälle von der Motorhaube ab. Man könnte meinen, dort oben sei beschlossen worden, alle Register zu ziehen. Als sie den Parkplatz unter den Bäumen ganz am Ende der Sandstraße voller Schlaglöcher erreichen, beginnt der Junge sich zu winden, um sich von seinem Sicherheitsgurt zu befreien. Er hat es dermaßen eilig, seinen Vater zu sehen, dass er wie ein Wahnsinniger aus dem Wagen stürzt und trotz des Regens und der Böen zum großen Strand rennt. Marco läuft ihm hinterher und schreit, er solle auf ihn warten, aber er hört nicht. Er stemmt sich gegen die Windböen, ohne mit der Wimper zu zucken, eine echte Mauer, so kräftig, dass Marco sich fragt, wie der Kleine es schafft, sich aufrecht zu halten, nicht wegzufliegen, ob es nur die Kraft seines Willens, das Unterbewusstsein, die Liebe oder die Anziehungskraft seines Vaters, wie ein Magnet oder irgendein physisches Phänomen sind. Der Sand peitscht sein Gesicht, aber der Kleine jammert so gut wie nicht. Er dringt zwischen seine Zähne, und doch scheint ihm das alles nichts auszumachen. Ihm, der normalerweise beim kleinsten Kratzer immer gleich losheult. Bei der kleinsten Unannehmlichkeit. Schließlich holt Marco ihn ein und nimmt seine Hand. Sie gehen weiter im Tosen des Meeres, das plötzlich erwacht ist, als hätte jemand auf einen Schalter gedrückt. Marco hat so etwas noch nie gesehen. Es bäumt sich immer mehr auf und fällt in einem körnigen Getöse aus Sand und aneinanderschlagenden Kieseln zurück. Das Wasser überflutet den Strand mindestens zehn Meter weiter als gewöhnlich und reißt alles mit sich, was dort liegt. Holzstücke und Algenhaufen, massenweise Abfall, den die Leute liegen lassen, weil sie sich immer wie Schweine benehmen und den Strand mit einer Mülldeponie verwechseln. Als er das sieht und die beiden Kanister, die mitgerissen werden und nach Westen treiben, verschwinden und wieder auftauchen und sich durchgeschüttelt entfernen, muss er an seinen Vater denken, die Wut, die so etwas in ihm auslöste. Wenn er mit ihm und seinem Bruder spazieren ging, zwang der Alte sie immer, die Plastiktüten, die Dosen, die Bounty-Verpackungen und sogar die Taschentücher, die dort herumlagen, einzusammeln: Ihr könnt froh sein, dass es nicht eure sind, pflegte er zu sagen, wehe, wenn ich euch erwische, wie ihr was auch immer in die Natur werft ... Sie gehen an Jeffs Hütte vorbei, und alles ist verrammelt wie selten. Dabei ist er sonst immer so nachlässig, Marco wundert sich, dass er diesmal so vorausschauend und vorsichtig gewesen ist. Beim letzten Sturm hatte er wie immer nichts verschlossen, und das Wasser war überall eingedrungen und hatte alles ruiniert. Der Chef hätte ihn fast gefeuert. Warum dann doch nicht, darüber hatte er sich ausgeschwiegen, das ist eine andere Geschichte. Dabei ist der dicke Perez nicht gerade für seine Großzügigkeit bekannt. Übrigens fragt Marco sich, warum er sich mit Antoine und Jeff herumärgert. Wäre er an seiner Stelle, würde er die Schlüssel seines Restaurants und seines Campingplatzes nicht unzuverlässigen Menschen wie ihnen anvertrauen. Obwohl er sie sicher nicht persönlich eingestellt hat. Obwohl sie sich vielleicht nie begegnet sind. Aber im Grunde ist ihm das scheißegal. Perez kann tun, was er will. Marco hat ihn nie woanders gesehen als in den Zeitungen, aber er kann diesen Typen nicht ausstehen. Wie übrigens niemand hier. Obwohl mit Sicherheit niemand ihn jemals leibhaftig gesehen hat, es sei denn, man verkehrt in der feinen Gesellschaft, in den privaten Zirkeln. Alles hier gehört ihm. Drei

Restaurants eine Strohhütte zwei Campingplätze vier Bars zwei Nachtlokale ein Golfplatz Mietshäuser und in gewisser Weise auch die Fußballmannschaft, da er seit zwei oder drei Jahren sein Geld hineinsteckt. Er muss sich für Bernard Tapie halten.

Der Regen wird noch heftiger, obwohl das nur zwei Sekunden zuvor unmöglich schien. Er schien das Maximum erreicht zu haben, doch anscheinend nicht, er hat immer noch literweise Wasser in Reserve. Marco sagt dem Jungen, dass sie kurz bei Jeff Zuflucht suchen werden, doch der Kleine will nichts hören, er wiederholt nur, dass er seinen Vater sehen will.

»Verdammt, du siehst doch, dass es Katzen und Hunde regnet …«

Der Junge lacht. Marco versteht nicht, warum.

»Wegen der Hunde und Katzen, die vom Himmel fallen«, erwidert er, und plötzlich begreift Marco und lacht ebenfalls. Es ist wie eine Ablenkung. Marco nutzt das, um an der Tür des Restaurants zu klopfen. Niemand reagiert. Er versucht, sie zu öffnen, doch sie ist abgeschlossen. Als er einen Blick durch den Spalt zwischen Fenster und Fensterladen wirft, erkennt er Jeff, der auf dem großen Sofa sitzt, dem, auf dem die Leute warten, bis ein Tisch frei wird, wenn schönes Wetter ist und Hochbetrieb herrscht. Er starrt verstört vor sich hin, sein Bein zittert. Genau wie er sich gedacht hat. Total high. Voll auf dem Trip *stoned in the storm*. Marco insistiert nicht weiter. Er will nicht, dass der Kleine seinen Paten in diesem Zustand sieht. Natürlich ist er nicht wirklich sein Pate, aber Antoine legt Wert darauf, dass der Junge ihn so nennt. Pate. Patenonkel Jeff. Onkel Jeff. Kumpel Jeff. Marco blickt sich um. Der Regen fällt schräg, und der Lärm des Meeres verschlingt sie. Die Wellen, die gegen ihre Füße schlagen, sind wie ein gefräßiges Maul, das den ganzen verfügbaren Sand fressen will. Der Junge lacht, weil das Wasser so hoch steigt, dass die Wellen sie sogar auf Jeffs Terrasse umspülen und vollspritzen. Marco brüllt, dass sie bis zum Campingplatz laufen werden. Dass sie bis auf die Knochen nass werden, aber dass das ein Riesenspaß sei. Der Kleine scheint einverstanden zu sein. Marco nimmt ihn an der Hand, und sie rennen schreiend los unter den Krallenhieben des Regens. Nach einer Weile wird es zu viel für Nino, er kann einfach nicht mehr. Marco drückt ihn an sich und schützt ihn, so gut er kann, mit seinen Armen. Er spürt Ninos Gesicht an seinem Hals, seine glitschige, klitschnasse Haut, seine Hände, die sich an ihn klammern, und obwohl er genau weiß, dass sie auf dem Weg zu seinem Vater sind, hat Marco für einen Augenblick das Gefühl, dass da irgendetwas zwischen ihnen entsteht. Aber was? Etwas Zärtliches. Behutsames. Zutrauliches. Als sie den Campingplatz erreichen, ist das Erste, was Marco bemerkt, dass Antoine alles hat stehen und liegen lassen. Die offenen Farbtöpfe die Pinsel die Rollen. Alles kunterbunt durcheinander vor einem frisch orange gestrichenen Bungalow. Das tropische Dach darüber zittert wie ein Blatt und hebt sich, als wollte es fortfliegen. Was bedeutet, dass es sorgfältig befestigt worden ist. Das muss er anerkennen … Sie stürmen in das Mobilheim, aber es ist niemand da, abgesehen von Chet, der plötzlich pitschnass auftaucht, sein langes tropfendes Fell klebt an ihm und lässt seine mageren Flanken erkennen. Er sieht aus, als hätte er seit Wochen nichts mehr gefressen. Im trockenen Zustand hat er sicher das Doppelte seines jetzigen Volumens, aber im Augenblick ist er nur eine dicke, halb flüssige Ratte, die sich auf den Jungen stürzt und dem Regen, der sein Gesicht überschwemmt, etwas Sabber hinzufügt. Marco inspiziert das Mobile Home und sieht nur eine Tasche mit Kleidung neben dem Schlafsofa, etwas zu essen in den Wandschränken und im Kühlschrank, Sixpacks Bier und eine Flasche Whisky und volle Aschenbecher. Alles ziemlich schmutzig und unordentlich. Er zieht den Jungen aus und rubbelt ihn mit dem Handtuch ab, das in der winzigen Dusche hing. Der Kleine klappert mit den Zähnen, während Marco seine Kleidung zum Trocknen aufhängt und ihm einen Pullover sucht. Er findet ein Sweatshirt, das ihm als Kleid bis zu den Füßen geht. Mit der bis auf die Nase heruntergezogenen Kapuze sieht er aus wie ein Zwergboxer im Bademantel, der im Stroboskoplicht und zu den Vibrationen der Subbässe in den Ring steigt. Marco lässt ihn sein Spiegelbild betrachten, und der Knirps lacht sich halb tot, obwohl man deutlich spürt, dass ihm der Höllenlärm des Regens, der auf das Dach prasselt, Angst macht. Durch das Fenster sieht man nur noch Wasserströme, die in alle Richtungen fließen. Der dichte Regen gräbt tiefe Furchen in den Boden und löscht den trüben Horizont auf der Fensterscheibe aus. Das Dach nebenan löst sich und prallt mit lautem Krachen gegen die Fassade des hinteren Bungalows, so dass sogar der Hund zusammenzuckt und sich einen Ort sucht, wo er sich verkriechen und auf den Weltuntergang warten kann.

»Wo ist Papa?«, fragt der Kleine und wirft ihm einen Blick zu, der einem einen Stich ins Herz gibt, selbst wenn man für Bälger und ihren Zirkus keine Antenne hat.

»Mach dir keine Sorgen«, erwidert Marco. »Ich bin sicher, dass er irgendwo in Sicherheit ist.«

Er versucht, so beruhigend wie möglich zu klingen, doch offen gesagt fragt er sich, was Antoine geritten hat. Der Wohnwagen war nicht einmal verschlossen, und angesichts der Malutensilien, die da herumstehen, muss er hier gewesen sein, als es zu regnen angefangen hat. Er blickt durch das Fenster und sieht Jeff, der das tobende Meer anstarrt. Was treibt dieser Blödmann nur da draußen? Er hält etwas in der Hand, aber durch das Wasser, das die Scheibe herabläuft, kann er nicht erkennen, was es ist. Plötzlich holt Jeff weit aus und schleudert den Gegenstand von sich, ein langes Ding, das durch die Luft fliegt und in den Fluten verschwindet. Was fällt diesem Schwachkopf ein, mitten im Sturm Stöcke ins Wasser zu werfen? Das Mobile Home fängt an zu vibrieren, als würde die Erde beben. Er könnte gut sein, dass es ein bisschen gerutscht ist. Marco geht zu dem Jungen, der sich auf dem Sofa unter der Decke zusammengekuschelt hat, mit dem immer noch pitschnassen Hund, der sich an ihn schmiegt. Er setzt sich mit ausgestreckten Beinen neben ihn, nimmt ihn in seine Arme und drückt seine Nase in sein Haar. Alles um sie herum bebt, donnert, plätschert. Der reinste Weltuntergang. Marco hat das Gefühl, dass das Mobile Home sich vom Boden löst und das Wasser sie aufs Meer hinaustreibt. Er stellt sich vor, dass sie wie in einem der Bücher, die Nino so liebt, in ihrer Arche aus Blech tagelang dahintreiben, bis sie auf einer verlassenen Insel landen. Doch sie befinden sich nicht in einem Buch. Und Nino weiß genau, dass sie in Wirklichkeit absaufen und ertrinken würden. Deswegen verzichtet Marco darauf, ihm eine solche Geschichte zu erzählen. Vor allem, als ein heftiger Knall ertönt und die Lichter ausgehen. Es ist dunkel, als herrschte tiefe Nacht.

»Marco, ich habe Angst.«

»Es ist nichts. Nur Regen und Wind. Das geht vorüber.«

»Ich habe Hunger.«

Marco steht auf, sucht in den Wandschränken und bringt ihm ein angebrochenes Päckchen Kekse, das zwischen Chipstüten, Thunfischdosen und Dosen mit vorgekochtem Reis lag. Der Kleine kuschelt sich erneut an ihn, und sie knabbern ihren weich gewordenen Spekulatius, Hund und Mensch eng aneinandergeschmiegt in der Nacht am helllichten Tag, der im Wasser versinkt. Dann fallen Nino die Augen zu, und nach zwei Minuten hört Marco seinen ruhigen und regelmäßigen Atem. Dass er so schnell einschläft, grenzt an ein Wunder. Zu Hause ist es unmöglich, ihn vor 10 oder 11 Uhr ins Bett zu kriegen, und selbst dann zappelt er herum und ruft alle drei Sekunden, weil er Hunger hat, weil es zu dunkel oder nicht dunkel genug ist, weil er seinen Plüschdelphin verloren hat, weil er sein Spider-Man-Kostüm will, weil er Angst vor den Monstern oder einem Albtraum hat oder davor, nicht mehr aufzuwachen. Schließlich schlüpft Marion zu ihm ins Bett und schläft ein, während sie ihn wiegt. Und Marco sitzt wie ein Idiot vor dem Fernseher, muss die Nacht allein in dem großen Bett verbringen und verzehrt sich bis zum Morgen vor Verlangen nach ihr. Er schließt ebenfalls die Augen, während das gewaltige Brausen um sie herum sie verschluckt. Er hat das Gefühl, wirklich unterzugehen, von einer sich bewegenden öligen Masse eingesaugt zu werden. Sein Telefon beginnt zu vibrieren.

Marco antwortet flüsternd, ohne sich zu rühren, immer noch an den Jungen geschmiegt, der sich so eng und zutraulich in seine Arme schmiegt, dass sich seine Brust für einen kurzen Augenblick zusammenkrampft.

»Wo seid ihr?«, fragt Marion.

Oh, diese Sorge in ihrer Stimme ... Das versetzt ihn in Rage. Sie sagt es nicht offen, aber sie fragt sich, ob er wohl blöd genug war, Nino trotz des Wetters zum Angeln mitzunehmen. Sie sieht Gespenster. Das nervt ihn so sehr, dass er fast Lust hat, ihr zu antworten, ja, sie sind angeln gegangen, und eine Welle hat den Jungen mit sich gerissen, und jetzt sucht er zusammen mit den Feuerwehrmännern überall nach ihm. Natürlich macht er es nicht. Er begnügt sich damit, ihr die Wahrheit zu sagen: Sie sind bei Antoine.

»Wie, bei Antoine? Ist er da?«

»Nein. Wir sind in seinem Wohnwagen. Er war offen, also sind wir hineingegangen, aber ich weiß nicht, wo er hinverschwunden ist, er hat alles stehen und liegen gelassen. Und Jeff macht mir einen völlig zugedröhnten Eindruck.«

Der Junge wacht auf, er scheint panische Angst zu haben. Als hätte er vergessen, wo er ist und warum. Er starrt Marco an und bricht in Tränen aus. Marco beendet das Gespräch, nachdem er sich vergewissert hat, dass Marion zurechtkommt. Sie ist bei der Alten angekommen, unmittelbar bevor es angefangen hat zu regnen. Es sieht so aus, als stünde die Küstenstraße vollkommen unter Wasser und als wären sie im Gasthof bereits überschwemmt. Jedes Mal, wenn ein Sturm ausbricht, ist es das Gleiche. Es passiert alle drei, vier Jahre, aber jedes Mal ist es, als wäre es das erste Mal. Ein bisschen wie in Paris, wenn es schneit und alles blockiert ist, die Straßen die Bahngleise die Flughäfen, wegen fünf Zentimetern Schnee, der innerhalb einer Viertelstunde zu einem grauen Brei wird. Als wäre es so merkwürdig und unvorhersehbar, dass es in diesen Breiten im Winter schneien könnte. Als wäre das Mittelmeer kein richtiges Meer, sondern eine Art See, der sein friedliches Leben als glatte, transparente und angenehm warme Fläche die ganze Saison hindurch führt. Also versteift man sich darauf, Strohhütten auf dem Strand zu errichten, Bars auf Pfählen, Campingplätze auf Höhe der Flutlinie, die die geringste Dünung mit drei Wellen, die kaum höher als die anderen sind, hinwegfegt. Marco wiegt den Kleinen, damit er zu weinen aufhört, obwohl selbst er es in diesem Höllenlärm um sie herum und bei diesen Böen, die den Wohnwagen so erzittern lassen, dass er jeden Augenblick durch die Luft zu fliegen droht, mit der Angst zu tun kriegt. Er singt ihm ein Lied, ein Wiegenlied, das seine Mutter ihnen vorsang, um ihn und seinen Bruder zum Schlafen zu bringen.

Sanft schlummert die Erde ein
Wenn der Abend kehrt wieder
Schließe schnell deine Lider
Schlafe, mein Kind, schlaf ein.

Nino reißt die Augen auf, als hielte er ihn für absolut unfähig, so etwas zu tun. Marco kann ihm nicht unrecht geben. Er betrachtet ihn und fragt sich plötzlich, wie er all diese Monate mit ihm zusammenleben konnte, ohne ihm auch nur die geringste Aufmerksamkeit zu schenken.

5

SARAH

Als der Chef im Gasthof auftauchte, drang das Wasser bereits seit einer Weile durch die großen Fenster und bedeckte einen Gutteil des Fliesenbodens im unteren Saal. Wie es sich so leicht ausbreiten konnte, wusste niemand, zwölf Schreiner und ebenso viele Glaser hatten sich im Verlauf der Jahre die Zähne daran ausgebissen, und schließlich hatte man sich daran gewöhnt, bei jedem schweren Seegang schnappten sie sich Eimer und Wischmopp und kämpften dagegen. Und wenn das Wetter sich beruhigte, musste die ganze Terrasse vom Sand befreit werden, der sie vollkommen unter sich begraben hatte.

»Was machst du hier?«, fragte Sarah. »Solltest du nicht im Urlaub sein?«

Er antwortete nicht, nahm lediglich einen Besen und machte sich an die Arbeit. Seit sie hier arbeitet, hat sie nie erlebt, dass er mehr als einen halben Tag nicht da war. Und wenn, dann immer aus geschäftlichen Gründen. Die Lieferanten. Materialkäufe. Die Steuer. Solche Dinge. Deswegen ist diese Geschichte mit dem Urlaub zu einem Witz zwischen ihnen geworden. Regelmäßig spricht er davon, zwei oder drei Tage in der Nebensaison zu nehmen, aber es gibt immer irgendetwas, das ihn zwingt zurückzukommen. Und selbst wenn es nichts gibt, findet er eine Ausrede. Ich bin es nicht mehr gewohnt, nichts zu tun, sagt er.

Die Wahrheit ist, dass der Gasthof sein Ein und Alles ist. Er kommt morgens in aller Frühe und geht erst, nachdem sie abends zugesperrt haben. Von einem Privatleben ist nichts bekannt. Abgesehen von Touristinnen, die er ab und zu mit nach Hause nimmt, Frauen mittleren Alters und Singles, mit denen er eine »Affäre« hat. Nie länger als ein paar Nächte. Bis sie abreisen und jeder in sein Leben zurückkehrt oder was dafür gilt. Für ihn ist der Gasthof sein Leben. Sie kennen sich seit der Kindheit. Wie alle hier. Antoine und seine Schwester, Jeff, Marion und die anderen. Nicht immer in denselben Klassen, aber man läuft sich über den Weg, in der Grundschule im Collège im Lycée, am Strand am Hafen, in den Bars und in den Discos, dem wenigen, was übrig bleibt, wenn die Urlauber weg sind, ein verkaterter Geisterbadeort am Morgen einer Feier, die neun Monate dauert.

Der Regen wird stärker, und sosehr sie sich auch bemühen, alle wie sie da sind, der Koch die Küchenhilfe der Chef und der andere Kellner, das Wasser kommt immer schneller, dringt überall ein. Jetzt brechen sich die Wellen an den Fensterscheiben des oberen Saals, wo drei Gäste an der Bar sitzen, Neugierige, die gekommen sind, um das entfesselte Meer aus der Nähe zu sehen, und sich hier hereingeflüchtet haben, um das Ganze im Trockenen zu betrachten. Der violette Himmel und das grauschwarze Wasser, das mit voller Geschwindigkeit anbrandet. Seit dem Morgen strömen sie in Scharen herbei, gekrümmt unter der Wucht der Böen, trotzen ein paar Minuten den Elementen und gehen wieder, durchnässt von der Gischt, betrunken von den Windböen, die sie nach hinten drücken. Vorhin hat Sarah das alte Pärchen vorbeikommen sehen, das sie jeden Tag mit langsamen Schritten zur Halbinsel gehen sieht. Normalerweise machen sie eine Pause auf dem Rückweg. Eine Halbe für Monsieur, ein Tee für Madame. Sie hat sie nicht zurückkommen sehen. Sie müssen einen Unterschlupf gefunden haben, auch wenn sie nicht so recht weiß, wo, um diese Zeit ist alles geschlossen mit Ausnahme des Gasthofs und der kleinen Bäckerei am Fuß der Hügel und deren zahllosen Minivillen, die meisten mit freier Aussicht, Terrasse und Swimmingpool, Kakteen und Rhododendren, Rosmarinsträuchern und Zitronenbäumen, Teakmöbeln und Liegestühlen. Glückliche Familien mit jeder Menge freier Zeit Azurblau und Horizont um sich herum. In der schönen Jahreszeit kommt diese ganze feine Gesellschaft über die Pfade hinunter, um den Strand zu genießen, einen Cocktail in der untergehenden Sonne zu schlürfen, gegrillten Fisch mit den Füßen im Sand zu essen, die Haut noch salzig vom nachmittäglichen Baden im Meer. Wenn es Nacht geworden ist, spielt die Musik etwas lauter, und das ist der Moment, den sie am meisten liebt. Wenn die Urlauber in der willkommenen Milde des Abends noch bei einem Glas sitzen, nach der glühenden Hitze, von der man einen Sonnenstich bekommt und die einen austrocknet, die Bucht erstickt und das Blut wie Blei durch die Adern fließen lässt. Ermattung und Sanftheit befallen dann alles, selbst die Luft und die Tage. Das Leben selbst. Dann erstirbt der Sommer langsam, und eine unbestimmte und kalte Langeweile breitet sich aus. Ein Zwischenzustand, in dem das metallgraue Licht, das den Alltag einhüllt, den unvermindert kräftigen Blau- und Orangetönen zu widersprechen scheint. Letztlich bemisst sich der Sommer hier nicht nur nach der Quecksilbersäule. Er wird von den Menschen geprägt. Der Art und Weise, wie sie die Orte, die Stille, die Landschaften ausfüllen. Manche hier warten nur auf eins. Dass die Touristen abreisen und sie dem Meer, dem Himmel, den Felsen überlassen. Den Strömungen und den Vögeln. Nicht sie. Sie wartet auf sie, wie man auf die Flut wartet, damit die Unruhe und die Zweideutigkeit verschwinden, die nackten Riffe, der Treibsand, in dem man einsinkt, wie Eingeweide, die dem Blick zugänglich sind, schlecht verborgene Sekrete. Sie hat nie verstanden, was manche an der Ebbe, dem Wasser, das sich zurückgezogen hat, finden. Gott sei Dank erspart das Mittelmeer es ihr, sich darüber Gedanken zu machen.

Das Telefon in ihrer Tasche beginnt zu vibrieren, es ist ihre Schwester. Ihre liebe Schwester.

»Sag mal, dein Antoine ist noch immer nicht gekommen. Bist du sicher, dass er heute kommen soll? Ich muss nämlich jetzt los. Er sollte mich anrufen, sobald er auf dem Parkplatz ist, damit ich ihm die Karten gebe.«

Sie kürzt das Gespräch ab. Nein, sie wisse nicht, was Antoine treibe, ob er noch komme oder nicht. Und sie mag den Ton nicht, den ihre Schwester anschlägt, indem sie das »dein« vor Antoine betont, die kaum verhohlene Andeutung. Überhaupt, was weiß sie denn schon? Sie hat ihn seit dem Abend des Spiels, dem Glas, das sie nach dem Dienst getrunken haben, dem Mobile Home und dem Strand, der totalen Dunkelheit des Campingplatzes nicht mehr gesehen. Angesichts des Wetters hat er seine Pläne vielleicht geändert. Manchmal ist er durchaus imstande, solche vernünftigen Entscheidungen zu treffen. Delphine und Schwertwale anzuglotzen, während es wie aus Kübeln gießt, wer macht das schon? Nicht einmal, um Nino einen Gefallen zu tun. Jedes Opfer hat seine Grenzen. Sie fragt sich überhaupt, wie er sich das alles antun konnte. Ein Kind machen. Sich von Marion, dieser blöden Kuh, ihrer Verkniffenheit und absoluten Humorlosigkeit in die Enge treiben lassen. Ihre Art, sich kopfüber ins geruhsame Leben zu stürzen und mit einem Schlag zwanzig Jahre zu altern. Als hätte sie im Grunde immer schon darauf gewartet. Eine Ausrede, um ihrem Leben eine neue Wendung zu geben. Sie waren nicht füreinander gemacht, das ist offensichtlich. Und es ist nicht verwunderlich, dass sie sich schließlich mit Marco zusammengetan hat. Beide angepasst, stinklangweilig und zurechtgestutzt für ihr kleines, perfekt geregeltes Leben, den Wagen, die Wohnung, den Jungen. Na ja, das sagt sich so leicht, aber was hat ihr Leben darüber hinaus schon aufzuweisen? Wovon hat es sie befreit, keine Kinder bekommen zu haben? Das von Antoine vor zehn Jahren nicht behalten zu haben? Ihm nicht einmal gesagt zu haben, was damals passiert ist, dass sie mit ihrer Schwester ins Krankenhaus gehen und diese ganze Scheiße über sich ergehen lassen musste, die sie eine wahnsinnige Mühe gekostet und sie wochenlang wie verletzt zurückgelassen hatte, ohne dass sie wusste, wo und wie. Diesen verdammten Blick der Ärzte, der Krankenschwestern zu ertragen, ihre herablassende Art. Was hat sie aus alldem gemacht? Aus dieser Demütigung, aus ihren Tränen, als sie ihre Schwester angerufen hat, aus den Moralpredigten, die sie über sich ergehen lassen musste, den Terminen im Krankenhaus? Aus dem Schmerz, den sie im Bauch verspürte, als Antoine ihr mitteilte, dass er Papa werde? Aus dem Bild eines gemeinsamen Kindes, eines Lebens zu dritt, das sie aus ihrem Kopf verbannen musste? Aus dem kleinen Gespenst, das in ihr herumgeistert und das sie ständig zu verjagen versucht? Abgesehen davon, dass sie es nicht schafft, nicht ein- oder zweimal pro Woche mit ihm zu schlafen, wobei sie sich jedes Mal sagt, dass es das letzte Mal ist. Abgesehen davon, dass sie sich einredet, mit Alex habe sie das schöne Leben und die große Liebe gefunden. Die Nächte, die er in Uniform damit verbringt, die Lager mit seinem Kollegen Javier zu bewachen. Die Abende allein nach dem Dienst, vollkommen erledigt vor dem Fernseher. Und die freien Tage, an denen sie all das erledigt, wozu sie während der übrigen Woche nicht kommt, Einkaufen Wäschewaschen Putzen. Ab und zu ein Kinobesuch. Wenn Alex nicht beim Boxen oder mit seinem Motorrad unterwegs ist. Manchmal überfällt es sie nachts: Sie stellt sich vor, wie es wäre, ein Kind zu haben. Oder zwei. Oder das von Antoine behalten zu haben. Und dann geht es vorüber. Es geht immer vorüber. Sie überlegt ganz ruhig. Sagt sich, dass sie damals noch nicht bereit war. Dass sie zu jung und nicht stabil, ruhig, vernünftig war. Dass sie ihr Leben damit verbrachte, zu trinken und schlafen zu gehen, wenn die anderen aufstehen, mit jedem sexy Kerl zu vögeln, der im Juli am Strand zu finden war. Sie sagt sich, dass es nicht Aufgabe der Kinder ist, die Leere im Herzen und im Leben ihrer Eltern zu füllen. Solche Dinge. Argumente, die man für sich selbst findet. Die man sich in den Schädel hämmert, in der Hoffnung, dass sich das ein für alle Mal einprägen wird. Sie versucht, all das aus ihrem Kopf zu vertreiben, und

macht sich wieder an die Arbeit, die Füße und den Jeans-
saum im Wasser. Doch es gelingt ihr nicht. Zurzeit überfallen ihre Gedanken sie, ohne ihr Ruhe zu gönnen, um-
schwirren sie wie unerträgliche Mücken, deren kaum
hörbares Geräusch die Stille zu sättigen scheint. Sie füllt
Eimer um Eimer, die sie anschließend leert, während sie
an Antoine, an Jeff, an sich als die Kinder, die sie waren,
denkt. Was hatten sie damals nur getrieben? Woran hatten sie gedacht, außer herumzuknutschen, sich abends
vollaufen zu lassen, Feuer auf dem Strand zu machen,
in den kleinen Buchten zu vögeln, in der Sonne zu liegen,
die Nase im Badetuch, dösend zum Klang der Musik aus
dem Ghettoblaster, ein Bier in Reichweite, Pastis Wodka
Orange Whisky Cola in Oasisflaschen. Von den Riffen
ins Wasser zu springen, Akrobatikwettbewerbe, endloses
Luftanhalten, die Knie aufgeschürft von den Felsen beim
Wiederauftauchen. Eine Welt aus Salz und Harz. Aus
Haut. Aus Tanz. Aus Gras und Alkohol. Ein Leben unter
Hochspannung. Ein magnetisches Leben. Und Platz für
nichts anderes. In der Schule hinkten sie alle hinterher,
aber niemand schien darin ein Problem zu sehen. Weder
sie noch ihre Eltern. Diejenigen, die den Unterricht kaum
besucht hatten und dachten, man brauche das, um zu-
rechtzukommen, betrachteten alles, was auf das Lycée
folgte, mit Argwohn. Als etwas für die anderen. Welche
anderen? Selbst die Lehrer schienen es unvermeidlich
zu finden. Die miserablen Noten. Die bescheuerten Bera-
tungsgespräche. Wenn sie es sich recht überlegte, kannte
sie niemanden, der damals auch nur daran gedacht hätte,
eines Tages ein guter Schüler zu sein, zu studieren, die
Gegend zu verlassen, um nach Paris oder anderswohin

zu gehen. Ein gutes Gehalt, ein guter Job, ein anderes Leben. Mit Ausnahme von Antoine, wegen des Fußballs. Alle glaubten daran. Alle dachten, dass er der nächste Zidane würde. Aber wie es scheint, machten sie sich alle Illusionen. Denn kein Club hat ihn je angesprochen. Vielleicht hatte sie ja recht. Man braucht sich nur dieses Jahr anzuschauen. Sie kommen ins Viertelfinale der Coupe de France, und er ruiniert alles. Ein Kopfstoß in einem kleinen, beschissenen Spiel wegen eines armseligen Fouls auf dem Spielfeld. Und die Mannschaft muss ohne ihn zurechtkommen. Nun ja, letztlich hatte man sich in gewisser Weise doch nicht geirrt: Antoine hatte sehr wohl etwas von Zidane. Sie erinnert sich an die Zeit, als sie Kinder waren, an Marion und Marco, die ihren Kinderwagen durch die Gänge des Carrefour schoben oder auf der Bank einer Grünanlage saßen. Verdammte Marion. Marion. Warum die Verbindung herstellen zwischen dem, was sie war, und dem, was sie geworden ist? Und ihrer eigenen Schwester? Zwischen der Kasse des Souvenirshops von Marineland und ihrem Haus mit ihrem netten Bullen und ihren beiden Kindern bei Antibes. Anscheinend so perfekt an ihrem Platz. Zufrieden mit ihrem Schicksal. Ordentlich weggeräumt in ihrer Schublade. Ohne sich je Fragen zu stellen. Doch was weiß sie schon? Bestimmt stellt sie sich welche. Wie alle. Für niemanden sind die Dinge so einfach und gesichert. Manchmal denkt sie: Warum ist das Leben für mich nicht selbstverständlich? Und dann korrigiert sie sich. Ist es das überhaupt für irgendjemanden auf dieser Welt? Das sind die Dinge, die ihr zurzeit keine Ruhe lassen. Das und die Summe dessen, was in unseren Leben schiefgeht, ohne dass man es wirklich beschlossen hat.

Stinkfaul sein in der Schule, weil man das für normal hält, weil man andere Dinge im Kopf hat, Kerle Klamotten Partys Spaß haben Kopfsprünge Joints Ficken die kleinen Buchten die Sonne, und irgendwann begreifen, dass das ein für alle Mal über die Arbeit bestimmt hat, die man macht, das Leben, das man führt, und die Leute, die man kennenlernt, als reduzierte sich das anfänglich unermessliche und sonnige Leben plötzlich auf nicht mehr sehr viel, ein Grau-in-Grau wie feine Asche, die auf alle Dinge gefallen ist, ein auf das strikte Minimum geschrumpftes Feld der Möglichkeiten, ein reduziertes und tapferes Leben, aber reduziert, wie auch immer man es dreht und wendet. Sich mit Alex zusammentun, weil es eben so ist, weil man miteinander fickt und weil es mit über dreißig normal ist, mit jemandem zusammenzuleben, trotz der Trägheit, die dich für immer am Boden festhält und dich ein Leben leben lässt, ohne dass du dich wirklich fragst, ob es nicht andere gäbe, die besser für dich wären. Und allein schon die Vorstellung, allein zu sein, deine Gewohnheiten und deinen Alltagstrott zu ändern, erschrecken dich so sehr, dass du dich bis zu deinem Tod keinen Millimeter mehr von der Stelle rührst und dir einredest, dass du sehr glücklich bist so. Beschließen, dass du kein Kind willst, dass du nicht dafür geschaffen bist, dass du zu jung bist oder jetzt zu alt, dasjenige von Antoine herumreichen, ohne jemandem etwas zu sagen, vor allem ihm nicht, und die ganze Zeit die Art Leere im Inneren zu spüren, dieses Knäuel von Dingen, die man zu schenken hat und die nie einen Empfänger finden werden, dieses verdammte Gespenst, das einen verfolgt, und dir sagen, dass es nicht wiedergutzumachen ist. Was immer du entscheidest, es ist nicht wiedergutzumachen. Denken, seit du fünfzehn warst, das mit Antoine sei eine Geschichte ohne Zukunft, in der es nur ums Ficken und Spaßhaben gehe, zwei Labile zusammen, da ist das Scheitern vorprogrammiert, eine wacklige und gefährliche Sache, und sich bewusst werden, dass man mittlerweile seit dreizehn Jahren klammheimlich miteinander fickt und dass es mit niemandem so intim und selbstverständlich ist. Selbst nicht mit Alex. All das führt dazu, dass man diesen Weg gegangen ist und nicht die anderen. Und man hat sogar nie das Gefühl gehabt, dass man eines Tages eine Entscheidung getroffen hätte. Andere Wege. Andere Straßen. Andere Leben. Das Leben in einem Fingerhut. Gleichsam vorherbestimmt. Natürlich ist es mit über dreißig zu spät, sich solche Fragen zu stellen. Ist man erst mal auf die Schienen gesetzt, nutzt das nichts mehr.

Und dann plötzlich ein lautes Getöse, und all ihre Gedanken sind wie weggefegt. Sie stürzt in den oberen Saal, und alles ist überschwemmt. Die Gäste klitschnass. Zu ihren Füßen Meerwasser übersät mit Glassplittern. Der Chef ruft ihnen zu, sie sollen nach hinten gehen zu den Tischen, die immer noch gedeckt sind, Besteck schön gerade blaue Servietten in tadellos polierten Gläsern, Mimosensträuße in der Mitte. Er beginnt aufzuwischen und wird von einer zweiten Welle getroffen, die ihn innerhalb eines Augenblicks vollständig durchnässt. Diesmal wird der ganze Gasthof überschwemmt. Das Wasser dringt bis in die Küchen. Sarah läuft, um den Sicherungsschalter zu drücken. Sie befinden sich jetzt in vollkommener Dunkelheit, die erfüllt ist vom Lärm des Meeres, vom Wind, der die Flaschen herumwirbelt, und der Panik der Gäste, die nicht wissen, ob sie bleiben oder hinausgehen sollen, weil es draußen noch schlimmer ist. Man braucht sich bloß den Typen auf dem Strand anzuschauen. Wieso steht er da und starrt auf die Fluten, die so nah sind, dass jeden Augenblick eine Welle kommen, ihn überspülen und mit sich reißen kann? Was sucht er? Schon vorhin bei den beiden Jugendlichen, die sich völlig bescheuert aufführten, hatte sie Angst gehabt, dass es ein schlimmes Ende für sie nimmt. Sie standen ganz nah an den Wellen, folgten dem Wasser, das sich zurückzog, die Füße auf den glitschigen Kieseln unter dem aufgewühlten Sand, und kehrten immer gerade so rechtzeitig um, dass die nächste Welle sie nur noch vollspritzen konnte. Es dauerte nicht lange, das war zu erwarten, und das Mädchen befand sich unter Wasser, und wenn ihr Freund sie nicht am Arm festgehalten hätte, wenn er nicht stark genug gewesen wäre, hätte man sie nie wiedergesehen. Das Meer hätte sie verschlungen und auf die offene See hinausgerissen. Sarah blickt erneut zu dem Typen. Er brüllt, als rufe er jemanden, der in den Fluten verloren ist, doch bei dem Höllenlärm ringsumher scheint kein Laut aus seinem Mund zu kommen.

»Hast du den Typen gesehen? Ist doch komisch, oder? Glaubst du, dass er Hilfe braucht?«

Der Chef antwortet kaum. Er pfeift drauf. Er wischt wie ein Besessener. Kämpft einen verbissenen Kampf, der von vornherein verloren ist. Das Meer verschlingt den Gasthof nach und nach, wirft die Stühle um, lässt die Tische davongleiten. Der Sand knirscht unter seinen pitschnassen Füßen. Eine zweite Fensterscheibe ist gerade geborsten. Die Gäste schreien und stürzen hinaus.

»Ich gehe nachsehen.«

»Verdammt, Sarah, doch nicht jetzt. Wir werden es niemals schaffen, wenn alle abhauen.«

Sie hört nicht zu. Vermutlich wird es sowieso noch Stunden regnen, der Wind tagelang so blasen, das Meer alle Fensterscheiben eindrücken und überall eindringen und den Gasthof völlig verwüsten. Und mit Eimern und Wischmopp wird man dagegen nicht ankommen. Sie geht hinaus und nähert sich dem Typen. Der Wind und der Regen rauben ihr den Atem. Es ist, als tauchte man in ein zehn Grad kaltes Meer. Genau das gleiche Erstickungsgefühl. Sie betrachtet den Typen, der noch immer aufs Meer starrt, sie sucht es ebenfalls ab, kann jedoch nichts erkennen. Oder doch, zwischen zwei Wellen eine kleine schwarze Masse, die auftaucht und wieder verschwindet, aber sie ist sich nicht sicher. Alles ist dermaßen grau und in ständiger Bewegung. Und der Regen trübt ihren Blick. Sie geht noch näher heran, und der Typ hört nicht auf zu brüllen. Fernand Fernand!, brüllt er. Sie hört es jetzt ganz deutlich.

»Was ist los? Brauchen Sie Hilfe?«

Sie schreit, doch ihre Worte dringen nur als ein Flüstern durch die Brandung. Als wären sie in Watte gefangen. Erstickt. So etwas wie ein stummer Schrei.

»Es ist Fernand. Er ist ins Wasser gegangen, dieser Idiot. Er kann einfach nicht anders. Und jetzt schafft er es nicht mehr zurück. Die Strömung ist zu stark. Ich glaube, ihm geht die Puste aus.«

»Ich rufe die Rettung.«

»Wozu? Bis sie hier sind, ist es zu spät. Ich werde reingehen.«

»Sie sind verrückt!«

Sie kann nichts tun, um ihn zurückzuhalten. Er taucht auf und verschwindet in dem wogenden Schiefer. Taucht kurz darauf wieder auf und bemüht sich trotz der Wellentäler und der ständigen Wirbel zu schwimmen. Seine Arme bewegen sich, ohne ihn auch nur einen Millimeter vorwärtszubringen. Die ersten Wellen scheinen eine Barriere, eine Mauer zu sein. Er wird ertrinken. Er wird ertrinken und der andere auch, obwohl sie den anderen kaum erkennen kann, immer noch eine undeutliche Masse in der offenen See. Und kein Zeichen eines Menschen, der versucht, ans Ufer zurückzukommen. Sie holt ihr Telefon aus der Tasche und tippt die Nummer der Feuerwehr. Es sind zwei Männer im Meer, sagt sie. Wenn es nur zwei wären, seufzt ihr Gesprächspartner. Und dann: Wir kommen. Sie weiß, dass sie besser hineingehen sollte, wo sie in Sicherheit ist. Wenn man das von einem überschwemmten Gasthof, dessen Fenster fast alle zersplittert sind, überhaupt noch sagen kann. Letzten Endes bleibt sie, wo sie ist, mit hängenden Armen, die vollkommen nutzlos sind, und sieht dem Typen zu, der sich abmüht und schließlich die erste Brandung überwindet und langsam Fernand entgegenschwimmt oder dem, was sie von ihm erkennt. Und das ist nicht viel. Es ist hart für sie, Minuten voller Angst und Ohnmacht. Der vom Meer hin und her geworfene Mann, sein fernes Ziel, das er nie zu erreichen scheint. Der Himmel und das Wasser, grau-schwarz, und der dichte Regen. Als die Feuerwehrleute kommen, hat der Typ Fernand erreicht und versucht, zum Ufer zurückzuschwimmen. Es sind unkoordinierte Bewegungen, ein ständiges Auftauchen und Verschwinden und Wiederauftauchen, hundertmal, das Grauen eines Todes durch

Ertrinken vor ihren Augen. Die Feuerwehrleute stürzen sich ins Wasser und fahren los auf einem Zodiac, das sich senkrecht aufbäumt und jeden Augenblick umzukippen scheint, doch nein, es zerschneidet die Wellen mit einem ohrenbetäubenden Motorengeräusch, das schon bald nicht mehr zu hören ist, übertönt wird. Als es die beiden Männer erreicht hat, beugt sich einer der Feuerwehrmänner vor und hievt einen ersten Körper ins Boot. Dann den zweiten, der von dort aus, wo Sarah steht, nicht die Größe eines Erwachsenen hat. Sie weiß nicht genau, warum, doch der Gedanke, es könnte sich um ein Kind handeln, hat eine vernichtende Wirkung auf sie. Sie beginnt zu zittern, und plötzlich scheinen ihre Beine aus Watte zu sein oder irgendetwas anderem, einem Material jedenfalls, das ungeeignet ist, sie zu tragen. Das Schlauchboot kehrt zum Strand zurück, und die Feuerwehrleute springen auf den Sand, holen eine Tragbahre und legen den leblosen Typen darauf. Versuchen ihn mit sinnlosen Wiederbelebungstechniken zurückzuholen. Sie begegnet ihren Blicken und begreift, dass es vorbei ist. Dass man nichts mehr tun kann. Der Typ ist tot. Er ist ertrunken, während er Fernand retten wollte, um den sich niemand groß zu kümmern scheint. Sie nähert sich dem Zodiac mit zitternden Beinen, und ihr Herzschlag stockt, so dass sie kaum noch atmen oder denken kann. Sie geht noch näher heran, und was sie sieht, ist ein Hund. Dessen magere Flanken sich unter den langen Haaren, die wie die Fransen eines Wischmopps aussehen, unregelmäßig heben und senken, aus der Puste, atemlos. Als sie den Namen Fernand ausspricht, dreht er den Kopf zu ihr und sieht sie mit dieser liebeshungrigen Zärtlichkeit an, die nur diese Art von Tier kennt.

6

CORALIE

Natürlich ist sie zu spät ins Krankenhaus gekommen. Natürlich hat der Stationsarzt sie angeschnauzt. Und all das für wen? Für Marion. Die »nur« ausnahmsweise mal mit ihrem Kerl und Nino frühstücken wollte. Was geht sie das an? Wie lange hat sie sich schon nicht mehr morgens ein bisschen Zeit für sich nehmen können? Nicht die Wohnung verlassen, während es noch dunkel ist und ihre Tochter noch schläft? Jeden Tag kommt sie kurz vor sechs ins Hotel. Sie füllt die Körbchen mit Feingebäck, macht Kaffee und stellt Obst und Frühstücksflocken auf das Buffet. Und sie erledigt den Frühstücksdienst, bis Marion zu erscheinen geruht. Warum die selbst zu normalen Zeiten erst so spät anfängt, wo sie doch nur halbtags arbeitet und ihrer Meinung nach nichts lieber täte, als zwei Stunden mehr zu arbeiten, auch wenn sie dafür früher aufstehen müsste, warum der Chef zwei Mädchen für das Frühstück und die Zimmer eingestellt hat, die sich ablösen, während doch eine einzige reichen würde und alles machen könnte, was nebenbei gesagt beiden ersparen würde, einen zweiten Job anzunehmen, sie weiß es nicht. Niemand weiß es im Übrigen. Nicht einmal der Chef. Sie ist nicht einmal sicher, ob er überhaupt darüber nachgedacht hat. Manche Dinge sind so absurd, dass sie letztlich eine unhinterfragbare Offensichtlichkeit bekommen. Es erstarrt zur Gewohnheit, und niemand weiß mehr, wie es dazu gekommen ist und warum. Eins jedenfalls ist sicher, wenn Marion endlich aufgetaucht ist, muss sie sich in aller Eile in ihren Wagen setzen und zum Krankenhaus düsen, um ihren vierstündigen Dienst anzutreten, und wenn sie am Ende des Monats das Benzin die Rechnungen die Miete das Essen das Telefon die Kleidung für ihre Tochter abzieht, bleiben ihr nur noch ihre Augen zum Weinen, ein hübsches Minus auf dem Konto und ab dem fünfzehnten die sanfte Stimme ihres Bankiers, die ihr sagt, dass sie jetzt das erlaubte Limit überschritten habe und man eine Lösung finden müsse. Eine Lösung hat sie. Die Millionen Leute wie sie sehr begrüßen würden: eine anständig bezahlte Vollzeitarbeit. Neulich war sie mit einer Freundin in Nizza, und sie trafen zufällig auf drei Kerle mit Kameras, die eine Passantenbefragung für irgendeine Sendung machten, sie hat vergessen welche. Irgendwas Politisches. Sie fragten sie: Wovon träumt Ihre Generation? Von einem unbefristeten Vollzeitvertrag, antwortete sie. Die drei Kerle fanden das phantastisch … Sie baten sie, ein Papier zu unterschreiben, das ihnen erlauben würde, die Bilder zu senden, und sie hat sie zum Teufel geschickt. Sie wirkten enttäuscht … Davon abgesehen ist Marion auch nicht viel besser dran als sie. Um über die Runden zu kommen, hat sie sich was im Pflegedienst gesucht. Sie hat drei Kundinnen, soweit sie verstanden hat. Letzten Endes dürfte bei ihr am Monatsende auch nicht viel übrig bleiben. Aber ihr Kerl verkauft Autos an der Nationalstraße, ein Glück für sie, dadurch stehen die Chancen ganz gut, dass sie nicht am Hungertuch nagen muss. Als sie mit Antoine zusammen war, da mussten sie mit Sicherheit ganz schön knapsen. Aber jetzt, wo sie ihm wegen eines zuverlässigen Kerls, der seinen Lebensunterhalt verdient, den Laufpass gegeben hat … Na ja, sie will ja nichts Böses sagen, aber mal ehrlich, leg Antoine und Marco auf die Waage und bitte ein beliebiges Mädchen zu wählen, und du wirst rasch begreifen, wofür ihr kleines Herz schlägt. Marion hat sich für Bequemlichkeit und materielle Sicherheit entschieden. Das ist ihr Problem. Sie wird nicht den ersten Stein auf sie werfen. Jeder macht, was er will. Jedem das Seine. Und sobald er das Bett verlassen hat und du seinen hübschen kleinen Arsch und sein Engelsgesicht zur Genüge kennengelernt hast, möchte man Antoine sicher auch nicht jeden Tag geschenkt bekommen.

Ihre Arbeit im Krankenhaus ist im Grunde nichts anderes als die einer Putzfrau: die Scheiße der anderen wegputzen. Ihre Freundinnen verstehen nicht, dass sie sich entschieden hat, hier zu arbeiten, wo sie doch vorher das Gleiche in kuscheligen Privathäusern gemacht hatte. Sie sagen, sie hätten das an ihrer Stelle nie für das Krankenhaus aufgegeben. Denn der Dreck und der Staub der kleinen Wohnzimmer der Küchen der Badezimmer der Klos in den schönen Häusern mit Meerblick ist eine Sache, die Krankheiten der Leute die Medizin die Familien die dich nicht mal anschauen dich nicht mal begrüßen und dich verachten, aber eine andere. Doch es trifft sich gut, sie sind nicht an ihrer Stelle. Und ihr ist es lieber so. Hier dringt sie nicht in die Privatsphäre der Leute ein. Oder auf eine so direkte, wehrlose Weise, dass alle auf eine Stufe gestellt werden. Am Tropf hängend und mit ihrem Beatmungsgerät, abgemagert und blass und geschwächt und manchmal sogar nicht mehr imstande aufzustehen, um zu pissen oder zu scheißen, mit dem Löffel gefüttert in ihrem Krankenhausbett zwischen hellrosa Wänden Wagen Gerüchen nach schlechtem Essen und Desinfektionsmitteln, verlieren die Leute aus den Villen ihre Überlegenheit, das können Sie mir glauben. Man hat zu nichts mehr Lust. Keine Aufgeblasenheit mehr, keine schöne Kleidung mit deutlich sichtbarer Marke, die gebügelt werden muss, keine schönen Möbel mehr, die abgestaubt werden müssen, keine Wandschränke voller Produkte, die gekauft wurden, ohne auf das Preisschild zu schauen, kein Kühlschrank randvoll mit Zeug, das sie nie essen würde, nicht mal an Weihnachten. Kein Swimmingpool mehr und keine Teakmöbel auf der Terrasse. Kein Mariage-Frères-Tee und keine Nespresso-Kapseln mehr. Kein Audi und kein B M W mehr, die an der Mauer parken. Kein Lächeln und keine kleinen zuckersüßen Aufmerksamkeiten mehr, damit die bittere Pille besser runtergeht und sie sich gut fühlen. Keine Sätze mehr wie Wenn Sie Zeit haben, dann bügeln Sie doch die Wäsche, Wenn Sie heute daran denken könnten, den Kühlschrank auszuwischen, Die Kinder schlafen, wenn Sie vielleicht etwas warten könnten, bevor Sie den Staubsauger einschalten, Das letzte Mal habe ich bemerkt, dass noch Spuren in der Toilette im Badezimmer zu sehen waren. Keine Bücher mehr, keine Papiere, keine Kontoauszüge mit so hohem Guthaben, dass sie sich nicht im Entferntesten vorstellen kann, was das wirklich bedeutet. Keine klassische Musik mehr, kein Jazz, keine Telefonate, die laut und deutlich geführt werden und, als wäre sie überhaupt nicht da, Probleme enthüllen, die nicht wirklich welche sind und sie sowieso nicht betreffen. Keine Gespräche mehr, die man aus Höflichkeit über sich ergehen lässt. Meine Tochter dies. Mein Sohn das. Und mein Mann, wenn Sie wüssten. Nichts mehr von alldem. Nur noch Kranke in Betten. Böden, die zu wischen sind, Klos und Duschen, die zu scheuern sind. Essenwagen, die abgeräumt werden müssen. Laken, die gewechselt werden müssen. Vier Stunden, und sie zieht ihren Kittel aus, greift nach ihrer Jacke und den Schlüsseln ihres Twingo und fährt nach Hause, in die leere Wohnung, bis ihre Tochter aus der Schule nach Hause kommt. Laura ist in der neunten Klasse. Und stinkfaul. Verbringt ihre Zeit in ihrem Zimmer oder bei ihren Freundinnen. Oder hängt mit ihrer Clique auf den Bänken vor dem Mietshaus herum, zwischen den Parkplätzen und den löchrigen Rasenflächen, bevölkert mit ihnen den Spielplatz oder raucht auf den Turngeräten. Stunden und Nächte auf Facebook. Sie sagt, dass sie in der Modebranche arbeiten will, obwohl sie das Schneidern hasst und nicht zeichnen kann. Nein, ich meine Klamotten in einer Boutique verkaufen, verstehst du? Sie seufzt, sobald man das Wort an sie richtet oder sie irgendwas fragt oder um etwas bittet, den Tisch abzuräumen, einen Gefallen, oder ihr etwas vorschlägt, Kino, McDonald's. Und sie scheint bereit, ihre Mutter beim Jugendamt wegen Misshandlung anzuzeigen, weil Coralie sie jeden Abend zwingt, mit ihr zu Abend zu essen. Vor kurzem hat sie sich entschlossen, den Fernseher einzuschalten. Sie essen ihre Nudeln vor *Plus belle la vie*. Denn das Schweigen, die Keramikhunde, die Seufzer, Laura, die nicht schnell genug in ihr Zimmer kommen kann, um mit ihren Freundinnen zu chatten, das wurde immer unerträglicher. Die Pubertät eben. Sie sagt sich, dass sie in ihrem Alter sicher genauso gewesen ist, aber ganz ehrlich, nein, sosehr sie sich das Gehirn zermartert, sie kann sich nicht erinnern, so gewesen zu sein. Oder sie hat ein kurzes Gedächtnis. Oder bedauert, nicht selbst ein bisschen mehr so gewesen zu sein. Nicht wirklich eine Jugend gehabt zu haben. Braver kleiner Liebling ihrer Eltern, gehorsam und unterwürfig, ohne Ecken und Kanten und ohne die Ausrede des Herumhängens mit Freundinnen, des Interesses für Jungs, Computer oder Fernsehserien, um ihre schlechten Noten zu rechtfertigen. Liebes, nicht sehr begabtes Mädchen, für was auch immer, zwar guter Wille, aber Hopfen und Malz verloren. Doch das Geheimnis des Verschwindens ihrer Tochter bleibt trotz allem unergründlich. Wo ist sie hin? Wie hängen diese feindselige Präsenz in der Wohnung und das kleine Mädchen, das sie in den Armen gehalten hat, das niemals genug von ihren Umarmungen kriegen konnte, zusammen? Wann ist das schiefgegangen? Und warum? Und wo soll jetzt die Freude herkommen? Wo der Trost? Nach den Scheißtagen, die sie damit verbringt, die Scheiße wegzuputzen. Noch vor ein paar Jahren hatte sie sich dabei ertappt, sich ein Leben vorzustellen, wenn Laura ausgezogen wäre. Die Leere, die zurückbleiben würde. Die vollkommene Einsamkeit in der Wohnung. Die Tage ohne die Aussicht auf 16 Uhr 30 und das Leben, das sturzbachartig über sie hereinbricht. Die Summe der Gesten und Worte. Sie waren ein eingeschworenes Team. Ein und dieselbe Person. Der Nachmittagsimbiss am Strand und die Hausaufgaben. Die Spiele und dann die Vorbereitung fürs Abendessen. Die Geschichten und das Einschlafen im selben Bett, in einer gemeinsamen Wärme, ihr kleiner Körper in ihren Armen, der beruhigende Geruch ihres Haars, der ihre Lunge füllte. Sie stellte sich vor, was folgen würde, und das erschreckte sie. Laura ist noch nicht ausgezogen, und doch hat das Grauen bereits begonnen. Und es ist noch weit schlimmer, als sie befürchtet hat.

Wie immer beginnt sie mit den Fluren, den Personaltoiletten, dem Schwesternzimmer. Musik im Kopfhörer. Sie hat immer gern Musik gehört. Und auch gern gesungen. Unter der Dusche und heimlich. Als kleines Mädchen hat sie davon geträumt. Sie sah sich als Sängerin. Nicht als Star, nein. Lediglich Sängerin, im Sommer, in den Cafés, mit einem Typen an der Gitarre oder am Synthesizer. An den schönen Tagen mit Fabrice, ihre Lieblingsabende waren die, an denen er sie zum Karaoke mitnahm. Nur sie beide, weil vor den Freundinnen hätte sie sich nicht getraut. Sie sang nur für ihn. Er sagte, sie habe eine schöne Stimme, und schien es ehrlich zu meinen. Sie sang etwas Altes von Mylène Farmer. Jean-Jacques Goldman. Balavoine. »Les Valses de Vienne«. Phil Barney. Auch das ist verschwunden, ohne dass sie weiß, wohin. Die milden Nächte, die Lichterketten in den Palmen, die Schaulustigen, die Eis schleckten gegenüber den Jachten. Die Cocktails, nachdem sie ihren Platz einer anderen Sängerin, einem anderen Sänger überlassen hatte. Die ganzen Top 50 der neunziger Jahre wurden da gesungen. Ein paar Jahre vor ihrer Trennung hatte Fabrice sie überzeugt, sich für *Nouvelle Star* zu bewerben. Die Vorentscheide fanden in Nizza statt. Die Kleine war erst sechs. Sie hat die Aufnahmen nie gesehen, sie auch nie sehen wollen. Es ist mehr so etwas wie ein Witz zwischen ihnen geblieben. Manchmal kehrt es zurück. Mit einem spöttischen Unterton. Etwas Seltsames. Sie kann es einfach nicht glauben. Als hielte Laura sie zu so etwas wirklich nicht fähig. Übrigens hat sie sie nie gebeten, vor ihr zu singen. Hat sich immer damit begnügt, sich über sie lustig zu machen. Als wäre es ihr egal. Als wäre es ihr immer egal gewesen, selbst als sie in dem Alter war zu begreifen, worum es sich handelte, und die Sendung mit Begeisterung anschaute. Selbst bevor sie in die Pubertät kam und jedes Mal seufzt, wenn sie mit ihr zusammen ist. Sie erinnert sich genau an diesen Tag. Die drei Stunden Schlangestehen mit all den Kameras um sie herum. Sie hatte versucht, sich ganz klein zu machen, hatte allein schon bei dem Gedanken gezittert, ein paar Wochen später im Fernsehen aufzutreten, ihre Freundinnen würden sie erkennen und dann das ganze Viertel. Aber es hatte nichts genutzt. Ein Mädchen mit einem Mikrofon war zu ihr gekommen und hatte sie gefragt, woher sie komme und was sie im Leben mache. Sie hatte die Wahrheit geantwortet, dass sie sich um ihre kleine Tochter kümmere, und das stimmte ja auch, denn Fabrice war noch von der alten Schule, laut ihm sollte eine Frau nur dann arbeiten, wenn sie wirklich keine andere Wahl hatte, um ihren Lebensunterhalt zu verdienen, und wenn man Kinder bekommt, dann zieht man sie auch selbst groß, sagte er, wenn man sie anderen anvertraut und sie nur abends sieht, um sie zu baden, ihnen Abendessen zu machen und sie ins Bett zu bringen, wozu hat man dann welche? Damals hatte sie sich rund um die Uhr um die Kleine gekümmert. Dann war Laura in die Schule gekommen, und es hatte diese sechs Stunden vier Tage die Woche gegeben, in denen sie sich nicht so recht zu beschäftigen gewusst hatte. Einkaufen putzen waschen genügte nicht, um sie auszufüllen. Sie langweilte sich ein wenig in der leeren Wohnung, während sie auf das Ende des Unterrichts wartete, doch eigentlich war es gar nicht so schlecht, sagt sie sich heute, gebeugt über die Toilette in Zimmer 214, in dem eine alte Frau den ganzen Tag schläft, sie hat nie gesehen, dass sie die Augen geöffnet hätte. Eine alte Frau, winzig unter ihren blauen Laken. Vollkommen durchsichtig und knochig. Wie eine verschrumpelte, vertrocknete Traube.

Man hatte sie gefragt, ob sie glaube, der Neue Star zu sein, und sie hatte nicht gewusst, was sie antworten sollte. Das Mädchen mit dem Mikrofon hatte sich etwas enttäuscht entfernt. Das Interview wurde nicht gesendet. Zu banal. Keine Geschichte. Nur eine Mutter, die ihr Glück beim Casting versucht. Wenn sie es heute noch einmal probieren würde, würde man mit Sicherheit einen kleinen Beitrag über sie bringen. Allein in ihrer Sozialwohnung mit ihrer pubertierenden Tochter. Zwei Jobs, um einigermaßen über die Runden zu kommen. Frühstück im Hotel und Klos in den Krankenhauszimmern. Und ihre 38 Jahre. Die Erinnerung an die romantischen Karaokeabende. Bevor Fabrice mit einer anderen abgehauen ist. Selbst das hätte ihnen gefallen. Der Klempner, der sich in eine Kundin verliebt. Fast drehbuchreif für einen bescheuerten Porno. Der gutaussehende Junge im Muskelshirt, der in die Küche des Mädchens in Minirock und eng anliegendem Top kommt. Bonjour, Mademoiselle. Sie wollen also, dass ich Ihre Rohrleitungen durchpuste … Schließlich hatte man sie zu einer Kabine gebracht, in der alles blau war. Mit einer einzigen Kamera ihr gegenüber. Man hatte ihr gesagt: Sing. Und sie hatte gesungen. Ein Chanson von Liane Foly, das sie häufig beim Karaoke gesungen hatte. A cappella war es natürlich nicht das Gleiche, aber nach dem Zittern der ersten Töne, wegen des Lampenfiebers, war es ganz gut gegangen. Sie hatte ihr Bestes gegeben. Anschließend hatte sie mit den anderen, die eine Startnummer hatten, gewartet wie beim Marathon. Dann war ein großer Typ gekommen und hatte die Nummern der Kandidaten genannt, die vor der Jury singen sollten. Und sie war darunter gewesen. Erneutes Warten. Und die Kameras, die sie umkreisten, die Journalisten, die sagten: Na los, singen Sie etwas, spielen Sie was für uns, tun Sie so, als würden Sie sich amüsieren. Leute, die sich am Tag zuvor noch nicht gekannt hatten und nicht eine Minute miteinander gesprochen hatten, taten so, als wären sie auf Gedeih und Verderb miteinander verbunden, mit lautem gezwungenem Lachen, Rufen, begeisterten Gesten, und fingen an, gemeinsam im Brustton der Überzeugung Lieder zu singen, von denen sie noch nie auch nur einen Ton gehört hatten. Und dann war sie an der Reihe gewesen. Die Kamera war ihr in den Gang gefolgt und dann in den kleinen Warteraum. Und endlich war sie aufgetreten. Sie waren zu viert, saßen in einer Reihe ihr gegenüber an einem mit schwarzem Stoff bedeckten Tisch. Sie hatte sie im Jahr davor im Fernsehen gesehen. Vorher hatte sie keinen von ihnen gekannt. Es waren Leute aus dem Business. Ein Komponist Arrangeur Klimperer, ein Vogel von einer großen Plattenfirma, ein Musicalproduzent und eine Frau Typ Comedian. Jeder hatte seine Rolle. Der Nette der Böse der Anspruchsvolle aber Gerechte und die Ulknudel mit dem großen Herzen.

»Und was werden Sie für uns singen?«

»›Au fur et à mesure‹ von Liane Foly.«

Daraufhin hatten sie gelacht. Im ersten Augenblick hatte sie nicht gewusst, warum. Aber sie hatte begriffen, dass sie die falsche Wahl getroffen hatte. Zuerst hatte sie sich gesagt, dass sie das Chanson vielleicht zu schnulzig fanden. Sie hatte keine Ahnung. Schließlich waren sie Profis. Sie hatten zwangsläufig ihre eigene Meinung, einen sichereren Geschmack als der Durchschnitt. Wie im Fernsehen, wenn die Komiker sich über die Stimme von Céline Dion, Hélène Ségara oder Lara Fabian lustig machen. Sie findet, dass sie gut singen, dass sie wirklich eine schöne Stimme haben. Und sie mag ihre Chansons. Sie versteht nicht, was daran lustig ist. Woher hätte sie wissen sollen, dass der Typ mit den schwarzen, etwas zu langen Haaren, der endlos redete und die ganze Zeit die Mädchen anzubaggern schien, wenn er ihnen sagte, was er von ihnen dachte, der Autor des Chansons und der Ex von Liane Foly war? Was konnte sie dafür, wenn die Leute so verrückt waren zu denken, sie habe es absichtlich ausgesucht, in der Hoffnung, Manoukian für sich einzunehmen? Sie hatte zu singen begonnen, und seltsamerweise hatte sie keine Angst gehabt. Sie wusste, dass sie möglicherweise ins Fernsehen kommen würde, dass alle sie sehen würden, dass sie Profis vor sich hatte, die sie beurteilen würden, aber sie hatte keine Angst. Sie sang. Und sie war gut. Ihre Stimme gehorchte ihr, wie sie sollte. Die vier Jurymitglieder vor ihr lächelten. Sie schienen ein wenig gerührt zu sein. Als sie fertig war, hatte sie eine Mikrosekunde lang daran geglaubt, hatte sich gesagt, Warum eigentlich nicht? Warum das Vorsingen nicht bestehen und zur Hauptsendezeit singen? Sie hatte sich nicht einmal gefragt, was sie in dem Fall mit ihrer Tochter machen würde, denn sie würde wochenlang in Paris leben müssen. Sie hatte keine Zeit gehabt, sich Gedanken über die verschiedenen Möglichkeiten zu machen. Das Urteil war gefallen. Eine Karaokesängerin. Das hatten sie gesagt. Mit nettem Lächeln und honigsüßen Stimmen, um es erträglicher zu machen. Aber genau das dachten sie. Dass sie zwar richtig singe, aber keine »Persönlichkeit« habe, keine »Stimme wie ein Markenzeichen«, keine »Welt«. Sängerinnen wie Sie findet man in jedem Mülleimer, hatte einer von ihnen gesagt. Und was wir suchen, ist DER neue Star. Und das war's dann. Karaokesängerin. Sie hatte nicht geweint. Sie war nach Hause gegangen und hatte sich gesagt, dass das die Wahrheit war. Im Grunde war sie nichts anderes. Keine Künstlerin. Einfach nur eine Karaokesängerin. Die nichts von Musik verstand. Die Céline Dion Hélène Ségara und die anderen wirklich mochte. Drei Wochen später war die Sendung gelaufen, und man hatte sie ein paar Sekunden lang gesehen. Man hatte sie ihr Lied ansagen gehört und in Großaufnahme Manoukian und die anderen gesehen, die gelacht hatten. Dann hatte sie drei Töne gesungen, und danach hatte die Jury ihr gesagt, dass sie richtig singe, aber dass das nicht ausreiche. Sie hatten die Wörter Mülleimer, Persönlichkeit, Karaoke herausgeschnitten. Das hatte sie erleichtert. Zwei Wochen hatte man über sie gesprochen. Vor der Schule, in der Bäckerei, bei Ed. Ein paar Leute hatten ihr gesagt: Sie haben wirklich eine schöne Stimme, ich hätte Sie gewählt ... Aber sie hätte nicht dieses Chanson singen dürfen. Sie mögen es nicht, wenn man etwas nimmt, das sie gemacht haben. Es ist das Gleiche mit *Les*

Dix Commandements. Das geht einfach nicht. Und dann hatten alle die Sache allmählich vergessen. Und das Leben war wieder seinen gewohnten Trott gegangen.

Sie schaut in den Dienstplan und geht an der Intensivstation vorbei zur Orthopädie. Zimmer 213 ist voller Weißkittel. Es sind auch zwei Bullen da. Sie kann nicht anders, es ist wie ein Reflex, sie wirft einen Blick auf den schlafenden Typen, und trotz seiner Verbände erkennt sie ihn sofort, es ist Marions Ex, es ist Antoine. Sie tritt ans Bett und fragt die Pflegehelferin, was mit ihm passiert sei.

»Das weiß man nicht. Jemand hat ihn heute Nacht hierhergebracht und so auf der Bank vor dem Eingang liegen gelassen. Der Arme war besinnungslos. Und man hat nichts bei ihm gefunden. Keine Papiere, nichts. Aber was suchen Sie hier eigentlich?«

»Kennen Sie ihn?«

Der Polizist hat sie das gefragt. Alle sehen sie jetzt an. Sie bejaht. Nennt ihren Namen. Den seiner Ex, Ninos Mutter, fügt sie hinzu. Ihre Telefonnummer. Sie nennt auch den Namen des Vaters. Erzählt vom Campingplatz. Von den Bungalows, die er neu streicht, und von dem Mobile Home, in dem er wohnt. Vom Fußball und von dem bevorstehenden Spiel gegen Nantes. Sie erzählt alles, was sie weiß. Sie hat keine Ahnung, warum sie so auskunftsfreudig ist. Alles, was Marion ihr erzählt hat und was sie nicht die Bohne interessiert, wiederholt sie. Marion, die ihre Zeit damit verbringt, über Antoine zu reden, obwohl sie nicht mehr zusammen sind, obwohl sie jedem, der es hören will, sagt, dass es zwischen ihnen aus und vorbei ist. Ehrlich, wer soll das glauben?

»Was ist mit ihm passiert?«, fragt sie erneut.

»Ihm ist der Schädel zerschmettert worden. Mit einem Baseballschläger oder so was.«

»Und, ist es schlimm?«

»Was glauben Sie? Er liegt im Koma. Und sonst sieht es auch nicht gut aus. Sie werden ihn untersuchen.«

Sie verlässt das Zimmer. Auf dem Gang holt sie ihr Telefon aus der Tasche und geht zu der kleinen Besucherecke. Drei Sukkulenten, eine Kaffeemaschine. Rosa Kunstleder-Sofas. Noémie macht gerade Pause, den Blick ins Leere gerichtet.

»Wie geht's?«

»Und dir?«

Sie tippt die Nummer. Eigentlich geht es sie ja nichts an, aber sie weiß, dass sie es an Marions Stelle nicht so gern hätte, ans Telefon zu gehen und an Bullen zu geraten, die ihr einfach so mitteilen, dass Antoine auf der Intensivstation sei, dass man ihn mit einem Baseballschläger verprügelt habe. Der Anrufbeantworter meldet sich, und sie hinterlässt eine Nachricht. Ich bin's, Coralie. Ich bin im Krankenhaus. Es ist etwas passiert. Ruf mich zurück. Sie beendet das Gespräch vor den Augen von Noémie, die traurig den Kopf schüttelt.

»Tja, heute passiert so einiges, das ist sicher. Zuerst dieser Typ, der angegriffen worden ist. Und dann die beiden Alten, die ins Wasser gegangen sind. Sie hat es nicht geschafft. Er schon. Ich war vorhin in seinem Zimmer, und er flennte. Nicht nur, weil seine Frau tot ist. Anscheinend war er stinksauer, als die Rettungsleute ihn rausgefischt haben. Er hat sie wüst beschimpft. Er wollte, dass sie ihn ertrinken lassen. Ist schon verrückt, oder? Und zwei Stunden später haben sie dieses Mädchen gebracht. Sie haben sie völlig durchnässt am Strand gefunden. Gestrandet. Nur in Jeans und T-Shirt. Auch sie hatte nichts dabei. Seit sie hier ist, hat sie nicht ein Wort gesagt. Sie untersuchen sie, aber sie hat nichts. Sie spricht nur nicht.«

»Hören Sie, wenn Sie nur quatschen und eine ruhige Kugel schieben wollen, ich hab ein solchen Stapel Bewerbungen auf meinem Schreibtisch, Mädchen, die nur darauf warten, Ihren Platz einzunehmen.«

Coralie dreht sich um. Erwidert nichts. Macht sich wieder an die Arbeit. Geht an dem Stationsarzt vorbei, ohne ihn eines Blicks zu würdigen. Sie öffnet die Tür von Zimmer 247. Ein Berg von einem Mann mit zwei eingegipsten Beinen. Im Fernsehen läuft Sport.

»Verdammt, das wird aber auch Zeit. Seit zehn Minuten klingel ich schon.«

7

DELPHINE

Sie hat sofort gesehen, dass etwas nicht stimmte. Als sie in die Wohnung kam, drückte Mélanie ihr Baby an ihre Brust, der Kleine schrie, und sie schien mit den Nerven am Ende zu sein. Zuerst dachte sie, das wäre der Grund. Das Baby. Das Schreien. Dass Mélanie damit nicht fertigwird. Sie ist ja selbst noch ein Kind. Von Anfang an hat sie es nicht geschafft. Sie hat ihr alles zeigen müssen. Alles beibringen. Das Baden. Das Füttern. Die Kleidung. Die Windeln. Der Schlafrhythmus. Wie sie es auf den Arm nehmen muss. Wie sie mit ihm sprechen muss. Mélanie schien gerade aufgestanden zu sein. Im Trainingsanzug, wie immer, aber mit abgespanntem Gesicht und tiefen Ringen unter den geröteten Augen. Delphine dachte: Oder sie hat wieder angefangen zu rauchen. Aber die Wohnung roch nicht danach. Nur nach Nescafé und den Windeln des Babys, die sich im Mülleimer türmten.

Sie war völlig durchnässt angekommen. Sie muss nur eine Straße überqueren, um von Noémie hierherzugehen, aber so, wie es seit dem Morgen schüttet, war sie innerhalb von drei Minuten bis auf die Knochen durchnässt. Alle Wohnungen liegen im selben Viertel. Einzimmerappartements, Zwei-, Dreizimmerwohnungen, einfach, aber zweckmäßig, funktional, wie man so schön sagt, bereitgestellt für alleinstehende Frauen in Schwierigkeiten, Paare in der Resozialisierungsphase, jung zumeist, wie Mélanie und Ryan. Mélanie ist von ihren Eltern rausgeschmissen worden, als sie erfuhren, dass sie schwanger war. Das klingt verrückt. Aber Delphine weiß aus Erfahrung, dass solche Dinge täglich überall passieren. Er ist im Heim aufgewachsen. Nicht wirklich leeres Vorstrafenregister. Beide ohne Schulabschluss. Mittellos. Arbeitslos. Drei Monate auf der Straße gelebt. Während sie den Kleinen erwartete. Doch das ist jetzt Vergangenheit. Der Verein unterstützt sie. Man hat ihnen eine Wohnung gegeben. Und Ryan arbeitet jetzt seit drei Monaten. Als Lagerarbeiter bei Brico. Delphine hat ihm beigebracht, einen Lebenslauf, ein Bewerbungsschreiben zu verfassen, sich bei Firmen zu bewerben. Sie hat ihn zu den Gesprächen, zur Arbeitsagentur begleitet. Sie hat nichts davon. Es ist einfach nur ihre Arbeit. Sie wird dafür bezahlt. Obwohl Mélanie darauf beharrt, sie ihre Fee zu nennen, ihre gute Fee. Bei Noémie ist es das Gleiche. Delphine hat ihr den Job im Krankenhaus besorgt. Sie kam aus dem Knast. Nichts Schlimmes. Schlechter Umgang. Päckchen, die man bereit ist mitzunehmen und jemandem, den man nicht kennt, am anderen Ende Frankreichs auszuhändigen. Als sie rauskam, hatte ihr Kerl sich verpisst. Ihre Wohnung war an andere Leute vermietet worden. Sie hat ein paar Tage bei einer Freundin gewohnt. Entweder das oder die Straße. Doch mit Mann, drei Kindern und dem Bruder, der sich dort ebenfalls eingenistet hatte, in einer Drei-Zimmer-Wohnung, das wurde schnell unerträglich. Und so klopfte sie schließlich an die Tür des Vereins. Jetzt scheint alles auf einem guten Weg zu sein. Sie hat gerade einen unbefristeten Arbeitsvertrag unterschrieben. Ein Halbtagsjob, aber besser als nichts. Und nächste Woche hat sie ein Gespräch bei einer Reinigungsfirma für Unternehmen. Wenn alles läuft wie geplant, wird sie in sechs Monaten einen Antrag auf eine Sozialwohnung stellen können. Und auf eigenen Beinen stehen können. Delphine mag sie. Was nicht immer der Fall ist. Sie ist eine mutige, organisierte, ernsthafte junge Frau. Die nicht sehr unter der Einsamkeit zu leiden scheint. Und viel liest. Sie ist im Gefängnis auf den Geschmack gekommen. Kein Fernseher in ihrer Wohnung. Sie hat Delphine sogar gebeten, ihn mitzunehmen. Mélanie dagegen lebt mit MTV, NRJ12 und M6, die ständig laufen. Mit einer Vorliebe für die R'n'B-Clips und trashiges Reality-TV, Sendungen wie *Die Sch'tis auf Ibiza* oder *Wollen Sie meinen Sohn heiraten, obwohl er hässlich ist, vollkommen bescheuert und mit 35 bei seiner Mutter wohnt*. Delphine verbringt gern Zeit mit Noémie. Ihre obligatorischen wöchentlichen Treffen sind nicht mehr wirklich Arbeit. Sie trinken Tee und plaudern ein oder zwei Stunden. Über die Stimmung im Krankenhaus. Über die Bücher, die sie gelesen hat. Sie ist ein wirklich intelligentes, sensibles, gebildetes Mädchen. Obwohl ihr niemand je die Gelegenheit geben wird, es zu zeigen. Zumindest nicht in der Arbeitswelt. Es ist einfach so. Kein Abschluss. Keine Berufserfahrung. Ganz zu schweigen vom Gefängnis. Sie wird keine zweite Chance bekommen. Oder sagen wir, sie hat ihre zweite Chance gehabt. Mehr darf man nicht verlangen. Wenn sie miteinander reden, sagt Delphine sich oft, dass sie sich im Grunde ähneln. Dass nur eine Kleinigkeit gefehlt hätte, um sich an der

Stelle der jeweils anderen wiederzufinden. Aber das sagt sie sich auch, wenn sie Mélanie sieht. Und alle anderen. So ist sie eben. Und das ist es sicherlich, was sie hierhergeführt hat, in diese Wohnung, zu Mélanie in ihrem rosagrauen Trainingsanzug, vollkommen erschöpft, am Ende, ihr schreiendes Baby im Arm.

»Ich weiß nicht, wo er ist«, sagt sie. »Er ist gestern Abend nicht nach Hause gekommen. Ich habe ihm sechzig Nachrichten hinterlassen. Was treibt er nur, verdammt?«

Das ist es also. Ryan ist nicht nach Hause gekommen. Natürlich ist es nicht das erste Mal, aber es ist lange nicht mehr vorgekommen. Die Dummheiten liegen hinter ihm. Seit der Geburt des Kleinen spurt er. Diese Verwandlung ist verblüffend. Es ist sogar rührend zu sehen, wie er sich um dieses Kind kümmert, besorgt ist, mit ihm spricht, ihn überschüttet mit Mein Herz mein Häschen mein Prinz. Das passt so gar nicht zu seinen ein Meter fünfundneunzig seinen Pennerklamotten seiner tiefen Stimme und seinem sehnigen Körper, in dem man eine solche Sanftheit und Zärtlichkeit nicht vermutet. Der Junge schreit jetzt noch lauter, und seine Mutter ist dermaßen genervt, dass sie ihn ein wenig schief hält. Delphine nimmt ihn ihr wortlos ab, was Mélanie kaum mitkriegt. Sie beginnt hin und her zu gehen, nimmt eine Tasse und stellt sie wieder hin, ebenso eine Flasche, als wollte sie etwas durch den Raum schleudern und besönne sich wegen Delphine, dem Jungen oder ihrer Ohnmacht und Verzweiflung wegen eines Besseren. Sie sieht kaum den kahlen und feuchten Kopf des Kleinen, der sich in die Vertiefung zwischen Hals und Schulter ihrer Förderin schmiegt. Sie scheint kaum die Stille wahrzunehmen, die das Zimmer jetzt erfüllt. Das schlagartig verstummte Schreien. Den ruhigen Atem des Säuglings. Die leisen Sauggeräusche seines Mundes. Und dann bemerkt sie es. Nach einer Weile hört sie auf, in ihrem Käfig hin und her zu laufen. Sie bemerkt es, und das macht sie wütend, könnte man meinen.

»Also ich fass es nicht. Seit drei Stunden brüllt er wie am Spieß, und dann kommst du, nimmst ihn auf den Arm, und alles ist gut.«

»Oh, das liegt nicht an mir. Er spürt einfach, dass du genervt bist, und das bringt ihn durcheinander. Babys spüren alles, weißt du.«

»Verdammt, was weißt du denn schon? Du hast doch keine, wenn ich mich recht erinnere.«

Delphine zuckt mit keiner Wimper. Sie ist es gewöhnt. Sie antwortet nicht. Es gibt nichts zu antworten. Was nicht bedeutet, dass sie nie ein Baby gehabt hat. Was nicht bedeutet, dass es ihr nicht das Herz zerreißt, wenn sie eins im Arm hält, eines, das nicht aus ihrem Bauch geboren wurde, eines, das atmet, eines, dessen Herz schlägt, eines, dessen Haut ganz warm an ihrer ist. Aber das geht niemanden etwas an. Also zuckt sie mit keiner Wimper. Und spielt die Rolle derjenigen, die nichts weiß, aber trotzdem Ratschläge gibt, ihre Meinung sagt. So wie sie ihre Schützlinge auch bei der Arbeitssuche begleitet, obwohl sie nie selbst welche hat suchen müssen, obwohl sie zwar immer schon in diesem Bereich gearbeitet hat, aber keine Erfahrung in der freien Wirtschaft hat. Nicht mehr als Lætitia, ihre Freundin bei der Arbeitsagentur. Die, mit deren Hilfe sie einen Job für Ryan, Noémie und all die anderen gefunden hat. Die schon sechs Monate arbeitslos war, als sie sich sagte: Ach, warum bewirbst du dich nicht bei der Arbeitsagentur? Die von einem Tag auf den anderen Beraterin geworden ist, obwohl sie niemals auch nur eine Antwort auf eines ihrer Bewerbungsschreiben bekommen hatte, niemals auch nur zu einem Gespräch gegangen war und niemals den Fuß in einen Betrieb gesetzt hatte. Mit dem Leben als Angestellter kenne ich mich nicht aus, das ist sicher. Aber in Sachen Arbeitslosigkeit habe ich eine irrsinnige Erfahrung, sagt sie immer lachend.

Mélanie setzt sich schließlich und knabbert an ihren Nägeln vor dem Fernseher, den sie lauter gestellt hat. Als könnte sie die plötzliche Stille in Gegenwart von Delphine und dem Baby nicht ertragen, das jetzt in dem Kinderbettchen neben dem Sofa liegt, das sie abends für die Nacht auseinanderklappt und morgens wieder zusammenklappt, wie Delphine ihr geraten hat, damit die Wohnung einen ordentlichen Eindruck macht, auch wenn sie nichts Besonderes darin zu tun hat, außer sich um das Baby zu kümmern und fernzusehen, während sie darauf wartet, dass Ryan nach Hause kommt. Als wäre alles besser als das. Selbst Shakira.

»Bist du sicher, dass er dir nichts gesagt hast?«

»Nur, dass er mit Javier etwas trinken gehen wollte. Dass er spät nach Hause kommen würde. Sonst nichts.«

»Javier? Der Nachtwächter bei den Lagerhallen?«

»Ja.«

»Und, hast du ihn angerufen?«

»Er geht auch nicht ran. Aber mit dem gibt es sowieso immer nur Ärger. Ich mag es nicht, dass Ryan zu viel Zeit mit ihm verbringt. Ständig heckt er irgendwelche merkwürdigen Pläne aus.«

»Zum Beispiel?«

»Na ja, Pläne eben. Dinge, die er verkauft. Immer der gleiche Scheiß. Aber sie waren zusammen im Heim. Ich kann Ryan auch nicht verbieten, ihn zu sehen. Und selbst wenn, Ryan macht doch immer, was er will.«

Delphine fragt sie, ob sie nach ihm gesucht hat.

»Gesucht?«, erwidert sie. »Wo soll ich ihn denn suchen? Er kann überall sein.«

»Vielleicht ist ihm was passiert.«

Mélanie zuckt die Achseln. Panische Angst blitzt in ihren Augen auf. Sie steckt sich die Finger in den Mund und beginnt, die Haut um die Fingernägel abzukauen. Delphine holt ihr Telefon hervor und tippt die Nummer des Krankenhauses ein. Sie kennt Sophie in der Patientenaufnahme gut. Sie erklärt ihr kurz die Situation.

»Sie wird sich erkundigen«, sagt sie zu Mélanie. »Denn bei diesem Seegang ist eine Menge los. Vorhin war ich bei Noémie, die die Wohnung gegenüber hat. Allein heute Morgen haben sie ein altes Pärchen herausgefischt. Die Frau ist tot. Und ein Feuerwehrmann hat mir erzählt, dass ein Typ ertrunken ist, als er versucht hat, seinen Hund zu retten. Sie haben auch ein Mädchen gerettet, das vollkommen durchnässt am Strand war, anscheinend kam sie aus dem Wasser, sie schien unter Schock zu stehen.«

»Warum soll Ryan unbedingt ertrunken sein? Willst du mir Angst machen? Ich sagte doch, dass er gestern Abend nicht nach Hause gekommen ist. Und das hat erst heute Morgen angefangen. Außerdem geht er nie ins Meer.«

»Ich habe keine Ahnung. Vielleicht sind sie die ganze Nacht herumgezogen und heute Morgen am Strand gelandet.«

»Hältst du ihn für einen verdammten Touristen?«

»Der Strand ist nicht für die Touristen reserviert. Ich zum Beispiel trinke gern ab und zu ein kleines Bier am Meer. Wenn die Sonne untergeht. Das ist wirklich schön, weißt du. Bei diesem Anblick, das kann ich dir versichern, bekommst du wieder klare Gedanken.«

Mélanie zuckt erneut die Achseln. Sie ist wie die meisten jungen Frauen, um die Delphine sich kümmert, mit Ausnahme von Noémie. Sie macht sich nichts aus dem Meer. Den kleinen Buchten. Den roten Felsen des Estérel. Sie sieht sie nicht einmal. Sie weiß nicht, was für ein Glück sie hat, in einer solchen Landschaft zu leben. Aber diesen Satz sagt Delphine schon lange nicht mehr. Sie hat die Antwort zu oft gehört. Verdammt, welches Glück? Ich bin pleite meine Eltern haben mich vor die Tür gesetzt sobald sie konnten ich schufte wie eine Verrückte für einen Hungerlohn ich kann mir nicht mal eine Wohnung leisten von was für einem Glück redest du, da scheiß ich doch auf die Sonne und den blauen Himmel! Oder: Mein Vater war Fischer. Sein ganzes Leben fuhr er um 4 Uhr morgens raus für nichts und wieder nichts. Am Meer leben, das nennst du Glück? Sie kennt das alles auswendig. Ihr Telefon vibriert. Es ist Sophie. Nichts. Keine Spur von Ryan. Gestern wurde ein Typ gebracht, ziemlich übel zugerichtet, nebenbei gesagt, aber er ist identifiziert worden. Antoine Sowieso.

»Zieh einen Mantel über. Und zieh den Kleinen an.«

»Warum?«

»Wir gehen aufs Kommissariat.«

Mélanie wird blass. Wie jeder, sobald man ihm mit der Polizei kommt. Jeder, sobald man auf einer ganz bestimmten Seite der Barriere steht. Der Seite des Ärgers.

Der Seite, auf der man sich durchschlägt, so gut man kann. Delphine kann ein Lied davon singen. Diejenigen, die es nötig haben, beschützt zu werden, sind genau die, die am stärksten denjenigen misstrauen, die ebendas tun. Polizisten. Sozialarbeiter. Ärzte. Krankenhäuser. Arbeitsagentur. Politiker. Regierung. Europa.

Als sie das Haus verlassen, hat sich der Wind gelegt, und der Regen hat aufgehört. Delphine hatte nicht darauf geachtet. In der Wohnung mit dem schreienden Baby, Mélanie, die mit den Nerven am Ende war, und den Clips im Fernsehen hat sie nicht gehört, dass die Stille sich plötzlich ausbreitete und alles erfüllte. Eine Stille wie nach dem Weltuntergang. Nichts bewegt sich mehr. Reglose Bäume und halb abgerissene Fensterläden. Im Auto sieht sie die menschenleeren Straßen, die heruntergelassenen Rollos, die Geisterstadt vorbeiziehen. Sie erreichen die Strandpromenade, und das Wasser ist vollkommen glatt unter einem eigenartig weißen Himmel. Der durchnässte Sand ist übersät mit Schutt, Gegenständen, die von der Küste losgerissen oder vom Meer angespült wurden. Eine Müllkippe am milchigen und orangefarbenen Wasser, vermischt mit der Erde, die vom Massiv heruntergeflossen ist. Sie fahren am Gasthof vorbei, wo die Angestellten sich hartnäckig abmühen, die Terrasse zu fegen. Die großen Fenster stehen weit offen, manche Scheiben sind zersplittert. Delphine fährt ganz langsam vorbei, betrachtet die verblassten Fliesen, die umgestürzten Tische, den sandbedeckten Boden und das Wasser, das überall tropft. Der Privatstrand des Hotels etwas weiter entfernt ist verwüstet. Das löchrige Holzdach ist irgendwohin geflogen. Die Pfosten und die Andeutung von Dachstuhl, an denen es befestigt gewesen war, sind nur noch ein Haufen zusammengestürzter Balken. Manche ragen schräg heraus. Andere fehlen und treiben vermutlich irgendwo in der Ferne. Auf dem ganzen Strand breiten sich tonnenweise Algen aus zwischen Plastiktüten, Generationen von Eimern Schaufeln Rechen, Sonnencremetuben, Verpackungen mit verblassten Namen und Motiven, Sodaflaschen, Sandalen, Reifen, vor Jahren versunkenen Kanistern, die das Meer wieder ausgespuckt hat. Es ist nichts mehr wiederzuerkennen. Alles ist leer und trostlos, wirr durcheinander, die Farben sind verschwunden, neu definiert. Nichts ist mehr wie zuvor. Natürlich war es nur ein schwerer Seegang. Aber es sieht nach etwas anderem aus. Sie wagt sich nicht vorzustellen, wie es woanders aussieht. Katrina. Haiti, Sendai. All diese Bilder, von denen man den Blick nicht abwenden kann, wenn sie auftauchen, diese Nächte, die sie vor ihrem Fernseher verbringt, vor den Nachrichtenkanälen, und die Schutthaufen, die Trümmer, die Vernichtung von verschütteten, verwüsteten Provinzen betrachtet. Diese Nächte, die sie mit diesen Männern und Frauen verbringt, die auf der Straße gelandet, ihren Familien entrissen worden sind, die alles verloren haben, trauern. Ihr Mut rührt sie zu Tränen. Sie zittert an ihrer Seite oder, besser, parallel zu ihnen, sie zittert, während sie in den Trümmern suchen, um ihre verschütteten Kinder, ihre ertrunkenen Männer, ihre begrabenen Brüder trauern. Nächte, in denen sie sich bei ihnen fühlt, obwohl sie weiß, dass es sinnlos ist. Nächte, während Bruno sagt, sie solle schlafen kommen, sich zu ihm unter die Laken legen. Den Kopf schüttelt, wenn er sie mit tränengeröteten Augen sieht, den Blick starr auf das Gesicht eines Kindes gerichtet, das seine Mutter gerade wiedergefunden hat, über ihre Gefühlsduselei spottet, ihre Fähigkeit, sich unverhältnismäßig vom Schicksal dieser Leute am anderen Ende der Welt rühren zu lassen, die sie nicht kennt und nie kennenlernen wird. Sie sagt, Ich komme gleich, bleibt aber noch stundenlang vor dem Fernseher sitzen, magnetisch angezogen und tief in ihrem Inneren diesen merkwürdigen Ruf vernehmend, den sie nicht versteht, dem sie nicht antworten will: Geh dorthin. Dort ist dein Platz. Zwischen den Ruinen und Trümmern. Bei den Überlebenden. Bei den ertrunkenen, verschütteten, leblosen Körpern.

Auf dem Kommissariat oder dem, was eins sein soll, ein Warteraum und drei oder vier winzige Schreibtische, an denen nicht viel verhandelt wird, Dummheiten unter jungen Leuten im Sommer, Diebstähle am Strand, kleine Dealer in den Nachtklubs oder in der Nähe des Busbahnhofs, Villen, in die trotz der Mauern, der Zäune und der Codes der Alarm- und Überwachungssysteme aller Art eingebrochen wird, müssen sie einen Augenblick im Geruch nach Kaffee und industriellem Reinigungsmittel warten. An den Wänden informieren schmucklose Plakate darüber, was man tun muss, wenn einem die Papiere gestohlen worden sind. Ein Dutzend Vermisstenanzeigen hängt ebenfalls dort, mit Heftzwecken befestigt. Mélanie kann den Blick nicht von ihnen abwenden. Fotos aus schlechten Druckern, verblasst im Laufe der Tage, Wochen, Monate, Jahre, die sie dort hängen. Eine fünfzigjährige Frau mit Brille und kurzem Haar, zwei junge Mädchen, sechzehn und siebzehn, typische Jugendliche, strahlendes Lächeln Pony Schminke Top mit Spaghettiträgern. Und ein alter Mann, der dem ähnelt, der ihnen gegenüber wartet, eine große Tasche neben sich, und der endlich befragt wird.

»Weswegen sind Sie hier?«, fragt ihn ein Typ in Uniform.

»Ich habe das hier gefunden.«

Er steht auf, öffnet seine Tasche und holt eine Waffe heraus. Ein Jagdgewehr. Der Offizier weicht unwillkürlich zurück und bedeutet ihm, es wieder einzupacken und ihm zu folgen.

»Wo haben Sie es gefunden?«

»Am Strand vor meiner Wohnung. Der Sturm hat es dorthin geweht.«

Die Tür eines Büros schließt sich, und es ist nichts mehr zu hören. Nichts außer den Schreien des Kleinen, der aufgewacht ist und erschrocken um sich blickt.

»Ich glaube, er hat Hunger«, sagt Mélanie.

»Gib ihn mir. Ich passe auf ihn auf, während du ihm sein Fläschchen machst.«

Mélanie wirft Delphine einen verlorenen Blick zu. Natürlich hat sie nichts mitgenommen. Weder Windeln noch Kleidung zum Wechseln, weder Wasser noch Milchpulver. Sie hätte es wissen müssen. Man muss ihr immer alles sagen. Immer hinter ihr her sein. Sie in allem anleiten.

»Gut. Bleib hier«, sagt Delphine. »Ich gehe in die Apotheke nebenan und bin gleich wieder da. Wenn du an der Reihe bist, sag einfach, was du weißt. Dass Ryan gestern nach der Arbeit etwas trinken wollte mit Javier und dass du nichts von ihnen gehört hast, dass sie nicht ans Telefon gehen.«

»Warte. Ich bin völlig blank.«

»Das ist nicht schlimm, ich leg's für dich aus.«

»Nein, ich meine, ich habe eine Dose Milchpulver zu Hause. Und zwei Fläschchen. Bei dem Preis, den das Zeug kostet, kann ich jetzt hier nicht alles neu kaufen, wo ich doch alles habe, was ich brauche.«

»Und was hast du stattdessen vor? Wir werden dein Baby nicht ewig und drei Tage vor Hunger schreien lassen.«

Seufzend beendet Delphine die Diskussion.

»Mach dir keine Sorgen. Ich zahle das. Ich bin gleich wieder da.«

Sie geht zur Tür. Sie weiß, dass sie für ihre Schützlinge nicht das Geringste bezahlen muss. Dass sie ihnen nicht auf diese Weise helfen muss. Und dass sie sich das bei dem, was sie verdient, auch wirklich nicht leisten kann. Aber sie kann einfach nicht anders. Es kommt immer ein Augenblick, da sie ihnen schließlich kauft, was ihnen fehlt. Sie sagt ihnen immer: »Du gibst es mir wieder, wenn es dir besser geht. Wenn du Arbeit gefunden hast. Wenn du deine Sozialhilfe bekommen hast. Wenn du deine Verbraucherkredite zurückgezahlt hast.« Aber das geschieht nie. Sie schaffen es nie wirklich. Schaffen es letzten Endes nur, ein bisschen weniger in der Scheiße zu stecken. Und wenn sie dann aus dem Schneider sind, wenn sie in ihrer eigenen Wohnung sind, deren Miete sie mit ihrem Gehalt als Kassiererin Putzfrau Nachtwächter bezahlen, sagen sie zu ihr Danke für alles, und das war's dann. Sie verschwinden aus ihrem Leben. Sie sieht sie nicht mehr wieder. Keiner scheint daran zu denken, ihr ein Zeichen zu geben, sich mal zu melden. Eigentlich auch nicht, ihr zu danken. Denn sie wird ja bezahlt dafür. Und da sie sich um sie kümmert, da sie dafür bezahlt wird, schuldet sie ihnen im Grunde in ihren Augen diese Kinderkleidung diese Windeln diese Fläschchen diese Lätzchen diese Rasseln diese Schnuller diese Päckchen Kekse diese Töpfchen diese Milchpulverdosen dieses Minimum, das sie ihnen gibt und das sie selbst bezahlt. Das ist Teil des Pakets. Aber sie pfeift drauf. Obwohl Bruno mit ihr schimpft. Obwohl ihre Vorgesetzte sie schon zweimal zu sich bestellt hat, um ihr eine Moralpredigt zu halten: Sie helfen ihnen damit nicht. Sie wissen genau, das Ziel ist, dass sie Verantwortung für sich übernehmen. Dass man ihnen einfache Regeln beibringen muss: Wenn Sie aufhören zu rauchen, werden Sie genug Geld haben, um Milch und ein zusätzliches Fläschchen für Ihr Baby zu zahlen. Wenn Sie sich auf den Festanschluss der Wohnung beschränken und nicht Ihr Leben mit Ihren Freunden auf Ihrem Handy verbringen würden, obwohl Sie nicht die Mittel dazu haben, könnten Sie ihm genügend Windeln zum Wechseln kaufen. Und so weiter und so fort.

»Willst du den Kleinen nicht nehmen?«

Sie dreht sich um, und Mélanie reicht ihr das Kind.

»Wenn es so schreit, werden wir uns nicht verstehen ...«

Delphine nimmt es auf den Arm, aber diesmal hört es nicht auf zu schreien. Es wird nicht aufhören, bis es einen vollen Magen haben wird. Sie verlässt das Kommissariat und geht mit dem Baby im Arm, seiner menschlichen Wärme, seinen Tränen, die ihr auf den Hals laufen, und seiner Rotznase auf ihrer Haut zur Apotheke. Sie versucht nicht daran zu denken, was das mit ihr macht, so mit einem Baby auf dem Arm auf der Straße zu gehen, die Apotheke zu betreten und die Frau am Tresen zu begrüßen, die glauben muss, es handele sich um ihr Kind, sie versucht nicht daran zu denken, was es mit ihr macht, dass man denken könnte, sie sei die Mutter des weinenden Säuglings, die vergessliche Mutter, die ohne Fläschchen und Milchpulver aus dem Haus gegangen ist und in aller Eile in die erstbeste Apotheke stürmt, um Nahrung für ihr hungriges Würmchen zu kaufen, das sie zu beruhigen versucht, indem sie es sanft wiegt und mit der Stimme und den Worten zu ihm spricht, die Neugeborenen vorbehalten sind, diesen Worten einer Mutter für ihren kleinen Jungen. Die Apothekerin reicht ihr die Tüte, und während Delphine bezahlt, wendet sie sich an das Baby mit der gleichen Art von Sätzen, die beruhigend wirken sollen: Na, na, jetzt ist der große Kummer ja vorbei, gleich kannst du trinken, deine Mama macht dir ein schönes Fläschchen. Delphine geht hinaus und setzt sich auf die erstbeste Bank. Eine noch nasse Bank auf der mit Sand und Algen bedeckten Strandpromenade, die am verwüsteten Strand und Wasser entlangführt, das jetzt bräunlich ist, als wäre es mit Schlamm vermischt, unter einem Himmel in Fetzen und, obwohl es windstill ist, zerrissenen Wolken, zwischen denen sich in der Ferne die Sonne durchkämpft. Ihr Hintern ist nass, und sie friert, während sie das Pulver in das Fläschchen schüttet und die nötige Menge Mineralwasser hinzufügt, alles schüttelt und den Nuckel in den Mund des Kleinen schiebt, der sich sofort beruhigt und eifrig saugt. Sie spürt, wie seine winzigen Finger mit den ihren spielen, die die Glasflasche umklammern. Zwischen ihren Füßen das zugleich dichte und weiche Plastik der Windelpackung. Es erinnert an eine alte Szene, aufgetaucht aus einem seltsamen Traum, detailgetreu und doch verfremdet durch diese Umgebung, in der alles drunter und drüber geht, durch diese Trostlosigkeit. Die ihr eine Art Botschaft schickt, die sie lieber nicht entschlüsseln will. So wie sie auch den absurden Gedanken keine Beachtung schenken will, die ihr durch den Kopf gehen, während sie reflexhaft ihre Nase gegen den Schädel des Neugeborenen drückt und seinen Geruch nach saurer Milch und milder Seife einatmet. Und wenn sie dieses Baby mitnähme? Als wäre es ihres. Als hätte man es ihr zurückgegeben. Als hätte der Sturm es aus den Tiefen des Meeres zurückgeholt. Als hätte sie es schreiend und klatschnass auf dem Sand gefunden, zwischen den Trümmern und dem Seegras, nur ein paar Meter von den Fluten entfernt, die sich beruhigt hatten, nachdem sie alles ausgespien hatten, was sie zurückzugeben hatten. In der Windstille und dem trüben Wasser. Diese reglose Luft und diese Stille, die den Raum erstarren lassen, die Töne dämpfen und die Bewegungen, ja die Gedanken verlangsamen. Und was würde sie mit diesem Baby machen, das ihr wie durch ein Wunder zurückgegeben worden wäre? Wohin würde sie fahren, sobald sie am Steuer ihres Wagens säße? Natürlich nicht nach Hause. Der Kleine hat keinen Hunger mehr, er spuckt seinen Nuckel aus, während sie sich vorstellt, wie sie zwischen den Kastanienbäumen fährt und über schmale Straßen hoch über Felsschluchten, die den Lauf eines Flusses überragen, durchsichtiges Süßwasser, das Kiesel von leicht dunklem Smaragdgrün glättet, die Spuren von Rost aufweisen. Während sie sich ein Steinhaus vorstellt, ein Fenster, durch das man einen Feigenbaum sieht, in der Ardèche. Sie drückt ihn an ihren Bauch, und der Mund des Kleinen saugt an ihrer Haut, ein zahnloser Kuss, dem sie sich sofort entziehen muss. Sie stellt das Fläschchen in die Tüte, neben das Windelpaket, steht auf und geht zum Kommissariat. Plötzlich kommt es ihr so vor, als wäre sie auf dem Weg, sich zu stellen, sich schuldig zu bekennen.

8

SERGE

Marion hat ihm Bescheid gesagt. Sie hatte allerdings so gut wie keine Informationen. Ein Mädchen vom Krankenhaus hatte sie angerufen und ihr gesagt:

»Antoine ist hier. Er ist in einem erbärmlichen Zustand.«

»Ist es schlimm?«

»Sein Leben ist nicht in Gefahr.«

Mehr konnte sie ihr nicht entlocken. Eine Antwort wie aus einer Fernsehserie. Die Leute reden immer mehr so wie im Film. In letzter Zeit ist ihm das ständig aufgefallen. Das Gegenteil wäre logischer, aber na ja. Und was wusste dieses Mädchen schon? Sie ist bloß Putzfrau, wenn er richtig verstanden hat. Alles, was sie sagen konnte, war, dass jemand, keine Ahnung, wer, niemand schien ihn gesehen zu haben, Antoine mit eingeschlagenem Schädel und bewusstlos zur Notaufnahme gebracht und davor liegen gelassen hatte. Wer macht so was? In was für einer Scheißwelt leben wir, verdammt? Er ist noch immer ohne Bewusstsein. Für ein paar Minuten scheint er aus dem Koma aufgewacht zu sein, und dann ist er in einen koma-ähnlichen Zustand zurückgefallen. Man kümmert sich um ihn. Und da liegt er jetzt, unter Verbänden, das Gesicht geschwollen, vor ihm. Sein Sohn. Marion ist auch da. Sie ist gekommen, so schnell sie konnte. War gerade bei einer Kundin, als der Anruf kam. Eine alte Frau, die allein dort oben wohnt, in einer Villa über der Bucht. Schriftstellerin. Serge kennt sie. Hat ihre Terrasse vor zwei Jahren neu gemacht. Sie wollte sie hochsetzen lassen, weil sie, wenn sie am Tisch arbeitete, die Bucht nicht mehr überblicken konnte. Der Olivenbaum, den sie in der Ecke des Gartens gepflanzt hatte, versperrte ihr teilweise die Sicht. Meinen Sie nicht, dass es einfacher wäre, diesen Olivenbaum zu stutzen?, hatte er sie gefragt.

Sie hatte geantwortet, Ja, gewiss, aber sie sei noch nie ein Freund der Einfachheit gewesen, auf welchem Gebiet auch immer. Eine Intellektuelle eben. Zum Totlachen.

»Soll ich Ihnen einen Kaffee holen?«

Serge kennt sie, seit sie ein kleines Mädchen war, aber Marion beharrt darauf, ihn zu siezen. Sie verlässt den Raum. Er ahnt, dass sie vor allem frische Luft braucht. Und sich sammeln muss. Sie ist so geschockt wie er. Sie hat mit ihm Schluss gemacht, er hat ihr den letzten Nerv geraubt, aber sie liebt ihn immer noch, ihren Antoine. Das erkennt jedes Kind. Serge ahnt, dass er ihr das Leben unmöglich gemacht hat. Wie er es mit jedem gemacht hat. Aber sie hängt an ihm. Nicht nur, weil er der Vater ihres Kindes ist. Im Grunde ist Antoine ein guter Kerl. Da ist Serge sich sicher. Und er weiß, dass man nicht alles mit dem Tod seiner Mutter erklären kann. Natürlich hat ihn das aus der Bahn geworfen. Und Serge hatte es nicht geschafft, ihn wieder auf den rechten Weg zu bringen, als es nötig gewesen wäre. Aber man hatte schon vorher sehen können, dass der Junge eine gequälte Seele war, dass seine Nerven blank lagen und er keinen Schutzpanzer hatte. Seine Mutter und er hatten sich ständig Sorgen um ihn gemacht. Und sie hatten sich auch gefragt, wohin das noch führen würde. Ob sie etwas falsch gemacht hatten. Ob in seiner frühen Kindheit etwas geschehen war, wovon sie nichts wussten. Eine Art Trauma. Es ist ja nicht so, als würde er sich mit all diesem psychologischen Kram auskennen, aber solche Dinge gehen dir schon durch den Kopf, wenn dein Junge dir entgleitet, wenn man tut, was man kann, aber das anscheinend noch immer nicht genug ist. Wer weiß, was wirklich in Eltern vorgeht, wenn sie mit ansehen müssen, wie ihr Kind leidet, mit der Melancholie, der Krankheit oder wie immer man das nennen mag, kämpft? Serge betrachtet ihn, wie er leblos mit verbundenem Kopf vor ihm liegt, und auch wenn der Arzt versichert, er sei optimistisch, dass alles wieder in Ordnung kommen werde, in diesem Augenblick würde er alles dafür geben, um an der Stelle seines Sohnes zu sein, damit es ihm nie mehr schlechtgeht, damit ihn nichts mehr verletzt, damit er plötzlich aufsteht, voller Leben und schön, wie er immer war, und damit sein angeberisches Lächeln auf seine Lippen zurückkehrt, und zwar für immer. Er würde alles dafür geben, dass dieser Junge einfach nur glücklich ist. Er betrachtet ihn, wie er daliegt, als schliefe er, und angesichts der blauen Flecken in seinem Gesicht wird ihm ganz koddrig. Er betrachtet ihn, und es gibt ihm einen Stich ins Herz. Und er macht sich Vorwürfe. Obwohl er nichts dafür kann. Aber alle Eltern sind so, nimmt er an. Auch wenn sie nichts sagen. Sich nichts anmerken lassen. Sich immer verantwortlich fühlen für das Leid ihrer Kinder. Selbst wenn das betreffende Kind die dreißig bereits überschritten hat. Selbst wenn sie getan haben, was sie konnten, im Rahmen ihrer Möglichkeiten. Trotz der harten Schläge, die er einstecken musste. Und er wird nicht lügen. Oder in die Heldenrolle schlüpfen. Als Solange gestorben war, war auch er zusammengebrochen. War in ein tiefes, dunkles Loch gefallen. Er hatte nichts mehr gesehen. Hatte morgens kaum aufstehen können. Er hätte robuster sein müssen. Er hatte zwei Kinder. Die bereits fast erwachsen zu sein schienen, aber trotzdem noch Kinder waren. Natürlich hatte er in ihrem Alter schon gearbeitet. Hatte bereits seinen Weg gefunden. Aber das war eine andere Zeit gewesen. Er hat lange gebraucht, um das zu begreifen. Der Graben, der sich zwischen zwei Generationen auftut. Das ist etwas, das man nicht so leicht akzeptieren kann. Sich vorstellen kann. Dass die Dinge sich in so kurzer Zeit so sehr ändern können. Dass man nach 25 Jahren nicht mehr im gleichen Alter das gleiche Alter hat. Und dass das Leben selbst nicht mehr das gleiche Leben ist. Die Umgebung. Die Worte. Die Gesten. Die Art, wie man sich verhält. Die Gefühle. Er betrachtet seinen Sohn, denkt an seine Kumpel, an Marion, die gerade wieder mit einem Kaffee ins Zimmer gekommen ist. Sie wirken alle so zerbrechlich, so labil, als würde ihnen ständig der Boden unter den Füßen weggezogen, als wäre nichts sicher, als wäre alles ungewiss, als hinge alles am seidenen Faden, ohne erkennbare Zukunft. Er kann sich nicht erinnern, dass die Dinge jemals so unklar, so kompliziert für ihn gewesen wären. Es kommt ihm so vor, als wären die Dinge für diejenigen aus seiner Generation selbstverständlich gewesen. Als hätten sie gewusst, was sie taten, was ihr Platz war und wie sie ihn behalten konnten. Er hat mit fünfzehn angefangen, als Lehrling zu arbeiten. Mit achtzehn war er selbständig. Mit zwanzig heiratete er. Und dann kaufte er ein Häuschen. Einen Wagen. Machte zwei Kinder. So war es gewesen. Er arbeitete, kümmerte sich um die Kinder, tat alles, damit sie glücklich waren, damit es ihnen an nichts fehlte. Von Zeit zu Zeit angeln mit den Kumpeln. Am Wochenende grillen im Kreis der Familie. Eine gute Zeit, kühles Bier und Erdnüsse. Er hat nie mehr als dieses Leben verlangt. Es passte ihm wie angegossen. Er arbeitete hart, verdiente kein Vermögen, fuhr nicht in Urlaub, aber wenn du hier lebst, was brauchst du da Urlaub? Den blauen Himmel, die kleinen Buchten hast du das ganze Jahr. Es hat ihn nie woanders hingezogen. Und nach einem anderen Leben hat er sich auch nie gesehnt. Er war durchaus zufrieden mit seinem. Das Meer. Die Kinder im warmen Sonnenschein. Die Mahlzeiten auf der Terrasse. Die Fußballspiele und die Schaukel im Garten. Die Wasserspiele. Ihre strahlenden Gesichter, der Mutter zugewandt, und ihre ständige Fröhlichkeit. Er ist immer schweigsam gewesen. Nicht, weil er nicht gern redet, aber meist hat er nichts Besonderes zu sagen. Das Leben genügt sich selbst. Wenn sie alle vier zusammen waren, am Strand, auf den Felsen, im Wohnzimmer vor dem Fernseher mit der Decke, die sie sich teilten, am Esstisch samstagmittags mit dem rituellen Steak frites, mehr brauchte er nicht. Und Solange erfüllte alles. Sie sang die ganze Zeit, lachte über jede Kleinigkeit. Selbst wenn sie von der Arbeit fix und fertig war, schien nichts ihr etwas anhaben zu können. Sie kam nach Hause, zog ihre Schuhe aus, schenkte sich ein Glas ein, legte sich eine halbe Stunde in die Sonne, und alles war wieder gut. Erholt stürmte sie in die Küche oder ins Schlafzimmer, ins Wohnzimmer oder in den Garten und steckte sie mit ihrer Begeisterung an. Und als Antoine seine Nervenzusammenbrüche hatte, als er bereits ständig unter Strom zu stehen schien, kurz davor, zusammenzubrechen oder durchzudrehen, verlor sie niemals ihr Lächeln. Sie drückte ihn an sich und wiegte ihn, bis er sich beruhigte, versuchte ihm gut zuzureden mit unglaublicher Sanftheit und rührender Zärtlichkeit. Das beruhigte ihn nicht immer. Aber sie sagte, das werde vorübergehen. Es gebe kein anderes Mittel gegen das Sich-Nicht-Wohlfühlen als die Aufmerksamkeit derer, die einem nahestehen, ihre Zärtlichkeit, ihre Liebe. Als sie starb, hatte er das Gefühl, das ganze Leben würde sich zurückziehen. Wie eine Ebbe, die nur die Trostlosigkeit der Riffe, des Sandes freilegt. Monatelang glaubte er, dass er sich in sich selbst zurückgezogen hatte. Er arbeitete weiter. Das hat ihn sogar gerettet. Der Stumpfsinn der Mauern, die er hochzuziehen hatte, des Zements, des Kalks, der drückenden Hitze, die sein Gehirn briet, und mehr verlangte er nicht: dass es verbrennt und zu Asche wird. Und letztlich ist wohl auch genau das geschehen. Monatelang abgestumpft, betäubt, abwesend. Und um ehrlich zu sein, er weiß nicht einmal genau, wie die Kinder in dieser Zeit zurechtgekommen sind. Antoine war immer leicht reizbar gewesen. Also ist er irgendwann explodiert. Hat angefangen, vollkommen durchzudrehen. Zu trinken, obwohl er zu jung dafür war. Seine Scheißjoints zu rauchen, die ihm ständig den Kopf zudröhnten. Die Schule zu schwänzen. Ständig beim Training Ärger zu machen. Sein Ruf eilte ihm überall voraus. Unkontrollierbar. Gewalttätig. Aufbrausend. Nervös. Sein Trainer kam vorbei und

sagte Serge: Antoine ist auf dem besten Weg, alles kaputtzumachen. Natürlich sehen alle, dass er Gold in den Füßen hat. Aber auch, dass ihm beim kleinsten Anlass die
Sicherung durchbrennt. Dass er nur spielt, wenn er Lust
hat. Dass er alles auf die Nerven schiebt, dabei fehlt ihm
schlicht Kondition. Er ist nach zehn Minuten fertig. Spielt
ohne jede Konstanz. Jeden Sonntag kommen die Scouts.
Jeden Sonntag begeistert er sie. Und zugleich macht er es
ihnen schwer, sich wirklich für ihn zu interessieren. Serge
hörte ihm zu, wusste aber nicht, was er tun sollte. Er hatte
vor allem Angst um seinen Sohn. Weil er sich zudröhnte.
Weil er vollkommen derangiert zu den unmöglichsten
Zeiten nach Hause kam. Weil er in der Schule stinkfaul
war. Weil er sich mit zwielichtigen Typen traf. Mit Sicherheit in miese Machenschaften verstrickt war. Alles, was er
tun konnte, war, ihn zu überzeugen, auf eine Ausbildung
zum Mechaniker umzusatteln. Alles, was er tun konnte,
war, den alten Dumas zu überreden, ihn in seine Werkstatt aufzunehmen. Er sagte sich, die Arbeit würde ihn
schon zur Vernunft bringen. Eine andere Methode kannte
er nicht. Kennt er nach wie vor nicht. Und dann war da
natürlich noch Louise. Seine Tochter. Sie übernahm die
Rolle von Solange für Antoine. Mehr schlecht als recht. Er
sieht sie wieder vor sich, wie sie seine Narben verarztet.
Sieht sie, wie sie die ganze Nacht wartet, dass ihr Bruder
nach Hause kommt. Sich auf die Suche nach ihm macht.
Ihn findet mit glühenden Wangen und immer aufgeschürft oder verletzt. Er sieht sie immer besorgt. Um ihren
Bruder. Um ihn. Und sich nie über ihr eigenes Schicksal
beklagt. Auch sie hatte wie Antoine ihre Mutter verloren
und wie er die Frau ihres Lebens. Louise, immer so un-

erschütterlich, ausgeglichen, präsent. Er würde so gern mehr für sie tun können. Es nagt an ihm zu wissen, dass sie in einem Wohnwagen neben der Baustelle wohnt, die einmal ihr Haus werden soll. Was findet sie nur an diesem Typen? Der ständig in seinem Laster hockt. Ihre Hilfe ablehnt, obwohl er schlicht und ergreifend unfähig ist, eine Mauer zu errichten. Als müsste er was beweisen. Louise was beweisen. Ihm was beweisen. Serge hat es ihm mal gesagt, Sie müssen mir nichts beweisen, Franck. Und vor allem nicht, dass Sie mauern können. Weil das mein Beruf ist, nicht Ihrer. Und weil ich es immer besser und schneller können werde als Sie. Das Einzige, worum ich Sie bitte, ist, dass Sie für meine Tochter sorgen. Besser, als ich es konnte. Dass Sie ihr ein schönes Leben bieten. Dass Sie sich der Aufgabe gewachsen zeigen. Dass Sie wissen, was für ein Glück Sie haben, mit ihr zusammen zu sein. Wenn Sie mir wirklich etwas beweisen wollen, dann zeigen Sie mir, dass Sie ihrer würdig sind. Dass Sie sie verdienen. Wäre Louise nicht in genau diesem Augenblick nach Hause gekommen, hätte Franck ihm mit Sicherheit eine geklebt. Obwohl er dreißig Jahre älter ist. Trotz seines alten, dürren Körpers. Nichts als Hass blitzte damals in seinem Blick auf. Er weiß nicht, was er ihm eigentlich vorwirft. Was Louise ihm gesagt haben mag. Ihm hat sie jedenfalls nie was gesagt. Hat sich nie beklagt. Und ihm auch nie irgendwas vorgeworfen. Nicht einmal, dass er nach dem Tod ihrer Mutter nicht für sie da war. Nicht einmal, dass er sich zu sehr auf sie verlassen hat. Mit Antoine. Mit dem Haus. Dass er in den Tag hinein gelebt hat. Sich nicht um seine Zukunft, um sein Leben Gedanken gemacht zu haben. Sie wirkte so unerschütterlich. So selbstsicher. Als sie sich für diese Ausbildung zur Krankenschwester in der Geriatrie anmeldete, wusste er nicht, was er ihr sagen sollte. Sie meinte, sie wolle etwas Nützliches tun, auch wenn der Job hart sei und sie kaum genug zum Leben verdienen würde. Und außerdem möge sie alte Leute. Während sie das sagte, betrachtete sie ihn mit dieser spöttischen Zärtlichkeit, die sie von ihrer Mutter geerbt hatte, als ginge es um ihn, als wäre er jetzt in dem Alter, in ein Seniorenheim zu ziehen.

Die Tür geht auf, und ein ganzes Bataillon von Weißkitteln betritt den Raum. Sie bitten sie, draußen zu warten, in diesem ganz speziellen Ton, der durchblicken lässt, dass sie sie stören, dass sie die Anwesenheit von Besuchern immer nutzlos oder überflüssig oder sogar ungerechtfertigt finden. Serge legt seine Hand auf Antoines Arm, der steif wie totes Holz ist. Im Grunde will es ihm einfach nicht in den Kopf, dass es wirklich er ist, der da liegt. Er schafft es nicht, die Verbindung zwischen diesem schlafenden Körper und seinem Sohn herzustellen. Dann steht er mit Marion im Flur, den scheußlichen, kalt gewordenen Kaffee in der Hand. Erneut sieht er, wie ihre Augen feucht werden. Sie entschuldigt sich und schenkt ihm ein armseliges, verlorenes Lächeln.

»Er sollte mit Nino ins Marineland gehen. Und danach sollte er Louise besuchen ... Was ist da bloß passiert? Wer hat ihm das angetan? Wo ist er da wieder reingeraten?«

Sie bricht in Tränen aus und flüchtet sich in seine Arme, wie so oft, wenn sie vor Sorge fast durchdreht, weil Antoine nicht nach Hause gekommen oder verschwunden war mit der hundertsten Drohung, seinem Leben ein Ende zu setzen. Und er drückt sie und sagt ihr, sie solle sich keine Sorgen machen, alles würde gut werden. So sei

Antoine eben. Er brauche das einfach, von Zeit zu Zeit aus-zuflippen. Wie ein Schnellkochtopf, der sonst explodiert. Um Dampf abzulassen. Oder das, was in ihm gärt, ohne dass man weiß, woher es kommt oder wozu es gut ist.

»Glauben Sie, dass das mit dem Spiel zu tun hat?«

»Wieso?«

»In der Zeitung schreiben sie, dass Spieler der anderen Mannschaft ihn bedroht haben, als er aus der Umkleide kam.«

Serge weiß nicht, was er antworten soll. Obwohl er an dem Abend dort gewesen ist. Obwohl er gesehen hat, wie Antoine nach dem Foul aufgestanden ist. Den Kerl am Kragen gepackt und ihm einen heftigen Kopfstoß verpasst hat. Obwohl er gesehen hat, wie der Typ zusammengebro-chen ist und sich die Nase gehalten hat. Wie der Schieds-richter die Rote Karte hochgehalten hat. Antoine den Platz verlassen hat und in die Umkleide verschwunden ist. Wie der andere Spieler ebenfalls vom Platz ist und dabei geblu-tet hat wie ein Schwein. Dass ein paar seiner Mannschafts-kameraden am Ausgang auf Antoine warteten. Und sie waren nicht allein. Fans der gegnerischen Mannschaft wa-ren ebenfalls da. Vielleicht sogar ein paar vom Trainerstab. Serge hat genau gehört, was sie zu Antoine gesagt haben. Die Drohungen. Im ersten Augenblick hat er eigentlich gar nicht darauf geachtet. Da hatte er schon ganz andere ge-hört. Es war nicht das erste Mal, dass Typen auf seinen Sohn warteten. Das war ganz normal nach einem miesen Spiel. Aber sehr viel mehr passierte nie. Bei der nächsten Partie war die Sache vergessen. Die Tür des Zimmers öff-net sich, und Antoine kommt heraus, reglos in seinem Bett, das von einem Krankenpfleger geschoben wird. Der

Arzt nähert sich ihnen widerwillig, als kostete es ihn Überwindung, auch nur das Wort an sie zu richten, sie über das, was folgt, zu informieren, und teilt ihnen mit, dass sie noch weitere Untersuchungen machen werden. Es werde ein, zwei Stunden dauern. An ihrer Stelle würde er nach Hause gehen und sich ausruhen. Oder tun, was sie tun müssen. Sie könnten am Abend anrufen, um sich nach seinem Zustand zu erkundigen. Aber selbst das klingt, als würde er ihnen einen Gefallen tun, als gäbe er einer Laune nach. Serge hat Ärzte noch nie ausstehen können. Ihre Aufgeblasenheit. Ihre herablassende Art. Ihre Brutalität. Tief in seinem Innern macht er ihnen immer noch Vorwürfe. Antoine wollte ihnen die Fresse polieren. Er war fünfzehn und wollte ihnen die Zähne einschlagen. Als hätten sie seine Mutter getötet. Er war auf die ganze Welt wütend. Und im Grunde ist er immer noch auf die ganze Welt wütend.

Sie holen ihre Sachen aus dem leeren Zimmer und gehen zum Ausgang, benommen, machtlos, verloren, wie man es immer ist an solchen Orten, in solchen Situationen. Marion fragt ihn, ob er mit zu ihr kommen will, sie sagt, das wäre eine Gelegenheit, Nino zu sehen. Es wäre schön, wenn Serge da wäre. Das würde den Jungen sicher beruhigen.

»Was hast du ihm gesagt?«

»Nicht viel. Was ich sagen konnte. Dass sein Vater im Krankenhaus ist. Das er ein bisschen krank ist, aber dass er bald wieder auf den Beinen sein wird.«

»Und wie hat er reagiert?«

»Er hat gefragt, ob er Mittwoch mit ihm ins Marineland gehen kann.«

Serge antwortet, dass er sie morgen besuchen werde, dass er, wenn sie wolle, Nino von der Schule abholen und mit ihm irgendwo was essen würde. Dass er zuerst ein paar Dinge zu regeln habe, wegen des Sturms. Massenweise Kunden, die ihn dringend brauchen. Risse, die geschlossen, Mauern, die stabilisiert, Fliesen, die wieder befestigt werden müssen. Das stimmt natürlich nicht. Es ist nicht seine Art, sich selbst zu loben, aber es müsste schon ein Erdbeben kommen, damit seine Mauern, seine Fliesenböden, seine Terrassen sich bewegen. Er drückt Marion erneut an sich und sagt ihr, sie solle sich keine Sorgen machen, Antoine werde es schon schaffen, er sei robust, er liebe Nino wahnsinnig und werde allein schon deswegen kämpfen. Er sagt das, ohne zu wissen, ob er an so was glaubt, an die Kraft des Willens, wenn einem der Schädel eingeschlagen worden ist, an die Widerstandskraft, die man einer Krankheit entgegensetzen kann. Wenn nicht mal Solange mit der ganzen Kraft, die sie in sich hatte, der bedingungslosen Liebe, mit der sie ihre Kinder liebte, mit der sie ihn liebte, obwohl er nie wirklich verstanden hatte warum, inwiefern er ihrer würdig war, nicht dagegen ankämpfen konnte, dann ist das alles nichts als Schwachsinn. Dann gibt es nur das Gesetz des Körpers. Den Kampf, der sich im Innern abspielt. Etwas ganz und gar Mechanisches. Ein barbarischer Krieg. Ohne Psychologie.

Er parkt unter den Bäumen oder was davon noch übrig ist. Abgerissene Äste. Gespaltene Stämme. Freigelegte Wurzeln. Die sich die Parkplätze zurückerobern. Ein kleiner, von umgestürzten Zäunen gesäumter Weg führt zum Strand. Tausende von Holzstücken vermischen sich mit dem Sand längs des silbernen Wassers. Der Himmel hat sich aufgeklart, und eine weiße Sonne färbt alles stahlfarben. Das Mittelmeer wirkt wie ein gigantisches zerknittertes Alublech. Er kommt zum Campingplatz. Oder was der Sturm davon übrig gelassen hat. Zwei Mobile Homes sind von ihren Keilen gerutscht und sehen aus wie alte sterbende Schildkröten, die zum Meer kriechen. Ein drittes ist gegen einen Baum gekippt, der es abstützt. Ein viertes liegt wie selbstverständlich auf der Seite. Hinten sind die Dächer, die Antoine letzte Woche befestigt hat, davongeflogen. Sein eigener Wohnwagen ist wie durch ein Wunder unversehrt. Serge pfeift, aber Chet kommt nicht. Er ruft, immer noch nichts. Der Napf neben der Tür ist voll mit Trockenfutter. Er weiß, dass Marco mit dem Jungen da gewesen ist. Vermutlich haben sie ihn gefüllt. Er hat keine Ahnung, warum sie ihn nicht mitgenommen haben. Wer kümmert sich denn jetzt um das arme Tier? Marco hat bestimmt Angst gehabt, der Köter könnte seine schönen Autositze schmutzig machen. Ganz zu schweigen von der Wohnung, in der niemand zu wohnen scheint. Bei Antoine herrscht dagegen das übliche Chaos. Dazu kommen die in tausend Stücke zersprungenen Teller und die zerbrochenen Gläser, die den Boden bedecken. Die Reiskörner, die aus dem aufgerissenen Paket gerieselt sind. Konservendosen, die unter den Tisch gerollt sind. Eine zerbrochene Flasche Whisky, deren goldene Flüssigkeit in einer Ecke zusammengelaufen ist und Alkoholgeruch verbreitet. Alles vom Wind von den Regalen gefegt. Serge geht hinaus und weiter zur Hütte. Es rührt sich kein Lüftchen. Die Luft ist so mild, dass man spürt, wie sie einen umhüllt. Einen wie Balsam beruhigt. Jeff hat die Fensterläden geschlossen, aber die Tür steht weit offen, und man hört, wie er drinnen zugange ist. Einer der Pfeiler der Terrasse hat nachgegeben und ist vollkommen schief. Umgestürzt. Die Bar vorne ist das reinste Puzzle. Er geht hinein, und Jeff dreht sich um mit diesem Blick eines Verrückten, eines in den Scheinwerfern gefangenen Hasen, den er immer schon gehabt hat. Schon mit acht, als sie in der Grundschule für immer Freunde geworden waren, er und Antoine, hatte er bereits diese Augen gehabt, die ständig in Bewegung waren, und diese Bewegungen, die er nicht kontrollieren zu können schien. Allenfalls beim Fußball schienen seine Gliedmaßen zu begreifen, wofür sie gemacht waren, und die Nerven, die in ihm keine Ruhe fanden, eine Bestimmung zu finden. Als sie ihm sagten, dass er schwache Knöchel habe, dass er nie ein guter Spieler werden würde, war der arme Junge am Boden zerstört gewesen. Dabei war er so schon nicht sehr robust. Er steckte die ganze Zeit bei ihnen. Solange kümmerte sich um ihn, als wäre er ihr Sohn. Und als sie starb, war es, als hätte er seine Mutter verloren. Vielleicht sogar schlimmer. Er hatte keinen Ort mehr, wohin er gehen konnte. Keinen Unterschlupf. Serge brachte nicht die Kraft auf, sich für ihn zu interessieren. Sich um ihn zu kümmern. Das schaffte er schon bei seiner eigenen Familie nicht. Bei Jeff zu Hause war es die Hölle, viel fehlte jedenfalls nicht. So ganz genau hat er es nie gewusst. Der Vater schien ein Schläger zu sein. Ab und zu sah er ihn am Steuer seines Taxis. Und die Mutter eine schreckliche Frau, die etwas ausstrahlen wollte, was sie nicht war. Mit ihren falschen Pelzen ihrer gefärbten Sauerkrautfrisur ihrer Solariumshaut ihren künstlichen

Brüsten ihrem Fischmaul das wunderbar zu ihrer Fisch-weibstimme passte. Man muss gesehen haben, wie sie ihre ordinäre Selbstgefälligkeit auf der Strandpromenade und in den Straßen des Badeorts spazieren führte. Jeff erzählte, sie würden seinen Bruder nie besuchen. Würden ihn in seiner Einrichtung verrotten lassen. Würden sich seiner schämen. Wenn er von ihm sprach, kam ihm die Wut zu den Augen heraus. Er liebte seinen Bruder. Mein mongolischer Bruder, sagte er. Doch aus seinem Mund klang das nicht so, wie man glauben könnte. Sondern beinahe zärtlich. Und das war es auch. Solange hat ihn mehrmals mit Jeff besucht. Er war zwölf, dreizehn, vierzehn, und das Zentrum war hundert Kilometer entfernt. Sie packte ihn in ihren Wagen, und sie waren den ganzen Nachmittag weg. Sie kam immer ganz erschüttert zurück. Erzählte ihm, wie Jeff mit seinem Bruder umging. Wie er mit ihm sprach. Seine Sanftheit. Seine überströmende Liebe, die plötzlich überall aus ihm hervorquoll. Wie zerbrechlich dieser Junge war. Verloren und hungrig nach Aufmerksamkeit. Sie erzählte auch von Vincent, von dem Leuchten in seinem Blick, trotz des unförmigen Körpers und des sabbernden Munds, des schrecklichen Heims, in dem er lebte, seiner Leidensgenossen. Der Scham, die sie überwältigte, weil man sie so leben ließ. Überleben oder dahinvegetieren. Sie fand nicht die richtigen Worte.

Jeff kommt und begrüßt ihn, und Serge sieht deutlich, dass er es nicht schafft, sich unter Kontrolle zu haben, ein wenig gelassener zu wirken. Normalerweise beruhigt sich irgendetwas in ihm in seiner Gegenwart. Normalerweise beruhigt es ihn, Serge in der Nähe zu wissen. Als wäre Serge für ihn eine gute Erinnerung, ein Beschützer geblieben. Ein Typ, auf den man sich, wenn nötig, verlassen kann, der ihn trotz der ganzen Dummheiten nicht verurteilt. Trotz der unzähligen Male, als er ihn und Antoine im Kommissariat abgeholt hat. Der unzähligen Male, als er sie bekifft im Haus gefunden hatte, das völlig auf den Kopf gestellt war. Der unzähligen Male, als er so getan hat, als würde er nicht bemerken, dass er ihn beklaute. Aber was Serge jetzt da vor sich sieht, ist jemand, der am Ende ist, vollkommen panisch. Blinzelnd, Fingernägel knabbernd und sich ständig mit den Händen über das Gesicht fahrend. Als wollte er sich von irgendwas befreien. Von der Angst oder von sich selbst. Serge fragt ihn, ob er weiß, was mit Antoine passiert ist. Jeff antwortet nicht wirklich, murmelt, ja, mehr oder weniger, dass es schrecklich sei, dass er gehört habe, dass er große Probleme gehabt habe, dass er übel zugerichtet worden sei und dass er im Krankenhaus sei. Er dreht ihm den Rücken zu und fegt weiter, um den kaum getrockneten Sand zu entfernen, der den Speisesaal, die Küche und den Gang bedeckt, der zur Toilette und zu seiner Ecke ganz hinten führt.

»Wo hast du das gehört?«

Jeff kramt in einem Wandschrank, holt einen Müllbeutel heraus und tut so, als hätte er nichts gehört. So kommt es Serge jedenfalls vor. Aber es ist sowieso unmöglich, ein vernünftiges Gespräch mit Jeff zu führen. Sein Geist ist ständig in Bewegung, ebenso wie sein Körper oder seine Augen. Serge geht durch den Raum, verschiebt Tische und Stühle, damit Jeff freie Bahn hat.

»Ich werde ihn nachher besuchen.«

»Im Augenblick hat das keinen Sinn. Er ist immer noch bewusstlos. Er hat die Augen zwei Minuten geöffnet und ist dann gleich wieder ins Koma gefallen. Hast du keine Idee, was passiert sein könnte?«

Jeff wirkt immer nervöser. Der Schweiß läuft ihm literweise herunter. Er kratzt sich. Schneidet Grimassen. Kehrt in die Küche zurück, um aufzuräumen, was aufgeräumt werden kann.

»Verdammt, das Durcheinander ist zu groß. Ich weiß gar nicht, wo ich anfangen soll. Der dicke Perez hat mir drei Tage gegeben, um alles wieder in Ordnung zu bringen, aber haben Sie das gesehen? Die Terrasse ist vollkommen im Eimer. Überall Sand. Und die Küche steht immer noch unter Wasser. Alle Sicherungen sind durchgeknallt, nichts funktioniert mehr, und ich kann einfach keinen verdammten Elektriker kriegen.«

»Ich helfe dir, Jeff. Ich packe mit an. Aber du musst mir sagen, was du weißt. Marco ist auf dem Campingplatz gewesen. Vermutlich schon kurz danach. Da war hier schon das reinste Chaos. Und seiner Meinung nach lag das nicht am Sturm. Hast du wirklich nichts gesehen? Hast du nichts gehört?«

»Nein, ich versichere es Ihnen. Ich würde es Ihnen sonst sagen.«

»Du weißt nicht, wie er ins Krankenhaus gekommen ist? Anscheinend hat ein Typ ihn auf die Bank vor dem Eingang gelegt und ist abgehauen. Irgendjemand muss ihn also gefunden und beschlossen haben, ihn dorthin zu bringen. Warum ist der Kerl verschwunden, ohne was zu sagen? Es werden kaum die Typen gewesen sein, die ihn zusammengeschlagen haben. Was für einen Sinn hätte das?«

»Ich habe keine Ahnung. Aber wenn ich irgendwas erfahre, sage ich es Ihnen. Versprochen.«

Serge sieht, wie er vor Ungeduld von einem Fuß auf den anderen tritt und an seiner Nagelhaut kaut, als wäre er auf Entzug. Er beobachtet, wie er aufgeregt hin und her läuft, und denkt an den Jungen, der er war, an den Bruder, der er für Antoine war, zwei Jungs, die Fußball spielten, bis die Nacht hereinbrach, auf der Straße vor dem Haus am Strand, zwei Jungs, ständig verschwitzt und staubbedeckt, blaue Flecke, aufgeschürfte Knie und schmutzige Nase. Zwei Jungs, die in ihrem Zimmer verrückte Dinge aus Legosteinen bauten. Zwei furchtlose Jungs, die immer nur von den höchsten Felsen sprangen, unter Wasser verschwanden, endlos lang die Luft anhaltend, und ihre Zeit damit verbrachten, den Kopf unter Wasser zu stecken, sich im Sand zu wälzen und so zu tun, als kämpften sie miteinander. Zwei Jungs, die sich immer in den Hügeln, in der Macchia herumtrieben und ein wildes Leben führten, über das niemand viel wusste. Ein Leben voller Pflanzen, rissiger Erde, ausgetrockneten Bächen und Tieren, die zwischen den Büschen die Flucht ergriffen, ein Leben zerkratzt von Brombeersträuchern, Rinden, Ästen, an denen sie sich festhielten und um sich blickten, die Unendlichkeit des Massivs, Gipfel Täler und Canyons, die jäh über dem türkisblauen Wasser enden. Das Orange der Felsen das Grün der Bäume und das Blau des Himmels. Sonst nichts. Nicht das geringste Zeichen von Zivilisation. Nur die Laute unsichtbarer Tiere. Zwei Jungs, die schlecht vorbereitet waren für das, was folgte, die nie wussten, was sie mit dieser ganzen Energie und diesem verworrenen und wilden Leben anfangen sollten, das in ihnen gärte, und die das Erwachsenenalter nicht aufhören sollte, zwingen, schleifen, zähmen zu wollen. Solange sagte immer, diese beiden würden niemals in einem Büro arbeiten können. Sie müssten inmitten der Bäume leben, die Füße in der Erde. Was wollen sie jetzt mit ihren Werkstätten ihren Nachtklubs ihren Campingplätzen ihren Lagern ihren Supermärkten ihren Krankenhäusern ihren Hotels, diese Kinder, Marion Antoine Sarah Louise Jeff und die anderen? Wie sind sie da bloß gelandet? In diesem Leben, das zu klein für sie ist. Trotz des Meeres, das sich überall ausbreitete. Trotz der Massive, die sie von allen Seiten einkesselten. Schwertfische in einer Badewanne. Wie es in dem Chanson heißt.

Er fragt Jeff, wo er sein Werkzeug versteckt, und macht sich an die Arbeit auf der Terrasse. Auch er weiß nicht, wo er anfangen soll. Und er ist sich nicht sicher, ob sie das alles zu zweit bewältigen können. Vor allem mit Jeff, der sich hinter ihm eine Zigarette anzündet, während er die Bretter fegt und einen Blick auf die Balken wirft, die den Fußboden stützen sollen. Er fragt ihn nach dem Hund, und auch dazu weiß er nichts. Er sagt, er habe Chet seit gestern Abend nicht mehr gesehen. Doch Serge spürt, dass er lügt. Er ist ja nicht blöd. Er kennt ihn, zwangsläufig. Und Jeff ist wie Antoine. Unfähig, irgendwas zu verbergen. Unfähig, jemandem wirklich was vorzuspielen. Die Angst, die Ungeduld, die Wut oder die Emotionen, die ihn überwältigen und die er nicht unterdrücken kann, sie holen ihn immer ein. Als würde nicht Blut durch seine Adern fließen, sondern Strom. Als hätte man bei seiner Geburt eine Schicht, einen Schutzpanzer vergessen und ihn vollkommen dünnhäutig gelassen.

»Serge.«

»Ja.«

»Ich muss Sie um was bitten.«

»Nur zu.«

»Ich meine, wenn mir mal was passiert, wenn bei mir mal was schiefgeht, können Sie mir versprechen, dass Sie oder Antoine ab und zu Vincent besuchen? Nur … damit er sich nicht ganz allein fühlt …«

Serge dreht sich um, und was er in genau diesem Moment in Jeffs Blick liest, ist panische Angst, sonst nichts. Eine Angst, die ihn innerlich zu Eis erstarren lässt und als kalter Schweiß auf seinem Gesicht und seinem Hals erscheint.

»Warum sollte dir was passieren?«

»Ich weiß nicht, Serge. Niemand ist sicher. Vor allem nicht ein Typ wie ich. Schauen Sie sich Antoine an. Und selbst Solange …«

Er geht ins Restaurant zurück, und Serge hört ihn fluchend in seiner Ecke herumstöbern. Serge weiß nicht, was er sucht, aber er hat es so gut versteckt, dass er anscheinend Schwierigkeiten hat, es zu finden. Als er zurückkommt, hat er einen Umschlag in der Hand. Er reicht ihn ihm. Lässt ihn schwören, ihn nicht zu öffnen. Er sagt, das sei für den Jungen, für Nino. Falls Antoine es nicht schafft.

»Und wenn er es schafft?«

»Dann ist es trotzdem für ihn. Ich kann es Ihnen nicht erklären. Erst wenn er erwachsen ist, werden Sie es ihm von mir geben. Vom Patenonkel Jeff, sagen Sie ihm das. Das ist alles.«

Serge betastet den Umschlag. Allein durch das Tasten errät er es. Es ist Geld. Er wirft Jeff einen Blick zu, der sich in die Wangen beißt. Als versuchte er, gegen die Tränen zu kämpfen. Er stampft mit den Füßen wie jemand, den es nicht mehr an seinem Platz hält, der jeden Augenblick explodieren wird.

»Versuchen Sie gar nicht erst, das zu verstehen, Serge. Tun Sie bloß, was ich Ihnen sage. Und hauen Sie ab, verdammt. Ich komme schon zurecht. Kümmern Sie sich lieber um Antoine. Er braucht Sie jetzt. Verpissen Sie sich, Scheiße. Verpissen Sie sich.«

Serge steckt den Umschlag in seine Tasche. Jeff geht ins Restaurant zurück und schließt die Tür hinter sich. Er hört, wie sich die Schlösser drehen. Sprachlos steht er da, im Schutt der Terrasse. Um ihn herum ist es dunkel geworden. Die Sonne ist hinter der Halbinsel verschwunden. Kein Geräusch ist zu hören. Selbst das Meer scheint verschwunden zu sein. Er geht um die Strohhütte herum, und auf der Rückseite schläft Chet zusammengerollt direkt neben seinen Näpfen, der eine gefüllt mit Wasser, der andere mit Trockenfutter.

9

ANOUCK

Alles ist ruhig und hell. Von hier sieht es aus, als wäre nichts passiert. Es sind keine Spuren zu sehen. Die unversehrte Bucht liegt in ihrer perfekten Sichel da, eine glitzernde Fläche unter dem reingewaschenen Himmel. Sie trinkt ihren Tee auf der Terrasse, eine alte Decke über den Schenkeln. Schaukelt mit Hilfe der Fußspitze. Aus dem kleinen, von der Sonne wiederbelebten Garten steigen Harz- und Wasserdüfte auf. Wer würde glauben, dass gestern hier ein Sturm getobt hat? Dass das Meer wie ein riesiges Tier, eine sich bewegende, nervöse Haut gewirkt hat? Wer würde glauben, dass das Wasser all diese Leute verschluckt und andere wieder ausgespuckt hat? Im Radio ist von nichts anderem die Rede. Dieser Mann, der ertrunken ist, als er seinen Hund retten wollte. Dieses alte Paar, das aufs Meer hinausgerissen worden ist und von dem nur er zurückgekommen ist. Dieses Mädchen, das stumm und ohne Papiere am Strand lag, als hätte sie einen fernen Schiffbruch überlebt. Weiter die Küste hoch dieses vom Erdboden verschluckte und seitdem unauffindbare Liebespärchen. Und dieser vermisst gemeldete Mann, von dem jeder in der Stadt spricht, Lagerverwalter bei Brico, der das Meer nicht mochte und niemals stehen blieb, um es zu betrachten. Ryan Sowieso, wenn sie sich recht erinnert. Und dieser andere, ein gewisser Javier, von dem ihm eine Nachbarin heute Morgen erzählt hat, der nachts in den Lagerhallen am Ortsrand arbeitete und niemals nach Hause gekommen ist. All diese Dinge, die geschehen sind, während genau hier diese arme Marion diesen Anruf erhielt, der ihr mitteilte, dass der Vater ihres Kindes wie ein Hund vor dem Krankenhaus abgelegt worden war, mit eingeschlagenem Schädel und ohne Bewusstsein. All das im selben Augenblick in einem so ruhigen, abgelegenen Badeort, von der Landzunge vor der Welt versteckt, durch die Berge vom Land abgeschnitten, fast eine Insel. Ihr indisches Refugium, wie Lila und sie es nannten. Ihr Zufluchtsort. Wohin sie zum Schreiben kamen, sobald sie Paris satthatten. Was häufig der Fall war. Im Laufe der Jahre immer häufiger, was sie betraf. Man muss sagen, sie hat sich nie etwas aus Paris gemacht. Sie hat nur eine Weile gebraucht, um es zu begreifen. Es bedarf manchmal eines langen Lernprozesses, bis man endlich das Leben gefunden hat, das einem entspricht. Das auf einen wartet. Sie hatte geglaubt, die Stadt, ihren Stress, ihr Durcheinander zu lieben. Aber sie hatte sich so zerbrechlich gefühlt. Paris machte sie übernervös. Und verschlang sie. Hier ist sie jetzt allein. Lila kommt nicht mehr. Die Dinge haben sich so entwickelt. Sie dagegen nahm immer häufiger den Zug. Blieb immer länger. Lila besuchte sie immer seltener. Und immer kürzer. Sie langweilte sich. Nach einer Weile langweilte sie sich stets. Das Meer und der Himmel reichten ihr nicht. Und Anouck ehrlich gesagt auch nicht. Lila wollte Leute, Gesichter sehen, ausgehen, reden, sich austauschen. Lauter Dinge, die dieser Ort ihr nicht bieten konnte. Nach einer Weile erkannten sie, dass sie nicht mehr zusammenlebten. Sie hier, endgültig ansässig geworden. Und Lila in Paris, mit ihren Freundinnen, die lange Zeit ihre gemeinsamen Freundinnen gewesen waren und die sich nicht mehr bei ihr melden, ebenso wenig wie sie sich bei ihnen. Aus den Augen, wie man sagt. Anouck weiß nicht mehr viel von Lilas Leben, das immerhin auch das ihre gewesen war. Die endlosen Abende, die chaotischen Gespräche, das Klirren der Gläser, die Bars, die sie liebten, die Regale der Buchhandlungen, die geteilte Begeisterung für diesen oder jenen Roman, diese oder jene Idee, die Polemiken und die Kontroversen. Sie verlässt ihre Höhle kaum noch. Selbst dann nicht, wenn ihre Bücher erscheinen. Ein paar Journalisten lassen sich noch herab, sie zu besuchen. Manchmal nimmt sie den Zug, um zu einer Fernsehsendung, einer Rundfunksendung zu fahren, und fährt sofort wieder zurück, hierher, wo die Bäume, die orangefarbenen Bäume, das Licht und die Stille sie empfangen. Im Sommer dringen Fetzen von Leben zu ihr, abgeschwächt, gedämpft von den Nachbarvillen. Leise Stimmen bis spät in die Nacht, das Plätschern der Swimmingpools, Musikfetzen, das Lachen von Kindern, die in der grellen Sonne spielen. Die übrige Zeit sind es nur Vögel, Blätterrascheln und das Pfeifen des Winds, dunkle Nächte, in denen nur das blaue Neonlicht des Gasthofs und die Scheinwerfer zu sehen sind, die am Meer entlangfahren, dessen Geräusch hier heraufdringt und die ganze Welt aufzusaugen scheint. Noch vor ein paar Jahren lenkte das Kommen und Gehen im Nachbarhaus sie ein wenig von ihrer Einsamkeit ab. Hélène und Paul teilten ihr Leben zwischen hier und der Pariser Region auf. Aber sie kommen nicht mehr, haben nicht mehr die Kraft dazu, haben nicht einmal mehr genug zum Autofahren. Sie haben sich ein paar Monate lang geschrieben. Jetzt hat sie bereits seit ein oder zwei Jahren nichts mehr von ihnen gehört. Ihr Haus ist die meiste Zeit verschlossen. Manchmal sieht sie ihre Kinder, ihre Enkel dort. Sie bleiben nie lange. Ein paar Tage. Eine Woche höchstens. Hier gibt es nichts als das Meer. Der Badeort hat sich nicht verändert, seit sie herkommt. Alles ist so geblieben, wie es war. Und macht einen altmodischen, abgetakelten Eindruck, dessen Mattigkeit und Verwahrlosung ihr zusagen und sie rühren. Aber sie versteht. Dass man, wenn man nicht ihr Alter hat, lieber woanders hingeht. Ein Stück weiter die Küste hinauf. Wo Leben herrscht. Wo was los ist. Vorausgesetzt, dass sie überhaupt noch eine Ahnung hat, was das heißt. Léa jedenfalls scheint das gefallen zu haben. Sie ist vor zwei Wochen aufgetaucht. Vielleicht auch schon früher. Die Zeit vergeht hier wie von selbst. Manchmal verstreichen ganze Wochen, ohne dass Anouck auf den Kalender blickt, und sie kommt durcheinander. Weiß nicht mehr, welcher Tag ist, welche Woche, ja sogar welcher Monat. Die Sonne sagt es ihr. Die Knospen. Die Blumen. Die Lufttemperatur. Léa ist an einem Regentag gekommen, eine Tasche über der Schulter. Anouck sah sie an ihrem Fenster vorbeigehen und über das Tor des Hauses direkt neben ihrem springen. Um das Haus herumgehen, bevor sie auf der Terrasse wieder auftauchte. Sie hat ihr eine Weile zugeschaut, wie sie alles inspizierte. Ihr Gesicht sagte ihr nichts. Oder nicht viel. Während der Ferien geben sich die jungen Leute die Klinke in die Hand, eine Horde Cousins und Cousinen, alle mit ihrer Clique, meist unter der Aufsicht eines Onkels, manchmal sich selbst überlassen, durch die weit offen stehenden Terrassentüren lassen sie wilde Musik nach draußen dringen, die ihr letzten Endes gar nicht so schlecht gefällt, verbreiten eine Energie, die die Landschaft ringsumher nicht vermuten lässt, wecken mit einem Mal die ganze Bucht auf und lassen sie in einem anderen Licht erscheinen, lebhafter, nervöser, greller. In der übrigen Zeit kommen die Besitzer in Abständen. Doch im Gegensatz zu Paul und Hélène reden sie kaum mit ihr. Nur das Minimum. Im Übrigen ist das auch besser so. Das, was sie manchmal von ihren uninteressanten Gesprächen mitbekommt, gibt Anlass zu der Vermutung, dass sie sich wohl kaum verstehen würden. Meist geht es darin um Geld, zu hohe Steuern, Geldanlagen, zu zahlreiche Ausländer oder vermutete Nachlässigkeiten der aktuellen Regierung, die in ihren Augen immer noch zu links ist, obwohl sie es nur noch dem Namen nach ist, primitive Meinungen und für gewöhnlich rassistische, schwulenfeindliche und chauvinistische Äußerungen, und all das drang durch den widerlichen Rauch ihrer Grillorgien zu ihr. Léa schien gefunden zu haben, was sie suchte, und Anouck wusste, dass es die Schlüssel waren, die unter einem Haufen Dachziegeln verborgen lagen. Durch das ständige Kommen und Gehen hatte sie schließlich all die Regeln mitbekommen, die die Benutzung des Hauses betrafen, das Öffnen und Verschließen, das Gas und das Wasser, das man abstellen musste, die Fensterläden, die geschlossen werden mussten, die Gartenmöbel, die ins Wohnzimmer gestellt werden mussten, und die Schlüssel, die in einer Ecke der Terrasse versteckt werden mussten, die von einem Vordach geschützt wurde. Sie hat sie selbst einmal benutzt, wie sie zugeben muss. Ist in diese Villa eingedrungen, die sehr viel größer und luxuriöser als ihre ist und auf einem größeren Grundstück mit Swimmingpool steht. Ist durch alle Zimmer gegangen, hat sich über die Vulgarität der Einrichtung empört und sich über die vollkommene Abwesenheit von Büchern und Platten gewundert, und überhaupt gab es auch nichts, um sie abzuspielen, ein riesiger Fernseher ohne DVD-Spieler thronte mitten im Wohnzimmer und bildete den einzigen Blickfang. In den Schubladen befanden sich nur Mappen, die überquollen von behördlichen Schreiben, Finanzunterlagen, Reiseprospekten, die die Reize der Region und die Aktivitäten anpriesen, die hier geboten wurden, sowie das vom Hausherrn aufbewahrte Archiv, Gehaltsabrechnungen, Zeitungsausschnitte, die ihn in diesem oder jenem Druckerzeugnis erwähnten, das dem Großhandelsbusiness gewidmet war, in dem er sein Unwesen zu treiben schien. Schließlich hatte sie sich in einen großen Sessel gesetzt, den sie zur Bucht gedreht hatte, um zu überprüfen, ob der Ausblick, den sie genoss, auch wirklich der schönste war, obwohl ihr Haus bei weitem das kleinste und billigste in der Nachbarschaft war. Léa ging in die Villa und blieb einige Zeit drin. Kam erst nach zwei oder drei Tagen, vielleicht mehr, wieder heraus, und ihr Fortgehen hinterließ eine Leere, in der sie in der Luft hing. Sie ist Gesellschaft nicht mehr gewöhnt, so sporadisch und flüchtig sie auch sei. Ihr Leben ist so einsam, so linear, ohne andere Ereignisse als die Abfolge von Tag und Nacht, Schauer und lange Zeitabschnitte ohne Regen, dass das geringste Vorkommnis ungeahnte Ausmaße annimmt. Was Léa da ganz allein in ihrem Alter mitten im Schuljahr gemacht hat, hat Anouck

letztlich nie wirklich erfahren. Ich bin gekommen, um
mich ein bisschen auszuruhen, hatte sie ihr geantwortet.
Die letzten Monate waren schwierig. Ich brauchte frische
Luft, Stille, Ruhe. Die würde sie haben, hatte Anouck gedacht und sich an das Mädchen erinnert, das sie in ihrem
Alter gewesen war, das sie lange gewesen war, als sie die
Ruhe und den Rückzug, die Natur, die Landschaft und den
Strand im Winter für die Ufer des Todes selbst gehalten
hatte. Damals wusste sie noch nicht, dass sie eines Tages
erkennen würde, was ihre »wahre Natur« war. Wie das Leben aussehen würde, das sie leben musste. Dasjenige, das
zu ihr passte. Dasjenige, das sie nicht verletzte, das sie
nicht zerstörte. Ein Leben der Kontemplation. Schreiben.
Lesen. Spüren, wie die Zeit vergeht. Den Duft der Luft atmen. Empfänglich sein für die Veränderungen des Lichts.
Sich von der Unendlichkeit des Meeres gefangen nehmen
lassen. Seiner vollkommenen Unbewegtheit. Seinen Re-
flexen. Seinen Farben. Seinen Bewegungen. Sich an den
Fels lehnen. Die Rinde der Bäume berühren. Die Flechte.
Die Augenblicke abpassen, in denen das Licht jedes Blatt
zu umhüllen, sie in einen durchsichtigen Schrein zu betten, sie zu durchdringen scheint. Stunden unter dem in
Stücke geschnittenen, von Ästen und Nadeln zerrissenen
Himmel verbringen. Das Grün der Seekiefer unter dem
tiefen Blau. Das Auftauchen eines Vogels. Die Schönheit
einer Blume mitten in der Macchia. Die Wurzeln, die über
die steinige Erde kriechen. Die Ockertöne. Die Schluchten,
die Gipfel, die Täler. Die staubigen Pfade. Der Duft des
trockenen Grases. Die Zirkulation der Luft in ihrer Lunge.
Ihr Geschmack, der sich je nach Tageszeit ändert. Ihre
nächtliche Beschaffenheit. Die Regenluft. Aber vielleicht

bedeutet das alles letztlich nur, dass man älter wird. Im Laufe der Jahre hat sie so viele Leute gesehen, die die Stadt gegen das Land, das Feiern gegen das Gärtnern, die Nachtklubs gegen den Fünf-Uhr-Tee eingetauscht haben. Sie behauptet nicht, eine Ausnahme von der Regel zu sein. Man braucht sich nur die Anzahl von alten Menschen anzuschauen, die ihren Ruhestand hier verbringen, um ihrer Entscheidung, hier zu leben, jede besondere Bedeutung zu nehmen. Vielleicht hat sie sie nur ein wenig früher getroffen, das ist alles. Lila hat es ihr immer wieder unter die Nase gerieben. Für sie war es eine Art Rückzug. Eine freiwillige Beerdigung. Dass Anouck sich so leicht entschließen konnte, dieses ganze kulturelle und intellektuelle Leben, das ihren Alltag bestimmt hatte, hinter sich zu lassen, das kam für sie einer Art Kapitulation gleich. Zumal Anouck sich dieses Haus mit dem Erlös aus ihren Buchverkäufen, die durch die Verleihung eines renommierten Preises in die Höhe geschnellt waren, finanziert hatte. Damals hätte Lila es lieber gesehen, wenn sie diese Summe dafür ausgegeben hätte, ihren alltäglichen Komfort zu verbessern. Eine größere Wohnung. Oder in einem Viertel, das ihr besser gefallen hätte. An dem Tag, an dem Anouck ihr mitgeteilt hatte, dass sie diesmal nicht nach Paris zurückfahren, dass sie sich endgültig hier niederlassen würde, hatte Lila sie mit einem Blick angeschaut, der sagen wollte, dass sie sie endgültig durchschaut hatte. Der sagen wollte: Das hat also dahintergesteckt, das hast du also die ganze Zeit ausgeheckt, ah, ich habe mich ganz schön an der Nase herumführen lassen, ich habe nichts von alldem kommen sehen.

Sie weiß nicht, warum sie heute so viel an Lila denkt.

Vermutlich, weil Léa sie irgendwie an sie erinnert hat, als sie plötzlich vor ihr gestanden war, als der Strom im ganzen Viertel ausgefallen war und sie schließlich an ihrer Tür geklopft hatte, weil sie geahnt hatte, dass das junge Mädchen das Haus eiskalt vorgefunden haben musste und eine Stunde nicht ausgereicht hatte, um es warm zu kriegen. Sie hatte sie mit zu sich genommen. Hatte auf sie einreden müssen. Sie werde doch nicht in einem eiskalten Haus ohne Licht bleiben, es sei stockdunkel, sie habe sicher noch nicht zu Abend gegessen, das sei kein guter Anfang für ihre Ferien, hatte sie argumentiert, und da hatte Léa ihr von ihrem schwierigen Jahr erzählt, von ihrem Bedürfnis nach frischer Luft und Erholung, von diesem Haus, das ihrem Großonkel und ihrer Großtante gehöre, in dem sie bereits den letzten Sommer verbracht habe und das sie ihr für ein paar Tage, Wochen, sie werde sehen, überlassen hätten. Ihre schroffe Art. Ihre klaren Gesichtszüge. Ihre scharfen Worte. Ihre schneidende Stimme. Ihre abgehackte Art zu sprechen und ihre Wortkargheit. Und sie hatte das Gefühl gehabt, in alldem Lila wiederzuerkennen, so, wie sie sie kennengelernt hatte, oder zumindest die zornige Jugendliche, die sie gewesen war und die sie in sich fortleben ließ, die sie niemals wirklich zu zähmen vermocht hatte, und das ist es, was sie auch heute noch an ihr verblüfft, wenn sie sie zufällig im Radio hört oder im Fernsehen sieht: diese ungebrochene Wildheit in ihrem Alter, dieses Tier, das niemand zügeln konnte.

Léa kam mit zu ihr, und sie saßen im Halbdunkel, dem die zehn brennenden Kerzen nicht wirklich etwas entgegensetzen konnten, und der Stille, die das Meer mehr denn je ausfüllte, als würde es sich in der totalen Dunkelheit eines Badeorts vollkommen ohne Strom gemütlich machen und die Oberhand gewinnen, vor einem Feuer, das Anouck entzündet hatte, das sie jedoch weniger wärmte als die Decken, in die sie sich eingemummelt hatten. Anouck bot ihr von dem Essen an, das sie gerade zu sich genommen hatte, es war noch reichlich übrig und es war noch nicht gänzlich kalt geworden. Léa lehnte ab. Sie hatte keinen Hunger. Sie war mager und hohlwangig, vermutlich aß sie nicht viel, das war eine Manie, die alle in diesem Alter und in dieser Generation hatten. Das einzig mögliche Glück schien in einer Ähnlichkeit mit Kate Moss oder irgendeinem ähnlichen Knochengerüst zu liegen. Das waren Anoucks Gedanken, während sie sie im flackernden Licht der Flammen betrachtete, aber sie bereute sie sofort. Was fiel ihr ein, warum zum Teufel benahm sie sich plötzlich wie eine Großmutter, die sie nicht war? Wenn ihre Erinnerungen sie nicht täuschten, war sie in ihrem Alter ebenso mager wie Léa gewesen, und sich vernünftig zu ernähren war ihr damals herzlich egal gewesen ... Gedanken darauf zu verschwenden erschien ihr bereits als Niederlage, Schwäche, Verbürgerlichung oder was weiß ich. Sie aß nichts und glaubte, dadurch werde sie lebhaft, impulsiv, rege bleiben. Und sie hatte nicht unrecht. Die Gedanken werden ebenso schlaff wie der Körper. Und der Geist rostet ein, wenn er satt ist. Es tut ihm gut, Hunger zu haben. Léa blieb eine knappe Stunde bei ihr, schweigsam und widerspenstig. Bis das Licht wiederkam. Das nächste Mal sah Anouck sie zwei Tage später, zusammengekauert auf einem Gartenstuhl, eine Zigarette zwischen den Lippen, mit zusammengekniffenen Augen aufs Meer starrend, die Arme um die Knie geschlungen.

Sie sagte sich, dass sie sich langweilen müsse, die ganze Zeit so ganz allein in diesem menschenleeren Badeort. Sie hat keine Ahnung, warum sie das dachte. Langweilte sie sich selbst? Nein, natürlich nicht. Warum sollte es bei Léa also anders sein? Ihr Gesicht wirkte allerdings sorgenvoll, Anouck spürte deutlich, dass Léa mit ihrem Aufenthalt hier versuchte, sich von irgendetwas zu erholen, und sie sagte sich, dass das junge Mädchen vermutlich Hilfe brauchte. Oder jemanden zum Reden. Oder Gesellschaft. Sie lud sie zum Mittagessen ein. Was sie annahm. Zu ihrer großen Überraschung. Dennoch rührte sie kaum etwas an. Auf der sonnigen Terrasse rollte sie sich erneut auf ihrem Stuhl ein, rauchte ihre Zigarette und starrte den tiefblauen Horizont an. Anouck versuchte es mit ein bisschen Smalltalk über die Schönheit der Landschaft, das Glück, das sie hätten, sich mitten im Winter faul in die Sonne setzen zu können, die Schönheit des Lichts zu dieser Jahreszeit, die diejenige des Sommers bei weitem übertreffe, im Gegensatz zu dem, was alle anderen anscheinend irrtümlich glaubten. Léa schenkte ihr nicht die geringste Beachtung. Trotzdem kam sie am nächsten Tag wieder. Und an den folgenden Tagen. Jedes Mal blieb sie mehrere Stunden. Anouck ließ sie die Platten aussuchen. Léa hatte eine Vorliebe für Barbara, was in ihrem Alter und in unserer Zeit nichts Gutes verhieß – und warum fürchtete sie bei anderen, was sie im gleichen Alter ausgezeichnet hatte: diese heftige Melancholie, diese Vorliebe für Abgründe, diese schmerzliche Wut, diese übersteigerte Empfindlichkeit? Léa ging auch ihre Bibliothek durch. Es bestand keine Gefahr, dass sie auf Anoucks Bücher stoßen würde. Keines war dort zu finden. Anouck hatte diese Manie mancher Autoren, ihre eigenen Bücher ins Regal zu stellen, immer suspekt gefunden. Dafür waren alle Bücher von Lila vorhanden. Und dass Léa sich aus all den Büchern, die dicht an dicht in den Regalen standen, ausgerechnet eines von denen aussuchte, irritierte sie schon gewaltig, wie sie zugeben musste. Es hatte etwas zugleich Erschütterndes und leicht Übernatürliches, Léa auf dieser Terrasse ein Buch von Lila lesen zu sehen, wo sie ihr doch so sehr ähnelte, aus dem gleichen Holz geschnitzt zu sein schien. Auf diese Weise verbrachten sie ihre Nachmittage. Anouck schrieb an ihrem Computer. Léa las ein Stück entfernt von ihr, auf dem Stuhl, den sie über die Steinplatten hinaus nach vorn gerückt und in die mit Kieseln übersäte Erde gedrückt hatte, direkt neben den Olivenbaum, um noch mehr Sonne abzubekommen. Ein- oder zweimal schlug Anouck ihr vor, Karten oder Scrabble zu spielen. Warum, weiß sie eigentlich gar nicht. Wahrscheinlich bildete sie sich ein, dass man dies unter solchen Umständen von ihr erwartete. Dass es in gewisser Weise normal wäre, dass sie, wenn sie ein junges Mädchen bei sich empfängt, die dem Alter nach ihre Enkelin sein könnte, die Großmutter spielt. Scrabble und eine dampfende Teekanne. Leichte und wehmütige Langeweile bei der einen, mit Schuldgefühlen behaftetes Vergnügen daran, sich bemuttern zu lassen, in die Rolle des Kindes zu schlüpfen, das sie nicht mehr war, sich an der Garderobe abzugeben, sich zu vergessen und einen Augenblick lang die Waffen zu strecken für die andere. Léa akzeptierte das Spiel, und es war letztlich gar nicht so schlecht. Viel konnte Anouck ihr in dieser ganzen Zeit nicht entlocken. Sie hatte schon vor Monaten aufgehört, in die Schule zu gehen. Nahm Antidepressiva. Sie hatte im Spätsommer jemanden verloren. Ihren Bruder. Aber er war nicht ihr Bruder gewesen. Nicht in dem Sinn, wie Anouck es verstand, wie jeder es verstehen würde. Sie bedeutete es ihr an einem anderen Tag mit einer gereizten Handbewegung, die so viel sagen wollte wie: Verdammt, aber du verstehst auch gar nichts. In der Tat verstand Anouck so gut wie nichts, konnte nur ein paar Brocken aufschnappen, die Léa ihr bei einem Abendessen hinwarf, bevor sie sich in sich selbst zurückzog oder das Thema wechselte. Was sie von diesem oder jenem Autor hielt, die Bücher, die sie schreiben wollte, obwohl sie sich für vollkommen unbegabt hielt. Anouck hatte nicht viel mehr verstanden, als dass Léa ihre Eltern nicht gerade ins Herz geschlossen hatte und dass ihre Unfähigkeit zu begreifen, dass sie nicht krank war, dass sie nicht behandelt werden, über nichts hinwegkommen musste, dass sie ihren *Bruder* verloren hatte und dass sie es unschicklich gefunden hätte, eines Tages darüber hinweg zu sein, sie anwiderte. Anouck fragte nicht weiter nach. Ließ Léa preisgeben, was sie für richtig hielt, und über das Übrige schweigen. Wenn Léa ganz weit weg zu sein schien, tief in ihr Inneres versunken, brachte Anouck ihr eine Tasse Tee und ein Stück Schokolade. Sie, die nie welche aß, war hinuntergegangen und hatte einen Vorrat im Casino besorgt. In einem Gespräch hatte Léa ihr anvertraut, dass sie Schokolade liebe, dass sie gern ein Stück äße, während sie das Essen, das Anouck für sie gekocht hatte, kaum angerührt hatte.

Am Tag vor ihrer Abreise machten sie einen Ausflug in die Berge. Sie kletterten zur Grotte de Saint-Honorat hinauf, die mit Votivbildern tapeziert ist. Auf dem Boden lagen wie immer die Hefte, in die jeder seine Gebete schrieb und in denen manche dafür dankten, dass sie erhört worden waren. Léa schrieb etwas hinein. Anouck versuchte nicht, es zu lesen. Als sie wieder hinuntergingen, färbte die untergehende Sonne alles glutrot. Die Felsen um sie herum brannten lichterloh. Und der blaue Himmel zerriss in violette Schlieren. Am nächsten Tag kam Léa nicht. Anouck hatte eine Dorade zubereitet. Sie war viel zu groß für sie allein. Sie aß noch am nächsten Tag davon. Und am übernächsten.

Heute Morgen ist sie dem Besitzer des Hauses begegnet. Er kam aus Lyon, wo er wohnte. Er hatte den ganzen Weg gemacht, um nachzuschauen, ob alles in Ordnung war, ob der Sturm keine Schäden verursacht hatte. Anouck sagte ihm, das nächste Mal solle er doch anrufen, um sich die Mühe zu ersparen. Sie sei das ganze Jahr über da, sie könne auf das Haus aufpassen. Im Übrigen habe sie seine Großnichte kennengelernt. Der Typ sah sie fragend an. Von welcher Großnichte spreche sie? Er habe keine Großnichte und auch sonst keine Verwandte, die sie meinen könnte. Sie habe da wohl etwas missverstanden. Anouck nannte den Namen Léa. Das schien ihm nichts zu sagen. Vielleicht hatte sie sie ja hinsichtlich ihres Namens belogen. Anouck versuchte es ein zweites Mal mit einer Enkelin. Er habe auch keine Enkelin. Nur einen Enkel. Aber der sei im September gestorben. Er habe seinem Leben ein Ende gesetzt. Er gab ihr diese Information, als beträfe sie ihn eigentlich gar nicht. Aber Anouck hat sich bestimmt ihren Teil gedacht. Sie neigt dazu, sich über die Gefühlskälte der Leute, ihre Reserviertheit, ihre Stärke, darüber, wie wenig Gefühle sie zeigen, zu wundern. Im Grunde ist sie wie Léa. Immer überrascht, dass man über alles hinwegkommen kann. Und manchmal auch ein bisschen empört. Aber war sie nicht selbst einmal vollständig zusammengebrochen? War sie nicht auch über alles hinweggekommen? Zwar hatte sie ein paar Narben zurückbehalten, hatte sich aber trotzdem wieder erholt. Vom Tod ihr nahestehender Personen. Vom Ende ihres gemeinsamen Lebens mit Lila. Davon, kein Kind bekommen zu haben, weil sie keines wollte, weil sie in ihrem Leben keinen Platz dafür hatte. Der Mann machte sich sichtlich verärgert auf den Rückweg. Er war fassungslos, dass eine Unbekannte bei ihm eingedrungen war. Wenn Anouck auf diese Weise auf sein Haus aufpasste, würde er noch oft diese Strecke zurücklegen müssen, um nachzuschauen, ob alles in Ordnung war nach einem schweren Unwetter. Anouck war ebenfalls etwas durcheinander. Weil Léa sie angelogen hatte. Weil sie keine Ahnung hatte, wer sie war und was sie in diesem Haus gemacht hatte, deren Schlüssel sie, ohne auch nur einen Augenblick zu zögern, gefunden hatte und in dem sie, wie sie behauptet hatte, schon einmal gewesen war. Eine Stunde später nahm Anouck das Auto und fuhr bis dorthin, wo der Pfad begann. Ging den Weg noch einmal, den sie zusammen gegangen waren. Es hatte sie beide entzückt, zwischen den Bäumen immer höher zu steigen, zu hören, wie der Bach die Schluchten hinunterstürzte und Kiesel durchsichtig wie Perlen mit sich riss. Schon bei den ersten Serpentinen geriet sie außer Atem. Und sie hatte schwere Beine. Wohingegen ihr mit Léa alles so leicht vorgekommen war. Es hatte sie sogar überrascht, so fit zu sein, so schnell steigen zu können. Léa hatte sie mitgerissen. Jetzt, ganz allein, war alles anders. Sie spürte wieder ihr Alter. Sie war wieder eine alte Frau. Ihr fiel wieder ein, wie überrascht Léa gewesen war, als sie ihre Platten durchgesehen hatte. Sie hatte das letzte Album von Veronica Falls aus einem Regal gezogen, in dem Arcade Fire, die Babyshambles, PJ Harvey, I Am Kloot, Franz Ferdinand, Girls in Hawaii und die Arctic Monkeys nebeneinanderstanden. Anouck hatte die Achseln gezuckt. Na und? Überrascht es dich, dass eine alte Frau solche Sachen hört? Sie hatte ihr nicht gestanden, dass diese Platten ein Weihnachtsgeschenk von Lila waren, die ihr regelmäßig ein Dutzend Platten ihrer Wahl schickte, weil sie sich nicht damit abfinden konnte, dass Anouck nur noch Bach und Schubert, Couperin und Haydn, Purcell und Mozart hörte. Dass sie diese alte Dame geworden war, die von ihrem Alter eingeholt worden war. Zu ihrer Verteidigung muss man sagen, dass Lila sieben Jahre jünger war. Ein Altersunterschied, der zählte, als sie sich kennengelernt hatten. Und der mit den Jahren unwichtig geworden war. Seit einiger Zeit aber, wie ihr schien, wieder an Bedeutung gewann. Wann genau wird man alt? Wann kippt es? Léa hatte die Platte aufgelegt, und die schneidenden Gitarren, die naiven Refrains, die für den schottischen Pop typisch sind, hatten die Luft erfüllt. Während Anouck an diese Episode dachte, sah sie wieder Léa vor sich, wie sie auf der Terrasse, eine Zigarette in der Hand, ein Plaid über der Schulter, in Socken tanzte und das Meer betrachtete. Die Anmut ihrer Bewegungen, ihr Kopf, der sich im Rhythmus bewegte, ihre Lippen, die murmelten: *Cause you're a broken toy it's true, but I am broken too*, zerbrochene Worte auf eine fröhliche Melodie. Gleichsam eine letzte

Nettigkeit. Höflichkeit. Sie hatte sie in diesem Augenblick wunderschön gefunden. Sie hatte sogar gespürt, wie ihr Herz wie wild in ihrer Brust geschlagen hatte.

Sie erreichte die Höhle. Vor ihrem Blick erstreckten sich das Massiv und die Hügel, so weit das Auge reichte, das Meer vor dem rechtwinkligen Kap, eine riesige Klippe, die ins Wasser abfiel, das von hier aus eisblau aussah. Sie nahm das Heft, in das sie Léa hatte schreiben sehen. Sie blätterte darin. Die letzte Seite, diejenige, auf der Léa vermutlich ihr Herz ausgeschüttet hatte, war herausgerissen worden.

Anouck friert ein wenig. Sie räumt den Gartentisch ab. Der Computer. Die drei übereinandergestapelten Bücher. Die Teekanne und die große Tasse. Sie schließt die Terrassentür hinter sich, macht Feuer. Im Radio läuft eine Sendung, in der Lila häufig spricht. Sich über alle möglichen Themen verbreitet, neu erschienene Bücher, die Stücke, die in letzter Zeit im Odéon, in Nanterre oder in Aubervilliers inszeniert worden sind. Stets mit dieser Präzision, diesem glasklaren Denken, dieser Bildung, diesen entschiedenen Meinungen, die sie immer so an ihr bewundert hatte. Anouck setzt sich bequem hin, um ihr zuzuhören. Lila vernichtet einen Roman. Die meisten Argumente, die sie vorbringt, wären geeignet, die Gesamtheit ihrer Bücher zu entwerten. Aber das ist ihr egal. Sie lauscht ihrer Stimme. Und denkt erneut an Léa. An die Verwirrung, in die es sie gestürzt hat, als sie diese Sendung neulich zusammen mit ihr gehört hat. Lila sprach über Joan Didion, über das Alter und über die Trauer, während Anouck Léa zuschaute, wie sie in kleinen Schlucken ihren Tee trank: beinahe ihre

Reinkarnation, ihr Ebenbild, als sie in ihr Leben geschneit war, sie aufgesucht hatte, um sie für die Zeitschrift zu interviewen, für die sie gearbeitet hatte, bevor sie ihr erstes Buch veröffentlicht hatte, und am nächsten Morgen gegangen war, gekleidet wie am Tag zuvor.

10

ÉRIC

Die Jungs waren verwirrt. Nichts klappte so recht. Pässe gingen ins Leere, Ballforderungen im falschen Augenblick, Zweikämpfe kamen zu spät oder zu heftig, das Abspiel war schlampig. Der Torhüter hatte Hände aus Gummi. Und die Stürmer zwei linke Füße. Er hat sie ordnungshalber ein bisschen zusammengestaucht. Ihnen eingebläut, dass sie sich in acht Tagen gegen Nantes lächerlich machen würden, wenn sie so spielen. Aber sie waren mit den Gedanken woanders, das war nicht zu übersehen. Antoine lag im Krankenhaus, und das nahm sie mit. Zunächst mal, weil er bis zum Spiel nicht wieder auf dem Damm sein würde. Natürlich nicht. Den neusten Nachrichten zufolge hatte er noch immer nicht das Bewusstsein wiedererlangt. Und die Ärzte wussten nicht wirklich, warum. Vor allem aber, weil das Gerücht die Runde machte, Spieler der gegnerischen Mannschaft hätten ihn bedroht, als er aus der Umkleide kam. Sie waren sich ganz sicher. Diese Arschlöcher waren es gewesen. Wer auch immer. Ein Spieler. Der Kumpel eines Spielers. Ein Fan. Aber sie waren es. Sie haben ihm den Schädel mit einem Baseballschläger eingeschlagen. Er beendete das Training etwas früher als sonst. Sie waren sowieso fix und fertig. Es ist immer das

Gleiche in dieser Jahreszeit. Die Meisterschaft, dann der Pokal, dazu das Training zwei Abende in der Woche, und das alles nach der Arbeit, am Ende spüren sie ihre Beine nicht mehr. Die Freuden des Fußballamateurs. Der Torwart Busfahrer, eine Abwehr aus Arbeitslosen, Lageristen, Landarbeitern und Angestellten bei Avis. Ein Mittelfeld aus Maurern, Mechanikern, Wachmännern, Anstreichern. Ein Angriff aus Sozialhilfeempfängern mit Ausnahme des Rechtsaußen, der Gepäckträger am Flughafen ist. Der Trainer ein ehemaliger Sportlehrer am Collège. Und Antoine. Ehemals die große Hoffnung des hiesigen Fußballs. Ehemals Mechaniker beim alten Dumas. Und bereits jetzt ehemaliges Faktotum auf Perez' Campingplatz. Bis auf weiteres gesperrt und verloren in der Vorhölle, leblos in seinem Krankenhausbett. Er hat ihn gestern besucht. Sein Vater war da. Und seine Schwester Louise. Seit Jahren hatte er sie nicht mehr von so nah gesehen. Das hat ihn nicht kaltgelassen, er kann nicht lügen. Er hat so etwas wie Bedauern empfunden, obwohl es sinnlos ist, sich an die Wege zu erinnern, die man nicht gegangen ist, an die Gelegenheit, die man nicht beim Schopf gepackt hat. Obwohl es im Nachhinein verrückt erscheinen mag, dass sie sich so sehr vor Antoines Reaktion gefürchtet haben, dass sie so sehr Angst davor hatten, er könnte erfahren, dass er mit seiner Schwester schlief, obwohl er glücklich verheiratet war und zwei Kinder hatte. Schließlich beendeten sie ihre Affäre, und sein Leben schien auf den Schienen weiterzulaufen, auf die er es sechzehn Jahre zuvor gesetzt hatte. Aline. Die Kinder. Und das ist auch besser so. Manchmal denkt er daran zurück, an das, was er den Kindern angetan hätte, wenn er den Sprung gewagt hätte. Allein schon, wenn er davon spricht, schnürt sich ihm die Kehle zusammen. Er kann den Gedanken nicht ertragen, ihnen wehzutun. Dass sie auf die eine oder andere Weise leiden könnten. Traurig oder ängstlich oder was auch immer wären. Mit den Jahren hat er schließlich begriffen, dass es einfach unmöglich war. Dass man sie nicht vor allem schützen kann. Dass das gar nicht in unserem Ermessen liegt. Sie sind jetzt Jugendliche. Sie schaffen es ganz allein, sich wehzutun.

Nach dem Training setzte er Kevin und Mehdi zu Hause ab. Ein kleines Geviert niedriger Wohnblöcke mit Sozialwohnungen, wo Antoine noch vor ein paar Monaten gewohnt hatte, als er noch mit Marion zusammen gewesen war, bevor Dumas ihn gefeuert hatte. Éric hatte es besser gefunden, dass er dort gearbeitet hatte. Das hatte ihn stabilisiert. Gezwungen, morgens aufzustehen. Einigermaßen nüchtern zu bleiben, um nicht allzu viel Blödsinn bei der Arbeit zu machen. Und das hatte man auch auf dem Spielfeld gespürt. Er erinnerte seinen rechten Verteidiger und seinen Linksaußen an die Uhrzeit des Treffens für das Sonntagsspiel. Erneut fragten sie ihn, ob er sicher sei. Ob er wirklich nicht wolle, dass sie ihn begleiten. Éric verneinte es. Es war besser, allein zu gehen. Er fürchtete, die Dinge könnten aus dem Ruder laufen, die Gemüter sich erhitzen. Es sprach nichts dafür, noch Öl ins Feuer zu gießen. In der Umkleide hatte er ihre Gespräche aufgeschnappt. Sie hatten vor, alle zusammen hinzugehen. Beim Training aufzutauchen, sich den Linksverteidiger zu schnappen und ihn um eine Erklärung zu bitten. Er hatte es nicht geschafft, sie wirklich von der Unangemessenheit ihres Vorgehens zu überzeugen. Lediglich dass sie ihn alleine gehen lassen, hat er ihnen abgerungen. Ohne sie. Er sagte, Bis Sonntag, und fuhr auf die Autobahn. Eine Zeitlang hatte er diese Strecke fast täglich zurückgelegt. Seine Mutter war bei jedem Besuch ein wenig schwächer gewesen. Sie aß nicht mehr. Hatte zu nichts mehr Lust. Er hielt ihre Hand, während sie schlief. Blickte sich um, dieses Zimmer, die Flure, der Gemeinschaftsraum, in den sie nicht mehr ging, alles in diesem Altersheim schien darauf ausgerichtet, einem die Lust am Leben zu nehmen. Am Weitermachen. Es kam ihm so vor, als wäre das die Botschaft, wenn man dort landete. Klammern Sie sich nicht fest. Sie sehen ja, dass es sich nicht lohnt. Dort hatte er Louise kennengelernt. Sie kümmerte sich um seine Mutter. Und um all die anderen alten Leute am Ende ihres Lebens, die nicht mehr ganz richtig im Kopf waren und vor Einsamkeit und Langeweile eingingen. Louise fand ihn bewundernswert. Sie sagte, Wissen Sie, man findet selten einen Sohn, der seine Mutter so oft besucht. In der Regel kommen die Leute nur alle zwei Wochen. Und das ist schon viel. Das Übliche ist einmal im Monat. Für diejenigen, die Besuch bekommen. Bei manchen habe ich noch nie gesehen, dass sie irgendjemand besucht. Ihre Familien laden sie hier ab, und das war's dann. Wir sehen uns auf der Beerdigung. Éric pflichtete ihr bei. Aber innerlich fühlte er sich miserabel. Er hatte das Gefühl, genau wie die anderen gehandelt zu haben. Sich seine Mutter vom Hals geschafft zu haben. Sie in ein verdammtes Sterbeheim abgeschoben zu haben. Jeden Monat die Summe zu zahlen, die nötig war, damit man seine Pflicht getan hat. Zu wissen, dass Louise bei ihr war, genügte nicht, um seine Gewissensbisse zu lindern. Und unwillkürlich gab er Aline die Schuld. Weil sie nie über eine andere Lösung hatte nachdenken wollen. Dass sie seine Mutter zu sich nehmen. Natürlich hatte sie recht. Der Platz zu Hause reichte schon jetzt nicht. Die Kinder waren gewachsen, und alles schien zu klein geworden zu sein. Und außerdem hatte Aline seine Mutter nie besonders gemocht. Das beruhte auf Gegenseitigkeit. Und schließlich, wer sollte sich um sie kümmern? Immerhin hatte er jeden zweiten Abend Training. Und die Spiele am Wochenende. Das wäre kein Leben gewesen. Sie hatte recht.

Er sah Louise zwangläufig jeden Tag, und er spürte, dass er ihr gefiel. Sie plauderte immer einen Augenblick mit ihm im Zimmer. Oder auf den Fluren. Oder an der Kaffeemaschine. Eines Abends fasste er sich ein Herz und schlug ihr vor, etwas trinken zu gehen. Sie fuhren hintereinander her nach Nizza, jeder in seinem eigenen Wagen. Sie bestellte einen Martini. Er einen Ricard. Warum erinnerte er sich an derartige Details? Manchmal prägen sich gerade solche unbedeutenden Dinge ins Gedächtnis ein. Während andere ohne Vorwarnung verschwinden. So ist er sich zum Beispiel nicht wirklich sicher, ob er sich noch an das Gesicht seiner Mutter erinnert. Sie sich wirklich vorstellen kann. Während sie miteinander plauderten, betrachteten sie das Meer, die Kiesel, deren Eisengrau auf das Wasser abfärbte. Dabei hatte er begriffen, dass sie Antoines Schwester war. Zuerst hatte sie darüber gelacht. Das muss Schicksal sein. Die Welt ist ein Dorf. Was für ein Zufall. In Wahrheit war es gar nicht so komisch. Er war verheiratet. Hatte zwei Kinder. Er liebte Aline, aber er hatte vor allem panische Angst davor, die Kinder zu verlieren, sie zu verletzen, in ihren Augen zu versagen. Und

Antoine war Louises Bruder. Was theoretisch kein Problem war. Aber eben nur theoretisch. Eine Woche später schliefen sie zum ersten Mal miteinander, in einem Hotelzimmer in einem Gässchen der Altstadt von Nizza, unweit vom Blumenmarkt. Wiederum theoretisch hätte es eine triste Angelegenheit sein müssen. Das ehebrecherische Paar in einem einfachen Zimmer mit verschimmelter Tapete und geschlossenen Fensterläden. Aber die Wahrheit ist, dass es Augenblicke strahlender Zärtlichkeit und Sanftmut waren. Unvergleichliche Augenblicke. In denen er sich merkwürdig frei und erleichtert fühlte. Bevor er wieder in seinen Wagen stieg und ihn alles wieder einholte. Seine Mutter, die bald sterben würde, zusehends schwächer wurde, ihn nicht mal mehr zu erkennen schien, wenn sie die Augen öffnete und ihn an ihrem Bett sitzen sah, Aline, die ihn allein mit den Kindern erwartete, die gebadet, gefüttert und ins Bett gebracht worden waren. Sein Essen, das unter der Plexiglashaube in der Mikrowelle auf ihn wartete. Und Antoines Blick am nächsten Tag beim Training, seine Augen, die ihm etwas sagen zu wollen schienen.

Es war bereits dunkel, als er ankam. Im Licht der Scheinwerfer phosphoreszierte der Rasen des Spielfelds beinahe, wie eine Art Teppichboden, ein synthetischer Bodenbelag. An ihren Füßen schleppten die Spieler sternförmige Schatten über das Feld. Er begrüßte Jean-Marc. Dieser schien überrascht, ihn zu sehen. An seinem Gesicht erkannte Éric, was er dachte: Scheiße. Aber sie hatten sich noch nie leiden können. Schon auf den Lehrgängen für den Trainerschein hatte die Chemie zwischen ihnen nicht gestimmt. Éric fand, dass Jean-Marc die Nase ziemlich hoch trug. Und dass die Tatsache, dass er auf dem Höhepunkt seiner Karriere zehnmal in der 2. Liga gespielt hatte, nicht ausreichte, um das wirklich zu rechtfertigen. Er war einer von denen, die nicht verstehen, dass man auch Trainer werden kann, ohne jemals auf sehr hohem Niveau gespielt zu haben. Für die der Begriff des Taktikers als solcher nicht existierte. Jedenfalls nicht, solange er nicht durch spielerische Leistungen untermauert worden war. Das konnte man so sehen. Musste man aber nicht. Letztlich verkraftete er es einfach nur schwer, dass Érics Mannschaft einen Tick besser spielte als seine. Auch wenn die letzte Begegnung unentschieden geendet hatte. Éric ging hinüber und reichte ihm die Hand. Jean-Marc schüttelte sie, ohne ihn wirklich anzuschauen, damit beschäftigt, seine Spieler auf dem Feld zu beobachten und ihnen die üblichen Anweisungen zuzubrüllen. Auch Éric betrachtete sie und erkannte den Linksverteidiger sofort. Er trug eine Art Schutzmaske, die die Hälfte seines Gesichts bedeckte.

»Na, was verschafft uns die Ehre? Bist du auf der Suche nach Spielern?«

»Klar. Balljungen. Da gibt es einen oder zwei, die in Frage kämen.«

Jean-Marc schien einen Augenblick nachzudenken. Er suchte nach einer Retourkutsche, aber ihm fiel nichts ein. Schließlich pfiff er ab. Die Jungs begannen das Spielfeld zu verlassen. Die Bälle in die Netze zu legen. Die Hütchen einzusammeln. Der Typ mit der gebrochenen Nase warf ihm beunruhigte Blicke zu. Éric ging geradewegs auf ihn zu.

»He«, sagte Jean-Marc. »Ich will keinen Ärger hier.«

Eric ließ ihn reden. Überquerte das Spielfeld und fragte den Typen, ob er wisse, warum er hier sei.

»Ja. Ich glaube. Aber Sie irren sich. Ich habe nichts damit zu tun. Und übrigens auch sonst keiner hier.«

»Hast du eine Ahnung, wie deine Kumpel meinen Jungen zugerichtet haben?«

»Ich sag doch, ich war's nicht. Und auch keiner meiner Kumpel, wie Sie sagen.«

Der Typ versuchte, seinem Blick standzuhalten, aber es fiel ihm schwer. Seine Augen blinzelten unaufhörlich zu beiden Seiten des Verbands, der seine Nase bedeckte. Andere Spieler näherten sich. Éric kannte die meisten von ihnen. Manche waren ihm in der D-Jugend oder bei den Junioren aufgefallen, bevor sie den Klub gewechselt hatten. Bei manchen hatte es an ihren Lebensumständen gelegen, ein Umzug, oder der Klub war näher bei der Arbeit gewesen, und das war praktischer, wenn sie abends Training hatten. Aber bei den anderen ging es um sportliche Gründe, sie meinten, dass sie nicht genug zum Spielen kämen oder dass Éric sie nicht auf der richtigen Position spielen lasse, die ihr Talent zur Geltung bringe, und wieder andere fanden ihn zu streng, sie konnten seine billigen Moralpredigten nicht mehr ertragen, konnten es nicht mehr hören, dass er ständig von Kollektiv, Geist, Solidarität sprach. Im Endeffekt kam er ihnen einfach vorgestrig vor. Ein Typ, der aus einer anderen Zeit kam. Die Sorte Idealist, die nie begreifen würde, dass die Welt sich verändert hat. Sie umzingelten ihn. Éric sah aus dem Augenwinkel, dass der Trainer in Richtung Umkleide ging. Die Botschaft schien klar zu sein. Er wollte nichts von dem wissen, was jetzt geschehen würde.

»Gibt's ein Problem?«, fragte ein riesiger Typ, gebaut wie ein bretonischer Schrank, eine Statur, die die Grenze zwischen Fußball und Rugby verwischte.

Éric versuchte, Ruhe zu bewahren. Natürlich zu bleiben. Sich von ihren Einschüchterungsspielchen nicht beeindrucken zu lassen.

»Ja. Es gibt eins. Ich habe einen Spieler, der im Koma liegt. Im Krankenhaus. Jemand hat es für angebracht gehalten, ihm mit einem Baseballschläger den Schädel einzuschlagen. Und zufällig hat ebendieser Spieler dem Herrn hier eins auf die Nase gegeben. Und das scheint euch nicht gefallen zu haben. Was ich verstehe. Ich habe gehört, dass manche von euch ihn letzten Sonntag bedroht haben. Und deshalb bin ich hergekommen. Denn ich möchte gern sicher sein, dass ihr damit nichts zu tun habt.«

Während Éric redete, fragte er sich, was er da eigentlich tat. Welchen Sinn das alles hatte. Was ihn geritten hatte herzukommen. Was er damit bezweckte. Er suchte auf ihren Gesichtern nach einem Hinweis, einem Zeichen, das sie verraten würde. Und dann? Für was für einen verdammten Bullen hielt er sich eigentlich? Der Schrankkoffer machte einen Schritt auf ihn zu und drückte die Stirn an seine. Er schnaubte wie ein Stier. Seine Augen waren gerötet.

»Wenn ich richtig verstehe, kommst du her, um uns zu beschuldigen, einen deiner Spieler ins Krankenhaus geschickt zu haben. So ist es doch. Du tauchst hier auf ganz allein und gehst uns auf den Sack.«

In welchen Film er da geraten war, wusste Éric nicht. Er hoffte nur, dass es einer war, der für Typen wie ihn nicht allzu schlecht endete.

»So, das reicht jetzt. Ich glaube, der Kollege hat euch gesagt, was er euch zu sagen hatte. Ihr habt ihm geantwortet. Die Diskussion ist beendet. Jetzt ab nach Hause, wir sehen uns Sonntag.«

Als er seinen Trainer hörte, wich der Typ einen Schritt zurück. Éric spürte noch immer den Druck von dessen Schädel gegen seinen. Die Spieler trollten sich. Bis auf den Typ mit der gebrochenen Nase, der ihm noch einmal versichern wollte, dass er nichts mit der Sache zu tun habe. Sicher, im ersten Augenblick hätte er diesem Arschloch Antoine gern die Fresse poliert, aber ganz ehrlich, wenn jeder Zoff auf dem Spielfeld im Krankenhaus enden würde, gäbe es gar nicht genug Betten für alle Fußballer der Gegend. Éric sah ihm hinterher, wie er zu den anderen ging. Jean-Marc, der neben ihm stand, blickte ihm ebenfalls nach. Er legte ihm die Hand auf die Schulter.

»Tut mir leid für Antoine. Ehrlich. Ich hoffe, er kommt durch. Aber wirklich, ich glaube nicht, dass irgendjemand hier was damit zu tun hat. Das sind gute Jungs, weißt du. Selbst der Büffel, der dich da eben angemacht hat. Im Grunde ist er kein schlechter Kerl.«

Éric dankte ihm für sein Dazwischengehen, und sie schüttelten sich die Hand. Während er zu seinem Wagen zurückging, fragte er sich, was ihn veranlasst haben mochte, doch noch zu schlichten. Eine Art Solidarität unter Trainern. Ein Anflug von Berufsehre. Die Uhr zeigte an, dass es schon nach 22 Uhr war. Wenn er nach Hause kam, würde Aline bereits schlafen. Die Kinder vermutlich nicht. Unter der Tür ihrer Zimmer würde das schwache Licht eines Computermonitors hindurchschimmern. Es war ihm unbegreiflich, wie sie so viel Zeit am Bildschirm verbringen können. Den ganzen Abend auf Facebook, damit beschäftigt zu chatten. Sich SMS zu schicken. Als würde es sie umbringen, wenn sie bloß drei Sekunden keinen Kontakt mit ihren Freunden haben. Als fühlten sie sich zu Hause wie im Gefängnis, daran gehindert, ihr wahres Leben zu leben. Er dachte darüber nach und zog es vor, sich lieber nicht daran zu erinnern, was sie noch vor drei Jahren füreinander bedeutet hatten. Die Sehnsucht, die er in ihren Blicken erkannt hatte. Ihre Freude, wenn er nach Hause gekommen war. Wie sie sich ihm an den Hals geworfen hatten. Die Samstage, wenn sie alle zusammen am Strand gewesen waren, spazieren gegangen waren. Die Picknicks. Die Fußballspiele im Sand. Die Pizzas auf der Terrasse des Gasthofs. Und wie wichtig ihm das alles war. Wie sehr er es liebte, Vater zu sein. Er hätte sich nicht träumen lassen, dass das alles so plötzlich enden würde. Er hätte nie gedacht, dass es nur so kurz dauern würde. Aber wenn er sich an sich selbst in diesem Alter erinnerte, war der Unterschied gar nicht so groß. Sobald er nach Hause gekommen war, war er in sein Zimmer gegangen und hatte gewartet, dass die Zeit verging. Dass sie ereignislos verstrich, bevor er sich mit seinen Freunden traf. Er setzte sich dann an seinen Schreibtisch. Legte die Hausaufgaben vor sich, schaltete das Radio ein und sah aus dem Fenster. Träumte vor sich hin, während er Fußballkommentaren lauschte. Oder Chansons. Die Hausaufgaben blieben unerledigt. Er war sich sicher, dass er damals dankbar gewesen wäre für ihre Profile, ihre SMS, ihre Computer, ihre Handys. Sie hätten ihm ein bisschen Luft verschafft. Er war sicher, dass er sich weniger gelangweilt hätte. Aber es kommt ihm so vor, als wäre es damals anders gelaufen.

Das Einzige, worauf sein Bruder und er zu Hause hoffen konnten, war, nicht öfter als drei- oder viermal pro Stunde angeschnauzt zu werden. Und schnell genug zu sein, um den Tritten in den Hintern und den Schlägen auf den Hinterkopf zu entgehen. Ob sie sie verdient hatten oder nicht. Ihr Verhalten, richtig oder falsch, spielte nicht wirklich eine Rolle. Nein, alles hing von der Laune ihres Vaters ab. Und die war in der Regel hundsmiserabel. Also hat er alles getan, um seinen Kindern nicht ein solcher Vater zu sein. Um ihnen Liebe und Zärtlichkeit zu geben. Sie mit Gesten und Worten zu überhäufen. Ihnen aufmerksam zuzuhören. Sie ernst zu nehmen. Er wappnete sich mit Geduld. Versuchte, jeden Anflug von Wut, von Gewalt in sich zu unterdrücken. Er will nicht behaupten, dass es ihm immer gelungen ist. Letzten Endes glaubt er aber, ein sanfter, liebender und verständnisvoller Vater für sie gewesen zu sein, der immer für sie da war. Dabei sieht er sie nur noch zwischen Tür und Angel. Sobald sie zu Hause sind, gehen sie in ihre Zimmer hinauf. Die Wochenenden verbringen sie mit ihren Freunden, und sie haben immer eine Ausrede parat, wenn es darum geht, irgendwas mit ihm zu unternehmen. Essen gehen. Einen Spaziergang machen. Ins Kino gehen. Ein Spiel anschauen. Sich ein bisschen unterhalten. Ich muss noch Hausaufgaben machen. Ich geh joggen. Ich muss Gitarre üben.

Er saß wie ein Idiot am Steuer seines Wagens und dachte nach. Plötzlich gingen die Scheinwerfer des Stadions aus, und tiefe Dunkelheit schien auf ihn herabzufallen und ihn zuzudecken. Er fuhr los, und er war sich bewusst, dass die Straße, auf der er fuhr, nicht diejenige war, die ihn nach Hause bringen würde. Er fuhr in die falsche Richtung. Er wusste es. Und auch, dass es eine Dummheit war, in diese Richtung zu fahren. Dass er zumindest Aline eine Nachricht hätte schicken müssen, damit sie sich keine Sorgen machte. So was wie Ich bin mit einem Kumpel etwas trinken gegangen, ich komme spät nach Hause, träum was Schönes. Eine Nachricht, die sie gegen 1 Uhr morgens lesen würde, wenn sie aus dem Schlaf schrecken und entdecken würde, dass sie allein im Bett lag. Er stellte sich vor, wie sie aufstand, ihren Morgenrock überzog und ins Wohnzimmer hinunterging, um nachzuschauen, ob er nicht zusammengesunken auf dem Sofa saß und Eurosport sah, in der Hoffnung, darüber einzunicken. Seit Monaten schlief er nicht gut. Und Aline sagte ihm ständig, dass Fernsehen keine Lösung sei. Dass man immer glaube, das würde funktionieren, das würde einem helfen einzuschlafen, aber das Gegenteil sei der Fall, wegen des Lichts, der Aufmerksamkeit, die man trotz allem aufbringen müsse. Komm ins Bett. Okay, antwortete er dann und folgte ihr ins Schlafzimmer. Er legte sich ins Bett und hörte, wie sie neben ihm einschlief. Tief atmete. Er betrachtete ihren schlafenden Körper, die dunkle Masse neben ihm im Halbdunkel. Und das war schlimmer als alles andere. Neben ihr zu liegen und sich bewusst zu werden, dass sie nichts mehr bei ihm auslöste. Dass er sie zwar mochte, aber dass er die echte Liebe, die vibrierende, elektrisierende, schon seit Jahren nicht mehr empfand. Und das war der wahre Grund, der ihn am Einschlafen hinderte. Es ließ ihm keine Ruhe. Es war kein wirklicher Schmerz. Nein. Man kann nicht sagen, dass er darunter litt. Nicht einmal, dass es ihm etwas ausmachte. Beinahe hätte er sich sogar damit abgefunden. Was übrigens die meisten tun. Zusehen, wie die Liebe immer schwächer wird und schließlich nur noch eine vage Erinnerung ist. Und trotzdem weitermachen wie gehabt, weil es bequem ist. Weil man dem anderen ein guter Partner ist. Ein angenehmer Mitbewohner. Gute Freunde. Gute Eltern. Ein gutes Team. Aber vielleicht gelingt es ihm letzten Endes doch nicht, sich damit abzufinden. Auch wenn das ein wenig unreif ist. Und er aus der Bequemlichkeit gerissen wird.

Er fuhr eine Weile, ohne nachzudenken. Tat so, als wüsste er nicht, wohin er fuhr. Für wen er so tat, keine Ahnung. Wem hätte er Rechenschaft abzulegen? Wer würde ihn bestrafen? Manchmal fragt man sich, wie weit das schlechte Gewissen geht. Und sogar, von wo es wohl seinen Ausgang nimmt. Er parkte 500 Meter vom Haus entfernt, an der Einmündung der Schotterstraße. Es war fast Vollmond, und das Mondlicht tauchte die Macchia in ein unwirkliches Licht. Es wimmelte von Insekten, und die Luft war von den Geräuschen der Tiere erfüllt. Unsichtbares Wasser floss fast überall, Erinnerungen an Tage, an denen der Regen nach und nach trocknete. Gerüche stiegen auf, gesättigt von Harz und altem Regen. Er nahm nur einen Bruchteil von ihr wahr, aber die Wüste aus Sträuchern und rotbrauner Rinde, dicken Blättern und verbrannten Dornen, Felsen und Geröll erstreckte sich mehrere Kilometer weit. Er hatte sich dort oft herumgetrieben. Auf dem Weg zu Louises Haus, oder besser dem, was davon bislang zu sehen war: unfertige Mauern, ein Frevel aus Beton inmitten der Korkeichen, Mimosen und Erdbeerbäume. Andeutungen von Grundmauern. Werkzeug, Zementsäcke. Inmitten der Autowracks, der Reifen, der sinnlosen Haufen von Ersatzteilen, unreparierbaren Gegenständen und verrostetem Schrott. Er hatte oft geduckt im Auto gewartet, gezögert, auszusteigen und hinaufzugehen, und sich gefragt, was er dort eigentlich suchte, was das zu bedeuten hatte. Er war oft hier entlanggelaufen, so wie heute Abend, im Knacken des trockenen Holzes, im Gezwitscher der Vögel, die die plötzlich einsetzende Dunkelheit in panische Angst versetzte, und in der bleiernen Stille. Hatte oft die Augen zusammengekniffen beim Versuch, die Silhouette von Francks Pick-up zu erkennen, um herauszufinden, ob er da wäre, bevor er umgekehrt war, oder ob er unterwegs war und sie für ein paar Tage, manchmal ein, zwei Wochen allein gelassen hatte. Hatte Louise oft beobachtet, wie sie hin und her gegangen war im Licht der erleuchteten Fenster, helle Rechtecke in der Front des Wohnwagens, in der dieser Typ sie leben ließ. Wo sie ganze Nächte wach lag, während er Frachtladungen in den Norden brachte, nach Deutschland, nach Polen. Er hatte sich nie durchringen können, zu ihr zu gehen. Hatte nicht einmal daran gedacht. Er wollte sich nur vergewissern, dass sie da war, sie sehen. Nur das. Ihre Bewegungen, ihr Gesicht nicht vergessen. Ein paar Monate lang ging das so, nachdem sie aufgehört hatten, sich zu sehen. Der Schnitt war zu abrupt, zu brutal gewesen. Er musste sich nach und nach entwöhnen. Hatte eine Übergangszeit gebraucht. Und schließlich hatte er losgelassen. War in sein eigenes Leben zurückgekehrt. Hatte die Parenthese geschlossen. Den Fluchtweg. Hatte eines seiner möglichen Leben ausgelöscht.

Es ist Mitternacht vorbei, und er betrachtet sie, auf einem gespaltenen Baumstumpf sitzend, mit eiskalten Händen. Er weiß, dass sie das Licht nicht löschen wird. Dass sie nicht schlafen gehen wird. An diesem Abend noch weniger als an den anderen. An ihren Bewegungen erkennt er die Unruhe, die an ihr nagt. Ihre Ohnmacht. Das unerträgliche Warten. Ihr Bruder im Krankenhaus. Das Koma, aus dem er nicht aufwachen zu wollen scheint. Das Unverständnis der Ärzte. Er beobachtet, wie sie die Tür öffnet und sich eine Zigarette anzündet, ein Buch in der Hand, zwischen dessen Seiten sie einen Finger geschoben hat, um den Faden nicht zu verlieren. Beobachtet, wie sie die Dunkelheit mit den Augen zu durchdringen sucht. Um sie herum vibriert alles unsichtbar. Das vergrabene Massiv, die menschenleeren Pfade, die schlafenden Tiere, die Bäume, die um niemanden zittern. Ihr Leben selbst. Das, von dem sie an manchen Abenden in ihrem Hotelzimmer unvernünftigerweise geträumt hatten. Von dem sie sprachen, obwohl sie beide wussten, dass sie diesen Weg niemals einschlagen würden, dass das ein einfaches, umsonst formuliertes Gedankenspiel bleiben würde. Manchmal sagte er zu ihr, Weißt du, ich verstehe nicht viel davon, aber ich habe in einer Zeitschrift gelesen, dass manche Wissenschaftler ernsthaft dachten, dass es, da die Welt unendlich ist, da jedes Ding gleichzeitig in verschiedenen Gestalten, verschiedenen Zuständen existiert, irgendwo eine Realität geben muss, in der wir alles aufgeben, du und ich, und zusammen fortgehen. Ein Leben, das irgendwo möglich ist. Das vielleicht wunderschön wäre. Oder vielleicht noch chaotischer als das, das wir haben. Das Problem ist, dass man es niemals wird wissen können. Das Problem ist, dass man in der Lage sein müsste, alle Möglichkeiten gleichzeitig zu prüfen. Am Ende drückte sie stets ihre Lippen auf die seinen, um ihn zum Schweigen zu bringen, seinen dummen Hirngespinsten ein Ende zu bereiten. Er weiß, was sie dachte. Dass er große Worte für eine ganz kleine Sache bemühte. Die typische Feigheit des Mannes, der zögert, alles, was er kennt, aufzugeben, obwohl er zugegebenermaßen nicht damit zufrieden ist, und sich ins Unbekannte zu stürzen. Das schlechte Gewissen dessen, der seine Frau mit einer Jüngeren betrügt. Die Scheißangst, die es dir einjagt, deine Ehe zu zerstören und deinen Kindern eine Scheidung zuzumuten. Sonst nichts. Oder sie küsste ihn nur, um ihn zum Schweigen zu bringen, damit er aufhörte, davon zu reden. Denn was sie betraf, so war es nicht mal das, was sie sich gewünscht hätte. Nicht eine Sekunde dachte sie daran, ihren Kerl zu verlassen, um mit ihm wegzugehen. Die Situation gefiel ihr so, wie sie war. Bestimmt sah sie die Dinge so. Vermutlich hätten sie noch lange so weitermachen können. Sogar nach dem Tod seiner Mutter. Sogar, als er nicht mehr das Krankenhaus vorschieben konnte, um sie zu besuchen und spät nach Hause zu kommen.

Er steht auf und geht zum Wohnwagen. Sie hat sich eine zweite Zigarette angezündet. Er tritt aus dem Schatten, und sie lächelt ihm zu.

11

ALEX

Punkte weiß wie Lichtkugeln. Nach einer Weile, wenn die Müdigkeit kommt, passiert ihm das immer. Der Schweiß rinnt ihm in die Augen, es brennt, seine Muskeln werden jeden Augenblick verbrennen, in ihm fließt nicht mehr Blut, sondern so etwas wie Lava. Er fühlt sich gut. Im Rhythmus. Immer in Bewegung. Leichtfüßig. Beweglich. Schnell. Präzise. Der andere boxt mit viel Kraft. Er schlägt Haken und Geraden wie ein polnischer Gewichtheber. Alex weicht aus und erwidert mit kurzen, harten Schlägen, die seinen Gegner ermüden, ihn nach und nach zermürben. Er zwingt ihn, ihm zu folgen, und hört, wie er kurzatmig wird. Er fühlt sich gut. Denkt an nichts. Bloß ein Körper in Bewegung, eine Mechanik. Er wird getroffen. Als der andere ihn berührt, spürt er nichts. Ein weiterer Wärmepunkt, das ist alles. Als das Signal ertönt, kehrt der andere in seine Ecke zurück, um sich auszuruhen. Alex bleibt stehen, bewegt sich und schlägt in die Luft, tänzelt, um im Rhythmus zu bleiben. Er will sich warm halten, auch wenn die Punkte in seinen Augen immer größer werden, durchsichtige Pingpongbälle, die hin- und herfliegen. Er sieht kaum die Typen um sich herum, die ans Seil springen, auf die Säcke einhämmern, ihre Bewegungen gegen die Schatten wiederholen. Und den Trainer, der Gesten macht, die ihm zeigen wollen, wie er in der nächsten Runde seine Positionierung und seine Deckung verbessern kann und dass er diese oder jene Kombination schlagen soll. Es läutet, sie gehen in die letzte Runde. Es ist bloß ein Trainingskampf. Sie schlagen weniger hart, wollen aber trotzdem die Wirkung der Schläge spüren. Bewegung und Empfindung müssen echt sein. Sonst existiert nichts. Bewegungen. Treffer. Atmen. Und die Wärme, die sie einhüllt. Dieses Gefühl, plötzlich wirklich in ihren Körpern zu sein. Ihn zu spüren. Lebendig bis in die Finger- und Zehenspitzen. Gut geölt.

Als sie fertig sind, schickt Patrick ihn an die Säcke, damit er den restlichen Druck ablässt, alles herauslässt, was er zurückgehalten hat. Sich ganz und gar leert. Alex schlägt eine Weile, immer ein klein wenig schneller, wie elektrische Schläge, die ihn vollends erschöpfen. Als er aufhört, fühlt er sich vollkommen flüssig. Wie schmelzendes Metall. Alles fließt. Alles ist einfach. Alles ist im Einklang. Er grüßt die Jungs und geht unter die Dusche. Lässt das kochend heiße Wasser über sein Gesicht laufen. Er bleibt lange. Zögert so lange wie möglich den Augenblick hinaus, in dem die Gedanken zurückkehren werden, der Körper abkühlt, die Muskeln sich wieder anspannen, die Mechanik blockiert. Schiebt so lange wie möglich den Augenblick hinaus, in dem er den Lauf der Dinge wieder aufnimmt und ein Normalo ist mit Arbeit Freundin Ärger einem Leben das geführt werden muss. Das Vergessen, in das das Boxen ihn stürzt, ist undefinierbar. Diese Art, ihn aus sich selbst herauszuholen. Ihn zu versöhnen. Ihn in der Luft aufzulösen. Mit seinem Körper eins werden zu lassen. Sich im Einklang und vereinfacht fühlen zu lassen. Diese Art, ihn von allem reinzuwaschen. Dann verlässt er das Boxstudio, und die Luft ist mild. Er steigt auf sein Motorrad und fährt am Meer entlang, und der Rausch, die Entspanntheit des Körpers, die Ausgelaugtheit des Geistes und die Gewissheit halten noch eine Weile an. Die Lichter ziehen vorbei, und das Meer wirkt zärtlicher und ermatteter denn je. Die blauen und rosa Neonlichter des Hotels. Die von unten beleuchteten Palmen. Der Gasthof, in dem er um diese Zeit gewöhnlich Sarah sieht, die einem Paar, das an der Glasfront sitzt, ein Gericht serviert, ihr Gesicht, das sich aufrichtet und sich der Straße zuwendet, das Zeichen, das sie ihm macht, als hätte irgendetwas sie darauf aufmerksam gemacht, dass er vorbeifährt, eine Art sechster Sinn. Aber heute Abend ist niemand im Gasthof außer dem Besitzer. Die Arbeiter werden gegen 17 Uhr gegangen sein, dann macht er alleine weiter zu reparieren, was er kann, in der Hoffnung, am Wochenende wieder öffnen zu können, zum Beginn der Ferien, nicht den hiesigen, sondern denen der Pariser, die sich dort oben den Arsch abfrieren, die nicht monatelang das Licht gesehen haben, das ihnen selbst im Winter wie eine Erholung, ein Frühling, eine Liebkosung vorkommt. Oft hat er, wenn er vorbeifährt und Sarah im Licht des Restaurants sieht, ihren fließenden Körper und ihre reine Ausstrahlung, das Gefühl, dass es so einfach sein könnte, bei ihr zu sein, sie in seinen Armen zu halten, mit ihr zu schlafen. Aber sie ist bei der Arbeit, und er muss zu seiner. Und wenn er im Morgengrauen zurückkommen wird, wird sie noch schlafen, und er wird nichts weiter als ein Wrack sein. Er wird keinen Schlaf finden, also wird er zwei, drei

Whisky in sich hineinschütten, bevor er zusammenbricht. Wird im Halbdunkel der Wohnung aufwachen, während draußen heller Tag ist. Alles wird ruhig sein. Sarah wird ihren Dienst wiederaufgenommen haben. Er wird Kopfweh haben, seine Lunge fühlt sich an wie in einem Schraubstock gefangen und seine Nerven wie mit Schmirgelpapier bearbeitet, ohne dass er weiß, warum. Und das wird so lange andauern, bis er wieder ins Boxstudio zurückkehrt. Und wenn es nicht der richtige Tag ist, muss er sich aufs Motorrad setzen und herumfahren, um die Zeit und die Gedanken totzuschlagen, die aufeinanderprallen und sich verdrehen und zu nichts führen. Bloß ein verdammter Haufen verkohlter Dinge ohne Logik. Eine Art Warten, das nie ein Ende findet. Eine Ungeduld, die sinnlos ist. Etwas, das in ihm von einem Bein aufs andere tritt. Und nie zufrieden ist. Das er betäuben muss. Indem er boxt. Herumfährt. Sarah fickt, wenn es sich ergibt. Aber dabei ist er dermaßen angespannt und wuterfüllt, dass sich zwischen ihnen eine Art Gewalt entlädt. Im Endeffekt ist ihre Geschichte eh krank. Sowieso fragt er sich, warum sie sich mit ihm abgibt. Was sie an ihm finden mag.

Als er zu den Lagerhallen kommt, ist fast niemand mehr da. In den Büros sind ein paar Fenster noch erleuchtet. Er ist etwas zu früh dran. Er möchte ein paar Worte mit dem Chef wechseln. Im Kaffee- und Druckergeruch geht er die Treppen hinauf. Klopft an der Tür. Er hört ein Herein, und er sieht ihn, wie er seinen Computer ausschaltet und seine Jacke anzieht, um zu seinem Wagen zu gehen und nach Hause zu fahren, ein gemütlicher Abend mit der Familie, stellt er sich vor, Essen mit Frau und Kindern, die kleine Geschichte, damit die Jüngste einschläft, ein Kuss auf die Stirn, ein paar Stunden Fernsehen vor dem Schlafengehen. Das Leben. Das von allen, ob es einem gefällt oder nicht. Eintönig, ohne Überraschung, ruhig. Aber was kann man auch anderes verlangen? Ihm würde es gefallen. Auch wenn er nicht so genau weiß, wie er es anstellen muss, damit es so kommt. Auch wenn er im Augenblick nicht so recht sieht, wie das mit seinen nächtlichen Runden, den Tagen, die er verpennt, den Nachmittagen auf seinem Motorrad und den Abenden im Boxstudio zusammenpassen soll. Und ganz ehrlich, Sarah kann er sich in dieser Rolle auch nicht so recht vorstellen. Manchmal fragt er sich, warum sie nicht dafür gemacht sind, ein normales Leben zu führen. Sie, er. Die anderen. Er verbringt sein Leben damit, darüber nachzudenken. Und die wenigen Male, in denen er sich auf etwas einlässt, das dem nahekommt, vermasselt er es gründlich. Als fühlte er sich zu eingeengt. Als passte er nicht hinein. Er sagt sich oft, dass er zur Armee hätte gehen sollen. Das hätte zu ihm gepasst. Afghanistan. Mali. Immer wenn er davon spricht, sehen die anderen ihn an, als wäre er verrückt

»Haben Sie mir was zu sagen?«

Alex zögert einen Augenblick, denn man mag von ihm denken, was man will, aber er ist kein Denunziant. Es tut ihm in der Seele weh, aber ganz ehrlich, die Runden ganz allein zu machen, ist schon grenzwertig. Das Gelände ist einfach zu groß. Und ganze Nächte, ohne jemanden zu haben, mit dem man reden kann. Ganz zu schweigen davon, dass er allein mit seinem Hund ganz schön alt aussehen würde, wenn Einbrecher auftauchen würden.

»Javier ist seit vier Tagen nicht gekommen. Hat er Ihnen

gesagt, wann er wiederkommt? Weil wenn das noch länger dauert, müssten Sie vielleicht jemanden einstellen, bis er sich entschließt, wieder aufzukreuzen.«

»Wie, Javier ist nicht gekommen?«

»Na ja, wie ich sage. Seit vier Nächten bin ich ganz allein hier.«

»Und wie kommt das?«

»Keine Ahnung. Ich habe ihn angerufen. Er geht nicht ran.«

»Und das sagen Sie mir erst jetzt? Verdammt ...«

Alex sieht, wie er in seinen Papieren kramt und zum Telefon greift. Ihn kopfschüttelnd anstarrt, während es am anderen Ende klingelt. Offensichtlich geht jemand ran. Aber es ist nicht Javier. Jemand redet. Soweit er versteht, ist es seine Freundin. Und sie hat seit Sonntag nichts von ihrem Kerl gehört. Er wollte etwas trinken gehen mit seinem Kumpel Ryan und ist seitdem nicht nach Hause gekommen. Ryan übrigens auch nicht. Der Chef beendet das Gespräch, nachdem er gesagt hat, es tue ihm leid, er sei sicher, dass nichts Schlimmes passiert sei, aber wissen könne er es natürlich nicht.

»Schön, also für heute Nacht lässt sich nichts an der Situation ändern. Aber ich werde versuchen, jemanden für morgen zu finden.«

Er macht das Licht in seinem Büro aus, und Alex geht mit ihm hinaus. Folgt ihm die Treppen hinunter bis zu seinem Wagen.

»Eigentlich habe ich nie so recht verstanden, warum man zwei Wachmänner braucht. Ich meine, wie lange arbeiten Sie schon hier?«

»Etwas mehr als ein Jahr.«

»Und mussten Sie schon mal eingreifen? Haben Sie schon mal ein Problem gehabt? Haben Sie schon mal erlebt, dass jemand eingebrochen ist?«

»Nein, sicher nicht. Mit Ausnahme von Füchsen. Und zwei- oder dreimal Jugendliche, die einfach nur Blödsinn anstellen und etwas Nervenkitzel haben wollten.«

»Haben Sie ihnen wenigstens tüchtig Angst gemacht?«

»Also ich kann Ihnen versichern, dass Javier und ich ihnen mit den Hunden einen ganz schönen Schrecken eingejagt haben.«

»Na also. Genau das meine ich: Sie werden dafür bezahlt, gelangweilte Jugendliche zu vertreiben. Und damit basta. Wenn es hier keinen Wachmann gäbe, würde das auch keinen Unterschied machen. Also dann, gute Nacht.«

Er schlägt die Wagentür zu und fährt los. Alex sieht ihm nach, während sein C3 in der Nacht verschwindet, und denkt darüber nach, was er gerade gesagt hat. Er weiß nicht so recht, wie er damit umgehen soll. Fürs Nichtstun bezahlt zu werden, auf dem Papier ist er wie jeder andere. Sich aber zu sagen, dass man zu nichts nütze ist, dass die ganze Nacht mit Taschenlampe, Hund bei Fuß, Schlagstock, Pfefferspray und Walkie-Talkie seine Runden drehen nichts als heiße Luft ist, Karneval, wenn man sich das sagt, stürzt man geradewegs ins Leere. Er geht trotzdem in den Überwachungsraum und schaltet die Monitore ein. Macht sich einen Kaffee. Zieht seine Uniform an. Füttert die Hunde. Sie werden ganz verrückt, wenn sie ihn sehen. Aber Javiers Hund spürt genau, dass irgendwas nicht stimmt. Obwohl er ihn ein übers andere Mal mitnimmt, damit er nicht vor Langeweile vergeht, hat er das Gefühl, dass es für ihn einen Unterschied macht, ob er mit ihm oder mit Javier geht. Doch das wundert ihn nicht wirklich. Man entwickelt zwangsläufig eine besondere Beziehung zu seinem Tier. Eine Art gefühlsmäßige Bindung. Als er letztes Jahr seinen vorigen Job hingeschmissen hatte, war das Einzige, was ihm schwergefallen ist, sich von seinem Hund zu verabschieden. Ein Deutscher Schäferhund, du hättest ihn sehen sollen. Die Stärke, die er ausstrahlte. Der Respekt, den er einflößte. Und wie er spurte. Alex brauchte nur seinen Namen auszusprechen, und schon gehorchte er. Farid, sein damaliger Kollege, erzählte ihm, dass der Köter drei Monate später nicht mehr wiederzuerkennen gewesen sei. Dass er verrückt geworden sei. Extrem aggressiv. Eine echte öffentliche Gefahr.

»Immer wenn ich ihn füttern wollte, hatte ich Angst, dass er auf mich losgeht. Einmal hat dieser Mistköter mich in den Arm gebissen. Sie haben ihn zum Tierarzt gebracht.«

»Und was hat er mit ihm gemacht?«

»Was denkst du?«

Alex trinkt seinen Kaffee aus. Auf den Monitoren ist alles ruhig. Er geht vor die Tür, um eine zu rauchen, und der Hund wird ganz aufgeregt. Er weiß, dass er die ganze Nacht rumsitzen und die Monitore überwachen, in die Glotze starren oder Radio hören könnte. Niemand würde es merken. Wie der Chef gesagt hat, egal, ob er da ist oder nicht, es passiert sowieso nichts. Aber er geht lieber raus. Javier sieht es genauso. Ohne das werden die Hunde balla-balla. Und sie ebenfalls. Er wirft einen Blick zu den Büros, wo jetzt alles dunkel ist. Die Lichter gehen erst gegen fünf wieder an, wenn Maria kommt, um die Büros zu reinigen, die Papierkörbe zu leeren und die Klos zu scheuern. Gewöhnlich trinken sie zusammen einen Kaffee, wenn sie kommt. Unterhalten sich ein bisschen. Er bietet ihr eine Zigarette an, obwohl sie jedes Mal sagt, sie rauche nicht mehr, das sei die letzte, oder eine von Zeit zu Zeit, das werde sie nicht gleich umbringen. Und dann fügt sie hinzu, Wenn man sich bei dem Hundeleben, das man führt, nicht solche kleinen Vergnügen leisten kann, was bleibt einem dann noch? Er pflichtet ihr bei, und sie rauchen auf diese weisen Worte hin. Jeden Morgen ist es das gleiche Ritual. Das gleiche Gespräch. An manchen Tagen verspätet sie sich ein bisschen. Er weiß nicht viel über sie. Außer dass sie allein mit ihrem Sohn lebt und dass der Junge ihr nichts als Scherereien macht und dass sie eine Scheißangst hat, dass er über kurz oder lang im Knast landet.

Du solltest ihn mir mal bringen, hat er ihr einmal geantwortet. Damit ich ihm erzähle, wie es wirklich da drin ist. Dann wird ihm die Lust vergehen, immer nur Scheiß zu bauen, das kannst du mir glauben.

Sie zuckte mit den Achseln, bevor sie ihren Kittel anzog und in der Abstellkammer verschwand, in der ihr Wagen, ihre Putzmittel, ihre Besen und ihr Staubsauger standen. Drei- oder viermal haben sie da drin gefickt. Das geschah immer einfach so, ohne Vorwarnung. Und am nächsten Tag war es, als wäre nichts geschehen. Danke, das hab ich gebraucht, sagte sie jedes Mal abschließend, während er seine Jeans wieder hochzog und sie alles aufhob, was sie umgeworfen hatten. Hatte er es ebenfalls nötig? Er war sich nicht sicher. Er hatte Sarah, die tausendmal schöner und sexyer war. Und er konnte praktisch jedes Mädchen flachlegen, wenn er samstagabends mit den Kumpeln auf Sauftour ging. Maria war gut über vierzig. Ein trauriges

Gesicht. Aber er weiß auch nicht. Von Zeit zu Zeit überkam es sie. Er gibt keine Erklärung. Er hatte seine Nacht hinter sich. Ihr stand das Putzen noch bevor. Er war hundemüde, fix und fertig, in diesem eigenartigen Zwischenzustand, den die Schlaflosigkeit erzeugt. Sie war gerade erst aufgestanden. Da war die Kälte der Lagerhallen, die Blechrollen wie Schatten, die das Blut erstarren lassen, die unheimliche Stille. Sie verspürten vermutlich ein Bedürfnis nach Trost oder so was. Ein Bedürfnis nach Zärtlichkeit in genau diesem Augenblick, und das konnten sie sich gegenseitig schenken. Wozu also groß nachdenken? Als sie es das letzte Mal gemacht hatten, hatten sie danach noch eine ganze Weile miteinander geplaudert.

»Weißt du, mein Sohn ist alles, was ich habe. Ich hab alles für ihn getan. Diesen Scheißjob mache ich für ihn. Als ich schwanger geworden bin, wusste ich ganz genau, dass ich auf seinen Vater nicht zählen konnte. Ich hab ihn verlassen. Ich habe ihm gesagt, es ist aus, und wir haben uns nie wiedergesehen. Er weiß nicht mal, dass er einen Sohn hat. Der Junge quetscht mich aus, aber ich antworte immer, ich weiß nicht, wer dein Vater ist. Oder: Dein Vater ist vor deiner Geburt gestorben, ich hab ihn kaum gekannt. Oder: Er ist abgehauen, als er erfahren hat, dass ich schwanger bin. Oder: Das war ein One-Night-Stand und ich hab ihn nicht wiedergesehen. Ich denke mir jedes Mal was anderes aus. Das ist fies, hm? Aber was hat sein Vater schon gemacht, außer dass er mich gefickt hat? Was soll er ihm schon bedeuten? Er hat ihn nicht großgezogen. Er hat ihn nie gesehen. Hat nie gewusst, dass er existiert. Und außerdem war er ein dreckiges Arschloch. Sobald er besoffen war, hat er mich verprügelt. Als er das letzte Mal die Hand gegen mich erhoben hat, hatte ich eine Vision. Ich sah, wie er dem Kind, das wir miteinander hätten, eine klebt. Ich hatte diese Vision, und ich hab mir gesagt, Niemals.«

»Trotzdem, hätte er ein oder zwei saftige Ohrfeigen bekommen, würde er vielleicht ein bisschen besser spuren.«

Sie sah ihn kopfschüttelnd an, als hätte er die größte Dummheit in der Geschichte der menschlichen Dummheit gesagt.

»Hat dein Vater«, fragte sie ihn, »dir Angst gemacht?«

»Ja, natürlich. Wie alle Väter.«

»Na, siehst du.«

Er sah. Er verstand sehr gut. Und wenn er tief in sich hineinblickte, sah er sehr deutlich, dass ein Teil dessen, was nicht rundlief, einer der Gründe, warum er sich immer wie ein Puzzle fühlte, innerlich in lauter Einzelteile zersplittert, ein wenig daher kam. Nicht nur, aber trotzdem. Ein Teil seiner Wut und seiner Zerstückelung rührte daher. Und auch wenn er glaubt, dass Sarah nie über ein Kind nachgedacht hat, schien es für ihn immer von vornherein ausgeschlossen zu sein, ein Kind zu haben. Mit ihr oder einer anderen. Weil er zu große Angst hätte, sich eines Tages im Spiegel zu betrachten und das Gesicht seines Vaters zu sehen. Eines Tages, wenn der Junge ihn zur Weißglut getrieben und er ihm eine geschmiert hätte. Oder einfach so, ohne besonderen Grund. Weil er fix und fertig gewesen wäre und nichts mehr ertragen hätte.

Er macht seine Runde durch die Lagerhallen. Mit der Taschenlampe überprüft er die Türen, die Vorhängeschlösser, die Türgriffe. Ebenso die Zäune. Und zum Schluss das große Tor. Der Hund schnüffelt überall herum. Manchmal lässt er ihn von der Leine und ein bisschen herumlaufen. Er fragt sich, seit wann dieses Tier nicht mehr etwas anderes als Beton unter seinen Pfoten gespürt hat. Von Zeit zu Zeit ärgert ihn ein Hase auf der anderen Seite des Zauns, und das macht ihn verrückt, er bellt und knurrt, als könnte das etwas ändern, als glaubte er tatsächlich, das Gittertor würde sich öffnen oder er drunter durch auf die andere Seite kriechen oder drüberspringen und es ihm heimzahlen. Schließlich kehren sie zurück. Es ist kalt geworden, und er wärmt seine Hände am Heizkörper. Normalerweise ist das der Augenblick, wo Javier und er sich ein bisschen unterhalten. Über alles. Über nichts. Über Fußball. Ihre Kumpel. Die anderen Mädchen. Dinge, die im Fernsehen laufen. Angeln. Boxen. Manchmal über das, was draußen geschieht. Was für Javier darauf hinausläuft, sich zu beklagen, dass es zu viele Araber gebe. Alex hält ihm entgegen:

»Wart mal, du bist Spanier, du bist quasi Araber.«

»Ich bin kein Spanier«, antwortet er. »Ich bin Franzose. Ich bin in Frankreich geboren.«

»Das spielt keine Rolle mehr, damit ist es vorbei«, sagt Alex, um ihn zu ärgern. »Das ist Europa, verdammt. Das ist das Gleiche.«

Das bringt ihn auf die Palme. Und dann kommt immer der Satz, man werde schon sehen, wenn Marine endlich an der Macht wäre. In diesem Fall wechselt Alex lieber das Thema, weil Javier sich ganz allein in Rage redet und er es hasst, ihn solche Dinge verzapfen zu hören, zumal er davon mal abgesehen ein guter Kerl ist und sie sich gut verstehen. Die Araber sind seine fixe Idee. Er weiß nicht, was sie ihm getan haben. Oder wem auch immer.

»Ich versichere dir, die und wir, das passt nicht zusammen. Mit ihrer verdammten Religion. Ich schwöre dir, die leben im finstersten Mittelalter.«

»Und du hältst dich wohl für fortschrittlich?«, wirft er ihm an den Kopf, und danach ist Javier sauer, springt auf, verlässt die Baracke, holt seinen Hund und macht seine Runde.

Wenn er zurückkommt, ist alles vergessen. Er lächelt zufrieden, weil er sich gerade an einen Witz erinnert hat, den Alex bestimmt noch nicht kennt und über den er sich totlachen wird. In der Regel hat er Mühe, ihn bis zum Schluss zu erzählen, so sehr lacht er schon vorher. Aber Alex versteht Witze sowieso nicht. Er hat nicht mehr Humor als eine Auster. Das sagt ihm Sarah jedenfalls dauernd. Und das erinnert ihn an seine Mutter, die ihm immer mit einer ganz ähnlichen Bemerkung kam, wenn er seine Noten nach Hause brachte: Nicht zu glauben, dieser Junge. Du hast den IQ einer Muschel, also wirklich. Verdammt, was haben sie nur alle mit ihren Meeresfrüchten?

Alex schaltet das Radio ein, und sosehr er auch sucht, es läuft nur Musik. Nicht, dass er sie nicht mögen würde, aber wenn er nachts allein ist, hätte er einfach gern jemanden, der redet. Als er jünger war, gab es nachts Sendungen mit Leuten, die redeten. Die Dinge erzählten, die ihnen passiert waren. Das hatte ihm gefallen. Er hatte ihnen zugehört, wie sie ihr Leben erzählten. Versucht, sich in ihre Haut zu versetzen. Oder es war ihm so vorgekommen, als hätten sich ein Typ oder ein Mädchen neben ihn an die Bar gesetzt und würden ihm ihr Herz ausschütten. Darüber, was sie innerlich wirklich bewegte. Nachts am Schlafen hinderte. Das Gefühl von Einsamkeit. Eine verdrängte

Verletzung. Aber das gibt es nicht mehr. Niemand redet mehr. Nur bescheuerte Sänger oder diese verdammten Moderatoren, die über andere herziehen. Oder diese Idioten von Experten, die drei Stunden lang jeden Satz auch des letzten Trottels von Scheißpolitiker zerfieseln.

Als die Typen auftauchen, ist er so geschockt, dass er überhaupt nicht reagiert. Er bleibt sitzen und begreift nichts. Was suchen die hier, verdammt? Und warum hat der Hund nicht gebellt? Sie richten ihre Knarren auf ihn und brüllen ihn an, keinen Mucks zu machen. Er weiß nicht mal, ob er Angst hat. Er ist vollkommen versteinert. Entgeistert. Sie tragen Strumpfmasken, und einer nähert sich und umwickelt seinen Kopf mit breitem Klebeband. Immer rundherum, Dutzende Male. Man könnte glauben, er habe beschlossen, ihn komplett einzuwickeln. Er lässt lediglich die Nase frei, damit er atmen kann. Und ein Stückchen zu einem winzigen Spalt zusammengekniffenes Auge. Alex hat das Gefühl zu ersticken, und er sieht nur Schatten, die sich bewegen, und das Licht der Monitore in einem Wald von Wimpern. Dann ziehen sie ihn nach hinten, um ihn an seinen Stuhl zu kleben, und fesseln seine Hände hinter der Rückenlehne. Schließlich noch die Füße, und sie lassen von ihm ab. Einer von ihnen sagt einfach nur, an seiner Stelle würde er sich nicht so viel bewegen, wenn er nicht mit dem Stuhl umkippen und sich wie eine dämliche Schildkröte auf dem Rücken wiederfinden wolle. Er weiß, wovon er spricht. Das ist ihm schon mal passiert. Alex hört, wie die Tür sich wieder schließt, und noch immer nicht das geringste Zeichen des Hundes. Nicht einmal Javiers Hund, der normalerweise wegen der kleinsten Kleinigkeit bellt, hört er in seinem

Zwinger knurren. Indem er sein freies Auge immer wieder öffnet und schließt, gelingt es ihm endlich, etwas anderes zu erkennen als seine Wimpern. Auf den Monitoren machen sich zwei mit Brecheisen bewaffnete Typen an der Tür von Lagerhalle 6 zu schaffen. Sie ist bis oben hin voll mit funkelnagelneuen elektronischen Geräten. Hunderte von Computern, Flachbildschirmen, Tablets und Handys. Mindestens eine Stunde lang schaut er ihnen zu, wie sie alles hinausschaffen. Nach einer Weile nehmen sie die Strumpfmasken ab und rauchen eine Zigarette oder vielleicht ist es ein Joint. Dann machen sie sich wieder an die Arbeit, wie nach einer gewerkschaftlich vorgeschriebenen Pause. Ganz gemütlich. Er beobachtet, wie sie alles in einen Laster laden, der neben dem sperrangelweit geöffneten Haupttor auf sie wartet. Dort sind sie hereingekommen und haben in aller Ruhe geparkt, als wären sie Prinzen. Es sieht ganz so aus, als hätte einer von ihnen den Nachtcode. Auch wenn er nicht Navarro heißt, Alex sagt sich, dass Freddy, der Kerl, dessen Stelle er hier übernommen hat, nicht so blöd war, wie er ausgesehen hatte. Er muss die Codes behalten haben. Die Hunde hatten ihn gern gehabt. Das hat Javier immer gesagt. Dass Freddy eine Art siebten Sinn gehabt hatte. Hundeflüsterertricks. Und besonders mit diesen beiden. Er konnte mit ihnen machen, was er wollte. Alex sagt sich, wenn ein so beschränkter Typ wie er selbst den Braten gerochen hat, dann sollten die Kerle besser schnell untertauchen, denn die Bullen werden im Handumdrehen wissen, in welcher Richtung sie suchen müssen. Erst etwas später, nachdem sie die leere Lagerhalle brav wieder verschlossen haben und ohne viel Theater abgezogen sind, das Tor hinter ihnen geschlossen, als wäre nichts gewesen, denkt er an Javier. An den Zufall, der vielleicht keiner ist. Sein Fehlen seit fünf Tagen. Einfach so verschwunden. Und da man ihn im Collège nicht umsonst Rantanplan genannt hatte, kommt ihm erst gegen 3 Uhr morgens der Gedanke, dass Javier vielleicht mit ihnen unter einer Decke gesteckt hat. Und weitere zwei Stunden auf einen Stuhl gefesselt zu grübeln, den Mund und das halbe Gesicht zugeklebt, kann lang sein wie ein ganzes Leben. Vor allem wenn man immer wieder das Gefühl hat, dass die Nase nicht ausreicht, dass man glaubt zu ersticken, nicht genug Luft zu bekommen, und die Lunge irgendwann wehtut. Vor allem wenn man sich schließlich vollpisst. Gegen fünf sieht er auf dem Monitor Marias Twingo vor dem Gittertor halten. Sie beugt sich vor, um den Code auf dem kleinen Kasten einzutippen. Sie fährt hinein und verschwindet vom Monitor. Taucht wieder auf dem Parkplatz vor den Büros auf. Auf der Vorderfront des Gebäudes gehen die Lichter an. Er stellt sich vor, wie sie auf ihn wartet, um Kaffee mit ihm zu trinken. Er sagt sich, dass sie sich, wenn sie ihn nicht kommen sieht, Sorgen machen und hier auftauchen wird. Eintreten und losschreien wird, wenn sie ihn sieht. Er stellt sich vor, wie sie ihn befreien wird. Zehn Minuten später kommt sie. Alles läuft so ab, wie er es vorausgesehen hat. Alles tut ihm weh. Sein Gesicht brennt, weil sie ihm das Klebeband herunterreißen musste. Was ist denn passiert, was ist passiert?, wiederholt sie unablässig, vollkommen in Panik. Er kann ihr die Frage nicht beantworten. Er steht selbst unter Schock. Ist wie gelähmt. Er hat schon Schlimmeres erlebt, aber er will nicht lügen, er fühlt sich wie begossen, lächerlich. Zerschunden. Zermürbt. Gedemütigt. Er geht unter die Dusche, um den Schweiß die Pisse und die Angst loszuwerden. Versucht, diese ganze Scheiße aus seinen Gedanken zu vertreiben, aber er weiß genau, dass das so nicht funktioniert. Dass es Stunden dauern wird. Wochen. Monate. Das Eindringen dieser Typen. Ihre Knarren an seiner Schläfe. Sein an den Stuhl gefesselter Körper. Die endlosen Stunden des Wartens. Diese verdammte Ironie des Schicksals. Bezahlt, um das ganze Jahr über die Lagerhallen zu bewachen, ohne dass jemals etwas passiert. Und unfähig, etwas zu tun, als dann doch Einbrecher auftauchen. In seiner lächerlichen Uniform. Seiner Sammlung von Karnevalswaffen. Ein verdammtes Playmobilmännchen. So fühlt er sich. Er zieht sich wieder an und geht hinaus. Alles ist ruhig. Er geht um seine Baracke herum und findet die Hunde leblos vor, jeder an einem Ende ihres Zwingers. Er berührt ihre Flanken, um zu sehen, ob sie atmen. Sie müssen ihnen mit Schlafmitteln versetztes Futter gegeben haben. Oder eine Spritze. Er nimmt sein Telefon und wählt Sarahs Nummer. Ruft drei- oder viermal an, weil sie sicher noch schläft. Er hat das Bedürfnis, mit ihr zu sprechen. Ihr alles zu erzählen. Den Albtraum mit offenen Augen. Oh, wie sehr er sich plötzlich nach ihr sehnt. Schließlich geht sie dran, und es ist stärker als er, er bricht in Tränen aus.

12

LAURE

Sein Blick verirrt sich ins Leere, entflieht durch das Fenster des Schlafzimmers und verliert sich in der Ferne. Laure spricht ihn an, und er antwortet ihr, aber es ist, als wäre er nicht da. Als wäre er verschwunden. Sein Geist entführt. Fortgerissen von den Fluten. Irgendwo in der Tiefe der Nacht treibend, wo seine Frau jetzt ruht. Er sagt, dass er sterben will. Dass ihn nichts mehr interessiert. Dass er nicht versteht, warum das Meer ihn wieder ausgespuckt hat und sie nicht. Dass er nicht weiß, wie er ihre Hand loslassen konnte. Wie er es an den Strand zurückgeschafft hat. Was in ihm ihn verraten hat, angefangen hat, sich zu wehren. Er ist ein alter, verlorener, hilfloser Mann. Er hat im Krankenhaus nichts mehr zu suchen, seine Tochter soll ihn abholen, er müsste eigentlich sogar schon draußen sein, aber Laure behält ihn noch ein bisschen da. Er ist mit Unterkühlung eingeliefert worden. Er musste den üblichen Untersuchungsmarathon über sich ergehen lassen, und sie haben ihn künstlich ernährt, damit er wieder zu Kräften kommt. Er sagt, es hätte eigentlich nicht so enden sollen. Er hätte sie nicht überleben dürfen. Sie hätten sich dem Sturm ausgesetzt und sich in ihm verlieren sollen, sie hätte sich gewünscht, dass alles erlischt. Laure antwortet ihm, dass etwas in ihm habe überleben, weiterleben wollen. Etwas in ihm habe sich gewehrt. Dem er sich nicht verschließen dürfe. Er sei ja noch gesund. Seine Kinder, seine Enkelkinder würden ihn doch sicher lieben, sie würden ihn brauchen. Er zuckt die Achseln und versinkt wieder in seiner Apathie. Laure überlässt ihn seiner Grübelei, sagt: Die Psychologin kommt im Laufe des Tages noch zu Ihnen. Dann rät sie ihm, brav seine Tabletten zu nehmen. Beruhigungsmittel, ein Antidepressivum. Sie schenkt ihm ein letztes Lächeln, schließt die Tür und geht zum nächsten Zimmer. Auf dem Gang begegnet sie Coralie. Mit ihrem Wagen voller Reinigungsmittel und Speisetabletts, die meisten nicht aufgegessen. Wer soll diesen Fraß auch hinunterkriegen? Das ganze Jahr über ermahnen sie die Patienten zu essen, damit sie wieder zu Kräften kommen, aber es ist verlorene Liebesmüh. Coralie grüßt sie. Sie summt vor sich hin. Sie summt ständig vor sich hin. Sie hat eine hübsche Stimme. Laure hat sich das schon mehrmals gedacht.

»Sie sehen müde aus«, sagt sie. »Sie sollten vielleicht eine kleine Pause machen.«

Laure geht auf die Toilette, und ihr Spiegelbild ist erschreckend blass. Sie hat tiefe Ringe unter den Augen. In den letzten drei Tagen hat sie nicht mehr als sechs Stunden geschlafen. Diese Bereitschaftsdienste, die ineinander übergehen und lediglich ein Nickerchen zulassen, wenn endlich alles ruhig zu sein scheint, es ist, als wohnte man im Krankenhaus, als bestünde das Leben nur daraus. Und im Grunde ist das auch mehr oder weniger die Wahrheit. Wenn jemand sie beobachten, ihr in jedem Augenblick ihres Lebens folgen würde, würde er völlig zu Recht zu dem

Schluss kommen, dass sie praktisch kein Leben außerhalb des Krankenhauses hat: ihre fast leere Wohnung, ihre Eltern, mit denen sie einmal im Monat telefoniert, ihre langen, einsamen Spaziergänge an der Küste oder in den Bergen. Und darüber hinaus so gut wie nichts, wie man wohl oder übel zugeben muss. Sie hat den Posten hier vor sechs Monaten bekommen. Sie kennt niemanden, Marseille, die Freunde, die sie dort zurückgelassen hat, ihr Leben dort fehlen ihr. Sie ist an einem Herbsttag hier angekommen, aber es war bereits wie im Winter. Die Stadt war ruhig, lief sozusagen auf Sparflamme. Die Strandrestaurants hatten ihren Betrieb eingestellt, die meisten Geschäfte waren geschlossen, die Leute hatten sich in ihr eigenes Leben eingeigelt. Die Arbeit, die Schule, die Einkäufe, das Haus, der Sonntagsspaziergang. Ein paar alte Leute, die in Trippelschritten auf der Strandpromenade spazieren gingen, wenn die Sonne schien, und an einer Bank haltmachten. Junge Mütter mit ihren kleinen Kindern, Schaufeln Eimern Rechen Bällen, am Strand sitzend während der milden Nachmittagsstunden. Manchmal schläft sie ein paar Meter abseits ein, im Sitzen, den Rücken an einen Felsen gelehnt, oder genießt die Wärme. Döst vor sich hin im hellen Licht und im Plätschern der Wellen. Dann kehrt sie in die Stille ihrer Wohnung, in ihre Mönchszelle zurück.

Sie verlässt die Toilette, öffnet die Tür zum Nachbarzimmer, und da sitzt sie, auf ihrem Bett, in ihrer Jeans und ihrem T-Shirt. Dieselbe Kleidung, die sie trug, als das Meer auch sie wieder ausgespuckt hat. Sie hat noch immer kein einziges Wort gesprochen. Man weiß noch immer nicht, wer sie ist. Jemand hat gesehen, wie sie am Tag des Sturms aus den Fluten kam. Niemand hatte sie hineingehen sehen.

Eine Welle hat sie an den Strand gespült. Sie ist über den Sand gekrochen und zusammengebrochen. Man fand sie bis auf die Knochen durchgefroren. Sie hatte nichts bei sich. Und seit sie hier ist, sagt sie kein Wort, antwortet auf keine Frage. Nicht einmal die kleinste Geste. Immer wenn Laure hereinkommt, findet sie sie vor wie jetzt, auf ihrem Bett sitzend, angeschlossen an ihren Glukosebeutel, weil sie nicht die geringste Nahrung angerührt hat, die Augen starr auf die Wand gerichtet. Die Krankenschwestern schalten von Zeit zu Zeit den Fernseher ein, aber niemand hat auch nur einmal gesehen, dass sie einen Blick darauf geworfen hätte. Wie alt mag sie sein? Siebzehn, achtzehn. Vielleicht zwanzig. Morgen wird in der Zeitung eine Suchanzeige erscheinen. Ein Mann kam, um sie zu fotografieren, und sie verbarg ihr Gesicht mit den Händen. Man musste sie festhalten, damit ihr Gesicht zu sehen war. Sie behielt die Augen geschlossen und hatte den Mund in einer beängstigenden Grimasse zusammengekniffen. Letztendlich ist es ein grauenhaftes Foto geworden, und Laure bezweifelt, dass irgendjemand sie darauf erkennt. Sie betrachtet sie und sagt sich, wenn sie ebenfalls verschwinden würde, wenn sie sich in Luft auflösen und irgendwo anders wieder aus dem Wasser auftauchen würde, würde niemand sie suchen. Niemand würde sich wegen ihrer Abwesenheit Sorgen machen. Es würde keine Suchanzeige geben. Aber alle haben sich um das Bett der jungen Frau gedrängt. Die Psychologen. Die verschiedenen Spezialisten des Krankenhauses, die überprüfen wollten, ob körperlich alles mit ihr in Ordnung sei, ob sie hören, sehen konnte, dass keine Hirnschädigung, keine neurologische Störung für ihren Zustand verantwortlich zu machen sei. Am Ende kam man zu dem Schluss, dass sie sich zum Schweigen entschlossen hatte, verständigte sich auf den Begriff »Trauma« und kam zu dem Ergebnis, dass es sich um einen Selbstmordversuch gehandelt habe.

Sobald Laure eine freie Minute hat, kommt sie hierher, in ihr Zimmer. Setzt sich in den Sessel neben dem Bett und beobachtet sie. Und sie scheint ihre Anwesenheit zu akzeptieren. Sie reagiert auf sie nicht mehr als auf die der anderen, aber Laure spürt, dass sie damit einverstanden ist. Sie liebt es, mitten in der Nacht vorbeizukommen, die junge Frau schläft nicht, sitzt mit weit offenen Augen da und starrt ins Leere. Manchmal spricht Laure zu ihr, über sie, über Nathan, der ihr Bruder war und jetzt nichts mehr ist. In der Luft verstreute Partikel, eine unsichtbare Präsenz, die sie überall begleitet. Sie weiß nicht, was die Psychologen sagen würden, aber irgendetwas treibt sie, von ihm zu sprechen. Sie spürt, dass es nachklingt. Sie spürt, dass sie empfängt. Sie spürt, dass sie etwas teilen. Es ist idiotisch. Doch seit er sie verlassen hat, scheint ihr die Welt erfüllt von Zeichen. Erfüllt von ihm, als schwebte er überall, als begleitete er sie fortwährend, bis hierher ins Krankenhaus, in dieses Zimmer, in dem das junge Mädchen sitzt und verloren wirkt, nicht mehr weiß, wer sie ist und in welche Welt sie geschleudert wurde, ausgespuckt vom Meer, gleichsam wieder heraufgekommen aus den Eingeweiden des Jenseits. Laure geht von ihrem Zimmer in das des alten Mannes, der nicht mehr leben will. Und dann in das von Antoine, der ihr so ähnlich ist, der da und zugleich abwesend ist, der bewusstlos daliegt, bewacht von seinem Vater, von seiner Schwester Louise, die ihn mit einem Blick so voller Zärtlichkeit, beschützender Liebe ansieht. Wenn Laure die beiden sieht, hat sie das Gefühl, sich und Nathan wiederzuerkennen. Als Kind spielte Nathan oft Toter Mann. Er war sehr gut in diesem Spiel, reagierte auf keine ihrer inständigen Bitten, auf keine ihrer Foltern. Er lag vollkommen reglos da. Und wenn Laure sich über ihn beugte, um seinen Atem zu spüren, geschah nichts. Keine Luft schien in seine Nasenlöcher zu dringen und aus ihnen herauszukommen. Und sein Bauch und seine Lunge hoben und senkten sich keinen Millimeter. Schließlich hielt sie einen kleinen Spiegel unter seine Nasenlöcher und wartete, bis er ein wenig beschlug. Daraufhin musste sie zu dem Schluss kommen, dass er in eine Art Koma gefallen war. Und wenn er endlich, nach einer endlosen Zeit, wieder die Augen aufschlug, hätte man glauben können, er kehre tatsächlich von irgendwo zurück, von weit weg. Laure fragte ihn: Tust du nur so? Und immer erwiderte er: Nein, ich war nicht mehr da. War ich lange weg? Im Grunde hat sie nie herausfinden können, ob er spielte, nie erfahren, ob er das bewusst gemacht hat, um sie zu erschrecken, oder ob er irgendetwas versucht hat, ob er gelernt hatte, sich zurückzuziehen, zu verschwinden, sich von seiner körperlichen Hülle zu lösen und irgendwo zu schweben. Ob er es absichtlich tat oder ein Opfer war. Eines Tages war er wirklich weg gewesen. Man fand ihn tot auf dem Boden seiner Wohnung liegend. Mit friedlichem Gesichtsausdruck und die Arme am Körper. Sie hatten seit Tagen nichts von ihm gehört. Er hatte auf keine ihrer Nachrichten reagiert. Aber das war man von ihm gewohnt. Seinen Vater machte das wahnsinnig. Ich bezahle ihm das Studium, die Wohnung, ich komme für seinen Lebensunterhalt auf, wenn er unabhängig ist, kann er machen, was er will, aber im Augenblick ist er von uns abhängig. Es wäre also das wenigste, sich ab und zu bei uns zu melden. Schließlich waren sie in den Zug nach Paris gestiegen. Waren in das Viertel Belleville gefahren, in dem er wohnte, nicht weit von dem terrassenförmigen Park entfernt, in einem Haus, in dem nur Chinesen wohnten. Er studierte die Sprache und sagte, da er nicht in Peking leben könne, sei das die ideale Umgebung. Schon als kleiner Junge war er von China fasziniert gewesen. Niemand wusste, woher das kam. Seine Wohnung war tapeziert mit Karten, Plänen der Verbotenen Stadt, vom Sommerpalast, Fotos von Suzhou, von Hangzhou, Kalligraphien, chinesischen Gemälden. Seine Regale waren voller chinesischer Bücher und Essays. Er las chinesisch, aß chinesisch, dachte chinesisch. Im Laufe der Jahre hatten sich seine Augen auf unerklärliche Weise leicht in die Länge gezogen, als versuchte seine äußere Erscheinung sich seinen Gedanken anzupassen, der Materie seines Gehirns. Als bereitete er sich, bevor er wirklich dorthin gehen würde, wie er seit vielen Jahren immer wieder ankündigte, »körperlich« darauf vor. Laure hat lange gedacht, dass er dort irgendwo sei, dass dieser Körper, der da auf dem Fußboden seiner Wohnung lag, nur eine verlassene Hülle, eine abgestorbene Haut, die Reste einer Häutung sei. Und dass der echte Nathan, neu und ganz und gar zum Chinesen geworden, irgendwo auf dem Hügel im Jingshan-Park in Peking oder im Wandelgang des Sommerpalasts spazieren ging, wo die Leute Mahjong oder Dame spielen, stricken, tanzen, Bänder schwingen, oder dass er sich irgendwo in den engen Gassen der Hutongs eingenistet hatte. Als sie, nachdem sie das Schloss unter den gleichgültigen Blicken der

Nachbarn, von deren Kommentaren sie nicht ein Wort verstanden, mit einem Brecheisen aufgestemmt hatten, in seine Wohnung kamen, fanden sie ihn, und Laure glaubte zuerst, dass er ganz allein Toter Mann spielte. Sie dachte, dass er sich wieder einmal von seinem Körper gelöst hatte und bald zurückkommen würde. Sie beugte sich über seinen Oberkörper, um festzustellen, ob er atmete, und bemerkte nichts. Nicht das geringste Lebenszeichen. Aber das hatte nichts zu bedeuten. Während sie versuchte zu erkennen, ob er atmete, sagte sie sich: Diesmal ist es ihm gelungen, sehr weit und für sehr lange wegzugehen. Und wer weiß, wann er zurückkommen wird, wer weiß, wann er endlich die Augen wieder öffnen und sie über ihn gebeugt entdecken wird, wer weiß, wann er sie fragen wird: Bin ich lange weg gewesen? Entschuldige, wenn ich dich beunruhigt habe. Sie brauchte mehrere Minuten, um zu erkennen, dass er tot war. Und ein Teil ihres Verstandes sah ihn nicht tot. Ein Teil von ihr sagte sich, dass er woanders sei. Dass er sich in gewisser Weise verdoppelt hatte. Und dass eine andere Version von ihm irgendwo lebte, bestimmt in China, bestimmt in Peking. Sie sagte sich: Er ist für sehr lange fortgegangen, das ist alles. Er wird zurückkommen. Oder auch nicht. Aber er ist dort. Mit der Zeit lernte sie, anders darüber zu denken. Sie hat das Gefühl, dass er sich verstreut hat. Dass er irgendwie überall gleichzeitig ist. Ihre Eltern hinter ihr waren am Boden zerstört. Ihre Mutter stützte das Gesicht in ihre Hand. Sie weinte nicht. Es ging über die Tränen hinaus. Es war eine völlige Auflösung ihrer Person. Ihrem Vater rannen die Tränen nur so übers Gesicht. Sie riefen den Rettungsdienst. Sie hatten nicht einen Augenblick daran gedacht, aber dem

Zustand des Körpers nach zu urteilen und dem Geruch, der die Wohnung erfüllte, war er noch nicht lange tot. Sie hatten sich seit Wochen Sorgen gemacht. Endlich beschlossen, nach ihm zu sehen. Um Gewissheit zu haben. Und er war erst vor wenigen Stunden gestorben. Ihre Eltern haben nie aufgehört, sich gegenseitig die Schuld zuzuschieben. Sich gegenseitig vorzuwerfen, den Zeitpunkt hinausgeschoben, gezögert, sich gesträubt zu haben. Ihre Mutter sagte immer wieder: Wenn wir einen Tag früher gekommen wären, wäre er nicht tot. Sie sagt es noch heute. Mit verzerrtem Gesicht. Zusammengebissenen Zähnen. Verlorenem, schmerzerfülltem Blick. Und ihr Vater trägt diese Schuld in seinem Gesicht. Sie durchtränkt jeden seiner Gesichtszüge. Jede seiner Gesten. Jedes seiner Worte. Sie weigerten sich, eine Autopsie durchführen zu lassen. Alle beschworen sie einzuwilligen. Die Familie. Die Freunde. Die Polizei. Aber sie blieben standhaft. Der Gerichtsmediziner hatte keinen Grund für sein Ableben gefunden, keine erkennbare Ursache, keine rationale Erklärung. Um mehr herauszufinden, hätte er den Körper gebraucht. Sie wollten nicht, dass irgendjemand ihn anrührte. Laure hatte Albträume. Sie sagte sich: Wenn er zurückkommt, muss er seinen Körper unversehrt vorfinden. Es war töricht zu glauben, er käme zurück, ebenso töricht aber auch zu glauben, sein Körper könnte auf die eine oder andere Weise unversehrt bleiben, nicht verwesen, nicht von den Würmern gefressen werden. Gerade sie hätte es wissen müssen. Sie studierte Medizin. Und noch heute weiß sie nicht, wie sie einen Beruf ausüben kann, der sich auf zahllose wissenschaftliche Beobachtungen, allgemein anerkannte Kausalitäten und biologische Phänomene stützt, deren Mechanismen bekannt, identifiziert, erforscht sind, und das alles zu vergessen, wenn es um Nathan geht. Wie kann ein so gescheiter und vernünftiger Geist wie der ihre immer noch glauben, dass Nathans Herz einfach aufgehört hat zu schlagen und seine Lunge zu atmen, nur weil er seinen Körper verlassen hatte, wie er es Duzende Male in ihrer Kindheit getan hatte, auch wenn es diesmal tatsächlich geschehen war? Eines Tages würde sie nach Peking fliegen, zu ihm. Sie stellt sich vor, dass, wenn die Autopsie durchgeführt, wenn eine offizielle Todesursache festgestellt worden wäre, wenn die Untersuchung etwas ergeben hätte, sich dieser Gedanke nicht so in ihr festgesetzt hätte. Aber die Durchsuchung seiner Wohnung hat nichts ergeben. Man hat keine Spur von Drogen oder Instrumenten, die für ihren Konsum verwendet werden, gefunden. Kein Medikament. Und in seinem Telefon keinen Kontakt, keinen Anruf, der zur einem Dealer geführt hätte. Die Wohnung war frei von jeder giftigen Substanz. Sogar von Alkohol. Und unter seinen Papieren kein Rezept und in seinen Heften kein Satz, der darauf hingedeutet hätte, dass er krank gewesen wäre oder die Absicht gehabt hätte, sein Leben zu beenden. Oder sonst irgendetwas, das einen Hinweis, die Andeutung einer Erklärung gegeben hätte. Sie wollten nicht weiter nachforschen. Sie wollten es nicht wissen. Er war nicht mehr da, der Grund spielte keine Rolle. Um ihn mussten sie trauern, nicht über die Gründe seines Fortgehens. Mehr darüber zu wissen würde die Möglichkeit eröffnen, ihm böse zu sein. Die Möglichkeit, es ihm nachzutragen, wütend zu sein. Sie wollen nur die Trauer.

Sie bleibt eine ganze Weile in diesem Zimmer. Bei dem

Mädchen, das aufgetaucht ist, wie Nathan gegangen war, ohne Erklärung. Wie immer sagt sie ihr, bevor sie sie verlässt, dass sie, wenn sie so weit sei, es ebenfalls sei. Dass sie bereit sei, ihr zuzuhören. Sich alles anzuhören und alles zu verstehen. Dass sie auf sie zählen könne. Dass sie da sei, um ihr zu helfen. Was immer diese Worte auch beinhalten mögen. Bevor sie hinausgeht, kommt ihr eine Idee. Sie sucht in ihrer Tasche und holt ihren iPod heraus. Sie nähert sich ihr, schiebt das Gerät in ihre Hand und steckt ihr die Ohrhörer in die Ohren. Stellt das Gerät auf Zufallswiedergabe. Alela Diane. Sie schwört, dass sie ein unmerkliches Lächeln auf ihren Lippen erscheinen sieht, eine winzige Bewegung der Entspannung. Sie nimmt ihre Hand, sie ist eiskalt. Drückt sie leicht. Das wird schon. Als sie diese Worte sagt, öffnet sich die Tür hinter ihr. Zwei Krankenschwestern erscheinen und bitten sie mitzukommen, es sei dringend. Sie lässt die Hand der jungen Frau los, die zum ersten Mal ihre Position ändert und sich ans Kopfkissen lehnt, sich fast ausstreckt, die Augen schließt und sich der Musik überlässt. Laure folgt ihren Kolleginnen durch die Gänge. Es ist der Patient aus Zimmer 216 auf der Intensivstation. Als sie in das Zimmer tritt, ist Louise da, sie hält die Hand ihres Bruders, dessen Augen geöffnet sind. Sie blicken verstört und wissen nicht, worauf sie sich richten sollen, und sein Mund versucht eine schiefe Grimasse.

»Hat er etwas gesagt?«

Louise dreht sich um und schüttelt den Kopf.

»Seine Lider haben sich vor vielleicht fünf Minuten einfach geöffnet. Und das war alles. Doch jetzt, seit ein paar Minuten, bewegen sie sich.«

Laure nähert sich Antoine. Hält einen silbernen Stift vor

seine Augen, bewegt ihn zur Seite, und er folgt ihm. Sie bittet ihn zu blinzeln, wenn er sie hören kann. Seine Augen schließen sich mühsam, und nach dreißig Sekunden öffnen sie sich wieder. Zwei Tintenpfützen, Nachtaugen. Das kann man als Blinzeln gelten lassen, vermutet sie. Louise drückt ihren Arm, sie ist so glücklich. Sie muss sich an etwas klammern. Das kann sie sein, das stört sie nicht. Sie hat es dermaßen nötig, für jemanden zu zählen. Und sie wünscht sich so sehr, sich ebenfalls anklammern zu können. Dem Schwindel zu entkommen, der sie vor diesem Antoine packt, der von den Toten zurückkehrt, der Nathan so sehr ähnelt. Das gleiche fiebrige Gesicht, die gleichen in ihrer Schwärze, ihrer unergründlichen glanzlosen, mond- und sternenlosen Dunkelheit erschreckenden Augen. Nur ihre Form unterscheidet sie wirklich. Diejenigen von Nathan nahmen seinem Gesicht ein wenig Schatten, verliehen ihm durch einen Wald von Wimpern, die so lang waren, dass sie weiblich wirkten, eine gewisse Weichheit. Laure hatte ihn nie anders als mit diesem gesäumten Blick gekannt. Und als er klein gewesen war, war er nicht selten mit seiner Schwester verwechselt worden. Und sie war so androgyn und ist es so lange geblieben, dass sie etwas später immer wieder die Rollen getauscht hatten und sich Unbekannten als der jeweils andere vorgestellt hatten. Sie waren noch keine zehn gewesen. Und sie sagt sich, dass sie in diesem Alter definitiv Gefallen an sehr eigenartigen Spielen gefunden hatten. Was stimmte nicht mit ihnen? Ihre Eltern waren lieb und aufmerksam, liebten und verwöhnten sie. Sie führten ein ganz normales Leben, ereignislos, ohne Dramen. Unauffällig. Wann waren die Dinge aus dem Ruder gelaufen? Wann hatte

Nathan diesen quasi parallelen Weg eingeschlagen, mit kaum einem Grad Abweichung, der ihn zehn Jahre später so weit von ihnen wegführen und sie allein hier zurücklassen sollte, in dieser halben Geisterstadt, der ihre Kleider sozusagen zu groß geworden sind, blutleer, abgemagert, auf den Sommer wartend, weil nur er sie füllen und ihren Rhythmus finden lassen kann, in diesem Krankenhaus, in dem sie Gespenster, Wiedergänger, unfreiwillige Überlebende, verirrte Wesen besucht, die knapp der Vorhölle entkommen sind und zwischen zwei Welten umherirren, hier und anderswo, zugleich lebendig und tot?

»Können Sie mir Ihren Namen sagen?«

Sein Mund versucht etwas. In einer Anstrengung, die übermenschlich wirkt, gelingt es ihm, einen Lautbrei hervorzubringen.

»An'oine.«

»Und erkennen Sie die Person, die hier neben Ihnen sitzt?«

Langsam dreht er sein Gesicht zu seiner Schwester. Sie umklammert seine Hand, als könnte er wieder gehen, verschwinden, sich in Luft auflösen. Laure versteht das. Manchmal muss man die Lebenden zurückhalten, sie festzurren, damit sie nicht fortgehen. Erneut öffnet und schließt sich sein Mund.

»Ouise.«

Louise hat Tränen in den Augen. Ihr Gesicht leuchtet. Dann artikuliert Antoine so etwas wie Aha. Und seine Augen scheinen auf etwas hinter ihnen zu deuten. Laure dreht sich um, und da steht sein Vater, verblüfft, einen Kaffee in jeder Hand. Sie lächeln sich zu. Er ähnelt ihrem Vater. Ab einem gewissen Alter ähneln sich alle Eltern, etwas in ihnen wird weich, streckt die Waffen, legt jeden Schutzpanzer ab. Man erinnert sich wieder an die Angst, die sie uns Kindern eingejagt haben, wenn sie die Stimme erhoben, uns mit einer Tracht Prügel drohten, uns einschärften, ihnen zu gehorchen, sie nicht zu enttäuschen, nicht zu versagen, nicht ihr Vertrauen zu missbrauchen, uns nicht ihrer Autorität zu entziehen. Und sie jetzt so hilflos zu sehen rührt uns und gibt uns das Gefühl, eine andere Person vor uns zu haben, zu der man nicht immer eine Beziehung aufzubauen vermag. Und wieder sucht man den Zeitpunkt, zu dem etwas vom Kurs abgekommen, anders geworden ist, sich verwandelt hat. Ist das plötzlich passiert? Gab es einen bestimmten Tag, an dem die Dinge sich verändert haben? Oder geschah es ganz langsam, unmerklich? Im Grunde ist es wie mit einer Krankheit. Eines Tages bricht sie aus, offen und heftig, für nichts anderes Platz lassend. Und man fragt sich, warum man sie nicht früher hat kommen sehen, während sie schon an einem nagte und an Boden gewann.

»Wissen Sie, wo Sie sind?«

»I'anke'aus.«

»Ja, genau. Sie sind im Krankenhaus. Sie haben einen schweren Unfall gehabt. Sie waren mehrere Tage ohne Bewusstsein. Können Sie mir sagen, welches Jahr wir haben?«

»Ei'ause'eisen.«

»Gut. Und der Name des Präsidenten der Republik?«

»Am'y.«

Laure runzelt die Stirn. Bittet ihn zu wiederholen. Aber er wirkt erschöpft. Sie dreht sich zu Louise, die lachend wiederholt:

»Flamby. Er hat gesagt: Flamby.«

Antoine schließt wieder die Augen. Er ruht sich aus. Das Sprechen hat ihn erschöpft. Laure verlangt eine letzte Anstrengung von ihm. Ob er weiß, wie er hergekommen ist?

Er schüttelt langsam den Kopf. Das bedeutet nein. Klar, da er bewusstlos war. Erneut öffnet er die Augen. Das Licht tut ihm weh. Laure steht auf, um die Neonröhre auszuschalten. Draußen wird es langsam dunkel. Alles ist in Dämmerlicht getaucht. Auch ihr tut das gut. Müde wie sie ist, ist diese bereits schwache, sanfte Helligkeit wie Balsam für ihre Nerven, ihre Haut, ihre Augen.

»Wissen Sie, was Ihnen passiert ist?«

Er richtet sich mühsam auf. Strengt sich mächtig an, um ein paar kaum verständliche Worte herauszubringen. Er hat gearbeitet. Der Hund hat gebellt. Und alles ist schwarz geworden.

»Und wo arbeiten Sie?«

»Au'em'am'in'atz.«

»Auf dem Campingplatz. Er arbeitet auf dem Campingplatz. Er macht die Mobile Homes für die Saison bereit. Dort wohnt er zurzeit auch.«

»Gut. Wir werden ein paar Untersuchungen machen. Ein paar Tests. Bis dahin ruhen Sie sich aus. Ich komme wieder.«

Laure verabschiedet sich von Louise und dem Vater. Ihre Gesichter strahlen vor Freude. Ihre Augen zittern, ihre Kiefer bewegen sich hin und her, um die Tränen zurückzuhalten. Louise nimmt die Hand ihres Bruders und küsst sie und legt sie dann auf ihre Stirn, ihre Wangen. Auf der anderen Seite des Bettes nähert sich auch sein Vater und berührt die Schulter seines Sohnes in einer schüchternen

Geste, einer schamhaften, kaum angedeuteten Umarmung. Laure lässt sie allein, geht widerstrebend aus dem Zimmer, als würde ihr erst jetzt bewusst, dass diese Szene sie nur von ferne betrifft, dass sie mit diesen Leuten nichts zu tun hat, dass sie nicht zu ihrem Kreis gehört. Dass Antoine nicht ihr Bruder ist und dieser Vater nicht ihrer. Unmittelbar bevor sie die Tür schließt vor dem Halbdunkel, in dem sie sich drängen, hört sie, wie die beiden ihr danken.

Sie antwortet, dass es nicht ihr Verdienst sei, und das ist die Wahrheit. Antoine war sehr weit weggegangen. Und er ist zurückgekehrt. Er hat beschlossen zurückzukehren. Sie hat damit nichts zu tun.

Laure geht ins Schwesternzimmer und lässt den diensthabenden Oberarzt, den Neurologen und die Psychologin verständigen. Dann geht sie in den Ruheraum, zieht ihren Kittel aus, legt sich hin, stellt ihren Wecker, damit er in einer Dreiviertelstunde klingelt, schließt die Augen und sinkt sofort in einen sehr tiefen Schlaf, der sie weit weg führt. Bis nach China.

13

CLÉMENCE

Als sie an diesem Morgen die Vorhänge öffnete, war alles in ein rosa Licht getaucht. Von der Terrasse aus gesehen war alles so perfekt. Die Bucht glitzerte. Zeigte nicht die geringste Narbe. Sie war in der Nacht angekommen, und der Geruch, der sie überfallen hatte, als sie das Haus betreten hatte, war so vertraut, dass sich sofort etwas in ihr entspannt hatte. Geöffnet. Sozusagen reflexartig. Wie jedes Mal, wenn sie herkommt. Wie so oft seit ihrer Kindheit. Als hätte der Geruch des Hauses, des Gartens ihrem Gehirn eine Botschaft geschickt, ungeachtet der Umstände. Der ewige Duft der zeitlosen Ferien. Die Beschaulichkeit der unbeschwerten Sommer. Der winterlichen Zurückgezogenheit. Indisch. Das glühend heiße Licht, das einen umhüllte. Die süße Luft. Die Trägheit der beschäftigungslosen Zeit. Die Kindheit, die hier nistet, in jedem Zimmer, jedem Quadratmeter Erde, jedem Stein, jedem Pfad. Sie betrachtete das Meer, und dass es vor ein paar Tagen so unruhig gewesen war, konnte sie sich schlicht nicht vorstellen. Dass es ihre Mutter verschlungen hat. Ihr ihren Vater gelassen hat. Trotz seiner Schwachheit. Seines Alters, das über ihn hereingebrochen zu sein scheint und ihn bis zur Unkenntlichkeit verändert hat. Ein Schatten seiner selbst.

Was hatten sie an dem Tag gemacht? Welche geistige Umnachtung hatte sie getrieben, mit den Trippelschritten alter Leute in den Sturm hinauszugehen? Durch welches Wunder hat das Meer nicht auch ihn mit sich gerissen? Wie soll man sich das vorstellen? Beide von den Wellen mitgerissen. Er wehrt sich mit all seinen alten Knochen, mit seinem bis aufs Gerippe abgemagerten Körper, hält mit aller Kraft ihren Körper fest. Umklammert ihre Hand, bis sie ihm entgleitet. Und wie soll sie ihm nicht böse sein? Dass er so leichtsinnig gewesen war, diesen Spaziergang überhaupt in Erwägung gezogen zu haben. Nicht umgekehrt zu sein. So nah an den Wellen gegangen zu sein. Dass er sie nicht festhalten konnte. Auf den Strand ziehen konnte. Dass er sie hatte sterben lassen. Und dass er überlebt hatte.

Ihre Mutter war todkrank gewesen. Sie hatten es alle gewusst. Sie wollte ein letztes Mal hierherkommen, diesen Duft atmen. Ihren Blick über diese Landschaften gleiten lassen, die das Bild des Glücks in sich trugen. Ihre Brüder fanden das unvernünftig. In ihrem Zustand. Clémence war mehr oder weniger derselben Meinung. Aber mit welchem Recht hätten sie sich diesem letzten Willen widersetzen können? Auch ihr Vater war von der Idee anfangs nicht begeistert. In den letzten Jahren hatte er nicht herkommen wollen. Alles hier war für ihn zu vergangenheitsgesättigt. Nostalgie ist für ihn so etwas wie ein Splitter in der Lunge, das weiß sie. Er hat es nie ertragen können, dass Dinge zu Ende gehen. Dass die Zeit vergeht. Dass seine Kinder groß werden. Dass das Leben immer in die gleiche Richtung fließt. Und dass man nichts rückgängig machen kann. Alles endet, welkt dahin. Der Geschmack des Never more war immer wie Säure in seinem Mund gewesen. Clémence betrachtet ihn, wie er vollkommen reglos in seinem großen Korbsessel sitzt, eine Decke über den Knien, und auf den perfekten Horizont starrt. Stumm und verstört. Verwirrt. Verloren. Sie ahnt die Tiefe seines Kummers. Sie zu verlieren ist, als verlöre er sein ganzes Leben. Beides ist eins für ihn. Für immer untrennbar. Er hat es ihr immer gesagt. Sich das Leben ohne sie vorzustellen ist für ihn schlechterdings unmöglich. Er hat nie gewusst, wie das ist. Vor ihr ist er nicht da gewesen. Das sagt er oft. Dass er ihr seine Geburt verdankt. Das einzige Leben, das er, wie er zugibt, gekannt hat, ist dasjenige, das er mit ihr geteilt hat. Im Krankenhaus hatte er Clémence auf dem Bett sitzend erwartet. Sie war ins Hotel gefahren, um die restlichen Sachen zu holen. Sie hat mit der Assistenzärztin gesprochen. Mit der Psychologin. Sie haben ihr ihr Beileid ausgesprochen. Ihr die Situation erklärt. Er steht unter Beruhigungsmitteln und Antidepressiva. Er steht unter dem Schock des Verlustes. Und wird erdrückt von der Last der Schuldgefühle. Er platzt vor Wut. Auf sich selbst. Er hat zu nichts mehr Lust. Sagt jedem, der es hören will, dass er ebenfalls sterben will. Dass man ihn zu ihr gehen lassen soll. Sie müssen ihn überwachen. Keine Minute aus den Augen lassen. Ihm helfen, das zu verarbeiten. Damit er wieder Geschmack am Leben findet. Für sie, seine Kinder. Seine Enkelkinder. Ihm sagen, dass sie ihn brauchen. Als sie in sein Zimmer trat, blickte er sie ausdruckslos an. Sie nahm ihn in die Arme und brach in Tränen aus. Weil ihre Mutter tot war. Weil er so leichtsinnig gewesen war, spazieren zu gehen, während das Meer tobte und Météo France seit

Tagen Warnungen aussprach und den Anwohnern einschärfte, unbedingt zu Hause zu bleiben und die Strände zu meiden. Weil er sie nicht retten konnte. Weil eine zu heftige Welle ihn dazu gebracht hatte, ihre Hand loszulassen. Weil er jetzt sagte, er wolle ebenfalls sterben. Und weil sie sich dermaßen abgelehnt fühlte. O ja, sie war böse auf ihn. Sie ist böse auf ihn. Während sie ihn hier neben dem Olivenbaum betrachtet, hier, wo sie so viele glückliche Momente geteilt haben, hier und dermaßen hilflos ohne ihre Mutter, dermaßen hilflos, weil er ohne sie weiterlebt, hat sie Mitleid mit ihm. Doch eigentlich ist sie böse auf ihn. Dass er ihr die letzten Monate mit ihrer Mutter genommen hat. Dass er sie ihr ein Stück weit gestohlen hat. Obwohl nichts davon seine Schuld ist. Obwohl er es nicht gewollt hat. Obwohl er nichts tun konnte, um sie zu retten. Ja, sie ist ihm böse, weil er die Kraft gehabt hat, mit dem Leben davonzukommen. Und nicht die Kraft, sie zu retten. Sie ist ihm vor allem böse, weil er jetzt zu ihr will. Weil sie und ihre Brüder und ihre Kinder für ihn dermaßen unwichtig geworden sind. Sie ist ihm böse, weil er so weit weg ist, als wäre er bereits tot, weil er sie in ihrem unermesslichen Kummer alleinlässt. Und ich?, möchte sie ihm sagen. Wer kümmert sich um mich? Wer tröstet mich? Ich habe meine Mutter verloren, ich bin um ihre letzten Monate gebracht worden. Obwohl sie genau weiß, dass dies die Monate des langsamen Sterbens gewesen wären. Der schrecklichen Erfahrung, sie zu verlieren, während sie noch da gewesen wäre, dahindämmernd, immer schwächer werdend. Sie ist ihm böse, und das hat überhaupt keinen Sinn. Sie ist wütend, sonst nichts. In Trauer. Das ist so alt wie die Welt. Fassungslosigkeit,

Schuldgefühle, Wut. Ein Walzer im Dreiertakt. Der Tanz der Hinterbliebenen.

Als sie ihre Umarmung löste, stand er auf. Und sie verließen das Zimmer. Er verabschiedete sich von den Ärzten, den Krankenschwestern. Dankte ihnen mit dieser formvollendeten Höflichkeit, die ihn immer ausgezeichnet hatte. Seine Art des Umgangs mit anderen. Vollkommen beherrscht und würdevoll. Denn mit ihnen war es natürlich etwas anderes. Die Fassade bröckelte, und er war ein Mann mit zwei Gesichtern. Sanft und jähzornig. Zärtlich und nervös. Liebevoll und abwesend. Niedergeschlagen und überschäumend vor Freude und Begeisterung. Bei ihm fühlte man sich zugleich beschützt und immer in Gefahr. Sie liebte ihn innig. Zu sehr vielleicht. Er war besitzergreifend, giftig. Er war unentbehrlich für sie. Sie tat nichts, ohne zu überlegen, was er dazu sagen würde. Vertraute seinem Urteil. Wollte, dass er stolz auf sie war. Immer. In allen Situationen. Sie wollte untadelig in seinen Augen sein. Sie hatte Zeit gebraucht, um zu begreifen, dass sie nicht für immer unter seinem kritischen Blick leben konnte. Dass sie sich entziehen musste. Sich ein wenig lösen musste. Bevor sie das Krankenhaus verließen, wollte er sich von einer Patientin verabschieden. Ein paar Zimmer weiter. Eine sehr junge Frau. Möglicherweise eine Jugendliche. Sie saß auf ihrem Bett. Ohrhörer in den Ohren. Einen iPod in der Hand. Er trat ein und sagte zu ihr: Also, ich gehe jetzt. Sie nickte. Sehr langsam. Als wäre sie nicht wirklich da. Als schwebte ein Teil von ihr irgendwo. Als wäre sie da, ohne es zu sein. Dann schloss ihr Vater die Tür, und sie gingen zum Ausgang. Im Auto sagte er kein Wort. Je näher sie dem Haus kamen auf der Serpentinenstraße, die gesäumt war von sonnendurchfluteten Wäldchen, riesigen Kakteen, Oleanderbeeten, abgeschirmten Villen und Swimmingpools, die hier und da ein Rechteck aus blauem Licht erahnen ließen, spürte sie, dass sein Körper sich anspannte. Als sträubte er sich. Als versuchte er zu bremsen. Sie parkte am Mäuerchen. Er rührte sich keinen Millimeter.

»Papa«, sagte sie, »wir sind da. Du musst aussteigen.«

Er schüttelte den Kopf.

»Ich will sofort nach Hause. Fahren wir los.«

»Papa. Da sind wir acht Stunden unterwegs. Ich bin fix und fertig. Und ich will nicht in der Nacht fahren.«

»Ich löse dich ab.«

»Machst du Witze? Du kommst gerade aus dem Krankenhaus. Und bist seit Ewigkeiten nicht mehr gefahren. Außerdem voller Beruhigungsmittel.«

»Woher weißt du das?«

»Sie haben es mir gesagt.«

»Sie haben es dir gesagt?«

»Ja.«

Er schien fassungslos zu sein. Wütend. Als hätten die Ärzte ihn hintergangen.

»Und was haben sie dir noch gesagt?«

»Dass ich dich nicht allein lassen soll. Dass ich mich um dich kümmern soll.«

Er zuckte die Achseln, als wäre keines dieser Worte auch nur im geringsten logisch. Berechtigt. Relevant.

»Bis die Medikamente wirken und du dich erholt hast.«

»Du glaubst also, ich werde mich davon erholen, deine Mutter verloren zu haben?«, knurrte er. »Nein, ich habe nicht die Absicht, mich zu davon zu erholen. Und ich glaube auch nicht, dass es möglich ist.«

Sein Gesicht war ein Eisblock, eine Maske der Verachtung.

»Na komm.«

Sie stieg aus und ging um den Wagen herum, um ihm die Tür zu öffnen. Ihm die Hand zu reichen. Er nahm sie nicht. Er stieg widerwillig aus. Und folgte ihr. Sie gingen ins Haus. Sie stellte ihre Tasche und die Schlüssel auf die Arbeitsfläche in der Küche. Dann ging sie zu ihm ins Wohnzimmer. Er stand reglos mit baumelnden Armen in der Mitte des Raums, in dem nie etwas verändert worden war, Sessel bezogen mit einem orangefarbenen Stoff mit Siebziger-Jahre-Motiven, roter Teppich mit langen Fransen, Bauerntisch und Strohstühle, alte Stereoanlage und Plattenspieler, überall Lampen, Gruppen gedämpften Lichts, weil er Deckenlampen und das weiße Licht von Glühbirnen ohne Lampenschirm hasste. Als sie die Hand auf seine Schulter legte, spürte sie, dass sein Körper zitterte. Als sie sein Gesicht sah, stellte sie fest, dass es tränenüberströmt war.

»Komm, setz dich«, sagte sie.

Sie öffnete die Terrassentür und führte ihn auf die Terrasse. Half ihm, sich zu setzen. Brachte ihm eine Decke.

»Ich bin gleich wieder da. Ich mache Tee.«

Die Sonne schien sanft auf die Hügel. Und der Himmel überzog sich mit rosa Streifen.

»Ich sollte nicht hier sein. Das war nicht so geplant.«

»Was sagst du?«

Er antwortete nicht. Und sagte kein Wort mehr. Sie brachte ihm seinen Tee. Er trank ihn, während er den flammend roten Himmel betrachtete. Sie setzte sich auf einen grünen Plastikstuhl. Auf die andere Seite des runden Tisches. Ihr ist ein bisschen kalt. Von der HiFi-Anlage dringt das Murmeln von Chet Baker zu ihnen. Sie hat nicht die Platte von Stéphane Grappelli aufgelegt, die hier sonst immer pausenlos läuft. Sie hat das Gefühl, dass sie bei den ersten Tönen zusammengebrochen wäre. Dass ihr Körper zu Staub zerfallen wäre. Dass zu viele Bilder auf sie eingestürmt wären und sie zerbröselt hätten. Das Einfamilienhaus in Soisy, die Samstagnachmittage und das Wohnzimmer, in das die Sonne schien, der Geruch des Kuchens im Ofen und das große Ledersofa, die Mahagonimöbel, die Teppiche, die Zimmer und ihre Brüder, die Waldspaziergänge, die Geburtstage und die Heiligabende, die Pfingstrosen und Kamelien im Garten, die Filme, die ihre Mutter liebte, Trintignant Montand Fanny Ardant, Woody Allen und Cary Grant, die Ferien hier, wahnsinnig heiße Sommer und salziger Dauerschweiß, ihre halbnackten Brüder im hellen Licht, die kleinen Buchten und das Wasser, in dem sie ständig ausrutschten, Masken und Schnorchel, Knie, die sie sich aufschürften, wenn sie auf die Felsen der kleinen Inseln kletterten, den Seeigeln auswichen, den Gipfel erreichten und dann ins türkisblaue Meer sprangen, Herbst Winter Frühling ständig auf den Pfaden unterwegs, Picknicks auf den mit Kiefern mit rotbrauner Rinde gespickten Klippen, lange Lektürestunden in der Hitze des Steins oder im Haus verstreut, ihr Vater im Wohnzimmer, ihre Mutter auf der Terrasse, ihre beiden Brüder auf dem Bauch liegend und auf die Ellbogen gestützt im Zwischengeschoss. Sie auf der Chaiselongue im Esszimmer, unter dem großen Spiegel, fortwährend den Zustand des Meeres und des Himmels beobachtend, den Flug der Vögel, das der Sonne entgegengestreckte Gesicht ihrer Mutter, das Zittern des Olivenbaums, der blühenden Mimosen, der biegsamen Eukalyptusbäume, die im Vordergrund der Bucht hin und her schaukelten, das Süßwasser, in das die bewaldeten Hügel abfielen, die immer noch schön waren, trotz des Schandflecks des Centre Pierre & Vacances, dessen Bau ihren Vater so aufgeregt, in wahnsinnige Wut, einen Zustand unverständlicher Niedergeschlagenheit versetzt hatte, als wäre die Veränderung der Sicht, die man von ihrer Terrasse aus hatte, ein Angriff auf seine Person und sein Leben, das man ihm verleidete. Sie erinnert sich auch, wie er sich frühmorgens über sie gebeugt hatte, um sie zu wecken, sie war die Einzige, die es geliebt hatte, ihn im Morgengrauen zu begleiten, ihm auf dem Pfad zu folgen, der hinter dem Haus begann und in die Hügel führte, die von den letzten Bränden stark mitgenommen, ein paar Kilometer weiter jedoch immer noch unversehrt waren, Erdbeerbäume Mimosen Olivenbäume Kiefern und Korkeichen, gemeinsam kletterten sie auf die höchsten Gipfel, über schmale Treppen, die direkt in den Felsen gehauen worden waren, und unter ihren Augen erstreckte sich die endlose Weite des Esterel, dessen rosa Färbung die Sonne im Laufe der Stunden in ein Blutorange verwandelt hatte. Wenn die Sonne am höchsten stand, kehrten sie zurück, schweißgebadet von der Bruthitze. Ihr Vater legte den Fisch auf den Grill, laute, wilde Schreie ausstoßend, als wollte er die Aufmerksamkeit auf sich lenken, ihnen zu verstehen geben, dass das eine schwierige Aufgabe sei, nichts weniger als die Bändigung des Feuers. Während der Geruch verbrannter Haut aufstieg, erfand er immer die gleichen Abenteuer, die sie bestätigte. Ihre Spaziergänge mussten sich in Expeditionen, gefährliche Abenteuer verwandeln. Und sie widersprach nicht, wenn er von dem Rudel Wildschweine erzählte, von dem sie verfolgt worden waren und vor dem sie sich auf die höchsten Äste eines Baums geflüchtet hatten. Und sie nickte zustimmend, wenn er einen Bären erfand, einen Raubvogel, der sich auf ihre Jause gestürzt hatte, eine Spaziergängerin auf dem Grund einer Schlucht, die er hatte retten müssen, ein Auto, das eine Kurve nicht gekriegt hatte und über dem Abgrund hing und das ihr Vater allein mit der Kraft seiner Arme vor dem Absturz bewahrt hatte. Die Kraft seiner Arme. Er sitzt da vor ihr, und als er seine Teetasse hochhebt, zittert seine Hand. Sie zum Mund zu führen ist eine Anstrengung für ihn, die ihm ein wenig den Atem raubt und ihm einen leichten Schmerz verursacht. Als er sie zurückstellt, hätte er sie beinahe umgestoßen. Dann steht er auf und stützt sich auf die Rückenlehne des Stuhls. Mir ist zu kalt, sagt er. Er geht hinein. Mit kleinen Schritten. Und ohne es zu merken, klammert er sich an ihren Arm, um über die Stufe zu steigen, die die Terrasse vom Wohnzimmer trennt. Seit ihrem letzten Treffen ist er noch mal gealtert. Er ist genauso alt wie der Vater von Ethan, ihrem Mann, wirkt aber zehn Jahre älter. Als handelte es sich um vorauseilenden Gehorsam. Als machte es ihm sehr zu schaffen. Als streckte er die Waffen. Und durch Hélènes Tod, den Schock, das Ertrinken und die Unterkühlung, die Einweisung ins Krankenhaus wurde irgendetwas in ihm noch mehr geschwächt. Seine Kleidung ist ihm zu groß geworden. Und alle Energie, alle Kraft scheint ihn verlassen und nur noch eine halb leere Hülle, eine ungewisse, weiche, hauchdünne Rinde zurückgelassen zu haben. Er setzt sich in den großen Sessel. Sie fragt ihn, ob er fernsehen möchte, aber er lehnt ab. Sie legt eine andere Platte auf. Zögert lange. Barbara, Brassens, New Orleans Jazz, die sie hier immer hören, Django und Grappelli, alles ist so durchtränkt von ihrer Mutter, der Vergangenheit, von allem, was zu Ende gegangen ist und wovon nur noch in Trauer gehüllte Erinnerungen bleiben. Sie steckt ihren iPod ein und klammert sich an ihr eigenes Leben, ihr heutiges Leben, mit Ethan und den Kindern, ihr Alltagsleben, das weitergehen wird trotz des Todes ihrer Mutter, das von nun an ohne sie weitergehen wird, ihr Leben, von dem ein ganzes Stück weggebrochen ist und mit dem Tod ihres Vaters verschwinden wird, der vermutlich nicht lange auf sich warten lassen wird, sie spürt es bereits, er wird sich aufgeben, so wie bei Paaren in der Tierwelt, wo das Männchen eingeht, wenn das Weibchen stirbt, unfähig, es zu überleben. Sie wählt die letzte Platte von Arthur H., die ihr Vater sicher nicht kennt, die mit keinem Ton die Erinnerung an ihre Mutter weckt, dessen Stimme sie nach Sevilla führt, wo sie mit Ethan und den Kindern im Urlaub war, wo sie endlos zwischen den Palästen und Gärten bummelten, über die von Orangenbäumen gesäumten Straßen, die vom Klappern der Hufe der Kutschpferde widerhallten, als ihr Telefon vibrierte, als ihr Herz sich in der Brust zusammenkrampfte, weil sie, als sie das Gerät in ihrer Hand beben spürte, wusste, dass es eine schlechte Nachricht sein würde, wusste, dass etwas passiert war. Sie ging ran und hörte die Stimme ihres Bruders, er war in New York, während Arnaud ebenfalls weit weg war, in Kyoto, für zehn Tage, sie waren alle weit weg, während ihre Mutter ertrunken war, ihr Vater es nicht geschafft hatte, sie aus den Wellen zu ziehen, er zur Behandlung ins Krankenhaus gebracht worden war und ihre Mutter in der Leichenhalle lag und darauf wartete, dass alle zurückkommen, ihre Vorkehrungen treffen, in ihre Flugzeuge steigen und ihre Verantwortung übernehmen, darauf wartete, dass ihr Vater sich ein wenig erholt und man die Beerdigung auf dem kleinen Friedhof von Soisy planen kann. Sie waren übereingekommen, dass ihr Bruder sich um alles Nötige kümmern sollte, während sie ihren Vater abholen und zu sich nach Hause nehmen würde. Warum mussten sie auch alle so weit weg sein? Als hätte ihre Mutter genau darauf gewartet. Eine Art, hinter ihrem Rücken zu sterben. Heimlich. Ihren Tod mit einer Distanz zu umgeben, die alles irreal erscheinen ließ. Inzwischen waren ihre Brüder zurück in Frankreich, ihr Kummer mischte sich mit dem Jetlag und versetzte sie in einen watteartigen Zustand, der sie betäubte. Für sie war alles sehr schnell gegangen, Ethan und die Kinder waren noch immer in Sevilla, sie hatte das erste Flugzeug genommen. Als sie in Roissy gelandet war, hatte es geschneit, und sie hatte nur eine leichte Jacke getragen, man hatte ihr innerhalb von zwei Stunden sechzehn Grad geraubt, und sie war völlig durchgefroren nach Paris zurückgekommen und hatte ganz benommen die leere Wohnung betreten, in der allein zu sein sie nicht gewohnt war, in der es immer noch eines der Kinder oder Ethan gab oder Veronica, die sich um die Jüngste kümmerte und ein wenig putzte. Sie kam immer als Letzte nach Hause und liebte es mehr als alles andere, von der Straße aus ihre erleuchteten Fenster zu betrachten, sie liebte es, in eine Wohnung zu kommen, in der geschäftiges Treiben herrschte, in der sie erwartet wurde. Gerade in diesen Augenblicken hatte sie die Gewissheit, nach Hause zu kommen. In ihr eigenes Leben zurückzukehren. Wenn sie dann in der Wohnung war und die Nacht hereingebrochen war, kam es vor, dass sie noch einmal hinausging, unter dem Vorwand einer Besorgung, und lange auf der Straße stand, Zigaretten rauchte und beobachtete, wie Ethan und die Kinder in der Wohnung hin und her gingen. Merkwürdigerweise hatte sie das Gefühl, etwas zu überprüfen. Sie wusste nicht, woher diese Faszination für die erleuchteten Fenster in der Vorderfront der Häuser, der Mietshäuser herrührte. Diese Fetzen von Inneneinrichtungen, von Bewegungen, von Gesichtern, die sie aufschnappte, die Stirn an ein Zugfenster gedrückt oder nach oben schauend, während sie auf der Straße ging. Sie bummelte durch die Avenuen und hatte das Gefühl, diese Menschen führten ein intensiveres Leben, als sie es je tun würde. Manchmal überkam sie die Versuchung, in eines dieser Häuser, eine dieser Wohnungen zu gehen und dort ein Leben zu führen, das nicht das ihre war. Doch sie wusste, dass sie dann erneut diese Unruhe überkommen würde, und sie würde hinausgehen müssen, um in der Dunkelheit der Nacht zu überprüfen, dass ihr Leben sich in diesen Räumen abspielte, zwischen diesen Gegenständen, Körpern, Gesichtern. Allein in der Wohnung, die ihr immerhin gehörte, wusste sie nicht, wie sie sie füllen, welche Dinge sie dort tun könnte. Nichts war mehr selbstverständlich. Sie machte die Lichter an, stellte die Heizung höher, ließ Musik laufen. Sie wärmte sich eine Tüte japanischer Nudeln auf. Öffnete sogar eine Flasche Saint-Chinian. Aber das alles kam ihr vollkommen sinnlos vor. Daraufhin legte sie sich ins Bett, nahm eine Xanax und versuchte einzuschlafen. Im Morgengrauen war sie auf der Autobahn. Sie fuhr nach Süden. Zu ihrem Vater, der jetzt Witwer war. Sie hielt Ausschau nach dunklen Wagen auf den Gegenfahrbahnen, in denen sie sich den Leichnam ihrer Mutter vorstellte, der zum Aufbahrungsraum in Juvisy gebracht wurde. Ihre Brüder würden sich um sie kümmern. Mit dem Bestattungsinstitut verhandeln. Die Beerdigung organisieren. Die Todesanzeigen drucken. Sie an die Freunde, die Familie, die Bekannten schicken. Eine Anzeige für *Le Monde* formulieren. Sie fuhr wie ferngesteuert, und je näher sie dem Ziel ihrer Fahrt kam, desto stärker kam alles wieder hoch, erschien in grellem Licht, und nach und nach wurde sie sich bewusst, dass ihre Mutter tatsächlich tot war. Wie ein Stich, den man zuerst kaum merkt und der dann unerträglich zu schmerzen beginnt. Kurz vor Aix musste sie eine Pause einlegen. Sie war wütend und verloren. Wütend auf ihren Vater und plötzlich mutterlos. Auf der Toilette der Raststätte erbrach sie bittere Galle. Sie brach in Tränen aus, auf der Kloschüssel sitzend, im Geruch von Urin und industriellem Reinigungsmittel, und starrte durch den Tränenvorhang auf die schlüpfrigen Kritzeleien und die unwahrscheinlichen Rendezvous.

Sie sucht im Wandschrank in der Küche. Es ist nicht viel da. Das Übliche eben für ein Ferienhaus. Reis, Nudeln, Dosen mit Tomatensauce, Ölsardinen, Thunfisch im eigenen Saft. Tütensuppe. Aber sie hat sowieso keinen großen Hunger. Ihr Vater vermutlich auch nicht, aber der Arzt hat es ihr deutlich zu verstehen gegeben: Er muss vernünftig essen. Wenn sie diesen Leuten so zuhört, der Assistenzärztin der Psychologin dem Oberarzt, fällt es ihr schwer, sich bewusst zu machen, dass sie von ihrem Vater reden. Sie zeichneten das Porträt eines dermaßen hilflosen, schwachen, verwundbaren Mannes. Als würde er gleich sterben. Als würden sie sein Spiel mitspielen. Die Hypothese des Alters bestätigen. Seiner Schwäche. Ihr Vater war immer schon so sehr vom Alter besessen gewesen, dass er darin versunken ist. Er hat es so sehr gefürchtet, für den endgültigen Verfall, in gewisser Weise für das Ende des Lebens selbst gehalten. Er hat diese Aussicht so sehr übertrieben, die Realität in derart düsteren Farben gemalt, dass für ihn alles aus und vorbei war, sobald er zu dem Schluss gekommen war, dass der Abschnitt ihn eingeholt hatte, den er von vornherein verabscheut hatte, so dass er den Gedanken daran nicht ertragen konnte und dessen Vorboten ihn entsetzten – die weißen Haare, die Gedächtnislücken, beim Laufen von seinen Söhnen und bald auch von seiner Tochter geschlagen werden, außer Atem kommen beim Aufstieg auf den Cap Roux hinter dem Haus, das Wort »alt« aus dem Mund seiner Enkelin, Clémences Tochter, zu hören, was ihr übrigens die einzige Tracht Prügel ihres Lebens eingetragen hatte, worüber sie heftig aneinandergeraten waren, weil ihr Vater diese Bestrafung für gerechtfertigt und nicht weiter schlimm gehalten hatte, während sie für sie grausam und verabscheuenswert gewesen war. Alles hatte seinen Sinn für ihn verloren, er hatte an nichts mehr Freude, weil er körperlich geschwächt war. Jedenfalls fühlte er sich so. Es fing damit an, dass er nicht mehr hierherkommen wollte. Sei es, weil er nicht mehr frühmorgens losgehen und stundenlang in den Bergen wandern konnte. Sei es, weil er nicht mehr so lange schwimmen konnte wie früher. Nicht mehr aus so großer Höhe in die kleinen Buchten springen konnte. Und dann wollte er nicht mehr aus dem Haus gehen. Nicht mehr Auto fahren, im Grunde gar nichts mehr machen, außer mit Hélène in Soisy bleiben, die dennoch versuchte, ihn anzuspornen, ihn aus dem zu reißen, was sie seine Depressionen nannte. Dein Vater hat Depressionen, weil er es nicht erträgt, älter zu werden. Er erträgt den Ruhestand nicht. Er erträgt es nicht, aufs Abstellgleis geschoben zu werden. Nicht mehr der Beste zu sein. Derjenige, der am schnellsten läuft, am längsten wandert, am höchsten springt, am meisten arbeitet, am weitesten pisst, sagte sie. Es ist sinnlos, mit ihm zum Arzt zu gehen. Dagegen gibt es kein Medikament. Gegen den verletzten Stolz alternder Männer. Die Dämmerung der großen Raubkatzen. Sie zwinkerte und näherte sich ihm, strich ihm einen Augenblick lang über den Kopf. Statt einer großen Raubkatze ist ihr Vater jetzt eine alte Hauskatze. Dann wurde ihre Mutter krank. Ihr Vater musste sich zusammenreißen. Mit dem Theater aufhören. Wenn das Alter wirklich jemanden traf, dann sie, und auf die schlimmste Weise. Sie erinnert sich, was die Ärzte gesagt haben. Dass man auf ihn aufpassen müsse. Ihm die Freude am Leben zurückgeben. Dass er seine Frau nicht überleben wolle. Sie erinnert sich an die Worte, die er im Auto gesagt hat: Glaubst du etwa, ich hätte die Absicht, mich davon zu erholen? Sie schenkt sich einen Whisky ein, und es könnte durchaus sein, dass das ihre einzige Mahlzeit ist. Im Topf zittert Bouillon, in der Fadennudeln schwimmen. Ein echtes Rekonvaleszensessen. Wäre sie fähig, Ethan zu überleben, sollte er als Erster sterben? Sie vermutet ja. Sie denkt oft darüber nach, wie es wäre, ohne ihn zu leben. Stellt sich vor, wie ihr Leben aussähe, wenn sie ihn verließe. Natürlich stellt sie sich vor, man könne sagen, dass sie sich lieben. Obwohl man, um einen solchen Satz zu sagen, berücksichtigen muss, was im Laufe der Jahre unweigerlich aus einem Paar wird. Manchmal ist dieses schon halb erloschene Feuer, diese im Alltag abgekühlte Glut ebenso angenehm wie ein ideal temperiertes Bad. Eine köstliche Trägheit. Und dann wieder ärgert sie das. Sie fühlt sich wie ein gezähmtes, betäubtes Tier, das an einer Leine geführt wird, die allerdings niemand hält. Außer vielleicht sie selbst. Und dann sind da die Kinder. Deren Tod könnte sie nicht überleben, das weiß sie. Diese Möglichkeit jagt ihr panische Angst ein, solange sie denken kann. Es vergeht keine Nacht, in der der Gedanke sie nicht aus dem Schlaf schrecken lässt. Die Angst vor einem Unfall. Einer Krankheit. Einem Schicksalsschlag. Sie würde es nicht überleben. Und wer könnte das schon? Die meisten, wie es scheint. Sie hat viele Bücher, viele Berichte darüber gelesen. Über Männer und Frauen, die von der schlimmsten Ungerechtigkeit getroffen wurden, die ihr Kind durch Krankheit verloren hatten. Alle überleben das. Alle wollen ebenfalls sterben, aber alle überleben es. Und es gibt kein anderes Wort dafür als dies: überleben. Denn sie sind nur noch, und für immer, Gespenster ihrer selbst. Ihr eigener Schatten. Geister, die durch eine endlose Nacht irren. Ein vereistes Leben. Sie gießt die Bouillon in eine Schale und geht ins Wohnzimmer. Ihr Vater schnarcht, den Kopf nach hinten gesunken, etwas Speichel im Mundwinkel. Sie weiß, dass er sie rühren müsste, aber irgendetwas an ihm ärgert sie. Die Worte, die er gesagt hat. Seine Verantwortung für das, was geschehen ist. Seine Art, zusätzlich noch mit der Kapitula-

tion zu drohen. Dem Zusammenbruch. Dass er nicht ein
Wort des Trostes für sie gefunden hat. Warum soll sein
Kummer tiefer, legitimer sein als ihrer? Warum soll er die
einzige Person sein, die wirklich beschützt, getröstet, gestützt werden muss? Warum weigert er sich, sich aufzu-
rappeln, obwohl seine Kinder, seine Enkelkinder doch
noch da sind? Es ist doch Aufgabe der Eltern, auf ihre Kinder aufzupassen, und nicht umgekehrt? Das ist doch der
Pakt? Der Vertrag? So lange wie möglich da zu sein? Und
unter ihrer Obhut bedingungslosen Schutz zu bieten?
Ihre manchmal übergriffige, erstickende, aber unhinterfragbare Sorge? Sie stellt die Schale auf den Tisch, sucht
im Mahagonischrank und holt eine orange-violette Patch-
workdecke heraus, die sie über ihren Vater breitet und hinter seinen Schultern festklemmt. Eigentlich gehört er ins
Bett. Aber sie traut sich nicht, ihn zu wecken. Sie geht auf
die Terrasse. Lässt sich von dem Duft durchdringen, der
von der Erde, den Rosmarinsträuchern und den Zitronenbäumen aufsteigt. Es hat diesen Winter viel geregnet. Un-
kraut überwuchert das Grundstück. In den Bergen rieselt
es vermutlich überall, der Weiher dürfte über die Ufer getreten sein, während er im Sommer völlig ausgetrocknet
ist, eine Fläche aus rissiger, stellenweise etwas schlammi-
ger Erde. Ethan läuft nicht gern. Allenfalls lässt er sich zu
einem Ausflug mit dem Wagen herab, einmal bei jedem
ihrer Aufenthalte hier. Sie parken am Straßenrand, gehen
ein paar Schritte, setzen sich vor einen Felsen und packen
das Picknick aus, während die Kinder unaufhörlich her-
umklettern. Also zieht sie oft im Morgengrauen los, wie
sie es mit ihrem Vater gemacht hat, wandert allein in
der Julihitze, Schweiß und Harz, Insekten und verdorrte

Bäume. Ein einziger Funke, und alles würde in Flammen aufgehen. Sie könnte endlos so weiterlaufen, sich in den hintersten Winkeln der Berge verlieren, in die Kieferwälder eindringen. Ihre Hände streicheln die Rinde, den glühend heißen Fels, die Flechte. Ihre Muskeln sind trockenes Holz, ihr Blut süßer Lebenssaft. In ihrer Lunge vibriert ein perfekter Sommer.

Sie schlief auf der Chaiselongue unter dem großen Spiegel. Auf der Seite liegend, betrachtete sie lange die nachtschwarze Bucht. Myriaden leuchtender Punkte in der Ferne, die eine Straße, Ballungen von Wohnungen anzeigen und jenseits der Landzunge, die eine weitere Bucht schließt, ähnliche Städte, die am Rand des seidig glänzenden Wassers vor sich hin dösen. Ihr Vater schnarchte. Der Wind bewegte leicht die Fensterläden. Immer das gleiche dumpfe Knallen des Holzes, das gegen den dicken rosa Putz schlug. Die Luft fiel stoßweise in den Kamin ein. Die Geräusche der hiesigen Nächte. Bevor die Zikaden den Sommer ankündigen. Sie schlief hier, wie so oft. Wenn sie das Schlafzimmer verließ, in dem Ethan leise schnarchte. Einen Augenblick im Wohnzimmer las. Ihre Schlaflosigkeit im Atem der Kinder wiegte, den sie im Zwischengeschoss hörte, die Laken an ihren Füßen, die T-Shirts hochgerutscht, glühende Stirn und schweißverklebtes Haar. Ihr Schlafgeruch. Der Geruch reifer Früchte.

Als sie aufwachte, war das Licht ganz sanft. Es färbte die Wände im ganzen Haus rosa. Sie brauchte wahnsinnig lange, um zu bemerken, dass ihr Vater nicht mehr da war. Sie stand auf, ihr Rücken schmerzte ein wenig. Sofort drückte der Tod ihrer Mutter sie nieder. Sie fühlte sich plötzlich tonnenschwer. Sie machte sich einen Kaffee in der Küche. Sie weiß nicht einmal, was sie gedacht haben mag. Dass er in der Nacht in sein Bett zurückgekehrt war. Die Tür des Schlafzimmers war geschlossen. Sie brauchte sie nicht zu öffnen. Sie spürte gleich, dass er nicht da war. Und auch sonst nirgends im Haus. Sie schlüpfte in die Kleider vom Vortag und ging hinaus. Die Sonne überflutete die Villen mit ihrem Licht, ließ die Swimmingpools blau schimmern. Die Luft war frühlingsmild. Die Felsen hatten eine rote Färbung über den letzten Häusern. Sie nahm den Pfad und drang in die Tiefen des Esterel ein. Die Steigung war so stark, dass es ihr unmöglich vorkam, dass ihr Vater dort auch nur einen Schritt hätte machen können. Er, der sich an ihren Arm hatte klammern müssen, um über die Stufe der Terrasse zu steigen. Der Springbrunnen vor dem Massif de la Sainte-Baume spritzte, so dass die vom Regen und den noch nicht lange zurückliegenden Schneefällen durchtränkte Erde schlammig war. Sie erinnerte sich an die seltenen Schneewinter, als sie den Pfad genommen und die von einer dicken weißen Schneeschicht bedeckten Kiefern entdeckt hatten, an die Schneeballschlachten in der wattigen Stille, bei denen ihr Vater sie schreiend verfolgt hatte, und an die Zeit, die er ihnen damals gewidmet hatte, diese lärmenden Spiele waren ein Segen gewesen, von dem sie sich nicht eine Sekunde entgehen ließen. Der Pfad verengte sich zu einem steilen Aufstieg, in den Fels gehauene Treppen, die manchmal so schmal waren, dass ein Seil angebracht worden war, an dem man sich festhalten konnte. Man stieg dem Himmel entgegen, und die Bäume hatten Mühe, Halt zu finden, und überließen dem Fels den ganzen Raum. Dann wurde plötzlich der Horizont sichtbar. Zwischen zwei Hügeln breitete sich das Meer aus, übersät von tiefgrünen flachen Inseln. Es lag kein Schnee mehr. Wie hätte ihr Vater diesen Ort erreichen sollen? Dennoch war sie sich sicher, dass er da war. Auf der anderen Seite der halb eingefallenen Backsteintür, die sich auf die Treppe zur Grotte öffnete. Als sie dort angekommen war, über der kleinen Esplanade neben dem ausgehöhlten Gewölbe, das manchmal von einem grün lackierten Gittertor verschlossen wurde, suchte sie ihn mit dem Blick. Sie stieg hinunter und betrat die Grotte. Alles war unversehrt. Die Votivtafeln, die Fotos, die Dankesbriefe, die Malereien, die Christus darstellten, die Statuen der Jungfrau und des heiligen Honorat. Das Heft, in das die Spaziergänger ein Gebet schrieben, in dem sie einen Wunsch formulierten. Sie erkannte seine Schrift sofort. Und ihren Namen, der seine kurze Nachricht einleitete. »Clémence, das war so nicht geplant. Ich sollte zusammen mit ihr gehen. Ich werde ihr folgen. Umarme deine Brüder. Umarme deine schönen Kinder.« Sie trat wieder hinaus, und das Licht blendete sie. Um sie herum herrschte Stille, aber alles rauschte. Ein leichter Wind ließ die Vegetation zittern, Wellen gingen durch das Geäst, die in Sonne gefassten Blätter. Die Felsen schienen zu pulsieren wie eine Lunge. Irgendwo zwischen den Bäumen lag ihr Vater. Sie machte ein paar Schritte. Es blieben nicht viele Möglichkeiten. Plötzlich fiel der Fels im rechten Winkel ab. Gab den Blick frei auf eine Steinwüste. Ihr Vater bildete darin einen dunklen Fleck. Eine verrenkte Gestalt.

14

LÉA

Nachts ist alles so ruhig. In den Zimmern sieht sie undeutlich schlafende Körper. Selbst der Schmerz scheint eingedöst zu sein. Im Schwesternzimmer am Ende des Gangs brennt das Licht. Sie nähert sich ein wenig. Sie liebt es, den Kaffeeduft zu riechen und die leisen Gespräche aufzuschnappen. Das Bett im Zimmer daneben ist leer. Die Tochter hat heute Nachmittag ihren Vater besucht. Er hatte die ganze Nacht kein Auge zugetan, und sie hatte sich neben ihn in den großen Sessel gesetzt. Ihm zugehört. Sein Wunsch, seinem Leben ein Ende zu setzen. Seine Verachtung für sich selbst. Weil er ihre Hand losgelassen hatte. Und schlimmer noch, weil er die Kraft gefunden hatte, zum Strand zurückzuschwimmen. Eigentlich gegen seinen Willen. Dieser Überlebensinstinkt, diese animalische Angst, das widerte ihn am meisten an. Er sagte: Ich fühle mich wie ein kopfloses Huhn. Und es stimmt, mit seinem kahlen Schädel seinem hageren Gesicht seiner spitzen Nase sah er aus wie ein Huhn. Sie versteht sehr gut, worüber er sprechen wollte. Niemand konnte es besser verstehen als sie. Und er wusste es. Beide waren sie vom Meer wieder ausgespuckt worden. Es hatte sie nicht gewollt. Das versuchten sie sich jedenfalls zu sagen.

Denn der Gedanke, dass sie das Meer nicht gewollt hatten, war unerträglich. Oder einfach unverständlich. Was hatte sich in ihnen gewehrt? Und warum? Abgesehen von dem kopflosen Huhn, das in jedem von uns schläft. Wie ein Hund, der an seinem Schwachsinnsleben hängt. Das sagte Abel immer. Dass ihn das anwiderte. Wie wenig der Mensch doch braucht, um noch ein bisschen weiterzuleben. Was man zu ertragen, zu akzeptieren bereit ist. Das ist es, was uns schwach und verachtenswert macht. Die panische Angst zu sterben. Was man in Kauf nimmt, um das zu verhindern. Ein Hundeleben.

Nebenan liegt Antoine. Léa hat bei ihm gewacht, während er bewusstlos war. Diesmal war sie diejenige, die gesprochen hat. Sie fragt sich übrigens, was sie ihm gesagt haben mag. Sie weiß es nicht. Die Worte kamen einfach aus ihr heraus, ohne dass sie weiß, woher. In seiner Gegenwart, aber nur in seiner, ging es. Vielleicht, weil es ihm egal war. Vielleicht, weil er sie nicht hören konnte. Sie hat nur Angst, sich getäuscht zu haben. Angst, dass er doch etwas mitbekommen hat in seinem schlafähnlichen Zustand. Und dass er es der Assistenzärztin oder der Psychologin verraten könnte. Und dass alle denken, sie würde ihnen nur was vorspielen. Sie verarschen. Sie will nicht, dass man sie rausschmeißt, obwohl sie weiß, dass sie irgendwann wird gehen müssen, bevor es zu spät ist. Als Antoine heute Nacht aufwachte – seine erste Nacht, seit er wieder zu sich gekommen ist –, schien es ihn nicht zu überraschen, dass sie bei ihm saß. Er erinnert sich an nichts. Weder an die Zeit, die er in der Vorhölle verbracht hat – eine große Leerstelle, weite schneebedeckte Flächen, ein langer traumloser Schlaf. Noch an das, was ihn da hingebracht hat. Er hatte gestrichen. Sein Hund hatte gebellt. Er meint, sich an einen Schrei zu erinnern. An einen Schlag gegen den Schädel. Und er ist hier aufgewacht, vor den Augen seiner Schwester. Alles, was er weiß, ist, dass derjenige, der das getan hat, sich besser gut verstecken sollte. Als er das sagt, strafft sich sein ganzer Körper. Und sein Gesicht verzerrt sich unter den Verbänden. Sie tritt an sein Bett und legt ihre flache Hand auf seine Stirn. Das scheint ihn zu beruhigen.

Sie begegnet der Assistenzärztin, die ihr keine Fragen stellt. Sie in ihr Zimmer zurückbegleitet. Sie zudeckt. Ihr ein Glas Wasser einschenkt. Wie es eine Mutter mit einem kleinen Mädchen machen würde, das nachts aufwacht und sie ruft, während es im Halbschlaf durch den Flur irrt, von dem die Zimmer des Hauses abgehen. Die Assistenzärztin fragt sie noch einmal, ob sie wirklich nicht mit ihr reden will. Und sei es auch nur ein Wort, hier und jetzt. Léa reagiert nicht. Versucht es nicht einmal. Sie spürt, dass sie blockiert ist. Dass es über ihre Kräfte geht. Die Assistenzärztin lächelt sie an und tröstet sie. Das sei nicht schlimm. Das werde schon wieder. Sie leiht ihr, was sie braucht, um Musik zu hören. Manchmal hat Léa das Gefühl, dass sie in ihren Gedanken liest. Dass sie besser als Léa weiß, was ihr im Kopf herumgeht. Ihre Zunge blockiert. Ihr die Worte raubt. Vielleicht ist es ja ein Fehler, aber sie hat Vertrauen zu ihr. Wenn sie in der Nähe ist, fühlt Léa sich innerlich ruhig. In Sicherheit. Also bleibt sie da, obwohl sie vermutlich nicht sollte. Sicherlich aus Angst, das Krankenhaus verlassen zu müssen. Wieder sich selbst überlassen zu sein. Ungeschützt zu sein. Hier hat sie das Gefühl, sich zu verkriechen. Sich zu schützen. Als könnte der Schmerz ihr innerhalb dieser Mauern nichts mehr anhaben. Als lockerte sich der Schraubstock. Alles ist ruhig und sehr langsam. Geregelt nach dem Rhythmus der Mahlzeiten. Den Visiten der Ärzte. Die übrige Zeit überlässt man sie der Stille. Es ist ein bisschen wie in der Klinik, in der sie vorher war, nur weniger aufdringlich. Hier ist sie nicht von Leuten umgeben, die mindestens so verrückt sind wie sie. Und abgesehen von der Psychologin, die sie jeden Morgen besucht, reden die anderen nicht ständig mit ihr darüber. Was sie hier sucht. Was sie blockiert. Was sie hierhergeführt hat. Und über die Behandlung, die nötig ist, damit sie entlassen werden kann. Hier lässt man sie in Ruhe. Man lässt ihr Zeit. Und ihr Fall scheint so merkwürdig zu sein, dass sie nicht den Schimmer einer Idee haben, was sie mit ihr anstellen sollen. Im Grunde könnte man sagen, sie warten. Dass man sie abholt. Dass man sich ihrer annimmt. Vorerst lassen sie sie in ihrem Zimmer. Überlassen sie ihrem Schweigen. Mit ein wenig Musik.

Dort oben in dem Haus hatte es ihr auch gut gefallen. Und die Zeit, die sie mit Anouck verbracht hatte. Ihre Bücher und ihre Platten. Ihre Teedosen, ihre Kissen, ihre Decken. Die Dinge, die sie sagte. Die Bücher, die sie dort gelesen hat. Sie wäre gern länger geblieben. Doch das Telefon begann zu klingeln. Sie dachte, Anouck hätte sie verraten. Beschlossen, die Besitzer von ihrer Anwesenheit in Kenntnis zu setzen. Und die würden unverzüglich antanzen. Um zu sehen, wer da wohl in ihren hübschen Besitz eingedrungen war. Wer ihr luxuriöses Wohnzimmer, ihre Terrasse mit Aussicht besetzt haben mochte. Am Ende wären sie aufgetaucht. Und hätten die Bullen gerufen. Sie musste verschwinden. Alles vibrierte im Haus. Der Wind ließ die Fensterläden klappern, fuhr stoßweise in den Kamin, ließ die Fenster zittern. Sie betrachtete das Meer unten, die von weißen Adern durchzogene Bucht, man hätte meinen können, sie lasse ihre Muskeln spielen, ziehe sich zusammen und entspanne sich wieder. Man hätte meinen können, sie kämpfe mit sich selbst. Man hätte meinen können, sie habe Hunger. Man hätte meinen können, sie warte auf sie. Sie verschloss brav das Haus. Räumte alles an seinen Platz, versuchte sich zu erinnern, wie alles angeordnet war, als sie angekommen war. Sie dachte einen Augenblick daran, ein Wort des Dankes dazulassen. Aber sie verzichtete darauf. Und ging. Ging geradewegs hinunter zum Meer. Es war ohnehin zu traurig. Er war überall. Wich ihr nicht von der Seite. Sie war seinetwegen gekommen. Um ihn wiederzufinden. Seine Gegenwart zu spüren. Weil seine Abwesenheit sie verrückt machte. Weil sie ihn überall aufspüren musste, wo sie etwas miteinander geteilt hatten. Und hier mehr als anderswo. Obwohl sie nur einmal hier gewesen waren. Aber sie glaubt, dass das die besten Augenblicke gewesen waren. Die schönsten. Die süßesten. In ihr schien sich etwas zu beruhigen. Zu klären. Zu entspannen. Endlich. Sie hatten Paris verlassen, ohne jemandem etwas zu verraten. Abel hatte zu ihr gesagt: Komm, wir hauen ab. Wohin? In den Süden. Ich habe diese ständige Dunkelheit satt. Ich brauche Licht. Sie hatten den Zug genommen und waren hier angekommen, wo alles in Blau und Gold getaucht war. Die Luft war von süßen Düften gesättigt. Wo sind wir?, hatte sie ihn gefragt, während er um das Haus herumgegangen war, in einer Ecke der Terrasse gesucht und einen Schlüsselbund unter einem Haufen von Dachziegeln hervorgeholt hatte. Keine Sorge.

Er hatte seinen Finger auf ihren Mund gelegt, und seine Augen hatten geleuchtet, wie sie es liebte. Sie waren zwei oder drei Wochen geblieben. Der Frühling ging zu Ende, und nicht eine einzige Wolke trübte den Himmel. Sie badeten im Blau. Die Nächte waren sternenklar. Niemand wusste, dass sie da waren. Niemand suchte sie. Das Jahr konnte sie vergessen. Sie wusste, dass sie die Prüfungen nicht machen würde. Sie würde ihren Eltern lediglich sagen, dass sie alles verkackt hatte. Die würden sich aufregen, und das wär's dann. Ob sie ihr das Zimmer unter dem Dach ein Jahr länger bezahlten, was würde ihnen das schon ausmachen. Schlimmstenfalls würde sie bei McDonald's arbeiten. Abel strahlte. Buchstäblich. Sie liebte es zu sehen, wie er das Bett verließ und sich auf der Terrasse ausstreckte. Schon beim Aufwachen kippte er sich ein, zwei Gläser hinter die Binde, aber er sagte: Keine Sorge, ich hab das unter Kontrolle, das tu ich nur, um in die Gänge zu kommen. Er zitterte nicht wie in Paris. Es war, als würde die Sonne ihn austrocknen. Sein Gesicht schwoll ab, und die Knochen traten wieder hervor. Und seine Augen waren klar. Verdammt, war er schön. Und ruhig. Endlich ausgeglichen. Sie machten Wanderungen im Gebirge. Versteckten sich in den kleinen Buchten. Schwammen im halb gefrorenen, vollkommen klaren Wasser. Aßen nichts, und das war okay für sie. Das Licht genügte ihnen. Abel verschlang ein Buch nach dem anderen, immer die gleichen amerikanischen Schmöker mit von morgens bis abends bekifften Typen, die versuchten, davon loszukommen und ihre Romane zu beenden, sahen, wie alle in ihrem Umfeld sich eine Kugel in den Kopf jagten oder unter all der Scheiße zusammenbrachen, versuchten, ihre Drehbücher in Hollywood an den Mann zu bringen, fixten und in zwielichtige Drogengeschäfte verstrickt wurden, im Whisky ihre schreckliche Kindheit ertränkten und sich unsterblich in eine Kellnerin verliebten, die sie in ihre winzige Wohnung abschleppten, in der man nachts die Wellen des Pazifiks tosen hörte. Abends setzte Abel sich mit einer Flasche und seinem Computer auf die Terrasse, und Léa sah ihn wie einen Irren in die Tastatur hämmern, mit besessenem, völlig unzugänglichem Blick. Sie ging schlafen, während er noch aufblieb. Und mitten in der Nacht spürte sie, wie sein glühender Körper sich an sie schmiegte und sein harter Schwanz sich an ihrem Arsch rieb. Dann wieder fand sie ihn, wie er am Meer schattenboxte. Das Studio fehlte ihm. Er machte Liegestütze auf den hellen Steinplatten, seine Muskeln waren so sehnig, dass man meinen konnte, sie wären aus Glas. Alle zwei oder drei Tage nahmen sie den Wagen, der vor dem Haus parkte und dessen Schlüssel sie in einem kleinen blauen Krug auf der Anrichte gefunden hatten, und fuhren nach Saint-Tropez. Oder weiter nach Cannes und nahmen ein Boot zu den Inseln. Oder sie verbrachten den Tag in Nizza. Tranken Kaffee in den Restaurants am Strand mit kostenpflichtigen Liegestühlen und Spießern mit straffer Haut, die sich auf ihren großen Markenbadetüchern aalten. Sie gingen in der Altstadt spazieren und wähnten sich in Italien. Von Zeit zu Zeit ließ Abel sie plötzlich stehen und sagte: Ich bin gleich wieder da. Eine Stunde später fand sie ihn dann wieder. Stellte ihm keine Fragen. Sie ahnte, was er suchte, stellte ihm aber keine Fragen. Das waren die einzigen Augenblicke, in denen er ihr ein bisschen fiebrig, nervös vorkam. Sie stiegen wieder in den Wagen und fuhren an der Küste zurück. Die Sonne färbte alles glutrot, und das Meer füllte sich mit blauer Waterman-Tinte. Abel fuhr mit einer Hand. In der anderen hielt er ein Bier, das er aus der Flasche trank. Sie drehten die Musik voll auf. Sie sagten, dass sie hier leben könnten. Einen Job würden sie hier sicher ebenso wie woanders finden. Sie würden schon zurechtkommen. Er kenne Leute, die bei Sicherheitsdiensten arbeiten. Léa antwortete ihm: Wart mal, was willst du denn machen? Türsteher? Nachtwächter? Er erwiderte, hier gebe es massenweise stinkreiche Leute, Russen, Amerikaner, Schauspieler, Filmleute, Geschäftsleute, die Bodyguards bräuchten, wenn sie in ihren Palästen, in ihren verdammten Villen wohnen. Ein Typ, der kämpfen und einen Anzug tragen könne, könne eine Menge Kohle verdienen. Manchmal vermittelte er den Eindruck, in einem der Romane zu leben, die er sich reinzog. Dass er die Côte d'Azur mit Kalifornien verwechselte. Aber das passte zu ihm. Sie dachte, er ist wie gemacht für hier. In Paris würde er langsam, aber sicher eingehen. Er läuft hin und her wie ein Löwe im Käfig. Und auch sie begann zu träumen. Obwohl ihr nicht entging, dass mit jedem Tag das Zittern wieder stärker wurde. Und seine Schläfen immer feucht waren. Obwohl er jeden Tag mehr trank, mehr Liegestütze machte und mehr Zeit mit Schattenboxen als am Computer verbrachte. Obwohl sie ihn, wenn sie schlafen ging, genervt zurückließ, auf seinen Text schimpfend, in den Wandschränken suchend, um den Rum- und Whiskyvorräten der Besitzer, wer immer sie auch sein mochten, den Garaus zu machen. Obwohl er sie mit einer Art kalten Wut fickte, die sie verletzte. Obwohl sie nachts seine

Arme betrachtete und deutlich die Spuren von Spritzen und die Rötung der Haut an der Stelle, an der er vermutlich den Gürtel festgezurrt hatte, erkannte. Obwohl er das letzte Mal, als sie nach Nizza gefahren waren und er sie am Strand allein gelassen hatte, mit einer genähten Augenbraue zurückgekommen war.

»Was ist passiert?«

»Nichts, ein Typ, der Streit suchte. Er wollte mir das Portemonnaie klauen.«

Sie tat so, als bemerkte sie nichts. Sagte ihm nicht mal, wie sehr ihr das auf den Senkel ging, dass er sich wegen eines Portemonnaies schlug. Oder dass er ernsthaft dachte, dass sie so eine Lüge schlucken würde, wobei sie sogar die Lüge schon anwiderte, und daher wagte sie gar nicht erst, sich auszumalen, was in Wahrheit dahintersteckte. Als sie nach ihrer letzten Spritztour den Wagen parken wollten, hatte sie gesehen, wie er blass geworden war. Scheiße, Scheiße, verdammte Scheiße. Er knirschte mit den Zähnen. Vor dem Haus glänzte ein silberner Audi, als hätte der Fahrer ihn stundenlang poliert. Die Windschutzscheibe sah aus, als käme sie geradewegs aus einer Werbung für Spülmaschinentabs von Sun.

»Gibt es ein Problem?«

»Ja, ich glaube, wir müssen schnellstens abhauen.«

Sie waren ins Haus gegangen, und ein Typ in weißem Hemd und beigefarbene Hose stand im Wohnzimmer, als wartete er auf sie. Er fragte sie, was sie da machten. Im ersten Augenblick hatte sie nicht begriffen, dass Abel ihn kannte. Dass er sein Großvater war. Der Typ war dermaßen kalt, triefte nur so vor Verachtung. Er forderte sie auf, ihre Sachen zu packen und zu verschwinden. Nach jedem zweiten Satz schleuderte er Abel ins Gesicht, dass er wirklich ein kleines Arschloch sei. Abel war mehrmals ganz nah an ihn herangegangen, und sie hatte geglaubt, er würde ihn schlagen. Aber irgendetwas hielt ihn davon ab. Der Typ erteilte ihm eine Lektion. Sagte, sie seien die größten Schweine, während er das Chaos ringsum betrachtete, die Flaschen, die Abel aus den Vorräten genommen und geleert hatte. Sechzehn Jahre alter Whisky, alter Rum, Spitzenweine. Sie hatten ihre Sachen eingesammelt, so gut sie konnten, und hatten das Weite gesucht. Vorher hatte der Großvater sich von Abel noch sein Portemonnaie geben lassen. Darin gesucht. Die Scheine herausgenommen und in seine Tasche gesteckt.

»Das ist für die Getränke. Die Rechnung über die Miete schicke ich deiner Mutter.«

Sie waren zu Fuß den Pfad hinuntergegangen, der in Serpentinen zwischen den Villen zur Strandpromenade führte. Hatten sich in einem Wartehäuschen wiedergefunden. Hatten keinen müden Cent mehr gehabt. Abel hatte zwar versucht, Geld zu ziehen, aber er hatte so viel für seinen Stoff ausgegeben, dass nichts mehr übrig war. Also hatte er sich an den Straßenrand gestellt und den Daumen gehoben. Er kochte im wahrsten Sinne des Wortes. Léa sah, wie der Schweiß ihm überall hinunterlief. Als sie endlich den Bahnhof erreicht hatten, war der letzte Zug bereits weg gewesen. Sie hatten die Nacht auf dem Bahnsteig verbracht. Abel murmelte vor sich hin und hörte nicht auf, über seinen Großvater zu schimpfen. Er hatte ihn nie leiden können. Und das beruhte auf Gegenseitigkeit. Der Alte hatte nie verkraftet, dass seine Tochter von einem Araber geschwängert worden war. Ein Typ, den sie eines Abends in einer Bar kennengelernt hatte und der sich vom Acker gemacht hatte, bevor sie aufgewacht war, und sie das Hotel hatte bezahlen lassen. Sie hatte ihr Studium abbrechen müssen, um ihren Sohn großzuziehen. Léa kannte die Geschichte. Er hatte sie ihr hundertmal erzählt. Und auch von den Aufenthalten seiner Mutter in der Psychiatrie. Ihre Anfälle von Manie. Das Geld, das sie verpulverte, obwohl sie keins hatte. Die Städte, in die sie ihn geschleppt hatte, weil sie dachte, diesmal sei es der Richtige. Der richtige Kerl. Der richtige Plan. Der Glücksstern. Die Monate, in denen sie den Boden unter den Füßen verlor. Von morgens bis abends soff. Die Wohnung nicht mehr verließ, nicht mehr aufstand, nicht einmal, um zu duschen oder zu essen. Sich nur von Kaffee und Nikotin ernährte. Immer wenn er von der Schule kam, hatte er Angst, sie tot vorzufinden. Erhängt oder im Bad mit aufgeschnittenen Pulsadern. Und er verkraftete es auch nicht, dass sie in den Zeiten, in denen es ihr besser ging, ihr Geld mit Putzen oder Ähnlichem verdienen musste. Wie sie Kohldampf schoben und für nichts Geld hatten. Während der Alte Geld wie Heu hatte. Dieses Haus hatte, in das er dreimal im Jahr kam. Und überall Wohnungen, die er vermietete, um in die eigene Tasche zu wirtschaften, ohne den Finger krumm machen zu müssen.

Sie hatten den ersten Zug genommen. Ohne Fahrscheine, ohne alles. Die Scheißangst, vor Lyon kontrolliert und aus dem Zug geworfen zu werden. Abel rotierte. Sah unaufhörlich in seinen Taschen nach, ob ihm nicht doch noch vier oder fünf Euro geblieben waren. Sagte immer wieder: Verdammt, ich brauche ein Bier. Und auch, dass er zurück und den Alten abmurksen wolle. Er hatte sie ein paar Monate lang mit seiner Mutter in diesem Haus wohnen lassen. Er war zehn gewesen und war in die Schule des Badeorts gegangen. Das war die schönste Zeit seines Lebens gewesen. Die Wochenenden mit den Freunden am Strand. Und seine Mutter, der es viel besser zu gehen schien. Sie arbeitete im Casino. Der Alte hatte ihr den Job besorgt. Ich gebe dir eine letzte Chance, hatte er gesagt. Du solltest es besser nicht vermasseln. Als seine Mutter dann gefeuert worden war, hatte er nicht anders gehandelt. Er hatte sie rausgeschmissen, und sie hatten in die Pariser Region zurückkehren müssen. Sie hatten ein paar Monate mit dem Geld, das sie beiseitegelegt hatte, in einem vergammelten Hotelzimmer gewohnt. Der Betreiber des Casinos hatte sie beschuldigt, Geld aus der Kasse genommen zu haben. Jahre später hatte sie ihm gesagt, er habe es nicht ertragen, dass sie sich geweigert habe, mit ihm zu schlafen. Dass er sie deswegen rausgeschmissen habe. Weil sie ihn verrückt gemacht habe, und für ihn sei das Teil des Vertrags gewesen. Danach hatte sie einen Rückfall gehabt. Sie, die mit allem aufgehört hatte, mit dem Alkohol den Medikamenten dem Kiffen, war tief gestürzt, und seitdem war es ein Kampf ohne Ende gewesen, eine endlose Aneinanderreihung von Remissionen und Rückfällen und Entziehungskuren, die fünf oder sechs Monate Wirkung zeigten, bis zu dem Tag, an dem sie eine Bar betrat. Bis zu dem Tag, an dem sie einem Kerl begegnete, der die Achseln zuckte und ihr sagte, ein Gläschen ein kleiner Joint eine kleine Line würde ihr schon nicht schaden. In den letzten Jahren war es ihr besser gegangen. Sie sagte, sie sei Gott begegnet. Jesus habe sie gerettet. Dieses Leben liege hinter ihr. All das kam in Abel wieder hoch, und je näher sie Paris kamen, desto stärker zitterte er und regte sich auf. Er machte ihr Angst.

»Weißt du, dass der Alte in dem Jahr, das wir dort gelebt haben, Miete verlangt hat? Von seiner Tochter. Beim Geld hört die Freundschaft auf, sagte er. Das ist symbolisch. Damit zeigen wir, dass wir einen Vertrag schließen, du und ich. Ich helfe dir, und du bekommst dich in den Griff. Damit zeigen wir, dass meine Tochter keine von diesen Schmarotzern ist, die auf Kosten des Landes leben, während die anderen den Buckel krumm machen. Ein Kerl, der mit 55 in den Ruhestand gegangen ist und seitdem zusieht, wie seine Aktien steigen, immer wenn eine Fabrik ins Ausland verlagert wird, so einer soll ein Vorbild für Moral und Fleiß sein?«

Zurück in Paris nahm das Leben wieder seinen gewohnten Lauf. Léa war nicht mehr zur Uni gegangen. Sie hatte sowieso das ganze Jahr nichts getan. Abel probierte alles Mögliche aus. Fahrer in einem großen Hotel, Platzanweiser im UGC Montparnasse, Lagerarbeiter in einem Brico Dépôt in der Banlieue. Hilfsarbeiter auf einer Baustelle. Rigips, Streichen, Installationsarbeiten. Und die übrige Zeit machte sein Roman ihn verrückt. Alles, was er im Süden geschrieben hatte, war beschissen. Dort im trügerischen Licht und im Glück dieser perfekten Tage hatte er das Gefühl gehabt, etwas zustande zu bringen, aber nein, es war absolut beschissen, ausdruckslos, kraftlos, verglichen mit den Schriftstellern, die er am laufenden Band las, war er scheiße, aber in Frankreich kann man sowieso nicht hoch hinauswollen, außer sich in die Schar der eingebildeten und geschniegelten Intellektuellen einzureihen, alles war zu alt zu zivilisiert zu verkopft. Keiner dieser Kerle, die sich in den Fernsehsendungen aufplusterten, hatte jemals mit den Händen gearbeitet und auch nur einen Zeh in die echte Scheiße des echten Lebens gesteckt. Er sprach davon, nach Los Angeles zu gehen, aus nächster Nähe zu erleben, was dort geschah, was er nur aus den Büchern kannte und was ihm von größerer Intensität zu sein schien. Dichter. Kompakter. Physischer. Sie sah ganz deutlich, dass er am Ausrasten war. Dass er sich von morgens bis abends zudröhnte. Aber in ihrem Kopf gab es nur ihn. Jeder ihrer Gedanken galt ihm. Jeder Millimeter ihrer Haut rief nach ihm. Wie ein Magnet. Wie ihre Großmutter zu sagen pflegte, sie war nach ihm verrückt.

Mitten im Sommer hatte sie ihre Eltern besucht. Zu einem »Familienrat« zitiert. Kein Witz. Das war das Wort, das sie benutzten. Sie wollten, dass sie sich zu ihrem verlorenen Jahr äußerte. Sie hatten sich bei der Universität erkundigt. Hatten erfahren, dass sie nicht zu den Prüfungen erschienen war. Die Übungen zu den Vorlesungen seit Ostern nicht mehr besucht hatte. Im Grunde ist es ja normal. Wir bezahlen. Und schließlich, warum haben wir dir vertraut? Ist ja wahr. Wie kann man einer wie ihr vertrauen? Die Abiturklasse mitten im Schuljahr abgebrochen, monatelang in ihrem Zimmer wegen weiß der Teufel welchen Unglücks geweint. Als würde die Tatsache, dass sie keine schlimme traumatische Erfahrung in ihrem Leben gemacht hat, ihre Depression zu einer selbstgefälligen Komödie degradieren. Was wussten sie schon von ihr. Hatten sie auch nur den blassesten Schimmer, wer sie war und was in ihrem Kopf vorging? Was für ein Leben sie geschützt vor ihren Blicken, allen Blicken führte? In ihrem gestörten Gehirn. Zerstört, ohne dass sie wusste, warum.

Dieser verdammte Schmerz, der sie manchmal festnagelte. Sie zu Boden warf. Sie aus sich selbst vertrieb. Als wäre sie tot. Sie hatte einen Abend bei ihnen verbracht. Am nächsten Tag hatte sie den Zug zurück genommen. Sie war nie wieder dorthin zurückgekehrt. Würde nie wieder dorthin zurückkehren. Sie weiß, dass es idiotisch ist, aber auf gewisse Weise ist alles ihre Schuld. Dieser beschissene Familienrat. Dass sie sie wie ein kleines Mädchen behandelt haben. Ihre scheinheiligen Moralpredigten. Die Begriffe, die sie benutzt hatten. Verantwortung. Vertrauen. Arbeit. Scheiß drauf! Die Luft war wie immer zum Schneiden gewesen. Es hatte eine Atmosphäre von Langeweile, Animosität und Engstirnigkeit geherrscht. Im Zug nach Paris hatte sie das Gefühl zu fliehen. Dem Horizont entgegenzulaufen. Zu spüren, wie ihre Lunge sich öffnete. Sie würde Abel wiedersehen. Sie war weit weg von ihnen. Das war alles, was zählte. Was das Studium betraf, das würde sich schon finden. Die Miete ebenso. Von der Gare d'Austerlitz rannte sie zur Métro. Es kam ihr so vor, als führe sie niemals schnell genug für sie. Die Treppe war sie vier Stufen auf einmal nehmend hinaufgestürmt, sechs Stockwerke, ohne auch nur einen Augenblick anzuhalten. Sie hatte geläutet, aber niemand hatte reagiert. Hatte den Schlüssel ins Schloss gesteckt. Die Wohnung lag im Halbdunkel. Die Vorhänge waren zugezogen, und das Licht war gelöscht. In der Luft hing der übliche Weihrauchduft, in den sich Wachsgeruch mischte. Abel liebte es, Kerzen anzuzünden. Manchmal fühlte man sich im Wohnzimmer wie in einer Kirche. Ein Heiligtum. Sie hatte ihre Tasche im Eingang abgestellt. Auf dem niedrigen Tisch standen drei Bierdosen. Und ein schmutziger Teller. Von dem

Nudelgericht war nur noch etwas orangefarbene Sauce übrig. Sie hatte die Tür zum Schlafzimmer geöffnet. Irgendetwas leistete Widerstand. Sie hatte dagegengedrückt. Auf dem Fußboden lag Abel. Mit weit offenen Augen. Sie hatte die Spritze gesehen. Den Gürtel, den er um seinen Arm gebunden hatte. Sie hatte sich über ihn gebeugt. Kein Atem drang aus seinem Mund, seinen Nasenlöchern. Sie hatte ihr Ohr an seine Brust gedrückt. Seine Hand genommen, seinen Puls gesucht. Seine Gliedmaßen waren steif und eiskalt gewesen. Sie hatte die Wohnung verlassen. War die Treppe hinuntergerannt, wieder vier Stufen auf einmal nehmend, hinaus auf die Straße, und nichts hatte mehr einen Sinn, alles ging zu schnell oder zu langsam, sie war in heller Panik. Sie erinnert sich, einen Krankenwagen gerufen zu haben. Sie erinnert sich, stunden-, tagelang gelaufen zu sein, verstört und verloren, tränenüberströmt, innerlich schreiend. Sie erinnert sich an ein Krankenhaus. Sie erinnert sich, geschrien zu haben, als sie die Augen geöffnet und das Gesicht ihrer Eltern und Brüder gesehen hatte. Sie erinnert sich, dass sie sie angeschrien hat hinauszugehen und dass sie gehorcht hatten. Sie erinnert sich an weiße Tage. An einen gefrorenen Park. Einen Baum. Ein Wasserbecken. Stille. Pillen. Sie erinnert sich, hierhergekommen zu sein. In das Licht, das so grell gewesen war, dass es in ihren Augen gebrannt hatte. Sie erinnert sich an die Ruhe, die sie zunächst überkommen hatte, dass sie den Pfad zwischen den Villen hinaufgegangen war, den Schlüssel unter den Dachziegeln gefunden und die Bucht von der Terrasse aus betrachtet hatte.

Sie kehrt in ihr Zimmer zurück. Antoine schläft, sie hat nicht versucht, ihn zu wecken. Sein Gesicht ist im Schlaf nicht das gleiche wie im Koma. Ein kaum wahrnehmbarer Unterschied. Obwohl er schläft, spürt man ganz stark seine Anwesenheit. Während er bewusstlos gewesen war, war er dagegen weit weg gewesen. Durch die Fensterscheiben sieht sie, wie es Tag wird. In weniger als einer Stunde wird jemand hereinkommen. Seinen Blutdruck messen. Ihm Medikamente verabreichen. Sie hört Schritte auf dem Gang. Öffnet die Tür einen Spalt und erkennt die Assistenzärztin. Sie wirkt erschöpft. Es ist ihr dritter Nachtdienst am Stück. Sie spricht mit einer Krankenschwester.

»Die Kleine verlässt uns heute. Ihre Eltern werden sie abholen. Sie werden sie woanders hinbringen. In eine Spezialklinik.«

Die Krankenschwester notiert die Information, und die Assistenzärztin entfernt sich, geht bis zum Ende des Flurs und betritt den Ruheraum. Mit etwas Glück, wenn niemand sie ruft, wird sie ein, zwei Stunden schlafen können. Viel länger vermutlich nicht. Léa zieht ihre Jeans an. Ihr T-Shirt. Etwas anderes hat sie nicht. Keinen Pullover. Keine Jacke. Keine Tasche. Keine Vergangenheit. Keine Zukunft. Keinen Namen. Keine Rechenschaft abzulegen. Keine Worte. Keinen Mund mehr. Kein Gefühl. Kein Herz. Kein Blut. Sie verlässt das Zimmer. Geht zum Ausgang. Nimmt einen Aufzug. Durchquert die Eingangshalle. Niemand stellt ihr Fragen. Niemand sieht sie an. Niemand sieht sie. Es ist, als existierte sie nicht. Sie geht hinaus. Es ist Tag. Der Himmel hat eine schöne blaue Färbung. Sie friert ein wenig. Sie geht der Sonne entgegen.

15

FLORIAN

Florian bedankt sich bei dem Arzt und verlässt das Sprechzimmer mit einem schönen neuen Verband. Ihm zufolge wird es noch zehn Tage oder zwei Wochen dauern. Und er solle sich keine Illusionen machen, am Ende werde er eine etwas schiefe Nase haben, ob er wolle oder nicht. Er zögert einen Augenblick, ob er am Empfang stehen bleiben und nach Antoine Da Costas Zimmernummer fragen soll. Aber dann besinnt er sich. Wozu sollte das gut sein? Er ist ihm in seinem Leben zweimal begegnet, Hinspiel und Rückspiel. Beim zweiten Mal hat er ihn etwas zu heftig gefoult, und der andere hat ihm einen Kopfstoß versetzt. Sein Trainer ist neulich vorbeigekommen. Florian weiß genau, dass alle denken, er hätte ihm aus Rache ein paar Schläger auf den Hals gehetzt. Dass er vielleicht selbst bei ihm war. Verdammt. In was für einer Welt leben diese Leute? In welchem Film? Na schön. Er sagt ja nicht, dass er ihm im ersten Moment, als er spürte, wie die Nase sich verdrehte und ablöste, nicht am liebsten die Fresse poliert hätte. Aber das war nur der erste Moment gewesen. Wegen des Schmerzes und des Adrenalins. Er wurde behandelt und kehrte ganz ruhig nach Hause zurück. Am nächsten Tag ging er wieder zur Arbeit, und die Sache war vergessen. Er denkt immer nur dann daran, wenn er den Drang verspürt, sich an der Nase zu kratzen, und der Verband ihn daran hindert. Und wenn sein Chef ihm zum tausendsten Mal sagt, dass es so nicht weitergehen könne, dass er die Kunden mit seinem verschwollenen Gesicht verschrecke. Es stimmt schon, manche sehen ihn schief an, andere mit einem Schimmer von Schrecken im Blick, doch was kann er dafür? Aber in diesem Alter haben sie vor allem Angst, vor allem, was ihnen zustoßen könnte, obwohl nie irgendwas passiert. Er weiß nicht, warum sie sich immer vorstellen, die Welt wäre voller Gefahren und sie würden an jeder Straßenecke überfallen. Wo haben sie diesen Blödsinn bloß her? Sicher aus dem Fernsehen, denn die meiste Zeit verbringen sie vor der Glotze. Von dort haben sie ihre Sicht der Welt, und sie kommen nicht auf den Gedanken, sich zu fragen, ob man ihnen nicht manchmal den größten Blödsinn erzählt, und das, was sie dort sehen, mit dem zu vergleichen, was in ihrem eigenen Leben oder dem ihrer Nachbarn vor sich geht, um festzustellen, dass das nichts miteinander zu tun hat, da kann man noch so viel erzählen.

Florian fährt zur Küche. Dort bereiten sie die Mahlzeiten zu. Um ehrlich zu sein, ihn müsste man ja dafür bezahlen, dass er eines dieser Schälchen runterwürgt, aber der Bürgermeister ist offensichtlich der Meinung, dass das sehr gut für die alten Leute ist, die ihr Essen nach Hause geliefert bekommen wollen. Es ist mehr oder weniger genauso ungenießbar wie im Krankenhaus oder in der Schulkantine. Aber die alten Leute haben sowieso einen Appetit wie ein Spatz. Die meisten rühren Vorspeise und Hauptgang kaum an und begnügen sich mit Brot Wein und Dessert. Florian weiß nicht mehr, wer ihm erzählt hat, dass man im Alter so gut wie nichts mehr schmeckt. Außer dem Süßen. Dass man deswegen die alten Leute immer Kuchen in den Bäckereien kaufen sieht. Er wartet, bis Samira die Speisetabletts verpackt hat, und tut so, als studierte er das Blatt mit den Bestellungen. Am Ende der Liste sieht er einen durchgestrichenen Namen. Es gibt immer mal wieder einen, der das dermaßen ekelhaft findet, dass er sein Abonnement kündigt. Eine nette Nachbarin findet, die ihm für ein paar Euro oder sogar umsonst Gerichte brutzelt, eine Hausfrau und Mutter, die Lasagne für sechs macht und ein Stück für den Opa von nebenan aufhebt. Oder der sich letzten Endes mittags mit einem Hacksteak und abends mit Butterbroten zufriedengibt, die er so lange in den Kaffe tunkt, bis das Brot ganz weich geworden ist. Aber in der Regel bedeutet das ganz einfach, dass die betreffende Person im Krankenhaus liegt. Als alles fertig ist, packt er die Tabletts in Thermoboxen, die er hinten im Lieferwagen verstaut. Er beginnt seine Runde über Land und beendet sie an der Küste. Ich heb mir das Beste bis zum Ende auf. Anscheinend sagte er das als Kind bei jeder Gelegenheit. Ob er aß oder arbeitete, er richtete sein ganzes Leben nach diesem Mantra aus. Du solltest dir besser ein anderes Motto suchen, bevor es zu spät ist, sagt sein Vater. Denn es kommt ein Moment, an dem du dem Ende so nahe bist, dass du nicht mehr die Kraft hast, daran zu denken. Er erzählte, dass er sich sein ganzes Leben lang gesagt hatte, dass er sich zwar abschufte, aber dass es letzten Endes eine Belohnung gebe. Ein wenig Erholung. Eine schöne Zeit. Von wegen. Vierzig Jahre hatte er in der Konservenfabrik gearbeitet, und am Ende war er dermaßen ausgelaugt, dass er an nichts mehr Freude hatte. Nicht einmal mehr daran, die Landschaft zu genießen. Mir wird schon kotzübel, wenn ich das Meer nur sehe. Es ist, als würde man dir eine riesige Terrine Fischsuppe unter die Nase halten. Ich sag's dir, nach vierzig Jahren kann dich das wirklich nicht mehr reizen ... Jetzt vegetiert er in seiner Wohnung vor sich hin und lebt in der Zeit von früher. Welches Früher, weiß Florian nicht. Wahrscheinlich spricht er vor allem von seiner Jugend. Der ersten Zeit mit seiner Frau, bevor sie anfingen, sich heftig über den Mund zu fahren, und es nicht mal mehr ertrugen, sich in der Wohnung über den Weg zu laufen, wie es den meisten Menschen nach zwanzig oder dreißig Jahren des Zusammenlebens geht. Obwohl die Scheidung an dem Sich-über-den-Weg-Laufen nicht viel geändert hat, da seine Mutter in die Wohnung nebenan gezogen ist und sie sogar einen Wanddurchbruch gemacht haben, damit die beiden Wohnungen durch eine Tür miteinander verbunden sind. Wenn Florian den einen besucht, kann er sicher sein, die andere vorzufinden. Und vielleicht auch, dass er von der Zeit erzählt, in der sein Bruder und er Kinder waren. Dass er mit ihnen Fahrrad gefahren war oder Fußball gespielt hatte und dass er für sie ein lebender Gott gewesen war, einfach so, weil er ihr Vater war, und dass sie damals mit dieser bedingungslosen Bewunderung zu ihm aufgeblickt hatten, zu der nur Kinder fähig sind. In seinem Kopf wird alles unweigerlich verwelken, verblassen, die Farbe verlieren. Das ist die Lehre, die er aus seinem Leben gezogen hat. Aus seiner Scheidung von ihrer Mutter. Daraus, dass es mit seiner Gesundheit und seiner geistigen Verfassung im Laufe der Jahre bergab ging. Genieß es, es wird nicht von Dauer sein, sagt er jedes Mal, wenn er ihn mit Anaïs sieht, wenn er sieht, wie sie sich küssen oder sich unterhaken, wenn er ihren Bauch betrachtet, der sich immer stärker wölbt. Wenn er nicht gerade von der Zeit vor seiner Heirat erzählt. Der erste Lohn. Die Mädchen. Das Anbaggern am Strand. Die Sprünge in die kleinen Buchten. Die Fahrradrennen, als er davon träumte, Profi zu werden. Er war behende und leicht wie ein kolumbianischer Kletterer, aber es fehlte ihm an Kraft. Und sein Herz schlug zu schnell. Weißt du, was Indurain für einen Ruhepuls hat? 28 Schläge pro Minute. Kannst du dir das vorstellen? Florian weiß, dass er, als er anfing, Fußball zu spielen, als die Talentscouts der Trainingszentren sich für ihn zu interessieren begannen, noch an ihn geglaubt hat. Und auch, dass er ihn enttäuscht hat. Er weiß, dass sich irgendwo in seinem Schädel die Idee festgesetzt hat, dass Florian nicht genug gearbeitet, dass er nicht ernsthaft genug trainiert hat. Dass er nicht genügend ohne Ball trainiert hat. Es stimmt, Laufen, Fahrradfahren, Krafttraining, das ist nicht wirklich sein Ding gewesen. Und es stimmt auch, dass Fußball für ihn immer nur ein Spiel und sonst nichts gewesen ist. Und was seinen Bruder betrifft, so war er absolut nicht der Richtige, in Florians Fußstapfen zu treten und den Traum ihres Vaters zu verwirklichen. Sport ist überhaupt nicht sein Ding. Er hat schon sehr früh eine Abneigung dagegen entwickelt. Aber im Grunde kann man das verstehen, wenn du in einer Familie aufwächst, in der nichts anderes zählt. Entweder machst du begeistert mit oder du verabscheust es. Er war eher ein Bücherwurm. Heute ist er Lehrer. Und sowohl Florian als auch seine Eltern haben ihn seit Jahren nicht mehr gesehen. Er weiß nicht mal, wie das angefangen hat. Niemand erinnert sich an die Gründe für das Zerwürfnis. Für den endgültigen Krach. Sicher ein Gespräch über Politik, das aus dem Ruder gelaufen war. Denn man muss zugeben, dass der Vater wie alle Alten hier ist. Immer bereit, auf die Araber zu schimpfen. Und auf den Staat. Und die Steuern. Und die Politiker im Allgemeinen. Der typische Stammtischfaschist, wie man sie überall findet. Die Wahrheit ist, dass der feine Herr uns verachtet, sagte er. Wir sind nicht gut genug für ihn. Ich habe mich abgerackert, damit er studieren konnte, und er hält sich für was Besseres, er will nichts mehr mit uns zu tun haben. Und das Schönste ist, dass er sich einen Linken schimpft mit der Hand auf dem Herzen und dem Herzen in der Hand. Und seinen Eltern vorwirft, dass er nicht aus guten Hause stammt. Das ist die Wahrheit. Für Florian sieht die Wahrheit anders aus, aber wenn der Alte solche Reden schwingt, sagt er lieber nichts. Stimmt ihm zu. Denn nicht nur der Alte hat seinen Sohn verloren, er hat seinen Bruder verloren. Einfach so, ohne eigentlich zu wissen, warum. Durch eine Art Solidarität, Kindespflicht, die er sich selbst nicht erklären kann. Sein Bruder lebt jetzt in Paris. Er hat zwei Kinder, die er ebenso wenig wie die Eltern gesehen hat. Er weiß, wie sehr es seine Mutter verletzt, sie nicht zu kennen. Und obwohl sie ihm die meiste Zeit auf die Nerven geht, ist er glücklich, das auf seine Weise wieder gutzumachen. Indem er bei ihr bleibt. Indem er ihr bald ein Enkelkind schenken wird. Auch wenn er noch nicht wirklich begreift, was das eigentlich bedeutet. Obwohl er sieht, wie Anaïs' Bauch immer runder wird, wie sie jeden Morgen mit schrecklicher Übelkeit aufsteht, begreift er es nicht wirklich. Aber es ist okay. Er hat das Leben immer so gesehen. Vater zu werden beunruhigt ihn nicht wirklich. Das war ihm immer als etwas ganz Normales vorgekommen.

Bevor er seine erste Mahlzeit ausliefert, ruft er Anaïs an. Seit der andere ihm die Nase gebrochen hat, liegen bei ihr die Nerven blank. Sie sagt, er müsse endlich mit den Dummheiten aufhören, aber er weiß nicht so recht, mit welchen. Die Dummheiten liegen schon lange hinter ihm. Im Grunde seit er ihr begegnet ist. Und auch seit Bens Tod. Obwohl sie beide nicht auf dem gleichen Trip gewesen sind, obwohl Florian sich mit harmloserem Zeug begnügt und das Heroin nie angerührt hat, das hatte ihn ziemlich umgehauen, und seitdem hat er nichts mehr genommen oder fast nichts. Er will nicht behaupten, dass er sich nicht hin und wieder einen ansäuft wie alle, aber damit hat es sich auch schon. Im wesentlichen ist er clean. Trainiert ernsthaft zweimal in der Woche. Zieht nach den Samstagsspielen mit den Kumpeln los. Denen aus dem Klub, und das ist praktisch auch schon alles. Mit denen von früher hat er kaum noch Umgang. Sie stecken noch immer bis zum Hals da drin. Führen ein entsprechendes Leben. Türsteher oder Barkeeper in der Hochsaison. Manche arbeiten als Securitys in Cannes oder Nizza. Beschützen Filmleute oder stinkreiche Russen mit riesigen Jachten Nutten schüsselweise Koks Kohle, die von allen Seiten nur so strömt, ohne dass man weiß, woher, ohne dass irgendeiner je zu arbeiten scheint. Das Geld scheint für sie zu arbeiten. Man muss nur wissen, wie man es anstellen muss. Ein Grundeinsatz, und dann läuft es von allein. Neben ihnen ist Florian ein Vorzeigetyp. Er hat den Job im Rathaus, besucht jedes Wochenende brav seine Eltern und wird bald Papa sein. Manche machen sich über ihn lustig, aber sie werden niemals begreifen können, dass er nie etwas anderes gewollt hat. Ein ruhiges Leben. Zuneigung. Spaziergänge in den Hügeln. Nachmittage am Strand. Gemütliche Abende mit seiner Süßen, ein gutes Essen, eine amerikanische Serie und Einschlafen in den Armen des anderen. Ein Restaurantbesuch ab und zu. Ein Film, wenn ihnen danach ist. Etwas Sport. Heimwerken am Wochenende. Was ist daran schlimm?

Er parkt vor dem Mietshaus. Vier oder fünf Gestalten machen einen auf dicke Hose, es ist jeden Tag das Gleiche, sie kommen und schwören bei ihrer Mutter, dass sie Respekt vor ihm haben, dass er recht hatte, diesem Bastard die Fresse zu polieren, dass er mit seiner Nase wie ein verdammter Boxer aussieht. Florian erwidert nichts. Er geht an ihnen vorbei und steigt die Treppen hinauf zur Wohnung von Madame Ramuz. Er klopft zwanzig Mal an der Tür, denn sie ist stocktaub. Als sie endlich aufmacht, lässt sie die Kette vor, er weiß nie, ob sie ihn erkennen wird. Einmal hat sie die Bullen angerufen, um ihnen zu melden, ein Mann versuche bei ihr einzudringen, um sie zu bestehlen.

»Ich bin's, Madame Ramuz, ich bringe Ihnen Ihr Essen.«

Sie löst die Kette und sieht ihn schief an.

»Ich verstehe nicht, wieso die aus dem Rathaus uns Schläger wie Sie schicken.«

»Madame Ramuz, ich habe Ihnen schon zehnmal gesagt, dass ich mir das beim Fußball geholt habe.«

»Also zu meiner Zeit hat man nicht so Fußball gespielt. Man hat sich damit begnügt, den Ball zu kicken. Also, was haben wir denn heute Gutes?«

»Zucchinigratin.«

Sie zieht eine angewiderte Grimasse wie üblich. Florian weiß nie, ob sie ihr Essen ab und zu mal anrührt. Abgesehen vom Éclair au café, wenn es das Tagesdessert ist, denn das isst sie am liebsten. Manchmal kauft er in der Bäckerei eins für sie und tauscht es gegen den Kuchen mit kandierten Früchten aus, den sie wie alle hasst. Wer kann schon so was mögen? Florian ist einmal ihrer Tochter begegnet, und es war deutlich zu erkennen, dass sie sich Sorgen machte, weil ihre Mutter so dünn ist. Spindeldürre Arme. Beine, die nur noch Knochen sind. Ein alter Spatz. Florian hat ihr gesagt, dass sie seiner Meinung nach so gut wie nichts essen würde, dass es wohl keinen Sinn habe, ihr weiterhin jeden Mittag das Essen auf Rädern zu bezahlen. Aber sie will es trotzdem weiter tun. Sie sagt, so könne man ihr nicht vorwerfen, sich nicht vernünftig um ihre Mutter zu kümmern. So habe sie wenigstens ein gutes Gewissen. Trotzdem landet seiner Meinung nach alles direkt im Mülleimer. Aber er sagt sich, dass sie mit seinem Éclair wenigstens eine kleine Dosis Zucker in der Woche zu sich genommen hat.

Nach den Lieferungen im Bahnhofsviertel fährt er an die Küste. Er beginnt mit dem alten Sarazin. Ein Fußballbesessener. Man könnte meinen, er lebt für nichts anderes. Klagt, dass er immer schlechter sieht. Dass es, wenn er den Ball auf dem riesigen Bildschirm, der die Hälfte seines Wohnzimmers einnimmt, nicht mehr erkennen könnte, sein Ende wäre, dass dann alles sinnlos ist.

»Und Ihre Kinder? Ihre Enkelkinder?«

Er zuckt die Achseln. Offensichtlich können sie mit Olympique Marseille nicht mithalten. Florian versucht, sich nicht zu lange aufzuhalten, denn wenn er erst mal anfängt, sich mit ihm über die Erste Liga zu unterhalten, dann kann das endlos dauern, und er kommt zu spät zu den anderen. Und man kann sicher sein, dass, wenn nach Mittag einer noch nicht beliefert ist und sich beim Service über ihn beschwert, er tüchtig eins aufs Dach kriegt. Dennoch impft man ihnen das ganze Jahr über ein: Sie sind nicht nur Lieferanten, Sie fungieren auch als sozialer Kontakt. Das Schwätzchen, das Lächeln, das ist noch wichtiger als das Essen. Und wenn er sich dann zu lange mit einem alten Mann verplaudert, wird er angeschnauzt. Die Wahrheit ist, dass sie zu dritt oder viert sein müssten, um die Arbeit gut zu machen, und dass er allein ist. Angeblich fehlt der Stadt das Geld. Schwer zu glauben, wenn man sieht, wie viel Geld sie für Blödsinn zum Fenster hinauswirft, aber es ist so. Sarrazin ist heute todunglücklich. Gestern hatte Marseille schon wieder eine Schlappe einstecken müssen. Er schimpft auf den neuen Verteidiger, der ein Vermögen gekostet hat und zu nichts taugt, außer Knöchel zu brechen. Er sieht Florian schräg an, während er ihm das sagt, denn er liest die Lokalpresse und weiß, dass er als Verteidiger einen Ruf als Holzfäller hat. Was ihm ebenso wenig gefällt wie Florian. Auch er hatte davon geträumt, ein ballzaubernder, eleganter, superschneller Spieler zu sein. Er hat sich lange daran geklammert, bis ein Trainer ihm Auge in Auge gesagt hat, das sei nicht sein Ding, sein Stil sei eher der von Domenech. Pech für Platini, Zidane oder Messi. Und neulich hat man ja gesehen, was dabei rauskommt. Antoine hatte nicht erst nach dieser Attacke die Nase voll, sondern schon nach allem, was vorangegangen war. Anderthalb Halbzeiten, um ihm die

Knöchel zu polieren, die Schienbeine zu schmirgeln oder ihn mit der Schulter anzurempeln bei seinen Übersteigern. Übrigens kann Florian nicht behaupten, Antoine hätte ihn nicht vorgewarnt. Beim nächsten Mal kriegst du eins auf die Nuss. Florian hatte ihm geantwortet, er solle sich von seiner Schwester einen blasen lassen. Manchmal kann er selbst nicht fassen, was für einen Mist er während eines Spiels oder am Eingang der Umkleide von sich gibt. Es ist, als würde er ein anderer, sobald er das verdammte Spielfeld betritt. Doktor Jekyll und sein verfickter Hyde.

Danach fährt er zum alten Sorin, der ihn nicht ausstehen kann. Jeden zweiten Tag hat er Durchfall, und er ist überzeugt, dass Florian schuld daran ist. Dass er irgendwas in sein Essen mischt, um ihn umzubringen und seine Wohnung zu plündern. Er droht ihm, das Sozialamt, die Bullen oder sogar den Bürgermeister zu informieren. Florian weiß, dass das nur heiße Luft ist, also achtet er nicht weiter darauf. Er lässt ihn reden, stellt das Tablett auf den Tisch im Wohnzimmer, wünscht ihm einen guten Tag und geht hinaus, während der andere weiterschimpft. Als er ankommt, hat der Alte gerade eine Flasche schlechten Weißwein ausgesüffelt. Eine Art Saft aus unreifen Trauben. Kein Wunder, dass seine Innereien im Eimer sind, wenn er sich eine solche Scheiße reinzieht. Er klopft an die Tür, und der andere fragt, wer da ist, wie jedes Mal, als bekäme er um diese Zeit noch anderen Besuch außer ihm. All diese Alten sehen oft tagelang niemanden. Florian hat das Gefühl, dass manche nur ihn haben. Dass er ihr einziger Kontakt zur Wirklichkeit ist. Zur Außenwelt. Abgesehen vom Fernseher, der von morgens bis abends läuft. Und dem Radio. RMC oder Sud Radio. Das hängt davon ab, wie sehr sie Faschisten sind. Denn sie sind alle welche. Mehr oder weniger. Im Grunde ohne es zu wissen. Wie seine Eltern. Wie seine Onkel und Tanten. Wie ein Großteil seiner Cousins. Denn abgesehen von den alten Kommunisten, den letzten Gewerkschaftlern, ist das hier normal. Das behauptet jedenfalls sein Bruder. Der diese Atmosphäre nicht mehr aushält. Die zweistelligen Wahlergebnisse des Front National. Die Droite populaire. Im Grunde weiß Florian gar nicht, warum ihm das so wichtig ist. Er achtet schon gar nicht mehr drauf. In gewisser Weise betrifft ihn das nicht. Die Leute denken, was sie wollen. Und er denkt nicht viel. Er will einfach nur seine Ruhe haben und keinen Ärger kriegen. Er stellt Sorins Tablett auf den Tisch, während dieser ihm mitteilt, dass es gestern so schlimm wie noch nie gewesen ist, dass es nur so aus ihm rauslief. Florian sagt ihm, er soll einen Arzt rufen, und der andere antwortet ihm, dass er keinen Arzt braucht, sondern einen Bullen, der Florian dorthin steckt, wo er verschimmeln soll, das heißt in den Knast zu den Kameltreibern und den Verbrechern wie ihm. Er ist überzeugt, dass seine eingeschlagene Fresse daher kommt, dass er sich wegen Drogen geprügelt hat oder ein Ding schlecht ausgegangen ist. Florian lässt ihn schimpfen und macht sich vom Acker. Er fährt weiter zu Hernandez, Ropert, Vergeaux und den anderen, lauter alte Leute, die sehr allein und sehr sanft sind, keiner Fliege etwas zuleide tun könnten und versuchen, ihn mit allen Mitteln in ihrer Wohnung zu behalten, indem sie ihm Blümchenkaffee oder ganz weich gewordene Kekse anbieten, die sie aus Blechdosen holen, in denen sie vermutlich seit Jahren vor sich hin schimmeln. Florian spricht mit ihnen über das Wetter, ermutigt sie hinauszugehen, ein paar Schritte auf der Strandpromenade zu machen, sich auf einer Bank in die Sonne zu setzen und ein wenig das Meer zu betrachten. Obwohl er weiß, dass das sinnlos ist. Dass die meisten nicht die Kraft dafür haben. Und vor allem keine Lust.

Er beendet seine Runde bei Madame Suzy. Sie will, dass Florian sie so nennt. Und wenn möglich ohne Madame. Sie lebt in einem kleinen Fischerhaus am Meer. Fünfzig Quadratmeter, umspült von den Wellen, die Mauern vom Salz zerfressen, die Fensterläden halb morsch. Eine winzige Terrasse, von der aus man die Bucht vor sich liegen sieht. Ein Ort, der so irre ist, dass man sich fragt, wieso die Investoren der Gegend noch keine Möglichkeit gefunden haben, das alles dem Erdboden gleichzumachen, um eine ihrer beschissenen Villen dort zu bauen. In der Regel sitzt sie draußen am Tisch vor dem Meer. Sie wartet auf ihn und bedeutet ihm, das Speisetablett abzustellen und sich zu setzen. Der Kaffee ist fertig. Im Radio laufen krächzend alte französische Chansons. Seit dem Tod ihres Mannes lebt sie allein. Sie hat das Leben einer Fischersfrau geführt. Warten auf die Rückkehr des Bootes, die Fische ausladen und auf den Märkten verkaufen. Netze flicken. Angelleinen aufwickeln. Früh aufstehen, um Kaffee und die Brotzeit zu machen. Bei Sonnenuntergang schlafen gehen. Die Haut gegerbt vom Salz. Ihr Mann war ein wortkarger Mensch. Aufrecht. Mutig. Und auf seine Weise zärtlich. Mit seiner Art, seine Augen leuchten und ein wohlwollendes leises Lächeln seinen Mund umspielen zu lassen. Sie hatten keine Kinder. Dass ihr das gefehlt hat, dass das eine große Lücke in ihr hinterlassen hat, ein tiefes Bedauern, daraus macht sie kein Geheimnis. Sie macht aus nichts ein

Geheimnis. Sie sagt die Dinge freiheraus. Mit einfachen, direkten, ungeschminkten Worten. Im gleichen Ton stellt sie ihm Fragen. Und wie soll man sagen, sie tut es so sehr ohne Werturteil, ohne Bosheit, kommt so sehr auf den Punkt, dass er antwortet. Er redet mit niemandem so wie mit ihr. Manchmal bleibt er stundenlang. Plaudert auf der Terrasse mit ihr, während das Radio »L'Âme des poètes« oder »L'Amant de Saint-Jean« spielt. Die Sonne wandert über den Himmel von einem Ende der Bucht zum anderen und malt alles neu mit kleinen Pinselstrichen. Von ganz grell bis golden. Florian erzählt ihr von Anaïs, von seiner Liebe für sie, von ihrer Sanftheit, ihrer Geduld. Von dem Kind, das sie bekommen werden. Von dem Vertrauen, mit dem sie es erwartet. Einer Art Selbstverständlichkeit. Diesem eigenartigen Gefühl, das ein neues Leben ankündigt, eine ganz neue Haut, eine neu geschaffene Welt. Dem Gefühl, dass das Leben erst richtig beginnt, wenn das Kind da ist. Mit wem sonst kann er über diese Dinge reden? Von seiner Ungeduld. Reden Männer über so was? Sie lacht, als er das sagt. Sie hat recht. Männer sind lächerlich, fügt sie hinzu. In ihren Posen. In dem, was sie verbergen. In ihrer Art, mit ihrer Männlichkeit zu kämpfen. Ihrer Scham. Deswegen sind sie so rührend. Und komisch. Man muss sie schon sehr lieben, um sie zu lieben, sagt sie. Er mag es, wenn ihre Augen leuchten, wenn sie so spricht. Ihren Schalk und ihre Klugheit.

Als er ankommt, ist sie nicht da. Die Terrasse ist leer, obwohl die Sonne die Bucht mit ihrem Licht überflutet. Der Tisch ist nackt ohne Wachstuch, von gechlortem Weiß. Keine Kaffeekanne und keine Tasse. Keine auf Zeitungspapier ausgebreiteten Bohnen. Einige gepult in einer

Salatschüssel. Andere kunterbunt durcheinander in einer Plastiktüte. Das ständig laufende Radio ist verschwunden. Die Stühle stehen sorgfältig gestapelt unter dem Vordach. Die Steinplatten hat er noch nie so hell glänzen gesehen, vermutlich waren sie vor ein paar Stunden abgespritzt worden. Man könnte meinen, ein Ferienhaus vor dem Eintreffen der Mieter. Er geht um das Häuschen herum und klopft an der Eingangstür. Diesen Weg hat er noch nie genommen. Er geht immer über die Terrasse hinein, die Terrassentür des Wohnzimmers Esszimmer Küche Abstellkammer immer offen auf das Meer, selbst im Winter, wenn der Regen die Hügel ertränkt und die Landschaft in weite flüssige Flächen verwandelt, kommunizierende Röhren mit Flüssigkeiten, ein ständiges Auf und Ab zwischen Himmel und Meer, so dass man nicht mehr weiß, ob der Regen steigt oder fällt. Doch merkwürdigerweise ist sie geschlossen. Er geht in den Flur, der normalerweise vollgestellt ist mit Plastikstiefeln unbestimmten Alters, Angelzeug, verrostetem Werkzeug, Stapeln von Dosen und Kartons randvoll mit alten Gegenständen, von denen die meisten unbrauchbar sind. Aber heute nichts. Alles ist verschwunden. Vermutlich in den Keller geräumt. Oder hinter der Tür eines Schranks verschwunden. Der Hauptraum ist ausnahmsweise ebenfalls aufgeräumt. Vollkommen sauber. Geschirr in der Anrichte versteckt. Papiere Zeitungen Umschläge von den Tischen und der Anrichte verschwunden. Küche tadellos und ohne Lebensmittel. Stühle unter den Tisch geschoben. Fliesenboden frisch gewischt. Er öffnet die Schlafzimmertür. Ausgestreckt auf dem Bett, die Matratze nur mit einem weißen Laken überzogen, Decken Federbett Kopfkissenrolle, Kopfkissen fehlen, gekleidet, als wollte sie ausgehen, die Hände auf dem Bauch gefaltet, scheint sie zu schlafen. Auf dem Nachttisch steht deutlich sichtbar ihre geschlossene Handtasche. Sie ist der einzige sichtbare Gegenstand. Kein Kleidungsstück auf dem stummen Diener. Der Sessel lässt seinen abgewetzten Samt sehen. Als hätte sie sich, bevor sie aus dem Haus geht, ein kleines Nickerchen gegönnt. Florian geht hinaus und wählt die Nummer der Feuerwehr. Er wartet auf der Terrasse sitzend auf sie. Die Sonne brennt auf die Haut seines Gesichts. Er zieht seine Jacke aus. Fast könnte man glauben, es sei Frühling. In den Gärten bekommen die Mimosen gelbe Blüten, die Bucht hat ihre Winterfarben abgelegt, als hätte man auf den Felsen, der Wasseroberfläche die Intensität der Farben ein wenig erhöht. Er denkt an Anaïs. An ihren runden Bauch. An das Kind, das geboren werden wird. Er denkt an Madame Suzy. Die im Zimmer nebenan ruht. Alles ordentlich aufgeräumt hinterlassen hat. Alle Spuren beseitigt hat. Sich dem Anlass entsprechend gekleidet hat. Vermutlich alles Nötige vorbereitet hat. Das unbedingt Notwendige in das abgewetzte Leder ihrer alten Handtasche gesteckt hat. Er hätte sie so gern irgendwann mit dem Kind besucht.

16

LOUISE

Als Éric heute Morgen gegangen ist, wirkte er verloren. In seinem eigenen Leben verirrt. Er saß auf dem Bett, gekleidet wie am Vortag, zerknittert einschließlich des Gesichts, und starrte auf das Display seines Telefons. Nachrichten von Aline, massenweise SMS. Alles würde ihm wohl jetzt an die Nieren gehen. Als würde man nüchtern werden. Als spürte man, wie die Eisen einer Falle sich schließen, in die man getreten ist, obwohl sie deutlich sichtbar, bedrohlich, unausweichlich vor einem gelegen hat. Gestern hatte er wie vorgestern und die Tage zuvor am Beginn des Weges geparkt, war durch den Staub und die Dunkelheit gelaufen, aufs Geratewohl, hatte von den Felsen und den Bäumen der Macchia gerade mal die Schatten und das nächtliche Rauschen wahrgenommen. Dann hatte er an der Tür des Wohnwagens gekratzt. Und Louise war erschienen, strahlend, gleichsam verjüngt, alle Müdigkeit schien von ihr abgefallen. Er wusste nicht, ob es an ihm lag, daran, dass er wieder da war, gegen jede Vernunft, ohne vernünftige Entschuldigung, die er seiner Frau für seine Verspätung geben könnte, wenn er mitten in der Nacht ins Ehebett kriechen würde, erschöpft und glücklich. Oder ob er dieses Leuchten im Blick Antoine verdankte. Dass der nach der langen

Nacht aufgewacht war, die er verstört in der Vorhölle verbracht hatte, an- und abwesend zugleich, als wäre er vor ihren Augen verschwunden. Wenn es nicht eine Mischung von beidem war. Sie hatte ihren Mund auf seinen gedrückt, und sie hatten sich auf dem Bett wiedergefunden, waren ineinandergeglitten mit einer Selbstverständlichkeit, die sie keuchend und erleichtert, unbekümmert und von sich selbst erfüllt zurückließ. Erneut vereint. Vollständig und reibungslos. Sie hatten getrunken, geraucht, hatten gelächelt mit grenzenloser Zärtlichkeit und waren dann von neuem ineinandergeflossen. Und er war eingeschlafen. Louise hatte eine Geste angedeutet, aber er hatte sie nicht beachtet. Und sie hatte nicht weiter insistiert. Hatte ihm beim Schlafen zugeschaut, merkwürdig ruhig, obwohl ihr all das, was nicht mehr wiedergutzumachen war, durchaus bewusst war. Für ihn wie für sie. Sie wusste ganz genau, dass es auch sie verpflichten würde, wenn sie ihn diese Nacht neben ihr schlafen lassen würde, dass es keine Möglichkeit gäbe, einen Rückzieher zu machen, dass sie etwas gutheißen würde. Und merkwürdigerweise machte ihr nichts von all dem, was sich da abzeichnete, Angst. Es kam ihr sogar ganz einfach vor. Franck würde zwei Tage später zurückkommen, und sie würde ihm sagen, dass es aus sei, sie würde ihn hier in seinem Wohnwagen verlassen, zwischen den Ruinen ihres kaum angefangenen Hauses, den Grundmauern ihrer zu Bruch gegangenen Ehe, diesen sozusagen aufgrund mangelnder Überzeugung, aufgrund einer Vorahnung unterbrochenen Anfängen. Eine Warnung, ein Omen. Und Symbol dessen, was sie im Laufe der Jahre geworden waren. Eine mutlose Skizze. Auch Éric würde sein Heim verlassen. Und sie würden sich gemeinsam eine kleine Wohnung in der Altstadt von Nizza suchen. Trotzdem groß genug, damit Érics Kinder von Zeit zu Zeit kommen und sich zu Hause fühlen könnten. Und wer weiß. Sie schloss bereits jetzt die Möglichkeit nicht aus, mit ihnen zu leben, falls er das Sorgerecht bekäme. Das erschreckte sie nicht, im Gegenteil. So war das Leben. Und in dieser Nacht machte ihr das Leben keine Angst. Es war sogar alles, was sie sich wünschte.

Als sie aufwachte, hatte sie sehr wohl die Angst in Érics Gesicht gesehen, doch sie hatte sie mit Küssen zugedeckt, und schließlich war sie verschwunden. Ich bin da. Ich bin bei dir. Wir sind zusammen. Alles wird gut. Sie hatte kein Wort gesagt, aber genau das hatten ihre Lippen ausgedrückt, als sie sie auf jeden Millimeter seiner Haut gedrückt hatte. Er hatte sich mit ihr in drei Tagen verabredet, er fuhr noch am selben Tag in die Bretagne, er war überzeugt, dass er seine Mannschaft zum Schafott führen würde, ohne Antoine würden sie eine Klatsche kassieren, da hatte er keinen Zweifel, aber so war der Sport eben, man musste die Spiele, die von vornherein verloren waren, spielen wie alle anderen, und niemand war vor einem Wunder sicher. Sie hatte ihm viel Glück gewünscht. Er hatte geantwortet, ja, Glück, das würde er brauchen, und dann war er im rosigen Morgenlicht gegangen, und sie war einen Augenblick in dieser Umgebung allein geblieben, auf dieser Müllkippe, wo sie mitten im Nichts lebte, eine Wüste aus Felsen und Korkeichen, Erdbeerbäumen und Kiefern, kleinen Schluchten und rissiger Erde. Und dann war sie hineingegangen und hatte sich angezogen, um ins Krankenhaus zu fahren.

Antoine lächelt sie an. Und das ist nicht mehr die unsichere Grimasse der ersten Tage. Es ist wieder dieses freche, selbstsichere Lächeln, das sie immer an ihm gekannt hatte, das sagt, dass sie immer für ihn da sein wird und er es weiß, dass sie ihm alles nachsehen wird, wie sie ihm immer alles nachsehen wird, weil sie seine große Schwester und seine kleine Mama ist. Ihr Vater ist vor die Tür gegangen, um einen Kaffee zu trinken, und jetzt sind sie allein in diesem Krankenhauszimmer mit den hellblauen Wänden und treiben im Äther des Wiedersehens. Diesmal hat sie tatsächlich geglaubt, ihn zu verlieren. Und obwohl er sich an nichts erinnert, obwohl nichts zurückkehrt, wenn er an jenen Tag denkt, außer dass es ein Sonntag war und Éric ihm Spielverbot erteilt und seine Wut darüber ihn zum Nachdenken gebracht und er sich vorgenommen hatte, endlich zu arbeiten, vorzuarbeiten, damit er mit dem Jungen nach Marineland fahren kann, ist er auf einem guten Weg. Und sie blickt ihn an, als wäre er wie durch ein Wunder geheilt. Ein Seiltänzer, der beinahe abgestürzt wäre, aber am Ärmel festgehalten worden war. Und dieses großmäulige Leuchten in seinen Augen behalten hat. Sie sieht ihn an und weiß, dass nichts von alldem ihn beruhigt hat. Dass sie sich auch weiterhin immer Sorgen um ihn machen wird. Dass sie immer große Schwester bleiben wird, die in der Nacht darauf wartet, dass er nach Hause kommt, die im Morgengrauen loszieht, um ihn zu suchen, in den Straßen, auf den Pfaden, an den Stränden, an den Türen der Bars, der Nachtklubs, in den Gräben, den Schluchten, längs der Straßen, der Gleise. Die ihn schließlich immer irgendwo fand, halb bewusstlos, am ganzen Körper aufgeschürft, geronnenes Blut an der Schläfe, nach

Alkohol stinkend und unzusammenhängende Worte stammelnd, lachend oder weinend, das war nicht so ganz klar. Die ihn immer zurückbrachte, bevor der Alte aufwachte. Ihn ins Bett brachte, nachdem sie sein Gesicht gesäubert, seine Wunden verbunden, die Abschürfungen behandelt und seine Knie desinfiziert hatte. Die sich immer, wenn er verkündete, Ich bin dann mal weg, mit leuchtenden Augen und tänzerischem Gang, Sorgen machte, in was für einem Zustand er wohl zurückkommen und auf was für krumme Dinger er sich wieder einlassen würde. Fürchtete, jedes Mal, wenn sie ans Telefon ging, dass sich die Polizei melden würde. Wenn es nicht die Feuerwehr, das Krankenhaus oder ein Unbekannter war. Als Marion in sein Leben getreten war, hatte sie geglaubt, sie würde die Nachfolge übernehmen. Auch wenn sie sie am anderen Ende der Leitung beruhigen, sich manchmal an der Suche beteiligen, besänftigen, sich kümmern, verstehen und ihr helfen musste zu verstehen, was sie selbst nicht verstand. Antoine und seine Vorliebe für dunkle Ecken, zwielichtige Geschäfte, Verletzungen. Antoine und seine Vorliebe für Verwüstung und Durcheinander. Diese dunkle Macht in ihm. Seine Entflammbarkeit. Diese offene Wunde. Seit dem Tod ihrer Mutter, sagt sie manchmal jedem, der es hören will, nicht um es zu entschuldigen, sondern um sich an eine eindeutig identifizierbare Ursache zu klammern, einen Schlüsselmoment, wo alles außer Kontrolle zu geraten begann. Aber die Wahrheit ist, und das weiß ihr Vater ebenso wie sie, dass alles schon viel früher begann. Und nur ihre Mutter konnte diese Wut besänftigen, diese Traurigkeit lindern, diesen Riss in seinem Herzen schließen. Ihre Geduld und ihre Freude waren grenzenlos. Sie war die Stärke und Zärtlichkeit in Person. Louise bekommt immer, wenn sie an sie denkt, einen Kloß im Hals, immer wenn ihre ungebrochene Präsenz, die sie umhüllt und beschützt, zu aufdringlich wird und überhandnimmt. Ihre Mutter ist ein Schleier, der sich ständig über alle Dinge legt, eine leichte und sanfte Liebkosung. Doch manchmal deckt der Kummer alles zu, stechend, tiefsitzend, allem widerstehend. Den Jahren, der Vernunft, dem Lauf der Dinge. Antoine steht auf und macht ein paar Schritte. Noch schwankend. Er blickt sie fragend an. Gibt es was Neues von den Ermittlungen? Als er das fragt, ist da dieses Leuchten in seinen Augen, das nichts Gutes verheißt. Sie spürt, dass er innerlich kocht. Dass er sich nicht so sehr deswegen das Hirn zermartert auf der Suche nach der kleinsten Erinnerung, weil es ihm Halt gibt, das Gedächtnis wiederzufinden, zu erfahren, was passiert ist, sondern weil er die fehlenden Teile zusammenfügen will. Wissen will, wer ihn zum Krankenhaus gebracht hat und warum er geflohen ist. Wissen will, wer ihm den Schädel eingeschlagen hat. Und warum. Weil er diesen Typen finden will. Und es ihm heimzahlen will. Im Augenblick ist das alles noch unklar. Jeff hat erklärt, er habe nichts gesehen und nichts gehört. Marco, Marions Kerl, hat den Zustand beschrieben, in dem er den Campingplatz vorgefunden hat, die Farbtöpfe, alles einfach stehen gelassen, aber der schwere Seegang hat alles weggespült, und die Polizei hat nichts gefunden. Außer diesem Gewehr, das ein alter Mann am Strand aufgelesen und ihnen gebracht hat. Aber es scheint kein Schuss abgegeben worden zu sein, es war keine Patronenhülse zu finden. Und Antoine war ja auch nicht durch eine Kugel verletzt worden. Also hält man sich an die erste Hypothese. Ein paar Typen haben beschlossen, ihren Verteidiger zu rächen. Vielleicht Spieler. Vermutlich Fans. Oder Leute aus dem Führungsstab der gegnerischen Mannschaft. Und dann haben die Bullen die Kerle geschnappt, die letzte Woche in die Lagerhallen eingebrochen sind. Ein ehemaliger Wachmann, Freddy Sowieso, und ein Kumpel von ihm, ein gewisser Lucas, nicht gerade ein unbeschriebenes Blatt. Beide gehen regelmäßig ins Stadion. Und arbeiten ab und zu für den Besitzer des gegnerischen Klubs. Nichts deutet darauf hin, dass zwischen den beiden Fällen eine Verbindung besteht, aber immerhin. Die Polizei sagt, sie arbeiten daran. Das ist alles ziemlich nebulös. Warum Grindel, der Typ, der mit dem Fall befasst ist, unbedingt eine Verbindung zwischen alldem herstellen will, ist ihr schleierhaft. Vermutlich, weil er nicht weiterweiß. Louise sagt:

»Wer ist dämlich genug, einem Typen zwei Tage vor einem Einbruch wegen einer einfachen Fußballgeschichte den Schädel einzuschlagen?«

»Welcher Wachmann ist dämlich genug, in seine ehemaligen Lagerhallen einzubrechen, indem er ganz brav den Zugangscode eingibt und die Hunde so unter Kontrolle hat, dass sie nicht bellen, und zu glauben, dass man nicht sofort auf ihn kommt?«

»Weißt du, dass Marion im Hotel gefeuert worden ist?«

»Ich habe davon gehört. Ich habe keine Ahnung, wie sie zurechtkommen soll.«

»Mach dir keine Sorgen um sie. Ihr Kerl soll gut verdienen. Und außerdem hat sie ja noch ihren zweiten Job.«

»Ja. Ihr Kerl. Hat sie dir was gesagt? Ich meine, warum sie gefeuert worden ist?«

»Nein. Nur die offizielle Version: Umstrukturierung. Sie haben festgestellt, dass sie morgens keine zwei Leute brauchen. Und außerdem haben sie ihr gesagt, sie käme zu oft zu spät.«

Antoine verzieht das Gesicht, öffnet die Tür und wirft einen Blick in den Flur, in dem zwei Pflegehelferinnen und eine Putzfrau vorbeigehen, die ihren Wagen vor sich her schiebt. Ein Typ entfernt sich mit seinem Infusionsträger.

»Wollen wir ein bisschen nach draußen gehen?«, schlägt Louise vor. »Die Sonne scheint.«

Er zuckt die Achseln.

»Das würde dir guttun.«

»Guttun würde mir, endlich hier wieder rauszukommen.«

»Na komm, nur noch ein paar Tage. Sie wollen einfach sicher sein, dass alles in Ordnung ist.«

Louise fügt nicht hinzu, dass es auch ihr lieber ist, ihn hier in Sicherheit zu wissen. Geschützt vor sich selbst. Weiß der Teufel, wozu er fähig ist, wenn er erst wieder draußen ist. Sich beim gegnerischen Klub rumtreiben. Wieder anfangen zu laufen, um schneller wieder trainieren zu können. Und wo soll er wohnen? Auf dem Campingplatz haben sie bestimmt ohne ihn weitergemacht. Ersatz für ihn gefunden. Seinen Wohnwagen einem anderen zur Verfügung gestellt. Vermutlich wird er bei ihrem Vater wohnen. Bis er wieder auf dem Damm ist. Aber wenigstens könnte Nino Zeit mit ihm verbringen. Und der Alte ist da, um das alles ein bisschen zu überwachen. Aber sie ist nicht sicher, dass Antoine einverstanden ist. Als er aus der Wohnung geworfen wurde und bevor er auf den

Campingplatz zog, hatte er sich geweigert, dort hinzuziehen. Sie versteht ihn. Die Demütigung, in seinem Alter wieder bei den Eltern zu leben. Aber für den Augenblick sieht sie keine andere Möglichkeit. Vielleicht bei Jeff in der Hütte. Vielleicht woanders. Ein bisschen hier, ein bisschen dort. Mach dir keine Sorgen. Ich komm schon zurecht. Ich bin immer irgendwie zurechtgekommen. Das ist alles, was er damals gesagt hat, mit seinem Ganovenlächeln. Sie gehen durch die Glastür, und das Licht blendet ihn plötzlich. Es ist, als raubte es ihm alle Kraft. Er klammert sich an ihr fest und schleppt sich wie ein alter Mann zur Bank.

»Hast du eine Kippe?«

Sie schüttelt den Kopf. Sie hat schon lange aufgehört. Obwohl sie, seit Éric wieder da ist, die Nächte damit verbringt, an Zigaretten zu ziehen und an die Decke des Wohnwagens zu starren.

»Warum lächelst du?«

»Hm?«

»Du lächelst.«

»Weil ich glücklich bin, dass du hier gesund mit mir sitzt.«

Sie lügt, und sie lügt nicht. Alles vermischt sich in ihrem Kopf. Die beiden Gründe für ihre Freude. Obwohl sie den Augenblick fürchtet, da die beiden miteinander kollidieren werden. Jetzt jedenfalls nicht. Sagt sie sich. Und in einem Winkel ihres Kopfes sagt sie sich, dass es niemals wirklich passieren wird. Es ist schließlich ihr Leben. Antoine hat sich da nicht einzumischen. Er hat sie genügend genervt mit Franck. Ihrem Fernfahrer, wie er zu sagen pflegte. Na, wie geht's mit deinem Fernfahrer? Lässt er dich immer noch in einem Wohnwagen leben, dein Fernfahrer? Immer mit diesem leicht spöttischen Grinsen. Und bei ihren wenigen Begegnungen hatte sie die ganze Zeit Angst, dass es aus dem Ruder laufen könnte. Antoine war extrem angespannt, als sei er sauer auf Franck. Weil er nicht der Richtige für sie war. Oder wegen irgendetwas anderem. Sie hatte ständig das Gefühl, er würde sich jeden Moment auf ihn stürzen und ihm eine kleben.

»Weißt du, ich habe sie dort gesehen.«

Dort. So nennt er das Koma. Dabei war er gar nicht weg gewesen. Er war da gewesen. Vor ihren Augen. Reglos, unzugänglich. Aber er war da gewesen.

»Von wem sprichst du?«

»Von Mama. Ich habe sie gesehen. Sie war da. Sie hat mich in die Arme genommen. Sie war ein bisschen böse. Wie hast du dich schon wieder zurichten lassen. Das hat sie mir als Erstes gesagt. Es schien ihr gut zu gehen. Sie hat mich nach dir gefragt. Nach Papa. Sie ist die ganze Zeit da gewesen, bei mir.«

»Aber wo denn?«

»Dort, wo ich war.«

»Und wie war es?«

»Sehr weiß.«

Er steht auf und versucht, den Himmel zu betrachten. Seine Augen werden feucht, und Louise weiß nicht, ob es daran liegt, dass er darüber geredet hat, oder ob das Licht ihm nach tagelanger Dunkelheit, zuerst tiefe Nacht und dann das künstliche Licht in dem etwas düsteren Zimmer, dessen Deckenbeleuchtung, das scheußlich kalte Licht der knisternden Neonleuchte, er hasst, wehtut. Er geht in Richtung Park oder was ein solcher sein soll, ein Rasen mit einem dickbäuchigen, hässlichen Olivenbaum, der eigenartig künstlich wirkt, als stamme er aus einem Topf von Jardiland. Louise steht auf und folgt ihm, so gut sie es vermag, ein Schwindel hat sie gepackt, und ihre Beine sind plötzlich ohne Kraft, knicken weg unter ihrem Gewicht und tragen sie nicht mehr, so sehr hat sie das erschüttert, was Antoine gerade gesagt hat. Diese merkwürdigen Worte, die aus seinem Mund noch merkwürdiger klingen. Sie hätte im Traum nicht gedacht, sie eines Tages von ihm zu hören. Weil er nie über seine Mutter spricht. Niemals. Niemals seit ihrem Tod. Weil sie immer bemerkt hat, wie er bei der geringsten esoterischen Bemerkung gereizt die Augenbrauen hochzieht. Weil er, als er diese Worte aussprach, ganz weit weg zu sein schien. Eine Ruhe ausstrahlte, die sie nie an ihm gekannt hat. Beruhigt. Weil er diese Worte mit so viel Ruhe und Selbstverständlichkeit ausgesprochen hat, als wäre es das Einleuchtendste von der Welt, als wäre das, was sie beinhalten, unhinterfragbar, als zweifelte er nicht einen Augenblick daran, dass er sich irgendwo in Begleitung ihrer Mutter aufgehalten hat. Als zweifelte er nicht einen Augenblick daran, dass es sich um etwas anderes hätte handeln können. Eine Art Traum. Ein Delirium. Eine lange Halluzination.

Sie setzen sich ins Gras. Und er legt sehr schnell seinen Kopf auf ihre Knie. Sie streicht ihm übers Haar, über seinen geschwollenen Schädel, die dicke Narbe. Er kuschelt sich gegen ihre Schenkel, wie ein Kind, das den Schlaf sucht. In der milden Luft schwebt ein Geruch von Salz. In der Ferne vibriert über den Mietshäusern das Massiv wie im Licht eines Scheinwerfers. Um diese Zeit geht seine orange Färbung ins Rosa. Antoine bewegt sich nicht mehr. Sein Atem geht langsam und regelmäßig. Man könnte meinen, er schläft. Sie wirken wie ein Liebespaar auf dem Weg der Besserung. Mit dieser Familienähnlichkeit, die sich bei Paaren zuweilen einstellt, wenn sie älter werden, diese Art, sich anzunähern, körperlich zu verschmelzen. Man könnte sie für Bruder und Schwester halten. Oder Mutter und Sohn. Man könnte glauben, sie versteckten sich wie früher in den kleinen Buchten, aneinandergeklammert, Waisen und untröstlich, und überließen es der Sonne und dem Meerwasser, sie gesund zu machen. Und Jeff wäre nicht weit weg. Seine Augen eines tollwütigen Hundes und seine Kämpfe gegen die Schatten, ins Leere boxend oder die Zähne zusammenbeißend, vor sich hin murmelnd, drohend, immer kurz davor zu explodieren oder auszuflippen. Und andere auch, inmitten leerer Flaschen, und die Musik dröhnt schrill aus dem Ghettoblaster. Das Umwälzen der Kiesel bei jeder Welle. Das dumpfe Geräusch der Kopfsprünge von der großen Insel ins Meer, sonnengebräunte Körper, die in das enge türkisblaue Wasserloch zwischen den Untiefen tauchen, wo man sich tausendmal am Tag den Kopf einschlagen könnte. Sie könnten fünfzehn sein. Sie etwas älter. Sie würde versuchen, über ihn zu wachen, indem sie sich sagt, Diese Wut wird schon vergehen, mit der er sich ständig zugrunde richtet und sich mit den anderen anlegt. Sie würde versuchen, ihn mit dem gleichen Blick wie ihre Mutter anzusehen, zugleich vertrauensvoll und beunruhigt, ruhig und auf der Lauer.

Sie döst mit geschlossenen Augen vor sich hin, spürt aber, dass ein Schatten sich über sie breitet. Eine Person. Oder sogar zwei. Sie öffnet die Augen. Ihr Vater steht da in der blendenden diagonalen Sonne. Am Ende seines Arms, aufrecht wie ein I und mit ernstem Gesicht, schmiegt

Nino sich an sein Bein. Sie hatte Antoine nichts gesagt. Nicht einmal versucht, ihm gut zuzureden. Er hatte nicht gewollt, dass der Junge ihn so sieht. Mit blauen Flecken und Narben, dem schmerzverzerrten Gesicht. Dem geschundenen Körper. Er hatte es nicht gewollt, aber er war todunglücklich gewesen, ihn nicht zu sehen. Das war das Erste, was er gefragt hatte, als er wieder zu sich gekommen war. Wo Nino sei. Was er mache. Ob er ihm böse sei, weil er nicht mit ihm ins Marineland gefahren war. Und so war Louise, kaum hatte sie das Krankenhaus verlassen, das Herz wie wild schlagend vor unbeschreiblicher Freude, weil Antoine zurückgekehrt war, zu Marion geeilt, um dem Jungen die Nachricht mitzuteilen. Sie hatte ihn im gleichen Zustand vorgefunden, in dem er sich seit Antoines Koma befunden hatte, mit verlorenem Blick den Anschein erweckend, auf den Fernseher zu starren, wo Spider-Man von Gebäude zu Gebäude sprang. Steif, reglos, stumm, sich unaufhörlich in die Wangen beißend aus Angst, die geringste Bewegung könnte katastrophale Konsequenzen haben. Die ganze Zeit hatte der Junge gewirkt, als wäre er in der Schwebe, aus der Zeit gefallen. Und Marion und Marco waren ebenfalls dieser Meinung. Er hatte sozusagen aufgehört zu leben, war in den Hintergrund getreten, hatte den Atem angehalten, bis Antoine die Augen öffnete. Louise war zu ihm gegangen, es fällt ihr jetzt wieder ein, das waren die Worte, die sie gebraucht hatte und die ein sonderbares Echo dessen waren, was Antoine ihr anvertraut hatte: Er ist zurückgekehrt. Der Gesichtsausdruck des Kleinen hatte sich sofort geändert. Als hätte das Blut plötzlich wieder angefangen, in seinen Adern zu zirkulieren. Als wäre er dem Leben zurückgegeben worden.

Ohne ein Wort war er zum Kleiderschrank gestürzt und hatte Schuhe und Mantel herausgeholt. Louise hatte ihn enttäuschen müssen. Dabei hatte sie noch gar nicht gewusst, dass Antoine in den folgenden Tagen dagegen sein würde, dass er ihn besuchte, selbst noch, nachdem die Ärzte das Besuchsverbot für Kinder aufgehoben hatten. Der Ausdruck, den sein Gesicht daraufhin angenommen hatte, hatte ihr das Herz zerrissen. Aber er hatte sich sofort wieder gefangen. Ein strahlendes Lächeln war auf seinem Gesicht erschienen. Und er hatte einen dieser verrückten Tänze angefangen, die sein Geheimnis waren. Papa ist zurückgekehrt, Papa ist zurückgekehrt, hatte er aus Leibeskräften in der vom Sonnenlicht durchfluteten Wohnung gesungen.

Sie schüttelt sanft Antoines Schulter. Er richtet sich auf, öffnet die Augen, das Licht blendet ihn. Man könnte meinen, dass er erneut aus einem langen Schlaf erwacht, dass er aus dem Schatten tritt, von weit her zurückkommt. Nino steht reglos da. Er traut sich nicht, eine Bewegung zu machen. Als glaubte er es nicht wirklich. Oder als fürchtete er irgendetwas. Dass sein Vater sich vor seinen Augen in Luft auflöst. Oder dass er sich verändert hat. Dass er ihn noch immer nicht sehen will. Dass er sich nicht darüber freut, ihn zu sehen. Er umklammert die Hand seines Großvaters. Und plötzlich hält er es nicht mehr aus. Er wartet nicht ab, dass Antoine ihm ein Zeichen macht, er stürzt auf ihn zu, während Louise und der Alte ihm sagen, er solle langsam machen, vorsichtig sein. Aber es ist zu spät, er ist bereits in Antoines Armen, und sie rollen durchs Gras, in einer Mischung aus Kampf und Umarmung. Louise steht auf und schüttelt ihre Kleidung aus, an der ein paar trockene Grashalme haften. Sie würde gern noch Stunden bleiben und zuschauen, wie die beiden sich zärtlich balgen. Genauso, wie sie es mit Antoine gemacht hat, als sie klein waren. Und ebenfalls vor den Augen ihres Vaters. Während sie sie betrachtet, muss sie unwillkürlich daran denken, dass das da vor ihren Augen nicht ein Vater und sein Sohn sind, sondern zwei Brüder, zwei Jungen, deren tatsächlicher Altersunterschied nicht wirklich von Bedeutung ist. Sie hat das Gefühl, beider Schwester zu sein, und der Alte ist ihr Vater. Und beide haben die Aufgabe, über sie zu wachen, über diese beiden Jungs, die vor dem Leben und vor sich selbst geschützt werden müssen. Sie umarmt ihren Vater.

»Ich überlasse sie dir«, sagt sie.

Bevor sie sich entfernt, betrachtet sie sie ein letztes Mal. Vater und Sohn. Antoine und Nino. Antonino. Kleiner Antoine. Sie denkt an Éric, an ihre Wohnung. An den Platz, den sie für den Jungen machen werden. Wenn er will. So viel er will. Sie möchte ihm sagen, Weißt du, ich werde umziehen, und ich werde noch näher an Marineland wohnen. Wenn du dann kommst, können wir die Delphine anschauen gehen, wir können sie besuchen, wann immer du Lust hast. Auch wenn es mich den letzten Cent kostet. Doch sie tut es nicht. Sie küsst Nino auf den Kopf und sagt ihm, er solle sich eine schöne Zeit mit seinem Vater machen. Auf ihn aufpassen. Ihm nicht von der Seite weichen.

»Mach dir keine Sorgen«, erwidert der Kleine. »Ich passe auf ihn auf. Sonst macht er nur Blödsinn.«

Antoine lacht. Trotz der Narben und des Verbands. Trotz der blauen Flecken, die jetzt eine schmutzig gelbe

Färbung angenommen haben, in die sich ein wenig Violett mischt, findet sie ihn endlich wieder. Als hätte er das gebraucht. Seinen Sohn. Der Junge hält ihn aufrecht. Sie hat es von Anfang an gewusst. Sie hatte gedacht, dass er es sogar noch etwas mehr tun würde. Dass ihn das wirklich erden würde. Dass er sich beruhigen würde. Als er ihr gesagt hatte, Marion ist schwanger, hatte sie nicht zu denen gehört, die den Blick zum Himmel gehoben hatten, die gerufen hatten, das arme Kind, die ihn für unfähig gehalten hatten, die Verantwortung zu übernehmen. Sie hatte ihm vertraut. Sie hatte dem Kind vertraut. Der wahnsinnigen Liebe, die Antoine für es empfinden würde. Denn so war er. Maßlos in allem. Und man musste nur dieses stolze Leuchten in seinen Augen gesehen haben, um zu wissen, dass dieses Kind sein Ein und Alles sein würde. Sie hatte gedacht, dass er ein vorbildlicher Vater sein und alles andere sich schon ergeben würde. Und dann hatte sie nach und nach begriffen, wie lächerlich dieser Gedanke gewesen war. Antoine würde auf seine Weise Vater sein, unvorhersehbar. Zärtlich und nervös. Liebeshungrig und inkonsequent. Aber immerhin. Sie betrachtet sie, und erneut ist sie zuversichtlich. Dass er zurückgekommen ist, geschah für ihn und niemand anderen. Da ist sie sich ganz sicher. Und auch: Das ist bestimmt das, was ihre Mutter ihm dort gesagt hat. Dass er zurückkehren müsse. Wegen des Kleinen. Dass Nino ihn brauche. Dass sie einander brauchen. Sie geht und vergegenwärtigt sich all die Male, da Antoine gedroht hat, Schluss zu machen. Vor Nino. Und sie hatte es immer geglaubt. Sie hatte die Briefe gefunden, die er auf dem Tisch liegen gelassen hatte. Hatte sie zerknüllt und weggeworfen, bevor ihr Vater sie finden würde. Und sie hatte sich in panischer Angst auf die Suche nach ihm gemacht. Und wenn er sie vom Rand einer Schlucht angerufen hatte, um sich sozusagen von ihr zu verabschieden, hatte sie immer geantwortet, Warte, ich komme, und sie hatte alles stehen und liegen gelassen und war zu ihm geeilt. Und er hatte auf sie gewartet. Und sie hatte ihn in die Arme genommen. Und nie hatte sie gedacht, dass er sie auf den Arm nahm. Dass er die Aufmerksamkeit auf sich lenken wollte, nach Anerkennung lechzte. Dass er um Beweise bettelte. Nein. Sie hatte ihn ernst genommen. Obwohl er nie am Ende gewesen war. Obwohl sie immer rechtzeitig gekommen war. Und dann war Nino geboren worden, und selbst in seinen schlimmsten Krisen, in seinen heftigsten Anfällen von Verzweiflung hatte sie das nicht mehr geglaubt. Sie war nie mehr von dieser panischen Angst gepackt worden, ihn zu verlieren. Sie hatte gedacht: Jetzt bindet ihn etwas. Wenn ihm etwas passiert, dann wird er es nicht gewollt haben. Wird es nicht von ihm selbst ausgehen. Natürlich wird er immer noch ein besonderes Geschick dafür haben, sich in Schwierigkeiten zu bringen, natürlich wird er weiterhin auf einem dünnen Seil balancieren, natürlich wird er immer noch zu viel trinken, sich zukiffen, bis er nicht mehr weiß, wo er wohnt oder wer er ist, und sie würde ihn eines Tages auf dem Grund einer Schlucht finden, weil es ihn aus der Kurve geschleudert hat, oder mit eingeschlagenem Schädel, weil er irgendwelchen Typen Geld schuldete, die er angeblich übers Ohr gehauen hat, oder weil er einem allzu zudringlichen Verteidiger die Fresse poliert hat, aber alles andere war vorbei. Nino war da, und sie stützten sich gegenseitig. Nino hielt ihn am Leben.

Sie fährt zum Altersheim. Fährt an ihrem Zuhause vorbei. Dem, was davon übrig ist. Sie denkt an Éric. Versucht sich vorzustellen, wie er nach Hause kommt. Aline ist zur Arbeit gefahren. Die Kinder sind in der Schule. Die Sorgen, die sie sich gemacht haben. Was für Spuren das hinterlassen kann. Zigaretten im Aschenbecher. Eine Decke auf dem Sofa, auf dem man bis zum Morgengrauen auf seine Rückkehr gewartet hat. Er geht durch alle Zimmer. Verweilt im Zimmer seiner Kinder, und das Herz ist ihm schwer. Seine Kehle zugeschnürt. Er will sie nicht verlieren. Er wird sie nicht verraten. Er will nur leben, was zu leben das Leben von ihm verlangt. Das ist alles. Und das sagt er sich immer wieder. So ist das Leben. Es ist zwangsläufig kompliziert. Sie sagt sich, ja, das sagt er sich immer wieder. Sie hofft es. Umklammert das Steuer noch fester. Betet, dass er nicht schwach wird. Dass er sich nicht von dem Haus verschlingen lässt. Das zwangläufig versucht, ihn einzuschließen. Ihn an sich zu fesseln. Mit Gegenständen, Erinnerungen, Gewohnheiten. Die sich über die Jahre angesammelt haben. Bis sie den Gedanken auslöschen, es könnte etwas anderes existieren. Sie fährt auf den Parkplatz. Verkneift sich, ihn anzurufen. Blickt auf die Uhr. Er wird sowieso schon wieder weg sein. Die Kleidung zum Wechseln in seiner Sporttasche. Eine Nachricht auf dem Tisch, dass er in drei Tagen wieder da sei, dass er kurz zu Hause gewesen sei, dass er am Abend anrufen werde, sobald er angekommen sei. Er wird seine Jungs am Eingang zum Stadion treffen, wo der Bus wartet. Auf die Fragen von zwei, drei Journalisten antworten, bevor er einsteigt. Zehn Stunden Fahrt, in denen er sie in Ruhe lassen wird. Die meisten tragen Kopfhörer. Manche spielen

Karten. Ziehen sich gegenseitig auf. Andere starren auf ihre Spielkonsolen. Vielleicht liest einer ein Buch, ohne sich um das Gespött der anderen zu kümmern. Antoines Platz ist frei geblieben. Niemand hat sich getraut, sich dorthin zu setzen. Irgendwann wird er ihnen eine kleine Ansprache halten. Um sie zu motivieren, sie daran zu erinnern, worum es geht, sie zu ermahnen, ihr Bestes zu geben, denn ein solches Spiel werden sie nicht zweimal spielen, gegen eine Mannschaft dieses Niveaus. Das Spiel ihres Lebens. Alle werden so tun, als glaubten sie es. Nur konzentriert auf die Anstrengungen, die nötig sind, um sich nicht allzu sehr zu blamieren. Elf in der Defensive. Ohne jemanden, der das Spiel organisiert. In Bewegung bleiben. Nach vorn spielen.

Sie durchquert die Eingangshalle. Grüßt die Damen am Empfang und die wenigen Besucher. Begegnet zwei ihrer Patientinnen im Rollstuhl, Wie geht's heute Morgen, hört sich ihr Klagen an, ihre Beschwerden, die Schmerzen, das Medikament, das sie nicht vertragen, der Arzt, der nicht wie verabredet gekommen ist, die Krankenschwester, die ihnen beim Blutabnehmen wehgetan hat, der Krankenpfleger, der beim Waschen zu grob ist, das grässliche Essen – und in diesem Punkt kann sie ihnen nicht widersprechen. Aber sie widerspricht ihnen sowieso nie. Fast alle Patienten sind allein, fast verlassen. Sie leiden. Werden in ein paar Monaten, Wochen, Tagen, Stunden sterben. Sie ist da, um sie zu behandeln. Ihnen zuzuhören. Sie zu begleiten. Das ist ihre Rolle. Ihr Platz. Und in gewisser Weise ist ihr bewusst, was für ein Glück sie hat. Sie kennt ihre Rolle. Weiß, wo ihr Platz ist.

17

PEREZ

Das ist sein Reich. Hier gehört ihm alles, oder fast alles. Die meisten Hotels. Und jetzt auch das, in dem er neulich geschlafen hatte, um sich ein Bild zu machen. Es ging ganz schnell. Es muss alles renoviert werden. Das Personal muss gefeuert werden. Als Erste dieses kleine Miststück, das ihm beinahe das Gesicht verbrannt hat mit ihrem Putzmittel und ihm immerhin einen 2000 Euro teuren Anzug ruiniert hat. Das wird ihn einiges kosten, aber bei dem Standort wird sich die Investition schnell bezahlt machen. Hofft er jedenfalls. Denn die Geschäfte laufen schlecht zur Zeit. Die Krise. Die verdammte Krise. Überall wird gesagt, sie betreffe nur die Armen. Die Reichen stünden sogar besser da als vorher. Für ihn jedoch gilt das nicht wirklich. Trotzdem gehört ihm hier alles. Der Campingplatz. Die Nachtklubs. Die Restaurants. Die Strohhütte. Die Lagerhallen. Und sogar der Fußballklub. Obwohl er ihn nur gekauft hat, um dem Bürgermeister aus der Patsche zu helfen, damit er ihn in Ruhe lässt und seine Nase nicht allzu tief in seine Geschäfte steckt. Und auch um reinzuwaschen, was reingewaschen werden muss. Manche unterstellen ihm »Ehrgeiz«. Das Rathaus. Was für Idioten. Was soll er damit? Was besitzt du schon, wenn du Bürgermeister bist? Nichts. Dir gehört nichts. Du hast keinerlei Macht. Nur Ärger und einen Hungerlohn. Nein, danke. Ich brauche keine Wähler. Der wirkliche Boss hier bin ich. Aber es ist zu klein. Er ist eingeengt. Unmöglich, sich auszudehnen. Im Westen gehört alles den Marseillern, den Korsen. Und die verstehen keinen Spaß. Allein dieses Jahr haben sie sich ein gutes Dutzend Mal gegenseitig abgeknallt. Er hat einen Vorstoß nach Osten gemacht, aber vor gut zehn Jahren sind die Russen gekommen. Und zum Henker, er hat keine Ahnung, wo sie die ganze Kohle her haben, da kann er nicht mithalten. Also bleibt er hier und kümmert sich um sein kleines überschaubares Reich. Das ist ja schon mal was. Und er steht gar nicht so schlecht da. Große Villa. Große Jacht. Jeden Morgen spielt er auf seinem eigenen Golfplatz. Er erzählt überall, dass die Scheidung ihn ruiniert habe, dass diese Schlampe ihm alles genommen habe, aber das tut er vor allem, weil er sich betrogen, bestohlen fühlte. Diese Hure hat immer nur Däumchen gedreht und macht sich mit der Hälfte der Kohle aus dem Staub, verdammt. Mit welchem Recht? Da ist er so richtig verarscht worden. Er hatte gewusst, dass sie hinter seinem Rücken alle Kerle flachlegte, die des Wegs kamen, aber das war ihm egal gewesen. Er hatte es ebenso gemacht. Er hatte gedacht, was Besseres könnte sie sich nicht wünschen. Kohle. Ein schönes Leben. Ein angesehener Geschäftsmann. Alles ihrs. Exklusiv. Die besten Restaurants. Die besten Hotels. Jeder Wunsch von den Augen abgelesen. Was wollte sie mehr? Liebe? Er muss lachen, wenn er nur an das Wort denkt. Ein guter Witz. Ein Kind? Was hätte sie mit so einem Knirps angefangen? Noch mehr Kohle? Vermutlich. Also ist sie mit einem

Milliardär abgehauen, die Hälfte dessen, was ihm gehörte, unter dem Arm, nur um ihn zu ärgern, denn wenn man die Jachten sieht, auf denen sie sich jetzt stolz räkelt, hatte sie das bestimmt nicht gebraucht, vielen Dank.

Er verstaut seine Golfschläger im Kofferraum des Porsche. Nachtblau. Sein Reich. Ein kleines Reich bei genauerem Hinsehen. Kleines Reich, kleine Tricksereien, kleiner Ärger. Er hat es satt, immer nur im Kleinen zu denken. Aber er hat keine Wahl. Oder er müsste sich Partner suchen. Aber dann würde er gefressen. Das wäre so sicher wie das Amen in der Kirche. Im Westen wie im Osten. Er weiß nicht, was ihm lieber wäre. Die Russen oder die Marseiller. In der Zwischenzeit rafft er zusammen, was er kann. Keine kleinen Gewinne. An allem sparen. Er muss es wissen. Er hat mit nichts angefangen. Und er ist stolz darauf. Er wiederholt es ständig. Ich habe mit nichts angefangen. Nichts, mein Freund. Ein Pizzawagen. Dann die Pizzeria. Und die Bar daneben. Die Disko am Strand. Und so weiter. Über hundert Kilometer entlang der Küste. Zwischen den Russen und den Marseillern. Er schließt den Kofferraum und setzt sich ans Steuer. Einer seiner Angestellten grüßt ihn ehrerbietig. Er kennt nicht einmal seinen Namen. Vielleicht sieht er ihn sogar zum ersten Mal. Oder er hat ihn vergessen. Er hat sich Gesichter noch nie merken können. Namen auch nicht. Eigentlich gar nichts. Und er ist froh darüber. Es ist sinnlos, sich mit nutzlosen Dingen zu belasten. Dinge bis zum Überdruss zu wiederholen. Es gibt nur die Gegenwart, die Vergangenheit ist wie ein totes Gewicht, das dich verlangsamt. Das Gleiche gilt für die Zukunft. Die Zukunft ist hier und jetzt. Das hat er irgendwo gelesen. Irgend so ein Zen-Quatsch. Und heute ist Jeff sein Problem. Er hat etwas Zeit verstreichen lassen, bevor er hinfährt. Aus Sicherheit. Er hat zwei Jungs hingeschickt. Um nachzusehen, ob auf dem Campingplatz alles in Ordnung war. Ob Jeff alles auf Vordermann gebracht hat. Sie hatten es dabei belassen. Ich kümmere mich um den Rest, hatte er zu ihnen gesagt. Er weiß, dass man, sobald es ein bisschen heikel wird, niemanden um etwas bitten darf. Er fragt sich sogar, wie er Jeff eine solche Aufgabe anvertrauen konnte. Ihm die Kohle geben konnte. Ihn die Sache organisieren lassen konnte. Wo kommt dieser Typ überhaupt her? Wer hat ihn gefunden? Und wo? Er weiß, dass es im Grunde sein Fehler ist. Dass er die Suche nach Leuten nie aus der Hand hätte geben dürfen. Aber hätte er es besser gemacht? Chris muss mit dem zurechtkommen, was er vorfindet. Den Jungs aus der Gegend. Den Mädchen der Badeorte in der Nachbarschaft. Aber mit denen ist nicht viel anzufangen. Das ist das Problem. Man kann sich auf niemanden wirklich verlassen. In den Hotels, den Nachtklubs, den Restaurants, auf dem Golfplatz. Alle unfähig. Kleine Wichser. Flittchen, die auf MTV oder NRJ12 stehen. Unfähige alte Männer. Verdammter Jeff. Ihm das Restaurant anzuvertrauen. Und diese Art von Aufgabe. Wo haben sie nur ihren Kopf? Und wer ist auf die Schnapsidee gekommen, diesen Antoine für den Campingplatz einzustellen? Unauffälliger geht nicht. Der Zidane in der Feld-, Wald- und Wiesenmannschaft der Stadt. Impulsiv. Unkontrollierbar. Und der Liebling der Damen und Herren Journalisten.

Er startet und fährt zum großen Strand. In der festen Absicht, dieses Kuddelmuddel mit Jeff zu entwirren. Sich zu vergewissern, dass alles unter Kontrolle ist. Dass die

Bullen nicht allzu sehr herumschnüffeln. Dass er durchhält. Und ihm die Würmer aus der Nase zu ziehen. Wer hat Antoine zum Krankenhaus gebracht? Mit Sicherheit er. Wo sind die beiden Typen? Wo ist die Kohle?

Verdammt. Dabei ist es gar nicht so kompliziert. Und was wird er jetzt mit dem Campingplatz machen? Wie viel wird er bei dieser Sache verlieren? Ganz zu schweigen vom Verdienstausfall. Er hat die Juristen drangesetzt. Sie haben alles überprüft. Keine Möglichkeit, sich zu drücken. Nichts entspricht den Normen. Bei der nächsten Kontrolle werden sie die Schließung anordnen. Ein neuer Präfekt. Übereifrig. Meister Proper. Und der Schadensersatz in solchen Situationen ist geradezu lächerlich. Was glauben diese Typen, wovon man lebt, verdammt? Um Verwirrung zu stiften, hat er Arbeiten vorgetäuscht, die ihn ein Vermögen gekostet haben. Hat Jeff gebeten, zwei Typen aufzutreiben, die alles in Brand setzen sollen, ohne Spuren zu hinterlassen, um die Versicherung zu kassieren. Kerle, die noch keine allzu beschriebenen Blätter sind. Eher mit den Marseillern verbunden, um eine Abrechnung, einen grausamen Krieg zwischen Clans, eine große Schlacht um das ungeheure Manna des Küstengebiets glaubwürdig erscheinen zu lassen. Casinos, Drogen, Huren, die ganze Palette. Perez rühmt sich, eine weiße Weste zu haben. Nicht zu viele Huren. Nichts Auffälliges. Nicht zu viel Drogen. Nur so viel wie nötig, um die Nachtklubs rentabel zu machen. Es ist wie im Fußball. Man muss richtig spielen. Schnörkellos. Unnötig, viel Aufhebens darum zu machen. Zuverlässig in der Verteidigung. Effizient im Angriff. Punktum. Zusammenhalt. Folgerichtigkeit. Und damit laufen die mittelmäßigen Mannschaften in diesem

Land letztlich den im Geld schwimmenden Champions den Rang ab. Dabei fällt ihm ein, dass er, sobald er die Dinge mit Jeff geregelt hat, sofort zum Flughafen muss. Was will er eigentlich in der Bretagne, verdammt? All das für ein Spiel, bei dem sie sich eine Klatsche holen. Und durch seine Schuld, wenn man es recht bedenkt. Oder eher Jeffs Schuld. Der alles verbockt hat. Ihm einen Stachel ins Fleisch getrieben hat. Seinen Starspieler wegen dem Scheiß, den er gebaut hat, vom Platz gestellt hat. Ein Kollateralschaden, der zu einer kolossalen Klatsche führt. Nun ja. Dass es so weit kommt, war nicht unbedingt zu erwarten. Und außerdem ist nicht gesagt, dass man Antoine, wäre er nach dem Scheiß, den er neulich gebaut hat, vor den Disziplinarausschuss zitiert worden, gestattet hätte, den Wunderknaben zu spielen, den niemand will. Als er den Klub übernahm, sagte man ihm, Achtung, du hast da einen Rohdiamanten inmitten von Kohle. Perez hatte ihn bei Spielen beobachtet, und tatsächlich, der Typ war entscheidungsfreudig und ein Ausbund an Talent. Er hatte keine Ausdauer, nicht genug Kondition, verlor schnell die Nerven, war unbeständig, aber er hatte Füße aus Gold. Er hatte die Clubs der Oberliga abgeklappert, hatte die Trainer eingeladen, die Sportfunktionäre, hatte ihnen Vorschläge gemacht, um ihnen sein Wunder zu verkaufen, aber niemand hatte ihn gewollt. Überall war Antoine der Ruf des Hitzkopfs vorausgegangen. Und jetzt war es passiert. Er war ausgerechnet an dem Tag auf dem Campingplatz gewesen. Er hatte ausgerechnet ihn eingestellt, ohne es zu wissen. Er war ausgerechnet wegen eines Wutanfalls nicht zum Training gegangen. All das war zusammengekommen. Und wer steckte in der Scheiße? Perez. Wieder Perez. Immer Perez. Während der Fahrt bestätigt er eine Verabredung für die Nacht in Nantes. Ein Escort-Girl, das ihm empfohlen worden war. Eine in jedem Hafen ist seine Devise. Seine Hygiene. Manche entspannen mit Yoga, einem guten Film, einem guten Buch. Er mit einem guten Blowjob. Was kann er dafür? Er ist nie ein Intellektueller gewesen. Eher ein körperlicher Typ. Instinktgesteuert. Ein Tier. Sie denken vielleicht, Golfer und Animalität, das passt nicht so recht zusammen. Das ist nicht sehr logisch. Denken Sie, was Sie wollen. Er pfeift drauf. Golf ist Teil seines Lebensstils. Wie der Porsche. Die Rolex. Und die Zigarren. Die Leute lieben Klischees. Sie lästern über sie, aber im Grunde lieben sie sie. Das imponiert ihnen. Das beruhigt sie. Es ist identifizierbar. Und letztlich weckt es Vertrauen. Sie haben das Gefühl zu wissen, wer man ist. Wie man funktioniert. Was einen bewegt. Aber natürlich wissen sie nichts. Sie sehen nur das, was man sie sehen lassen will. Und im Grunde muss man eines wissen: Die Leute lieben Primitivität. Primitivität, die mit Geld verbunden ist. Dicke Klunker. Dicke Schlitten. Sie tun so, als würden sie Anstoß daran nehmen, aber es imponiert ihnen. Es erweckt ihren Neid. Und Perez hat nur ein Credo in seinem Leben: Es ist besser, Neid zu erwecken. Er selbst ist in der Vergangenheit zu oft vor Neid fast geplatzt, um nicht zu wissen, wie einen das aufregt oder frustriert. Ob es einem Beine macht oder einen in Wut versetzt, die einzige Wahrheit ist, dass es einen beherrscht. Einen antreibt oder beerdigt. Danach ist es eine Frage des Charakters. Des Talents. Entweder du vermoderst in deinem Loch. Oder du ziehst dich geschickt aus der Affäre und wechselst auf die andere Seite der Schranke. Wechselst das Lager. Seines

Wissens gibt es nur zwei. Die Neidischen und die Benei-
deten.

Perez fährt die Corniche entlang. Mit offenen Fenstern.
Der Himmel ist tiefblau. Das Licht ist ein Strom aus rei-
nem Gold, der die Felsen in Brand setzt. Er hebt den Kopf,
die Landspitze überragt ihn in ganzer Länge, imposant
und rot, eine richtige Westernkulisse. Er fährt, und er
fühlt sich wohl. Trotz des Ärgers. Des Campingplatzes
und Jeff, des Spiels, der Scheidung, seines Vaters, der in
diesem Luxuspflegeheim dahinsiecht, mit Meerblick in
jedem Zimmer und einem Park, in dem Rhododendren
Mimosen Oleander riesige Kakteen blühen und Eichhörn-
chen von Baum zu Baum springen. Der Alte sagt, dass er
diesen Ort nicht mag. Und die Leute nicht, die nur auf
Zeit da sind. Ein paar Monate. Ein, zwei Jahre. Bevor sie im
Sarg landen. Niemals zufrieden. Schon als Perez ihm
diese kleine Villa auf dem Hügel eingerichtet hatte, hatte
es ihm nicht gefallen. Er trauerte seiner schäbigen Wohnung nach. Dort war er wenigstens zu Hause. Und außerdem hatte er nichts von ihm verlangt. Er wollte kein
Geld von seinem Sohn. Das sei die falsche Richtung. Die
Eltern würden den Kindern helfen, so gut sie könnten. Im
Rahmen ihrer Möglichkeiten. Das Gegenteil dürfe nicht
sein. Er fand das demütigend. Perez konnte das nicht verstehen. Er begriff nicht, was ihn daran störte. Sein Sohn
war erfolgreich und bezahlte ihm eine schöne Luxushütte
über der Bucht. Einen neuen Wagen. Was war für ihn
daran nicht in Ordnung, verdammt noch mal? Genieß es,
Scheiße. Die Wahrheit war jedoch, dass er nicht mehr die
Zeit gehabt hatte, irgendwas zu genießen. Er war krank
geworden und hatte die Villa verlassen müssen. Er war ge-

rade erst eingezogen. Gerade lange genug, um sich über seine Nachbarn zu beschweren. Darüber, dass die Geschäfte, das kleine Stadtzentrum, das versiffte Bistro, in dem er Stammgast war, so weit entfernt waren. Perez fährt. Die Landschaft saust vorbei, wild, eindrucksvoll. Die Luft ist mild für die Jahreszeit. Die Musik wiegt ihn. Er fühlt sich wohl. Eins mit der Landschaft. Davon hat er immer geträumt. In einem Luxusschlitten mit offenen Fenstern über diese Corniche zu fahren, zu fahren und zu wissen, dass sein Bankkonto gut gefüllt ist, zu fahren und die schönste Villa der Gegend zu besitzen, eine Jacht, die was hermacht, eine Rolex am Handgelenk, Golfschläger im Kofferraum. Fahren. Das ist genau das, was er heute braucht. Was er geworden ist. Nach und nach tauchen ein paar Villen am Wasser auf. Die kleinen Buchten sind hier weniger tief. Das aufragende Massiv senkt sich ein bisschen, wird rund. Und dann reiht die Küste ihre Ansammlungen von rosa verputzten und von ebensolchen Dachziegeln gekrönten Villen im reinsten provenzalischen Stil aneinander. Er fährt am Gasthof vorbei und wird nicht müde, diesen Blödmann zu verfluchen, der ideale Standort, mitten im Zentrum, die Füße im Sand Blick aufs Meer durch die großen Glasfenster, wenn man da drin isst, hat man das Gefühl, auf einem Schiff zu sein. Er hat es nie geschafft, diesen Vollidioten in die Knie zu zwingen. Der nicht einmal ein Viertel des Potentials eines solchen Ortes ausschöpft. Mit seiner billigen Ausstattung. Seinem halb aufgewärmten Touristenfraß. Seiner Weigerung, das Spiel des Privatstrands zu spielen. Das hier ist immer ein Ort für alle gewesen. Ich biete Sardinen für sieben Euro ebenso an wie Languste. So hat mein Vater diesen Ort gesehen. Für alle und für jeden Geschmack etwas bieten. Für die Armen wie für die Reichen. Die Einheimischen und die Touristen. Und solange ich lebe, wird sich das nicht ändern. Manchmal möchte Perez ihn beim Wort nehmen. Einen Typen bezahlen, der ihn umlegt, und danach alles aufkaufen und sein ganzes Geld in dieses verdammte Restaurant stecken. Aber in gewisser Weise respektiert er das. Beim Vater (Friede seiner Seele) wie beim Sohn. Diese Treue. Diese Loyalität. Es erinnert ihn wohl an seinen Alten. Seine Moralpredigten. Seinen Arbeiterpuritanismus. Seine Verachtung fürs Geld. Für Statussymbole. Im Grunde hatte seinen Vater vermutlich nicht so sehr gestört, dass er diese Villa mit Meerblick und seinen neuen Wagen genießen sollte, sondern eher das Bild, das er von sich vermittelte. Davon, was er war. Das Bild eines Verräters. Eines Neureichen. Perez kann das verstehen. Obwohl er diese Meinung nicht teilt. Obwohl er verstohlen darüber lächeln muss. Was für ein Idiot. Das denkt er. Er hält seinen Vater für einen Neurotiker, unfähig, die guten Seiten des Lebens zu genießen, solange noch Zeit ist. Ein Behinderter. Ein sozial Behinderter. Seine ganzen Blockaden. Psychologische. Soziale. Neurose bleibt Neurose, und letztlich hindert es dich daran zu leben. Das ist wie mit den Gewissensbissen. Dem Bedauern. Den Erinnerungen. Das hindert dich daran vorwärtszukommen. Perez fährt am Hauptstrand vorbei, den beiden Hotels, die jetzt ihm gehören. Das Rathaus. Das ihm in gewisser Weise gehört. Wo ein Hampelmann agiert, der der Droite populaire nahesteht. Aber hier ist sowieso alles verzerrt. Kaum vorstellbar, dass es anderswo in Frankreich etwas gibt, das sich die Linke nennt. Kaum denkbar, dass sie das Land regiert. Dass ihre Macht sich bis hierher erstreckt. Wo alles versetzt ist. Das Schachbrett vollkommen verschoben ist. Hier sind die Linken die Gemäßigten der UMP. Das Zentrum sind die Leute der Droite forte oder populaire. Überall anders wären sie im Front National. Übrigens besteht da kein Unterschied, aber hier ist hier. Und hier werden die Leute als der Mitte zugehörig angesehen. Und die Rechte, das sind Marine und ihre Schergen. Perez ist das alles herzlich egal. Das kommt ihm sogar eher gelegen. Solche Typen haben den Vorteil, nichts gegen Geld zu haben. Nicht zu sehr auf Regeln zu schauen, sobald es ums Geld, um Geschäfte geht. Sie stecken selbst bis zum Hals drin. Er weiß das am besten. Bestechungen. Arrangierte Geschäfte. Mittelsmänner. Man erreicht nichts, ohne dass man ein bisschen schmiert. Eine Provision. Ein Umschlag. Ein Gefallen. Hier ist das Gesetz nur ein Blatt Papier. So was wie die Bibel. Du glaubst irgendwie dran, aber in deinem täglichen Leben wendest du nicht wirklich an, was da drinsteht. Du hast sogar die Freiheit, ganz und gar drauf zu pfeifen. Als er das Ortsschild passiert, beschleunigt Perez. Die Straße führt an Villen entlang, die das Meer verbergen, direkt am Felsen zwischen zwei kleinen Sandbuchten. All das war in den siebziger, achtziger Jahren gebaut worden. Es gibt keinen freien Millimeter mehr. Eine andere Zeit. Man baute, wo es möglich war. Man betonierte hemmungslos alles zu, ohne sich klarzumachen, wie problematisch das war. Die Grundstücke an der Küste gehörten denen, die sie sich leisten konnten. Und niemand kümmerte sich um die Rettung des Küstenstreifens. Perez hat zugegriffen wie alle anderen. Der Campingplatz, den er gerade hinter sich gelassen hat, das Restaurant mit den

Füßen im Wasser unmittelbar vor der Landzunge, die die Bucht schließt und von dem großen Strand trennt, auf dem die Hütte steht, um die Jeff sich kümmert, eine große, von den Wellen umspülte weißgestrichene Holzhütte mit einer Terrasse auf Pfählen und dem Platz für die Mobile Homes am Rand, all das gehört ihm, all das ist von ihm geschaffen, erbaut worden. Manchmal vollkommen legal. Manchmal ohne wirkliche Genehmigung, indem er sich mit dem Rathaus arrangiert hat. Doch die Zeiten ändern sich. Manche nehmen es genauer. Und außerdem wird der Platz immer knapper. Der Wettbewerb wird härter. Alles ist erlaubt. Um sein Geschäft zu retten. Diejenigen der Konkurrenz zu hintertreiben. Er wehrt sich, so gut er kann, aber er weiß sehr gut, dass er auf dieser Seite der Landspitze die Partie letztlich zu verlieren droht. Den Campingplatz wie das Restaurant. Das Dringlichste war der Campingplatz. Ist er übrigens immer. Aber es ist auch mit einer Verschärfung der Regeln für die Eröffnung von Strandrestaurants, Strandhütten, privaten Strandabschnitten mit Vermietung von Liegestühlen und Matten zu rechnen. Und man muss vorsichtig taktieren. Weiterdenken. Immer einen Schritt voraus sein. Ohne deswegen gleich alles hinzuschmeißen Er stellt seinen Wagen auf dem Parkplatz am Ende des Schotterwegs unter den Kiefern ab. Geht zum Campingplatz. Er hat Jeff gebeten, alles zu reinigen und die Örtlichkeiten zu überwachen. Er hat noch keinen Ersatz für Antoine eingestellt. Er wartet noch etwas ab. Wozu soll er jetzt einen Typen bezahlen, der diese Baracken mit Lackfarbe streicht. Jetzt, wo der kleine Betriebsunfall die Aufmerksamkeit auf ihn gelenkt hat. Und wenn er keine andere Lösung findet, wenn er sich damit abfinden muss, die Arbeiten zu beenden und den Campingplatz weiterzubetreiben, bis man ihm befiehlt, ihn zu schließen, wenn er keine andere Wahl hat, als seine Kohle wegen dieses Trottels von Jeff zu verlieren, dann kann das Geld genauso gut auch in Antoines Taschen wandern. Das wäre so etwas wie eine Entschädigung. Das ist er ihm schuldig. Na ja, vielleicht auch nicht. Er schuldet niemandem was. Und Antoine hat sich ganz allein in die Scheiße geritten. Was den Campingplatz betrifft. Und die Mannschaft. Perez inspiziert die Örtlichkeiten, überprüft, ob alles in Ordnung ist, und grübelt über all das nach, versucht sich zu beruhigen, obwohl es in ihm kocht, obwohl er, wenn er diese halb befestigten Dächer, diese halb gestrichenen Mobile Homes betrachtet, plötzlich wütend auf Antoine wird und sich des Gedankens nicht erwehren kann, dass Antoine obendrein auch eine Bedrohung ist, dass er, wenn sein Gedächtnis zurückkehren sollte, zwei Typen mit Benzinkanistern erwähnen und sie beschreiben wird und dass, obwohl Grindel so begabt wie ein Amboss ist, dieser Scheißbulle imstande sein könnte, sie dingfest zu machen, schließlich hat er die beiden Penner identifiziert, die in die Lagerhallen eingebrochen sind, diesen Lucas und den berühmten Freddy, noch so ein unzuverlässiger Typ, der eine Zeitlang für ihn gearbeitet hat. In Bezug auf die verdammte Rekrutierung muss er unbedingt die Schrauben stärker anziehen. Das ist wirklich das Kernproblem. Hier liegt viel im Argen. Perez verlässt den Campingplatz, und er schwitzt. Das ist die Wut. Die Panik. Seine eigene Blödheit, die ihm ins Gesicht springt und ihn erstickt. Was für ein Idiot. Er hätte sich Antoine vom Hals schaffen sollen.

Das wäre nicht kompliziert gewesen. Er kennt Leute im Krankenhaus. So weit ist er allerdings nie gegangen. Er weiß nicht, ob er die Eier gehabt hätte, wenn er früher daran gedacht hätte. Einen Campingplatz in Brand zu setzen, ein Restaurant zu demolieren, Typen, die geplaudert hätten, Angst einzujagen, das war nie ein Problem für ihn. Aber sich jemanden vom Hals zu schaffen, das ist eine andere Welt. Eine andere Liga. Er stürzt ins Restaurant. Es ist Ruhetag, aber Jeff ist bestimmt da. Die meiste Zeit wohnt er hier. Wie gewöhnlich ist alles offen unter dem Vorwand, dass er da ist, in seiner Ecke oder am Strand. Wie auch immer, soweit Perez es beurteilen kann, ist alles wieder instand gesetzt worden. Die Terrasse ist wie neu. Er kennt sich nicht besonders aus, aber das sieht nach einer verdammt guten Arbeit aus. Kein Pfusch. Profiarbeit. Das überrascht ihn bei einem Nichtsnutz wie Jeff. Er geht in den Speisesaal, und da ist Jeff, hinter der Theke, damit beschäftigt, Flaschen einzuräumen oder so was. Als er seine Anwesenheit bemerkt, weicht er unwillkürlich zurück. Die Angst in seinem Blick spricht Bände.

»Na, Jeff, habe ich dir Angst gemacht?«

Jeff stammelt. Perez gratuliert ihm zu seiner guten Arbeit an der Terrasse und fragt ihn, ob er es ganz allein gemacht hat, achtet aber kaum auf die Antwort, im Grunde ist es ihm völlig egal, er setzt sich auf einen großen Gartenstuhl, schmiegt sich in die dicken Kissen auf der Sitzfläche und an der Rückenlehne und bedeutet Jeff, sich zu ihm zu gesellen. Dieser gehorcht. Versucht sich zu kontrollieren, schafft es aber nicht. Verdammt, denkt Perez. Das muss ein schöner Anblick gewesen sein für Grindel. Wenn man bedenkt, dass so viele Dinge von diesem

Typen abhängen. Nicht zu glauben, dass man mit solchen Leuten zu tun hat.

»Jeff, wir beide müssen über zwei, drei Dinge reden. Ich will, dass zwischen uns alles klar ist.«

»Kein Problem.«

»Ja. Kein Problem. Wenn du es so siehst. Zunächst mal, wie bist du mit Grindel verblieben?«

»Wie ich Ihnen schon am Telefon sagte. Er ist einmal hier gewesen. Er hat mich gefragt, ob ich was gesehen habe. Ich sagte nein. Dass ich wegen des Sturms, der sich ankündigte, im Restaurant beschäftigt war. Dass man von hier schon bei ruhigem Wetter nichts hört, was vom Campingplatz kommt. Dass man ihn nicht mal sieht. Tja, ich weiß nur, dass sie danach den Campingplatz durchsucht haben, aber sie haben nichts gefunden, das ist alles.«

»Okay. Gut. Zweitens. Diese Typen. Wo sind sie hin? Hast du Informationen?«

»Nein. Sie sind verschwunden. Ihre Freundinnen sagen, sie hätten nichts von ihnen gehört. Das ist alles, was ich weiß. Niemand hat eine Spur.«

»Wir müssen sie finden, Jeff.«

»Ich weiß.«

»Wir können sie nicht frei rumlaufen lassen. Sie werden uns verpfeifen. Du weißt es, Jeff.«

Jeff nickt. Er versucht sich zu kontrollieren, obwohl es ihm dicke Schweißperlen auf die Stirn treibt, wenn er von den beiden Typen spricht.

»Zum Schluss: die Kohle.«

»Welche Kohle?«

»Die, die du ihnen gegeben hättest, wenn sie nicht Scheiße gebaut hätten. Die, die ich dir gegeben habe.«

»Ich hab sie nicht mehr.«

»Wie, du hast sie nicht mehr?«

»Nein. Ich hab sie nicht mehr. Sie haben sie mitgenommen. Als sie Antoine gesehen haben, haben sie ihm mit dem Baseballschläger eins übergezogen, aber danach, keine Ahnung, sie haben panische Angst bekommen, sie haben sich wohl gesagt, Das war Scheiße, also haben sie alles stehen und liegen gelassen und sind zu mir gekommen. Sie waren bewaffnet. Sie sind mit der Kohle abgehauen.«

»Du hast ihnen die Kohle gegeben?«

»Ja.«

»Verdammt.«

Verdammt, wiederholt Perez innerlich. Das Problem ist nicht so sehr das Geld. Sondern das Ausmaß der Dämlichkeit des Typen da vor ihm. Das Ausmaß seines Irrtums. Wie konnte er nur einem solchen Blödmann vertrauen? Wie kann er ihm noch heute eine solche Aufgabe anvertrauen? Perez denkt einen Augenblick nach. Zündet sich eine Zigarre an, weil ihm das hilft, sich zu entspannen und klar zu denken. Die Typen haben die Kohle eingesteckt und sind damit abgehauen. Angesichts der Summe kommt ihm das schwachsinnig vor. Ein solches Risiko einzugehen. Abzutauchen. Zumal in Anbetracht der Herkunft des Geldes und der Gründe, aus denen es ihnen ursprünglich zugedacht war, die Aussicht gering ist, dass irgendjemand von ihnen verlangen wird, es zurückzugeben. Und auch, dass sie wegen einer solchen Lappalie in großer Gefahr sind. Oder diese Trottel gucken zu viel Fernsehen. Perez kann sich nicht entscheiden. Ob ihr Verschwinden für ihn gut ist oder nicht. Einerseits, paradoxerweise, fällt so ein Verschwinden auf. Andererseits verhindert es, dass man die Typen dingfest machen kann, dass sie sich gezwungen glauben, über dies oder das zu sprechen. Und währenddessen glaubt Grindel, mit Lucas und Freddy, den Jungs vom Lager, zwei Fliegen mit einer Klappe geschlagen zu haben. Schön. Er wird sich später entscheiden. Noch eine letzte Sache bereitet ihm Sorgen: Antoine. Wer hat ihn zum Krankenhaus gebracht? Jeff hat ihm bereits am Telefon geantwortet, dass er nichts weiß, dass er es jedenfalls nicht war, aber trotzdem, er stellt sich die Szene vor, die Typen kommen zu ihm, schnauzen ihn an, weil die Dinge nicht so gelaufen sind wie geplant, dass da ein Mann auf dem Campingplatz gewesen ist und die Sache schiefgegangen ist, dass der Kerl vielleicht tot ist und dass sie wegen des Risikos das Geld wollen, jedenfalls fragen sie ihn nicht nach seiner Meinung, wenn er nicht wie sein Kumpel mit eingeschlagenem Schädel enden will, soll er lieber das Geld rausrücken. Also gehorcht Jeff. Warum er nicht das Gewehr nimmt, das er unter seinem Bett hat, direkt neben der Tasche, in der er die Scheine versteckt, die Perez ihm gegeben hat, bleibt ein Geheimnis. Wie diese verdammte Knarre ins Wasser gekommen ist, ist übrigens ebenso mysteriös. Als Perez in der Zeitung diesen Artikel über den alten Mann las, der sie nach dem Sturm zehn Kilometer weiter weg gefunden und sie brav zu den Bullen gebracht hat, musste man ihm keine Zeichnung machen, und er musste auch nichts überprüfen, er hat Jeff angerufen und ihm gesagt: Sie haben deine Knarre gefunden, und Jeff hat nichts geantwortet. Möglicherweise wusste er Bescheid und wollte nicht, dass Perez sich Sorgen machte. Niemand konnte wissen, dass er ein Gewehr hatte. Ja, hatte Perez geschnaubt, niemand außer mir, zwei, drei deiner Kumpel, eines deiner Flittchen, die du nach Feierabend anmachst und in meinem Restaurant flachlegst ... Wirklich niemand. Kurz, Perez setzt seine Überlegungen fort. Die Typen hauen also mit dem Geld ab, und Jeff weiß, dass sein Kumpel Antoine halb tot auf dem Campingplatz liegt. Und was macht er? Normalerweise holt er ihn und bringt ihn ins Krankenhaus. Und weil er in Panik ist, lässt er ihn wie ein Stück Scheiße davor liegen, verpisst sich und betet, dass niemand ihn gesehen hat und dass eine Krankenschwester rauskommt, um eine Zigarette zu rauchen, und bemerkt, dass da ein halb toter Typ auf der Bank liegt. Genau das macht er. Wenn er ein ganz normaler Mensch ist. Selbst Perez hätte so gehandelt. Wenigstens sagt er sich das. Es gibt also zwei Möglichkeiten: Entweder hat Jeff es nicht gemacht, und dann ist er wirklich ein verdammtes Arschloch. Oder er lügt, und dann müsste man wissen, warum er glaubt, ihn belügen zu müssen. Was da dahinterstecken mag.

»Bist du sicher, dass du mir nichts zu sagen hast?«

»Ja, Monsieur. Ich bin sicher.«

»Gut. Und hast du die Adresse, um die ich dich gebeten hatte?«

»Ja, Monsieur.«

Jeff steht auf. Perez ebenfalls. Er wartet, bis Jeff sie in seinem iPhone gefunden und ihm aufgeschrieben hat. Er kann es kaum erwarten, von hier wegzukommen. Kaum erwarten, nach Hause zu fahren. Was er tun würde, wäre da nicht dieses beschissene Spiel. Ja, er würde es tun. Perez verlässt das Restaurant, und während er über den Sand zu seinem Wagen geht, vorbei an diesem verdammten Campingplatz, dessen Anblick ihm schon heftige Bauchschmerzen verursacht, versucht er an den Abend zu denken, der ihn unter normalen Umständen erwartet hätte. Das in die letzten Sonnenstrahlen getauchte Haus, das er betreten hätte. Die Küche, in der er sich einen dreifachen Islay eingeschenkt hätte. Der Whirlpool gegenüber der Bucht, den er angestellt hätte. Die Blu-Ray, die er auf dem Wandbildschirm hätte laufen lassen, der schräg plaziert ist, damit der Blick in aller Ruhe vom Film zur Landschaft wandern kann, die sich am Ende der Terrasse erstreckt, jenseits des blauen Rechtecks des Swimmingpools mit verdeckter Wasserkante, der sein Meerwasser genau über dem türkisblauen Meer ausbreitet. Perez steigt in seinen Wagen, und während er startet, lässt er die Mädchen Revue passieren, die er hätte anrufen können. Lässt sie in Gedanken an sich vorüberziehen. Ihre Gesichter. Ihre Münder. Ihre Ärsche. Ihre Brüste. Ihre kleinen rasierten Muschis. Listet die Vorzüge und Nachteile einer jeden auf. Ihre Schwachpunkte. Ihre Stärken. Allein schon vom Gedanken daran bekommt er einen leichten Ständer. Er fährt los. Zufrieden, dass sein Schwanz unter dem Steuer ein bisschen hart wird. Das passiert ihm gar nicht mehr so oft. Außer wenn eine dieser kleinen Schlampen ihm richtig einen bläst bis zum Schluss, geht es selten darüber hinaus. Ein leichter Ständer, während er von einer dieser Huren träumt, ist schon vollkommen in Ordnung für ihn. Während er fährt, bedauert er nur, dass er jetzt, sofort, nichts daraus machen kann. Er vergegenwärtigt sich, wie er das letzte Mal einen richtigen Ständer bekommen hat. Er hatte es überhaupt nicht fassen können. Und dann hatte diese Schlampe von Zimmermädchen sich auch noch so zieren müssen. Je mehr er daran denkt, desto überzeugter ist er, dass es schon richtig war, sie zu entlassen. Sie hatte es verdient. Er träumt weiter vor sich hin. Verflucht erneut dieses verdammte Spiel. Bedauert, dass der Abend nicht wirklich so verlaufen kann, wie er ihn gerade vor seinem inneren Auge hat vorbeiziehen lassen. Denn genau das hätte er jetzt gebraucht. An etwas anderes zu denken. Den Kopf frei zu bekommen. Und nebenbei die Eier zu entleeren. So regelt er die Dinge normalerweise. Indem er an etwas anderes denkt. Den Kopf frei macht. Vor allem nicht über das Problem nachdenken. Sich das Gehirn zermartern. Vermutungen anstellen. Meist ist es der sicherste Weg, sich zu verheddern, kompliziert zu machen, was einfach ist, sich der Panik, der Paranoia zu überlassen, Probleme zu sehen, wo es gar keine gibt, die Hierarchie der Schwierigkeiten durcheinanderzubringen. Er kennt keine bessere Methode. An etwas anderes denken. Und schwuppdiwupp steht plötzlich alles klar vor ihm. Die Probleme. Die Lösungen. Die Probleme verschwinden sofort hinter ihren Lösungen. Strahlend. Offensichtlich. Beruhigend. So ist er immer vorgegangen. Es gibt keine Probleme. Es gibt nur Lösungen. Noch so eins seiner persönlichen Mottos, die nichts bedeuten, an die er sich jedoch klammert. Und bis jetzt hat noch nie etwas dieser wohlfeilen Maxime widersprochen. Also vertraut er ihr weiter.

An der Kreuzung blickt er auf die Uhr. Er hat noch etwas Zeit, bevor er zum Flughafen muss. Er sucht in seiner Tasche. Faltet den Zettel auseinander, den Jeff ihm vorhin gegeben hat. Betrachtet den Namen. Die Adresse. Mélanie Sowieso. Schlecht zu lesen. Er weiß, wo das ist. Eine dieser Siedlungen mit Sozialwohnungen. Er kennt sie wie seine Westentasche. Sein Vater hatte dort gewohnt. Dort ist er aufgewachsen. Er zögert einen Augenblick. Dann setzt er den rechten Blinker und fährt zu der kleinen Siedlung. Mélanie, brummt er zwischen den Zähnen, fast trällernd. Ah, Mélanie Mélanie Mélanie. Du wirst mir sagen, wo dein Kerl ist. Dein kleiner Drecks-Ryan. Und meine Kohle … O ja, du wirst es mir sagen … Er verlässt die Küste und fährt zum Bahnhof. Die versteckten Viertel, die kein Tourist jemals sehen wird. Wo die Menschen von hier wirklich leben. Er denkt an diese Mélanie. Sicher ein armes Mädchen, das zusammenlebt mit einem sauberen Früchtchen, wie es so viele hier gibt. Ein armer Loser, der glaubt, er sei schlauer als die anderen. Er weiß, dass sie im Grunde nichts dafür kann und dass er ihr Angst machen wird. Aber er muss die Situation klären. Einschätzen. Und die beste Möglichkeit, um herauszufinden, ob es wirklich ein Problem gibt oder ob er sich umsonst Sorgen macht, ist, alle Karten in der Hand zu haben. Alle Elemente zu kennen. Und dann ist da noch etwas anderes. Das hat mit der Höhe der Summe gar nichts zu tun. Aber es gibt etwas, das ihn wirklich fuchst, nämlich dass man ihn für dumm verkauft. Und dieser Ryan und sein Kumpel Javier haben ihm seine Kohle weggenommen. Diese Typen haben geglaubt, sie könnten ihn aufs Kreuz legen. Und das kann er nicht verknusen. Er hat sich aufs Kreuz legen lassen, und das erträgt er nicht. Man legt Perez nicht aufs Kreuz. Perez ist kein Opfer. Er ist der Jäger.

18

MÉLANIE

Das Baby ist jetzt so ruhig, dass sie fast Angst hat. Was hat diese Verrückte nur mit ihm gemacht? Seit Tagen hat es von morgens bis abends geweint. Schließlich hat Mélanie sich gesagt, dass es daran lag, dass Ryan nicht da war. An ihrer Angst. Ihrer Nervosität. Und dass der Kleine seinen Vater vermisste. Gestern, als Delphine kam, war es die Hölle. Sie hatte über ihren Lebenslauf mit ihr reden und das nächste Gespräch vorbereiten, ihr Hinweise geben und Motivationsschreiben aufsetzen wollen, aber sie sind zu nichts gekommen. Der Kleine schrie aus Leibeskräften, und sogar Delphine, die ja eigentlich Bescheid wissen müsste, wie man Kinder am besten erzieht, konnte nichts machen. Aber eigentlich stellt Delphine sich normalerweise schon geschickter an als sie. Ihre Art, den Kleinen in die Arme zu nehmen, zu erraten, was nicht stimmt, als spräche das Baby zu ihr, als verstehe sie sein Weinen, das eine Sprache ist, eine Sprache, die sie gelernt hat, diese Art zu weinen für Ich habe Hunger, jene für Ich bin müde, eine dritte für Ich habe in meine Windel gemacht, eine vierte für Ich habe Bauchschmerzen. Aber diesmal: nichts. Am Ende sagte sie einfach: Du musst mit ihm zum Arzt gehen. Mélanie verzog das Gesicht. Sie geht nie zum Arzt, sie hasst sie, fragen Sie sie nicht, warum. Schließlich überzeugte Delphine sie, noch mal zu den Bullen zu gehen. Um ihnen Druck zu machen. Damit sie begreifen, wie beunruhigt sie ist. Wie sehr sie in Panik ist. Du solltest das Baby mitnehmen. Damit sie sehen, in welchem Zustand ihr seid. Damit sie die Situation ein bisschen besser einschätzen. Dass Ryan nicht nur ein ehemaliger Krimineller ist, der nach irgendeinem krummen Ding von der Bildfläche verschwunden ist, sondern ein guter Kerl, der vernünftig geworden ist, eine liebe Frau und ein Baby hat. Damit sie die Sache ernst nehmen, damit sie sich sagen, Scheiße, ja, es muss ihm was passiert sein. Delphine sagte ihr, Du solltest mit Coralie hingehen. Die Frau von Javier, seinem Kumpel, mit dem er verabredet war und der seitdem ebenfalls unauffindbar ist. Mélanie war nicht übermäßig begeistert. Javier arbeitete in den Lagerhallen, die ausgeraubt worden waren. Einer der Kerle, der geschnappt worden ist, hatte lange mit ihm gearbeitet, ein gewisser Freddy. Ebenfalls Nachtwächter. Soweit sie verstanden hat, waren Javier und Freddy, bevor der die Arbeit gewechselt hat, ein Herz und eine Seele gewesen. Mélanie kann sich nicht eine Sekunde vorstellen, dass Javier was damit zu tun haben könnte. Und Ryan erst recht nicht. Aber sie traut den Bullen nicht. Ihren vorschnellen Schlussfolgerungen. Ihrer Art, einen für immer auf dem Kieker zu haben. Für sie hast du deine Strafe nie vollständig abgebüßt. Also ist sie mit dem Baby hingegangen. Sie wurde nicht von Grindel empfangen, weil er nicht da war. Er ist unterwegs, sagte man ihr, aber seine Kollegin kann mit Ihnen sprechen. Sie ist an den Ermittlungen beteiligt. Mélanie wäre fast wieder gegangen, aber die Kollegin kam aus ihrem Büro und bedeutete ihr, ihr zu folgen. Mit dem Kind, das auf ihrem Arm schrie. Das Gesicht puterrot und bedeckt von Tränen, Rotz und mit Spuren von eingetrocknetem Erbrochenem auf seinem Pyjama, weil es, wenn es so plärrt, alles erbricht, was es zu sich nimmt. Die Kollegin empfing sie mit einem einladenden Lächeln. Einem gütigen Blick. Mélanie hätte nie gedacht, dass sie das einmal von einer Polizistin sagen würde. Sie folgte ihr in ihr Büro, und die Frau hörte ihr zu. Aufmerksam. Geduldig. Sie konnte ihr nichts Neues sagen. Ryan und Javier waren an dem Tag in der Bar beim Bahnhof gesehen worden. Und seitdem keine Spur mehr von ihnen. Natürlich war da der Einbruch in die Lagerhallen, die Verbindungen zwischen Javier und Freddy, aber sie sagte, dass sie das eigentlich nicht wirklich glaube. Sie habe keine Beweise, aber sie vertraue auf ihre Intuition. Sie habe eine gute Intuition und würde sich selten irren. Das sagte sie. Und deswegen fand Mélanie sie ziemlich merkwürdig, irgendwie eine Erleuchtete. Das Merkwürdigste kam aber noch. Die Frau stand auf und bat sie um die Erlaubnis, den Kleinen auf den Arm zu nehmen. Und plötzlich hatte Mélanie das Gefühl, beim Arzt zu sein. Die Frau bombardierte sie mit Fragen, seit wann er so schreie, in welchem Rhythmus er esse und schlafe, die Krankengeschichte. Mélanie antwortete, so gut sie konnte, während der Junge nun erst recht schrie. Sie äußerte die Vermutung, das liege vielleicht an der Abwesenheit seines Vaters, aber die Frau schien nicht überzeugt zu sein und fragte, ob sie das Kind untersuchen könne. Ohne die Antwort abzuwarten, begann sie, es mit geschlossenen Augen überall zu berühren, vor allem den Schädel, die Knöchel, den unteren Rückenbereich, unmittelbar über den Schenkeln und dann den Kiefer und den Bauch. Schließlich zog sie ihm seinen Body aus. Der Kleine strampelte in seiner Windel. Sie legte lange ihre Hände auf ihn. Und allmählich beruhigte er sich. Dann schlief er ein. Und seitdem ist er vollkommen ruhig, stumm, lächelt, als wäre er zugedröhnt. Mélanie wusste nicht, was sie sagen sollte. Vollkommen fassungslos starrte sie die Frau an, die ihr wie eine dieser Kinderärztinnen bei der Mutter-Kind-Beratung ihr Baby zurückgegeben hatte mit den Worten:

»Ich überlasse es Ihnen, ihn wieder anzuziehen.«

Und dann erzählte sie Mélanie, dass sie Osteopathie studiere. Seit vier Jahren. Dass sie noch ein Jahr habe und dann legal praktizieren, die Polizei verlassen und eine Praxis eröffnen könne.

»Ich verfüge über magnetische Kräfte, wissen Sie. Es ist einfach so. Ein Geschenk des Himmels. Jeder hat sie, aber bei mir sind sie besonders ausgeprägt. Meine Mutter behandelte Verbrennungen. Sie legte ihre Hände auf die Brandwunden und heilte sie. Ich habe das geerbt. Na ja, nicht genau diese Gabe. Aber ich habe etwas Ähnliches geerbt. Bei Ihrem Baby habe ich etwas identifiziert. Es würde zu lang dauern, es Ihnen zu erklären. Es ist nichts Schlimmes, aber es ist ihm unangenehm. Es verursacht Bauchschmerzen. Aber normalerweise müsste es jetzt vorbei sein. Vielleicht sollten Sie in ein, zwei Wochen noch mal zu mir kommen, zur Nachuntersuchung, aber ich denke, es müsste okay sein.«

Mélanie drückte ihren Kleinen an sich. Stand auf und verließ in aller Eile das Büro. Sie kam sich vor wie in einem Traum. Einem eigenartigen Albtraum, aus dem sie gleich aufwachen würde. Sie ging hinaus und immer geradeaus, bis sie auf der Strandpromenade war. Der Wind blies und streifte das Meer mit weißlichen Adern. Sie fror. Das Baby schlief friedlich in ihren Armen. Der Wind schien es nicht zu stören. Sie bekam Angst. Verdammt, wer war diese Hexe? Was hatte sie mit ihrem Kind gemacht? Sie stürmte in die Praxis des erstbesten Arztes für Allgemeinmedizin. Ein alter Mann, kalt wie eine Rasierklinge, distanziert, geringschätzig. Genau wie sie sich die Ärzte vorstellte. Er seufzte, während er zuhörte, wie sie von den Schreien ihres Kindes erzählte, von den Tränen und dem Gebrüll Tag und Nacht. Sie traute sich nicht, ihm von der Hexe zu erzählen. Sie wollte nur, dass der Typ ihr Kind untersuchte und überprüfte, ob alles in Ordnung war.

»Der Kleine scheint mir ganz gesund zu sein.«

»Ja, jetzt, aber ich versichere Ihnen, er schreit seit Tagen. Er erbricht alles, was er isst. Ich weiß nicht mehr, was ich machen soll.«

Schließlich rang sich der Arzt durch, seine Arbeit zu machen. Er bat sie, das Kind auszuziehen und auf den Tisch zu legen. Er berührte es mit den Fingerspitzen. Hörte sein Herz ab, untersuchte seine Nase, seinen Hals, seine Ohren, tastete seinen Bauch ab. Der Kleine ließ ihn gewähren, ruhig und diesen unbekannten Mann mit weit offenen Augen anblickend. Er lächelte sogar. Der Typ kam zu dem Schluss, dass alles in Ordnung sei, und verlangte 23 Euro. Mélanie zeigte ihm ihre Krankenversicherungskarte für Bedürftige.

»Die nehme ich nicht«, sagte er kühl.

Mélanie suchte in ihrer Tasche. Holte einen Zehn-Euro-Schein heraus. Das war alles, was sie hatte.

»Können Sie nicht etwas Geld ziehen? Nebenan ist ein Automat.«

Mélanie verneinte.

»Ein Scheck?«

»Ich habe kein Scheckheft.«

»Verschwinden Sie. Ich will Sie nicht mehr sehen.«

»Tut mir leid.«

»Ach ja? Tja, also mir auch, Mademoiselle. Sie können mir glauben, dass es mir leid tut. Wenn Sie jetzt bitte gehen würden.«

Mélanie verließ die Praxis, rannte die Stufen hinunter und stand erneut auf der Strandpromenade. Ihr Baby auf dem Arm. Sie brach in Tränen aus. Ihr Baby lächelte sie an, verschlang sie mit einem liebevollen Blick, und sie weinte. Leute gingen vorüber und warfen ihr böse Blicke zu. Als verschandelte sie die Umgebung. Als störte sie auf ihrer Promenade. Die schöne Zeit, die sie sich am Strand, auf der Terrasse der Cafés machten, während sie das tiefblaue Meer im blendenden Licht betrachteten. Mélanie hätte am liebsten geschrien. Aber sie tat es nicht. Sie ging zur ersten Bushaltestelle. Kaufte keinen Fahrschein. Betete, dass der Fahrer ihn nicht von ihr verlangte. Dass kein Kontrolleur während der Fahrt einstieg. Sie kehrte nach Hause zurück und ist seitdem nicht mehr hinausgegangen, beobachtet mit einem Auge ihren Sohn und betrachtet mit dem anderen, wie Nabila ihre Brüste bewegt, läuft in ihrer Wohnung herum, nimmt ihr Telefon, wählt zum hunderttausendsten Mal Ryans Nummer, gerät sofort an seine Mailbox. Sie verflucht und beschimpft ihn ein ums andere Mal, lässt sich von der Angst, der Panik übermannen, ertappt sich sogar, wie sie betet. Zu wem, sie weiß es nicht, aber in ihrem Kopf kehren immer die gleichen Worte wieder, ich flehe dich an ich flehe ich an, hilf mir. Sie möchte irgendjemanden um Hilfe bitten. Aber es ist niemand da, außer Delphine, aber die macht nur ihre Arbeit. Sonst niemand. Sie ist allein, allein auf der Welt und verloren. Sie hat nur Ryan. Ryan und den Kleinen. Also niemanden. Wenn Ryan nicht zurückkommt, weiß sie nicht, was sie tun soll. Sie wird nicht durchhalten. Sie wird es nicht schaffen. Sie ist sich sicher. Sie denkt daran zu sterben, und wenn sie sich sterben sieht, sieht sie ihr Kind mit ihr sterben. In diesem Zustand befindet sie sich, als es an ihrer Tür klopft. Zwei kurze, kräftige Schläge, die sie zusammenschrecken lassen. Instinktiv rührt sie sich nicht, legt ihrem Sohn die Hand auf den Mund, der jedoch stumm bleibt und sich damit begnügt, mit ihren Fingern zu spielen, die Zunge zwischen ihre Fingerglieder zu stecken und an der Haut zu saugen, als handelte es sich um einen Schnuller. Erneut ertönen die Schläge und dann eine tiefe Stimme.

»Öffnen Sie bitte.«

Mélanie steht auf, setzt das Baby in seinen Laufstall und bedeutet ihm, brav zu sein. Der Kleine achtet nicht auf sie. Lutscht an einem Plastikspielzeug, das Delphine ihm erst gestern mitgebracht hat, jedes Mal, wenn sie kommt, bringt sie eins mit, sie kann sie nicht daran hindern.

»Was wollen Sie?«

»Ich komme wegen Ryan.«

Als sie diesen Satz hört, wird ihr Herz direkt in ihren Mund geschleudert, und ihre Finger zittern auf dem Türgriff. Sie öffnet. Vor ihr steht ein massiger Typ im Anzug. Er erinnert sie an jemanden, aber wen? Sie will die Tür gleich wieder schließen, aber es ist zu spät, er ist bereits in der Wohnung, füllt sie ganz aus, sieht sich mit leeren Blicken um. Die Küche, das Schlafsofa, das Bett des Babys, der Junge in seinem Laufstall. Er hat den Mund nicht geöffnet, scannt sie. Sie weiß jetzt, wer er ist. Es liegt ihr auf der Zunge. Perez. Ihm gehört alles in dieser Stadt. Eine Menge Leute in ihrem Umfeld, dem von Ryan vor allem, arbeiten für ihn oder haben für ihn gearbeitet. Manche direkt, andere ohne ihm jemals begegnet zu sein. Er schnaubt wie ein Ochse, wirft einen Blick auf das Kind, die Möbel, den Fernseher, den DVD-Spieler.

»Ich hätte es nicht geglaubt.«

»Sie hätten was nicht geglaubt?«

»Ich weiß nicht. Dass Sie beide ein Kind haben. Wie auch immer. Aber wenn man sich darauf einlässt, dann denkt man normalerweise daran, vernünftig zu werden. Man lässt sich nicht mehr auf solche windigen Geschäfte ein.«

Mélanie sieht ihn an, ohne auch nur ein einziges Wort zu verstehen. Was für ein windiges Geschäft? Sie sagt sich, dass sie sich vielleicht setzen sollte, ihn bitten sollte, es ebenfalls zu tun, denn wie sie da so voreinander stehen, angesichts seiner Präsenz, die den Raum ausfüllt und sie mit seinem Körper bedroht, spürt sie, dass irgendwas nicht stimmt. Dass er nicht da ist, weil er Neuigkeiten von Ryan hat. Jedenfalls keine guten.

»Er hätte Sie mitnehmen sollen. Es ist nicht sehr schlau, seine Frau und sein Kind einfach so schutzlos allein zu lassen. Und so leicht zu finden.«

Mélanie spürt deutlich die Drohung, die seine Worte enthalten. Sie will es nicht wirklich glauben. Sie sagt sich, dass sie paranoid ist. Dass sie in Panik ist. Er geht zur Spüle und füllt ein Glas mit Wasser, ohne um Erlaubnis zu bitten. Instinktiv nimmt sie den Kleinen aus dem Laufstall. Drückt ihn an ihre Brust. Er ist immer noch ruhig und lächelt sie an. Das beruhigt sie einen Augenblick. Delphine sagt immer, dass Babys alles spüren. Wäre dieser Mann wirklich gefährlich, würde es weinen.

»Ein schönes Baby, das Sie da haben. Es ist trotzdem bedauerlich.«

»Hören Sie, ich weiß nicht, wovon Sie reden. Wissen Sie, wo Ryan ist?«

Der Mann bricht in lautes Lachen aus, das gezwungen klingt.

»Nicht schlecht! Ob ich weiß, wo Ryan ist.«

Dann erstarrt sein Gesicht. Harte Maske. Stählerner Blick. Zusammengebissene Kiefer. Große Kunst. Ein großer Schauspieler. Sie weiß nicht, was oder für wen er spielt, aber er spielt. Zieht seine Nummer ab.

»Das ist amüsant. Denn das ist genau die Frage, die ich Ihnen stellen wollte. Wo ist er?«

»Ich weiß nicht. Ich habe nichts von ihm gehört. Neulich Abend ist er nicht nach Hause gekommen, und seitdem: nichts. Wenn ich ihn anrufe, geht nur die Mailbox dran.«

»Machen Sie sich nicht über mich lustig. Sagen Sie mir einfach, wo er ist, und wir sprechen nicht mehr darüber. Ich will ihn sehen. Ich nehme mir wieder, was er mir schuldet. Das ist alles. Ich werde ihm nichts tun. Wir haben alle unsere schwachen Momente. Also, Sie werden ihn anrufen. Ihm sagen, dass er gespielt, aber verloren hat. Dass er vernünftig sein muss. Dass er mir die Kohle zurückgeben muss und dass ich in meiner großen Nachsicht bereit bin, ihm zu verzeihen. Danach will ich natürlich nie wieder was von ihm hören. Und er soll wissen, dass er sich nicht mehr im Brico blicken zu lassen braucht. Und dass ihm hier in der Gegend niemand je wieder Arbeit geben wird. Aber es wird keine Vergeltungsmaßnahmen geben. Ich will ihn nicht mehr sehen. Nur mein Geld zurückhaben. Kapiert?«

Er geht auf sie zu und packt sie an den Wangen. Drückt sie zusammen, bis sie sich im Innern berühren. Sie versucht sich zu befreien, aber er drückt fest zu, und das Baby behindert sie. Sie möchte schreien. Oder weinen. Oder explodieren. Sie begreift gar nichts. Sie hat Angst. Sie spürt, wie ihr der Schweiß aus den Achselhöhlen tropft. Schließlich lässt er sie los. Sieht zu, wie sie mit Schmerzen auf das Sofa sinkt. Ihr Baby an sich drückt.

»Gut. Ich lasse Ihnen Zeit bis morgen. Sie rufen ihn an. Sagen ihm, dass er zu mir kommen soll. Und es wird ihm nichts passieren.«

Er betrachtet sie von Kopf bis Fuß. So wie manche Männer Frauen betrachten, sie abschätzen, sie sich nackt vorstellen, versuchen, sich auszumalen, wie sie im Bett wären, wie es wäre, es ihr von hinten zu besorgen oder zu spüren, wie ihr Mund sich über ihrem Schwanz schließt.

»Aber ich verstehe ihn auch. Wenn man so eine kleine sexy Schlampe hat, will man sie möglichst schnell aus diesem Loch herausholen. Und ihr ein schönes Leben bieten. Ich verstehe ihn. Man macht Dummheiten für ein Mädchen wie Sie. Ich jedenfalls würde es tun.«

Er setzt sich ganz dicht neben sie. Er gehört zu diesen Typen, die ihr den Hand auf den Oberschenkel legen, obwohl er sie bedroht und sie ihr Kind auf dem Arm hat. Sie springt auf und fleht ihn an, sie in Ruhe zu lassen, sagt ihm, sie wisse nicht, wo Ryan ist, sie schwöre es.

»Gehen Sie jetzt. Lassen Sie mich in Ruhe.«

Und dann sagt sie ihm in einem Anfall von Klarsicht:

»Ich bin bei den Bullen gewesen, ich verstehe kein Wort von Ihrer Geschichte, aber denken Sie wirklich, ich hätte, wenn ich glauben würde, dass er sich versteckt, nachdem er Ihnen Geld geklaut hat, den Bullen sein Verschwinden gemeldet?«

Sie blickt zu ihm auf und erkennt, dass sie ins Schwarze getroffen hat, dass seine Worte Wirkung gezeigt haben, dass sie die Situation geändert haben. Er wirkt fassungslos. Er überlegt.

»Sie sind bei den Bullen gewesen?«

Er lacht. Kann es nicht fassen. Sieht sie kopfschüttelnd an. Als wüsste er nicht so recht, ob er sie für zu schlau für ihn oder einfach nur für dumm halten soll. Er steht auf und dreht sich ein letztes Mal um:

»Wir sind uns einig. Er hat Zeit bis Montag gleiche Zeit, um zu mir zu kommen und mir das Geld zurückzugeben.«

Er schlägt die Tür zu, und es ist totenstill in der Wohnung. Sie erinnert sich nicht, ihn ausgeschaltet zu haben, aber der Bildschirm des Fernsehers ist schwarz. Und auch das Radio läuft nicht mehr. Der Kleine auf ihrem Arm schläft. Selbst sein Atem ist kaum zu hören. Sie möchte nachdenken, aber die Stille hindert sie daran. Sie schaltet den Fernseher wieder ein. Die Sch'tis brüllen sich auf Ibiza oder anderswo an. Beschimpfen sich am Rand eines Swimmingpools, zeigen ihre kaum bedeckten sonnengebräunten Körper. Sie wäre nur zu gern bei ihnen, jetzt sofort, um Tequila zu trinken, Musik zu hören, Unsinn zu reden, zu tanzen, weit weg von dieser Wohnung, aus der sie sich nicht hinaustraut. Und um wohin zu gehen? Reflexhaft greift sie zum Telefon. Wen könnte sie anrufen außer Delphine? Aber sie weiß bereits, was sie ihr sagen wird. Zu den Bullen gehen und ihnen alles erzählen. Klar, dass sie ihr das raten wird. Zu der Hexe oder zu Grindel gehen, der neulich völlig überfordert gewirkt hat, als sie ihm Ryans Verschwinden gemeldet hat. Und in gewisser Weise hätte Delphine recht, auf dem Papier. Sie würden zu Perez gehen, und er würde sie vielleicht in Ruhe lassen, und außerdem wäre er gezwungen, ihnen Erklärungen zu geben, die sie zu Ryan führen würden. Natürlich. Auf dem Papier. Aber im echten Leben funktioniert es nicht so. Im echten Leben hat Perez die Macht. So ist es einfach. Kerle wie er haben die Macht. Die Bullen fressen ihnen aus der Hand. Die Politiker tun, was er ihnen zu tun befiehlt. Und Mädchen wie sie begnügen sich damit, sich ficken zu lassen oder zu verschwinden. Sie geht zu ihrem Wandschrank, holt eine Tasche heraus und füllt sie mit Kleidung für sich und den Kleinen. In der Küche packt sie die Milch und zwei Fläschchen, ein, zwei Spielzeuge, ein paar Windeln ein, nimmt ihr Portemonnaie, ihre Handtasche, nimmt den Kleinen auf den Arm und schlägt die Tür zu. Unten blickt sie sich um, vergewissert sich, dass er nicht da ist, dass niemand sie beobachtet, versteckt in einem Auto oder irgendwo anders. Sie rennt, sie hat keine Ahnung, wohin. Sollte Ryan wieder auftauchen, wird er sie zwangsläufig anrufen. Sie wird ihm alles erklären und ihn bitten, dorthin zu kommen, wo sie sein wird. Irgendwo. In Nizza, in der Auvergne, wo auch immer. Auf Ibiza, wenn nötig.

19

DIE MANNSCHAFT

Auf halber Strecke stand der Trainer auf, bat sie, die Kopfhörer abzunehmen und ihm zuzuhören. Yannis schreckte aus dem Schlaf. Sein Nachbar hatte ihn an der Schulter geschüttelt. Er war schon auf den ersten Kilometern eingeschlafen. Vollkommen fertig. Natürlich hatte er mal wieder mächtig auf den Putz gehauen. Die ganze Nacht durchfeiern weniger als achtundvierzig Stunden vor dem Spiel, schlimmer geht es nicht. Dabei hatte er geschworen, sich zusammenzureißen. Aber ein letztes Glas und noch eins und noch eins, um 4 Uhr morgens war er nach Hause gekommen mit drei Promille im Blut. Der Klassiker. Als der Wecker geklingelt hatte, war es, als säßen drei Elefanten auf ihm. Ein Wespenschwarm flatterte vor seinen Augen. Trotzdem hatte er es geschafft, sich zum Eingang des Stadions zu schleppen, wo der Bus wartete. Der Trainer war bereits da gewesen. Als er ihn gesehen hatte, hatte er den Kopf geschüttelt. Ein Verdammt gemurmelt, das seine ganze Verzweiflung ausdrückte, eine solche Gurkentruppe trainieren zu müssen. Yannis war in den Bus gestiegen und hatte sich ans Fenster gesetzt, um seinen Kopf an die Scheibe zu lehnen. Der Bus war losgefahren, und kaum waren sie aus der Stadt raus, war er eingeschlafen.

Yannis richtete sich etwas auf und vergewisserte sich, wer da neben ihm saß. Es war Gaël. Sie saßen meist im Bus nebeneinander. Redeten nicht viel. Gaël machte den rechten Verteidiger und arbeitete ansonsten bei einer Autovermietung. Zwei Kinder. Manchmal begegneten sie sich sonntags am Strand und improvisierten ein Fußballspiel mit den Kindern. Denen von Gaël. Seinen. Er sagte sich immer wieder, dass er sich mehr um sie kümmern müsste. Mehr für sie da sein, nicht alles seiner Frau überlassen, abends weniger weggehen, weniger spät nach Hause kommen, ihnen ein bisschen mehr Zeit widmen als nur den Sonntagnachmittag. Der Spaziergang nach dem Essen. Klettern in den Felsen und Strand. Fußball und Jause. Baden bei schönem Wetter. Manchmal fragt er sich, wie sie ihn später mal in Erinnerung behalten werden. Ein Vater, der nie da war? Oder im Gegenteil der Sonntagstyp, der mit ihnen spielt, mit ihnen rumtobt, ihren Geschichten zuhört? Seine Mutter hatte ihm das neulich erzählt, dass immer sie sich die ganze Zeit um sie gekümmert habe, und nicht nur die Mahlzeiten die Wäsche und das Zur-Schule-Bringen, sondern auch das Spielen, die diversen Aktivitäten, das Ausgehen. Und dass ihr Vater sich immer nur ein oder zwei Stunden am Samstag um sie gekümmert habe. Meistens im falschen Augenblick. Etwa ein heftiger Streit vor dem Schlafen, um sie so richtig aufzuregen in dem Augenblick, als sie es endlich geschafft hatte, sie zu beruhigen und ins Bett zu kriegen. Er erzählte ihnen Geschichten, die kein Ende nahmen und die er aus dem Stegreif von Anfang bis Ende erfand. Er fuhr mit ihnen Fahrrad. Oder sprang mit ihnen von den höchsten Felsen. Das fiel ihm einfach so ein. Er kam in ihre Zimmer und sagte: Gehen wir. Und sie gingen, mit vor Aufregung glänzenden Augen. Er erinnert sich ganz genau. Ehrlich gesagt erinnert er sich nur an das. Und wenn man ihm die Frage stellen würde, würde er antworten, dass ihr Vater derjenige war, der sich »wirklich« um sie gekümmert hatte. Der ihnen alles beigebracht hatte. Ihre Mutter? Sie machte die Mahlzeiten, wusch die Wäsche, putzte das Haus und meckerte. Daran erinnert er sich. Ist schon komisch, das Gedächtnis. Und die Familie. Seine Schwester sagt, dass sie immer Angst vor ihrem Vater gehabt habe. Dass er brutal, gewalttätig gewesen sei. Nicht in seinen Taten. Aber in seinen Launen. Sie erzählt auch noch andere Dinge. An die er sich nicht erinnert. Oder nicht so. Natürlich schrie er herum. Wie alle Väter. Aber das ist alles. Manchmal sagt er sich, dass sie Sachen erfindet, um sich interessant zu machen. Sie spricht von Übers-Knie-Legen, und er erinnert sich nicht. Sie spricht von Hausregeln, und er erinnert sich nicht. Sie sagt, Er war nie da und kümmerte sich nie um uns, und er erinnert sich nicht. Sie sagt, Mama hat sehr unter seiner Härte und seinem Machogehabe gelitten, und er erinnert sich nicht. Jedenfalls hofft er, für seine Kinder nicht der Vater zu sein, an den seine Schwester sich erinnert. Sondern schlimmstenfalls der, den er in Erinnerung hat. Der Samstagsvater. Er wäre der Sonntagsvater.

Der Trainer beginnt seine Ansprache, während er sich fragt, ob seine Kinder finden, dass er streng mit ihnen ist. Er hat nie die Hand gegen sie erhoben, aus Prinzip nicht, was übrigens ein Streitthema in der Familie ist, in der alle, sogar seine Frau der Meinung sind, dass eine kleine Tracht Prügel von Zeit zu Zeit nicht schaden kann. Allerdings ist auch er ein bisschen hitzköpfig und geht schnell mal in die

Luft. Weil die Kinder nicht gleich zu Tisch kommen, weil sie herumtrödeln, wenn sie sich fertig machen sollen, weil sie ihre Zimmer nicht aufräumen. Solche Dinge. Manchmal nimmt er in den Augen seiner Tochter einen leichten Schimmer von Angst wahr. Aber vielleicht bildet er sich das auch nur ein. Oft glaubt er, wenn er sich morgens im Spiegel betrachtet, das Gesicht seines Vaters zu sehen. Wird er wirklich wie er? Nur um einen Tag verschoben. Von Samstag auf Sonntag. Nur eine Stufe in der Hierarchie. Sein Vater Chef, er Zweiter. Aber er hat noch Zeit. Auch wenn sein Vater die Achseln zuckt, ihm sagt, er verfüge nicht über die nötige Technik, Strenge, Autorität. Yannis entgegnet ihm, dass er Ideen habe. Dass er einfallsreich sei. Dass die Leute das mögen. Und sein Vater schließt immer mit den Worten: Die Leute mögen gutes Essen. Punktum. Gute Produkte. Gutes Essen. Gutes Würzen. Und Öl, fügt Yannis hinzu, um ihn zu veräppeln. Weil er findet, dass sein Vater zu fett kocht. Zu schwer. Zu mächtig. So wie man eben früher gekocht hat. Ohne Raffinesse. Ohne Pep. Der klassische Generationenkonflikt. Sein Vater begnügt sich mit einem Achselzucken, wenn er ihm einen Teller mit rohem Fisch serviert. Yuzu, Ingwer, exotische Gewürze, fast rohes Gemüse. Und alles in kleinen Portionen. Bauernfängerei, sagt er. Seine Frau sagt ihm immer wieder, er müsse unbedingt bei *Top Chef* mitmachen. Dann würde dein Vater erkennen, dass du Talent hast, dass du was draufhast, dass du es zu etwas bringen wirst, dass du so gut bist wie er. Sogar besser. Aber Yannis sagt, das sei sinnlos. Sein Vater halte das Fernsehen für einen Scheißkasten. Er wisse nicht mal, wer Thierry Marx ist.

Nachrichten von Antoine. Damit fängt er an. Sie sind

erfreulich. Er wird in ein paar Tagen das Krankenhaus verlassen. Er hätte fast dran glauben müssen, aber wie durch ein Wunder hat er keine bleibenden Schäden. Allerdings ist er noch nicht so weit, wieder zu trainieren, aber bald wird er wieder bei ihnen sein, angesichts der Umstände wird die Suspendierung aufgehoben, und es könnte sein, dass die gegnerische Mannschaft mit empfindlichen Strafen rechnen muss, dass man ihnen Punkte abzieht oder sie in die nächsttiefere Liga herabstuft, noch ist nichts entschieden, nichts bewiesen, aber es scheint sich immer stärker herauszukristallisieren, dass sie oder einer ihrer Fans Antoine das angetan haben. Eine kleine Expedition von Feiglingen zum Campingplatz. Yannis hört zu und blickt sich um. Die Gesichter seiner Mannschaftskameraden. Betroffen, gerührt, bewegt. Dabei haben beileibe nicht alle Antoine so gern, wie sie behaupten, sind nicht alle überzeugt, dass sein Spiel so brillant ist, wie überall geschrieben wird. Sicher, er hat geniale Momente, Eingebungen. Aber die Wahrheit ist, dass du ihn während drei Viertel des Spiels nicht siehst. Und plötzlich schnappt er sich den Ball und setzt das Ding in den Kasten. Niemand weiß, ob es Glück ist, ob er einen guten Riecher gehabt hat oder ob er nur spielt, wenn er will. Und außerdem ist er ein unsicherer Kantonist. Aber im Grunde hat Yannis ihn immer bewundert. Ein bisschen so, wie man als Kind heimlich das Charisma dieses Typen auf dem Schulhof beneidet, der so viel besser aussieht, so viel cooler, so viel lockerer ist, so viel mehr Präsenz hat. Man wünscht sich so sehr, wie er zu sein, seine Ausstrahlung, seinen Glanz, seine Wirkung zu haben. Aber nein. Man ähnelt nur seinem Vater. Und versucht, seinen Erwartungen zu entsprechen. Ihm zu beweisen, dass man auf seine Weise ebenso gut ist wie er.

»Glaubt nicht ein Wort von dem, was man euch den lieben langen Tag erzählt. Von dem, was diese kleinen Drecksblätter schreiben. Unsere Mannschaft besteht nicht nur aus einem einzigen Mann. Ihr seid elf auf dem Spielfeld. Eine Mannschaft besteht aus elf Spielern. Das bedeutet, dass man zusammen spielt. Miteinander. Das heißt richtig spielen. Jeder an seiner Position. Seine Aufgabe erfüllen. Der richtige Pass. Im richtigen Augenblick. Ein scharfes Pressing. Wachsamkeit. Ballzirkulation. Die Entfernungen. Das alles macht man zu elft. Ihr seid nicht die Mannschaft von Antoine. Antoine ist nur ein Spieler der Mannschaft. Ihr seid elf. Elf unentbehrliche Spieler. Elf Rädchen ein und desselben Organismus. Jeder hat seine Rolle. Jeder seine Position. Jeder ist unentbehrlich. Aber keiner ist unersetzlich. Antoine ist nicht unersetzlich. Und übrigens werdet ihr morgen nicht zehn, sondern elf sein. Tony wird für Antoine spielen. Ich weiß, dass er seine Sache gut machen wird. Und dass ihr ihm alle helfen werdet. Ihm den Ball im richtigen Moment zuspielen werdet. Auf seine Ballforderungen reagieren werdet. Und er wird euch helfen. Sich zurückziehen. Die Bälle suchen. Ihr werdet euch helfen. Keine langen Pässe nach vorn. Antoine wird nicht da sein, um sie anzunehmen. Ich will niemanden dieses Spielchen spielen sehen. Nein. Ich weiß, dass ihr Angst habt. Ich weiß, dass es kein leichter Gegner ist. Ihr habt die Videos ebenso wie ich gesehen. Sie spielen mit starkem körperlichen Einsatz, aggressiv. Sie spielen schnell, verteidigen unerbittlich, greifen scharf an. Nun ja, ihr werdet ihnen zeigen, dass ihr nicht zufällig da seid, dass ihr euren Platz habt im Viertelfinale der Coupe de France. Dass ihr es verdient habt. Und dass ihr es ins Halbfinale schaffen könnt. Ihr seid nicht dank Antoine da. Ihr seid elf. Das ist das Spiel eures Lebens. Ihr Jungen: Ihr wisst, dass die Tribünen voll besetzt sein werden. Dass Leute da sind, die euch beobachten werden. Leute mit dicken Scheckbüchern. Und Pässen für Rennes, Marseilles oder Paris. Und deswegen sage ich euch eins: Versucht nicht, allein zu brillieren. Denn selbst wenn ihr euch in ein gutes Licht setzt, die eine oder andere tolle Einzelleistung zeigt, wenn die Mannschaft verliert, wird am Eingang der Kabine niemand auf euch warten. Spielt an eurem Platz. Konzentriert euch auf eure Aufgabe. Spielt schnörkellos. Effizient. Und spielt nah am Ball. Ich weiß, das ist nicht selbstverständlich. Angesichts einer solchen Mannschaft werden die meisten Trainer euch sagen: Elf in der Defensive, ihr wartet, bis der Sturm zu Ende ist, bleibt in Deckung, und wer weiß, ein Missverständnis, ein Fehler der Verteidigung, ein geglückter Pass, eine Scheißreaktion des Torwarts, ein Fehler auf dem Spielfeld, das könnte reichen. Aber wir werden nicht so spielen, verstanden? Ihr werdet nah am Ball spielen. Spiel machen. Nach vorn spielen. Behaltet den Ball. Spielt zusammen. In engem Kontakt miteinander. Alle in derselben Bewegung. Solidarisch. Ihr seid elf. Ihr seid immer dieselbe Mannschaft. Es gibt keinen Grund, warum ihr nicht wieder schaffen solltet, was euch bereits in der Vergangenheit gelungen ist. Antoine ist nicht da, aber ihr müsst kämpfen. Dieses Spiel spielt ihr auch für ihn. Er soll stolz auf euch sein. Stolz darauf, zu dieser Mannschaft zu gehören. Und ihr werdet diesen Arschlöchern, die ihm den Schädel mit einem Baseballschläger eingeschlagen haben, zeigen, dass ihr euch nicht so leicht besiegen lasst. Und dass sie lange warten können, wenn sie dieses Jahr aufsteigen wollen. Dass wir in die Nationalliga aufsteigen werden. Und dass sie in der vierten Liga vermodern werden. Vielleicht sogar in die fünfte Liga absteigen werden. Dass wir im Viertelfinale spielen werden. Und dass wir im Halbfinale spielen werden. Und im Finale. Das ist die Geschichte der Coupe de France. Die Geschichte des Däumlings. Calais. Quevilly. Nun, der Däumling sind wir. Wir haben keine Angst vor den Menschenfressern. Wir sind elf, und wir werden sie fressen. Tony: Du darfst dich nicht unterkriegen lassen. Die anderen sind da, um dir zu helfen. Sie werden alle für dich spielen, und du wirst für sie spielen. Du beklagst dich, dass du seit Anfang des Jahres nicht genug zum Spielen kommst. Ich weiß, das ist schwierig auf deiner Position. Antoine lässt sich nicht so leicht vergessen. Hast du was zu beweisen? Mir zu beweisen? Dir zu beweisen? Willst du, dass man vor der Kabine auf dich wartet? Dann ist das jetzt deine Chance. Ergreif sie. Amüsier dich. Du bist Stammspieler. Im Viertelfinale der Coupe de France. Gegen Nantes. Nantes, Jungs. Ihr seid alle jünger als ich, für euch bedeutet das nicht viel, für euch gibt es nur Olympique Marseille, Olympique Lyon, Paris Saint-Germain. Aber für einen wie mich bedeutet Nantes etwas: der Geist des Spiels. Schneid. Offensive. Ballkontrolle. Ihr werdet Nantes à la nantaise schlagen.«

Er setzt sich wieder. Alle applaudieren. Pfiffe. Und dann ist es vorbei. Man wendet sich wieder den Karten zu. Setzt die Kopfhörer auf. Manche stehen auf und klopfen Tony auf die Schulter, ein leichter Klaps, den er als Ermutigung versteht. Aber manchmal auch als Warnung. Tony ist einer der Jüngeren. Er hat seine Karriere nicht hier gemacht wie die anderen. Sie kennen sich alle seit Jahren. Sie waren zusammen in der D-Jugend, in der B-Jugend, bei den Junioren. Nicht alle zur gleichen Zeit, aber nacheinander, in kleinen Gruppen. Er ist erst später dazugekommen. Weil sein Vater hierhergezogen war. Das war vor zwei Jahren. Er machte damals sein CAP. Jetzt arbeitet er in einer Schreinerei. Er ist vor allem für den Zuschnitt zuständig. Manchmal hilft er auf Baustellen aus, wo er immer wieder mal Antoines Vater begegnet. Er hat selten einen Mann getroffen, der einen solchen Respekt einflößt. Er hat selten einen Mann getroffen, dem man so sehr seine Aufrichtigkeit und Ernsthaftigkeit ansieht. Er hat keine Ahnung, warum er jetzt daran denkt. Sicher weil sein Vater immer glasige Augen hat. Weil man nie so genau weiß, was er in den Restaurants oder Nachtklubs so treibt, die zu führen man ihn bittet, weil man nicht so genau weiß, was man von ihm halten soll mit seinen hellen Anzügen und seinen nach hinten gekämmten Haaren. Seinen Armbändern, seinen Gliederarmbändern. Seiner Art, den Arm um den Hals der Mädchen zu legen, ihnen im Vorbeigehen den Arsch zu tätscheln. Sein Atem riecht ständig nach Wodka. Niemals sehr stark, aber ununterbrochen. Vermutlich auch, weil er, seitdem man ihn in die Mannschaft aufgenommen hat, noch nie für Antoine gespielt hat. Als sein Ersatzmann. Und weil er bis jetzt noch nicht die Gelegenheit gehabt hat, wirklich zu zeigen, was er kann. Zehn Minuten hier. Eine Viertelstunde dort. Immer am Ende der Spiele, wenn alles gelaufen ist. Wenn die Mannschaft sich nach zwei Toren damit begnügt, defensiv zu spielen und den Ball in Bewegung zu halten. Oder wenn man ihn aus Verzweiflung, wenn sie in Führung liegen oder es Antoine an Inspiration mangelt oder er noch ein bisschen blau vom Vorabend ist – was natürlich niemand je offen zugeben würde –, in dem Augenblick aufs Spielfeld schickt, in dem die anderen aus Panik alles auf eine Karte setzen und den Ball mit den Zähnen zwischen den Beinen der gegnerischen Mannschaft suchen und sich sagen, dass ihnen keine Zeit mehr bleibt, das Spiel aufzubauen, also schießen sie einfach drauflos, Kick 'n' Rush, aber ohne dass jemand über die adäquate Kopfballtechnik verfügte, ohne dass jemand ausreichend inspiriert oder präzise wäre, um den Ball dorthin zu schicken, wo niemand ihn erwartet, ohne dass jemand schnell und hart genug wäre, um übers Spielfeld zu pesen, ohne den Ball zu verlieren, und vor dem Tor sein Glück zu versuchen. Tony setzt wieder seine Kopfhörer auf. Nicht zu laut, weil er immer Angst hat, die anderen könnten mitbekommen, was er hört, und sich über ihn lustig machen. Anfangs nahm er auf die Fahrten immer ein, zwei Bücher mit, aber damit hat er aufgehört. Er ist noch nicht wirklich integriert. Und daher empfanden manche das als Provokation. Was liest du da? Einen Roman. Was für einen Roman? Keine Ahnung, einen Roman eben. Nein, aber welches Genre: Krimi, Spionageroman, Science-Fiction? Nein. Einfach einen Roman. Ah, der Herr liest einen Liebesroman ... Dreckiges Lachen. Er zuckte die Achseln. Wenn es sie amüsierte. Und er vertiefte sich wieder in seinen Fante, London, Bukowski, Carver, Brautigan, Kerouac oder Romane neueren Datums, die ihm der Buchhändler beim Strand empfahl, ah, Sie mögen so etwas, dann lesen

Sie das. Larry Brown. Donald Ray Pollock. Craig Davidson. Brady Udall. Cormac McCarthy. Und einen Haufen andere, deren Namen er sich nicht immer merken konnte. Er hat gerade ein Buch beendet, das *Famille modèle* heißt und das ihn wirklich gefesselt hat. Und in seiner Tasche wartet das Buch eines gewissen Pete Fromm auf ihn. Eine Geschichte über einen Bruder und seine manisch-depressive Schwester, die den größten Baseballspieler aller Zeiten aus ihm machen will. Und ihn so lange werfen ließ, bis seine Finger blutig waren. Er muss warten, bis er zurück ist, um zu erfahren, wie es weitergeht. Bis dahin hört er Musik. Folk. Bärtige Kerle, die sich ein Jahr lang in Holzhütten in der Wildnis von Kanada zurückziehen, wie die Bären leben, Holzfeuer machen und mit Platten zurückkommen, auf denen alles lodert, sich auf unendlich weite Landschaften öffnet, eine Einsamkeit, die einem das Herz zerreißt. Einmal hat Gaël seine Kopfhörer genommen und vor Lachen gebrüllt. Verdammt. Der Penner mit seiner Holzgitarre ... Er hat ihn angesehen, als käme er vom Mars. Und natürlich hat das alles nicht geholfen. Weder während des Spiels noch beim Training. Bälle spielt man ihm nur zu, wenn alle Stricke reißen. Wenn es in die Augen springt, dass er allein am Elfmeterpunkt ist, ein wohldosierter Pass, und er braucht den Ball nur noch ins Tor zu schießen. Aber er hat sich damit abgefunden. Er sagt sich, dass sich das Blatt schon wenden wird. Dass er seine Chance bekommen wird und dass er dann zeigen kann, was er draufhat. Wenn er diesmal nicht versagt. Wenn er dem Druck standhält. Wie oft hat er in den letzten Jahren ein entscheidendes Spiel gehabt. Um den ersten Platz. Oder um dem Abstieg zu entgehen. Und wie oft hat er unerklärlicherweise versagt. Während ihm doch sonst immer alles so leichtfiel. Sein früherer Trainer sagte, er habe selten jemanden mit einer so fließenden Spielweise gesehen. Aber das war früher. Anderswo. Hierher kam er als unbeschriebenes Blatt. Neu. Und hat nichts Besseres gefunden, als sich gleich zu Beginn mit seinen Büchern und seinen bärtigen Sängern mit ihren Holzgitarren lächerlich zu machen. So sieht es im Augenblick aus. Und die Zeit ist gekommen. Natürlich gibt es, wenn man Vertrauen aufbauen will, Besseres, als gegen Nantes zu spielen, wenn man in der vierten Liga ist. Natürlich gibt es eine leichtere Position als der Spieler, von dem niemand wirklich weiß, was er taugt, und den Typen zu ersetzen, den alle für Ronaldo halten. Aber man sucht sich den Zeitpunkt nicht aus, wenn man brillieren muss. Und den Gegner auch nicht. Und im Grunde ist das auch gar nicht so wichtig. Es ist schließlich nur Fußball. Nur ein Spiel. 22 Kerle, die Ball spielen. Gebt doch jedem einen Ball, und dann ist Ruhe. Das sagte seine Mutter immer, als er ein Kind war.

Der Bus parkt vor dem Ibis. Sie sind gerade hineingegangen, um ihre Sachen aufs Zimmer zu bringen. Tony ist bei Cédric, dem Torwart. Dem ältesten Spieler der Mannschaft. 35. Schon große Kinder. Eine Scheidung am Hals. Es ist wahrscheinlich seine letzte Saison in der ersten Mannschaft. Der Junge, der ihn ersetzt, wenn er nicht kann, wird immer besser. Das ist der Lauf der Dinge. Bald wird der Trainer ihn beiseitenehmen und ihm sagen, dass die Zeit reif ist, dass er Vertrauen und Spiele braucht. Dass er von nun an der Stammspieler ist. Cédric wird vielleicht eine Saison auf der Ersatzbank machen. Ein paar Spiele, damit er wieder durchatmen kann. Ein Übergangsjahr. Und dann wird man weitersehen. Er wird aufhören und sich mit Kicken am Strand begnügen. Oder er wird bei den Alten Herren spielen. Sie scheinen sich gut zu amüsieren. Für sie ist der Fußball vor allem ein Vorwand, zweimal in der Woche woanders als zu Hause zu sein und ein paar Gläschen mit Freunden zu trinken. Spiele wie das morgige hat er nie gespielt und wird er auch nie mehr spielen. Es werden Kameras da sein, Journalisten, dieses riesige Stadion, die gegnerischen Typen, die das Leben führen, von dem er nur hat träumen können. Weil er nie das Niveau gehabt hat. Oder nie genügend Glück. Das wird man nie erfahren. Er wird nie den Tag vergessen, an dem, als er Kind war, der andere Torwart der Mannschaft in das Trainingszentrum in Nizza ging. In seiner Erinnerung war er der bessere. Und er spielte auch am häufigsten. An dem Tag, an dem die Talentsucher kamen, war er verletzt. Er hatte sich in den Finger geschnitten. Eine tiefe Wunde. Sie war genäht worden. Heute ist der andere zweiter Ersatzspieler bei Sochaux. Selbst wenn er das ganze Jahr an keinem Spiel teilnimmt, bekommt er bestimmt das Zehnfache seines Monatsgehalts. Und wenn er aufhört, wird man für ihn eine Stelle als Trainer im Trainingszentrum finden. Oder bei der C-Jugend. Während er immer noch seinen Bus fahren wird. Tägliche Verbindungen zwischen dem Bahnhof und Cannes. Manchmal Schüler. Häufig der Hafen und der Rest der Stadt. Die Alten, die nicht mehr fahren und die Zeit im Stadtzentrum totschlagen, weil sie sich in ihren kleinen Villen mit Meerblick, ihren Wohnungen zwischen Oleander und Eukalyptus langweilen. Sie verlassen das Hotel. Das Stadion ist nicht weit entfernt. Sie gehen zu Fuß. Schauen sich kaum um. Die Ränder einer Stadt sind überall gleich. Es regnet. Nantes eben. Sie wollen nur den Rasen ausprobieren. Sehen, wie er sich anfühlt. Nach den Umkleideräumen schauen. Danach werden sie im Hotel zu Abend essen. Der Präsident Perez wird ihnen eine kleine idiotische Ansprache halten. Und sie werden schlafen gehen. Morgen früh Joggen. Dann leichtes Training. Mittagessen. Nachmittag ausruhen. Und um 18 Uhr werden sie wieder ins Stadion gehen. Aufwärmen. Rückkehr in die Umkleide. Letzte Besprechung mit dem Trainer. Und das wird der Augenblick sein. Welcher weiß er nicht. Zuverlässig zu sein vermutlich. Leistung zu bringen. Die anderen scheinen daran zu glauben. Verantwortung zu übernehmen. Er sieht das mit mehr Distanz. Das ist vermutlich das Alter. Eine Art Überdruss. Vielleicht kommt das alles zu spät. Weil sein Leben woanders stattfindet. Der Fußball darin den Platz einer alten Gewohnheit einnimmt. Körperpflege. In Form bleiben. Etwas bewahren, das jedem Jahr ein Ziel gibt. Sich behaupten. In die nächste Liga aufsteigen. So weit wie möglich in der Coupe kommen. Jedes Jahr das Gleiche, aber jedes Jahr ein Neuanfang. Mit den Kindern ist es auch so. Immer dieselben und immer ein neuer Abschnitt. Laufen. Aufs Töpfchen gehen. Lesen und schreiben lernen. In die Grundschule kommen. Ins Collège. Ein Leben im ständigen Wandel. In ein paar Jahren wird das alles vorbei sein. Kein Fußball mehr. Oder zumindest nicht mehr so. Und die Kinder werden ihr eigenes Leben führen. Es wird nur der normale Ablauf der Tage bleiben. Seine Ehe. Zwangsläufig ein bisschen eingerostet durch die Routine. Abgenutzt durch den Alltag. All das, was nach und nach abstumpft. Durchhängt. Die Arbeit.

Die Wochenenden. Was wird dann der Antrieb sein? Die geheime Herausforderung des Jahres? Der neue Abschnitt? Ohne die Fußballsaison. Ohne das Berufsabitur, ohne die Prüfungen der Kinder. Er hat seine Kinder jung bekommen. Und im Fußball wird man schnell alt. Wie soll man erklären, dass man mit noch nicht mal 35 spürt, dass die Dinge sich hinter einem schließen? In ein, zwei Jahren wird das geschehen. Höchstens drei. Und was erscheint dann am Horizont? Sie kommen ins Stadion, und es ist eine riesige Arena. Sie gehen durch die Gänge, und die Umkleideräume für die Gäste sind so groß wie ihre Tribünen. Cédric betrachtet das alles, ohne wirklich zu begreifen, dass sie sich morgen hier vorbereiten und sich die letzten Anweisungen des Trainers anhören werden. Die anderen scheinen bereits hier zu sein. Total aufgedreht. Wie Kinder.

»Schön, gehen wir«, sagt der Trainer. »Leider werden wir den Rasen doch nicht testen können. Sie trainieren noch. Das ist ein alter Trick. Um euch einzuschüchtern. Lasst euch nicht täuschen. Sobald sie euch kommen sehen, werden sie mächtig auf die Tube drücken. Achtet einfach nicht auf sie. Das ist reine Einschüchterungstaktik.«

Sie verlassen die Kabine. Die grellen Scheinwerfer blenden sie. Alles wirkt künstlich. Alle Farben wirken erfunden. Wie aus einem Videospiel. Die Tribünen sind leer, und alles hallt. Jeder Schuss, jedes Röcheln, jedes Atmen, jedes Abprallen des Balles. Sie bleiben am Rand des Spielfelds. Schauen ihren Gegnern zu. Wie der Trainer es vorausgesehen hatte, hängen sie sich jetzt voll rein. Von hier aus gesehen scheinen sie zehnmal schneller zu laufen, als jeder von ihnen es je könnte. Jeder ihrer Pässe scheint die

Intensität eines Torschusses zu haben. Ihre Beine scheinen Magneten zu sein, die die Bälle anziehen. Ihr Ballbesitz ist von irrealer Perfektion. Sie wirken zweimal größer, zweimal breiter als jeder von ihnen. Cédric betrachtet die anderen um sich herum. Die Aufregung ist plötzlich wie verflogen. Die Worte des Trainers haben nichts bewirkt. Sie schauen verblüfft zu. Wie vom Blitz getroffen. Diese Typen, die bezahlt werden, um zu spielen, die Hunderttausende Euro verdienen. Und plötzlich begreifen sie, warum das nicht ihr Platz ist. Sie schauen ihnen zu, wie sie als Kinder den Spielern im Fernsehen zuschauten, wie sie sie auf den Postern an den Wänden ihrer Zimmer anstarrten. Wie die Verkörperung dessen, wovon sie geträumt haben und was sie nicht geworden sind. Champions, Athleten. Cédric lässt sich nicht täuschen. Da ist dieses riesige Stadion. Da sind die Lichter. Die vielfach verstärkten Geräusche. Die riesigen Schatten, die jeden Spieler noch länger zu machen, ihn zu vergrößern, in eine Art übernatürliche Kreatur zu verwandeln scheinen. Da ist diese Angeberei. Die tausendfach wiederholten Spielzüge, auf den Millimeter genau beherrscht. Und sie spielen allein. Wenn eine der Mannschaften den Ball hat, lässt die andere sie gewähren. Kein Pressing, keine Verteidigung, keine Hindernisse, keine Unfälle. Nur die perfekte Ballzirkulation. Das reinste Videospiel. Das Ganze zehn, fünfzehn Minuten lang. Länger werden sie in diesem Rhythmus nicht spielen. Niemand kann das. Fußball ist ein Ausdauersport. Cédric wirft einen Blick zum Trainer und versucht ihm mit einer Grimasse eine Botschaft zu vermitteln: Sie haben genug gesehen. Die Jüngeren lassen sich einseifen. Das ist das Signal.

»Los, wir gehen wieder rein.«

Alle gehen zu den Umkleideräumen. Alle werfen einen letzten Blick zurück. Erschrocken. Schon im Vorhinein geschlagen. Auf dem Gang stehen vier oder fünf Journalisten. Eine Kamera. Mikros. Sie stürzen sich auf den Trainer. Cédric und die meisten anderen gehen in die Umkleide. Andere zögern, fasziniert, als warteten sie auf eine günstige Gelegenheit. Dass einer dieser Typen zu ihnen kommt und sie interviewt. Dass man sie filmt. Die Jungen vor allem. Der Rechtsaußen. Der defensive Mittelfeldspieler. Der Libero. Diejenigen, die noch glauben, dass ihr Leben sich ändern wird. Dass ihr Schicksal auf sie wartet. Dass man sie, wenn sie aus diesem Spiel und denen, die folgen werden, als Sieger hervorgehen, bemerken wird. Ein Trainer der Zweiten Liga, der Ersten Liga. Ein Vertrag. Natürlich funktioniert das nie so, aber sie haben alle die gleichen Gedanken im Hinterkopf. Dass sie das im Blut, in den Beinen haben, aber dass niemand im richtigen Augenblick gekommen ist, um sie zu sehen, oder dass andere gewählt wurden, die nicht besser waren. Woran das alles gelegen haben mag, das fragen sie sich noch heute. Und obwohl sie jetzt hart trainieren, sind sie sich natürlich bewusst, dass sie gegenüber den anderen in den Trainingszentren ins Hintertreffen geraten sind, die von morgens bis abends trainieren, sieben Tage die Woche. Und natürlich sind sie jetzt Gefangene der Mannschaft. Des allgemeinen Spielniveaus. Der Gruppendisziplin. Unmöglich, sich als individuelle Persönlichkeit zu zeigen. Unmöglich zu brillieren, wenn deine Mannschaftskameraden dich runterziehen. Also träumen sie weiter. Dass man sie entdecken und mitnehmen wird, dass man sie aus ihrem

Leben holen wird und sie jeden Samstag in einem prestigeträchtigen Trikot brillieren werden, gefilmt von den Kameras von Canal Plus. Für sie das schöne Haus, der Porsche. Das große Leben. Die Spitzenspiele. Davon träumen sie wie von einer Revanche. Für manche. Für andere wäre es nur gerecht. So denken sie darüber. Eine Wiedergutmachung. Eine neue Weichenstellung. Also warten sie, und schließlich kommt ein Journalist zu Samuel. Linksaußen. Achtzehn. Schnell, technisch. Zu individualistisch, sagt der Trainer. Ständig dribbelt er und vergisst darüber die Mannschaft. Immer wählt er den Weg des Solisten, obwohl am zweiten Pfosten Greg wartet, der sich freigespielt hat. Aber nein, er stürmt los, eliminiert drei Spieler, und wird vom letzten Verteidiger oder vom Torwart selbst aufgespießt, der sich ihm in den Weg stellt. Was der Trainer jedoch vergisst, ist, dass er es manchmal tatsächlich schafft. Dass ihn die Verteidigung manchmal zwar zurückdrängt, aber schlecht zurückdrängt, und Antoine den Ball nur noch ins Netz zu ballern braucht. Und auch, dass er immer gesagt hat, dass er nicht dafür geschaffen ist, links zu spielen, sondern rechts, aber das hat der Trainer nie hören wollen. Der Typ fragt ihn, ob er zwei oder drei Fragen beantworten möchte, und Samuel erklärt sich dazu bereit. Man fragt ihn, wie sich das anfühle, im Viertelfinale der Coupe gegen Nantes zu spielen. Ob er das glauben könne. Ob er nicht zu beeindruckt sei. Er stammelt ein bisschen. Wenn sie hier sind, dann deswegen, weil sie das Niveau dafür haben, weil sie die anderen Mannschaften besiegt haben. Natürlich ist Nantes auf dem Papier stärker, aber wer weiß, in einem Spiel ist alles möglich. Sie werden ihr Bestes geben. Als der Typ auf das Fehlen von Antoine zu sprechen kommt, lässt er sich nicht aus der Ruhe bringen und wiederholt die Worte des Trainers, dass die Mannschaft nicht aus einem Spieler bestehe, dass Antoine nur einer der Spieler der Mannschaft sei. Sie müssten noch solidarischer als sonst sein, das sei alles. Dann stellt der Typ ihm Fragen über sein Leben. Man spürt, dass ihn nur das interessiert. Dass er später alles andere herausschneiden wird. Im Fernsehen wirkt das dermaßen pittoresk. Was machen Sie im wahren Leben? Landarbeiter. Ah, interessant. Der Junge auf den Feldern. Das Training nach der anstrengenden Arbeit. Und jetzt steht er hier vor den Kameras, in einer der nationalen Hochburgen des Fußballs, der einer Mannschaft, deren Name eine Legende ist, die Definition selbst einer bestimmten Idee des Spiels. Es geht nicht mehr um Fußball. Sondern um die Fernsehrealität. Die Minute Berühmtheit. Der Namen- und Gesichtslose, der ins Fernsehen kommt. Der Ruhm des Landarbeiters. Und was bauen Sie an? Pfirsiche, Aprikosen, Nektarinen, Melonen. Ah, wie tiefgründig, real, authentisch ... Natürlich der Süden, die guten Früchte, die Sonne. Ah, wie schön das sein muss, das Leben an der frischen Luft, das bescheidene Leben. Und dann plötzlich das Fernsehen, die Fußballstars, der unerreichbare Traum und die einzigartige Chance, ihm ganz nah zu kommen. Samuel stimmt zu, spürt, dass man ihm eine Falle stellt, dass man ihn erniedrigt, dass man ihn nicht ernst nimmt, dass man sich nicht für seine Beine, sein Dribbeln, seine Beschleunigungen interessiert, dass er nur eine Figur ist. Der Landarbeiter, der für einen Abend in die Welt des Fußballbusiness geschleudert wurde. Zum Abschluss fragt der Typ ihn, ob sie, egal wie das Spiel ausgehe, danach feiern und diesen unvergesslichen Moment genießen würden. Samuel versteht nicht, wovon er redet, er sagt Ja, und es ist vorbei. Der Typ dankt ihm und widmet sich einem anderen Spieler, um ihn zu interviewen. Samuel geht zu seinen Mannschaftskameraden am Eingang des Stadions. Er wartet ein paar Minuten, bis der Trainer kommt, und sie kehren ins Hotel zurück. Gehen auf ihre Zimmer. Er teilt seins mit Mehdi. Linker Verteidiger. 22. Arbeitet bei der Tankstelle vor der Ausfahrt nach La Napoule. Lebt mit seinen drei Schwestern und seiner Mutter. Seit dem Tod des Vaters bringt er das Geld für die Familie nach Hause. Kaum angekommen, streckt er sich auf seinem Bett aus, ruft zu Hause an, setzt dann seine Kopfhörer auf, nimmt seine Konsole und beginnt zu spielen. Samuel geht wieder hinaus. Irrt durch die Flure des Hotels und wirft einen Blick in die Bar. Findet vier Mannschaftskameraden vor, die Karten spielen. In einer Ecke unterhält sich der Trainer mit einem Typen, der sich Notizen macht. Sicher ein Interview für ein lokales Käseblatt. Immer die gleichen Fragen. Er verlässt das Hotel. Die Nacht ist hereingebrochen. Es nieselt. Er beginnt zu laufen. Der Trainer hat ihnen gesagt, sie sollen sich ausruhen, aber er kann nicht stillsitzen. Er muss sich bewegen. Sich um seinen Körper kümmern, seine Zeit, seinen Geist. Muss das morgige Spiel, das riesige Stadion, die gewaltigen Schatten und die Scheinwerfer, die Typen, die richtig Gas geben beim Spielen, und ihre Luxusschlitten, die am Eingang des Stadions auf einem von einem Wachmann bewachten Privatparkplatz parken, mal kurz vergessen. Kurz die Arbeit und seinen Chef vergessen, der ihn wie ein Stück Scheiße behandelt, ihn den ganzen Tag anschreit, ihm vorwirft, er sei langsam, würde zu lange Pausen machen und schlurfen. Seinen Alten vergessen. Der sich niemals damit abfinden konnte, dass er nicht weiterkommt, dass er in der vierten Liga stecken bleibt, obwohl er alles darauf gesetzt hatte, in der Schule stinkfaul war unter dem Vorwand des Fußballs und weil jeder, und er als Erster, sich einbildete, man würde aus ihm den nächsten Nasri machen. Der Alte am Steuer seines Taxis, der den lieben langen Tag auf den Staat die Steuern die Araber und die Unsicherheit schimpft. Seine Mutter, die in Lyon wohnt und ihr Leben damit verbringt, immer die falschen Kerle zu wählen, mit denen sie lebt, sie hinausschmeißt oder sich davonmacht und es sofort bedauert, ich bin unfähig, allein zu leben, und im Übrigen nicht arbeitet und nicht wirklich ein Zuhause hat. Die Großmutter zu Hause, weil der Alte das Altenheim nicht bezahlen will. Sie ist bei uns genauso gut aufgehoben, sagt er. Die Alte, die in ihrem Sessel vor dem Fernseher sabbert. Sich anpisst. Das stinkt, bis die Krankenschwester kommt, um sie zu waschen, zu behandeln und umzuziehen. Die Alte mit ihren glasigen Augen, bei denen man sich immer fragt, ob sie wirklich auf den Bildschirm blickt oder ob sie mit weit offenen Augen schläft, und die ihn in ihren seltenen Wachphasen für ihren Sohn hält. All diese Scheiße vergessen und durch die Nacht laufen, die Straßen, die wie Robbenhaut im Schein der Laternen glänzen, die niedrigen Häuser am Rande des Gewerbegebiets, das Brummen der Schnellstraße. Er läuft, sucht die Geschwindigkeit und das Brennen, denkt an den nächsten Tag, nicht an die Gegner, nicht an das Umfeld, nur ans Spiel, an die Bewegungen, an den Ball, das Tempo, die Ballführung. An morgen als die Chance seines Lebens.

Als er zurückkommt, sind die anderen beim Essen, und er geht hinauf, um sich umzuziehen. Er geht zu ihnen ins Restaurant. Der Trainer nimmt ihn beiseite und rügt ihn, der Form halber.

»Was hatte ich gesagt? Keine unnötige Anstrengung.«

»Aber ich musste mich ein bisschen abreagieren.«

Der Trainer nickt. Samuel mag ihn. Er ist geradeheraus. Jemand, mit dem man reden kann. Dem man vertrauen kann. Und Leute wie ihn kennt er nicht gerade viele. Der Trainer sagt, er solle sich setzen, und gibt dem Kellner ein Zeichen:

»Wir haben einen Nachzügler, wenn Sie ihm seine Vorspeise und sein Hauptgericht bringen könnten.«

Die anderen sind bereits beim Nachtisch. Spöttische Bemerkungen fliegen zwischen den Tischen hin und her, es wird herumgealbert, Manuel und Karim unterhalten sich über Motorräder, die Jungen über irgendwas im Fernsehen mit einem total bescheuerten Mädchen mit solchen Brüsten, die Älteren über Haus Heimwerken Kinder Autos. Tony sitzt bleich in seiner Ecke. Es ist nicht sicher, ob er dem Druck wirklich standhält. Der Trainer lässt ihn nicht aus den Augen. Gibt ihm einen Klaps auf den Rücken. Perez erscheint, als sie beim Kaffee sind, und alle richten sich auf. Alle verstummen. Sie sehen ihn nicht oft. Von Zeit zu Zeit taucht er nach einem Sieg in der Umkleide auf, entkorkt den Champagner und lädt sie danach in einen seiner Nachtclubs ein, um zu feiern. Vor den wichtigen Spielen nervt er sie mit schwachsinnigen Bemerkungen darüber, dass sie die Stadt vertreten und dass sie viel erreichen können. In der Regel redet er mit ihnen, als wären sie Armleuchter. Und ergeht sich in gewählten Ausdrücken wie

Ihr müsst euren Arsch bewegen, weil er sich vermutlich vorstellt, dass sie untereinander so reden. Samuel kann ihn nicht ausstehen. Und er weiß genau, dass dieser Typ sich nicht die Bohne für Fußball interessiert. Er hat gehört, wie sein Vater es überall herumerzählt hat, jedem, der es hören wollte, erklärt hat, dass dieser Kerl, dem die halbe Stadt und die umliegende Küste gehört, eine Art Möchtegern-Mafioso ist, dass der Klub nichts anderes als eine Waschmaschine, eine Geldwaschanlage ist, dass der Bürgermeister und alle Politiker vor ihm buckeln, weil er sie schmiert und überallhin einlädt, weil er sie alle an den Eiern hat, und auf diese Weise hat er die ganzen Baugenehmigungen in Nichtbaugebieten erhalten und kann in aller Ruhe seine kleinen Geschäfte betreiben, ohne dass ihm jemand dazwischenfunkt. Aber das schockt Samuel gar nicht mal so sehr. Er kann einfach rein instinktiv solche Kerle nicht ertragen. Ihre Überheblichkeit. Ihre Brutalität. Ihren Zynismus. Die rückgratlose Dreistigkeit, die die großen Geldsummen ihnen verleihen, mit denen sie jeden Tag umgehen. Er weiß sehr genau, dass diese Art von Kerlen und ihre stinkreichen Kollegen, die ebensolche Gauner sind, diese ganzen Typen, die mit ihren Jachten angeben und die Golfplätze unsicher machen, diese ganzen Typen, die Aktienportfolios, Aktienoptionen, Unternehmen, Offshore-Konten besitzen, dass diese ganzen Typen diejenigen sind, die die Zügel fest in der Hand halten und ihnen allen ständig den Kopf in die Scheiße drücken. Samuel spürt, vage, aber trotzdem, dass sein Vater sich täuscht. Dass der Feind nicht der Staat ist, die Steuern, die Linke, die Politiker, die Einwanderer oder was auch immer, sondern diese Typen. Perez bleibt nicht lange. Er erzählt ihnen irgendwas von der historischen Chance, die sich ihnen bietet. Sagt, sie sollen die Gelegenheit nutzen. Den Augenblick des Ruhms. Das Rampenlicht. Dass sie mit der großen Welt des Fußballs in Berührung kommen. Und dann verschwindet er auch schon wieder. Bestimmt, um sich mit anderen zu treffen, die wie er das große Geld hier herumschieben, bevor er sich mit drei Huren auf sein Fünf-Sterne-Zimmer im Stadtzentrum zurückzieht. Nachdem er sich verdrückt hat, verfügt der Trainer, dass es Zeit ist, schlafen zu gehen, und alle gehen auf ihre Zimmer. Die Stille der isolierten Zimmer. Das grelle Licht der Halogenlampen. Der Fernseher, den man anstellt, um durch die Kanäle zu zappen. Um den Raum auszufüllen. Die Zeit. Jeder weiß, dass er noch nicht bereit ist zu schlafen. Weil es früh ist. Weil in diesen Hotels alles dazu angetan scheint, dass die Angst, der Stress oder was auch immer einen einfach nicht schlafen lässt. Weil morgen kein Tag wie jeder andere ist. Für die meisten. Fast alle. Die letzte Chance. Der Höhepunkt von etwas. Bevor der Abhang sie in die andere Richtung reißt. Nach unten jedenfalls. Das normale Leben. Das Ende einer Ära. Die letzte Schraubendrehung. Sie wissen, dass sie verlieren werden. Dass ihr Leben wieder seinen Gang gehen wird. Auf denselben Gleisen nach dieser kleinen Laune des Schicksals. Die sie hat ahnen lassen, was aus ihnen hätte werden können. Was sie nicht geworden sind. Die ihnen die Möglichkeit vorgegaukelt hat, einen anderen Zug zu nehmen, denjenigen noch einzuholen, von dem sie glaubten, er sei der ihre, der jedoch nie auf sie gewartet hat. Den sie verpasst haben, weil sie zu spät kamen. Weil sie nicht die richtige Fahrkarte hatten. Oder die Mittel, sie sich zu leisten.

20

CÉCILE

Sie sind verloren. In der Stadt, die in hellem Aufruhr ist. Seit wie vielen Tagen sind sie jetzt hier und warten, irren umher, unsicher, hilflos, einen Kloß im Magen und im Hals? Um sie herum ist alles in heller Aufregung. Teams von Journalisten filmen die Straßen, die Strandpromenade, interviewen die Passanten. In allen Bars, allen Cafés, allen Restaurants läuft ein Fernseher. Alle haben sich bereits einen Platz gesucht. Man trinkt, prostet sich zu. Und sie sitzen in ihrer Ecke, so weit wie möglich vom Bildschirm entfernt, beim Abendessen, blicken sich um, fragen sich, wie sie die Rückkehr ins Hotel noch ein wenig hinausschieben können, und fühlen sich noch stärker fehl am Platz. Sie trinken in kleinen Schlucken einen Aperitif, den Blick aufs Meer gerichtet. Die Promenade, die von Platanen gesäumt wird, deren Rinde sich schält wie Haut, die im Sommer zu lange der Sonne ausgesetzt gewesen war. Das mit einer Plane abgedeckte Karussell. Die verrammelten Eisbuden. Der Anpfiff ertönt. In der ganzen Stadt steigt Gemurmel empor und vermischt sich mit dem gedämpften Rauschen des Meeres. Im Speisesaal des Restaurants erschallen Pfiffe und anspornende Rufe. Es ist das erste Mal, dass sie in diese Gegend kommen. In diesen

Badeort. Oder diese Stadt am Meer, sie wissen es nicht so genau. Ein bisschen beides vermutlich. Sie wussten nicht, dass es hier eine Fußballmannschaft gibt, die so viel leidenschaftliche Begeisterung auslöst. Sie haben im Hotel nachgefragt. Man erklärte es ihnen: die Coupe de France, der Däumling, der Starspieler im Krankenhaus. Sie nickten. Das alles sagte ihnen nicht viel. Es fügte der Unwirklichkeit ihrer Situation lediglich noch einen Schuss Unwirklichkeit hinzu.

Die Polizei hatte sie angerufen. Wir haben Ihre Tochter gefunden. Hier. Am anderen Ende von Frankreich. Dort, wohin sie sich bereits vor ein paar Monaten mit Abel geflüchtet hatte. Wieso hatten sie nicht daran gedacht? Wie war es möglich gewesen, dass sie sich damit begnügt hatten, in ihrem Wohnzimmer oder in ihrem Büro auf das Klingeln des Telefons zu warten oder immer wieder auf dem Kommissariat nachzufragen? Sie nimmt es ihm übel. Ihrem Mann. So träge. Defätistisch. Unbeweglich. Mehr kann man nicht machen. Es ist sinnlos. Sie haben eine Suchmeldung herausgegeben. Ermittlungen aufgenommen. Sie machen ihre Arbeit. Der Beweis: Sie haben eine unbekannte junge Frau gefunden, aus der kein Wort herauszubekommen war. Sie haben ermittelt. Und sind schließlich auf Léa gestoßen. Haben die Ereignisse miteinander in Verbindung gebracht. Die Fotos. Die Daten. Da war diese Schriftstellerin, die sie eine Weile bei sich aufgenommen hatte, der sie sich mit ihrem Namen vorgestellt hatte, die einzige Person hier, mit der sie geredet hatte. Und dann das Haus des Großvaters von Abel. Das war kein besonderes Kunststück. Oder doch. Für sie vermutlich schon. Sie ließen alles stehen und liegen und sind sofort hergekommen. Man sagte ihnen, das Krankenhaus weiß Bescheid, sie erwarten Sie. Sie versuchte mehr zu erfahren, aber sie bekam immer wieder das Gleiche zu hören: Ihre Tochter stehe unter Schock, sie brauche Zeit, Ruhe, Hilfe, Unterstützung, Antidepressiva. Eine Therapie. Wann würde der Albtraum ein Ende haben? Wann hatte das alles angefangen, aus dem Ruder zu laufen? Wieso hatten sie es nicht kommen sehen? Welche Fehler hatten sie gemacht? Sie war so brillant. So hübsch. Vernünftig. Hatte eine große Zukunft vor sich. Vorprogrammiert in gewisser Weise. Sie war in einem wohlhabenden Haus aufgewachsen. Mit so viel Geld, dass es nie zu einem Problem wurde. Werte. Bücher. Eine gewisse moralische Anständigkeit, hatten sie gedacht. Sinn für Verantwortung. Arbeitsmoral. Sie hatte eine gute Erziehung erhalten. Musik. Reiten. Eine gute Schule. Und das alles wohlbehütet. Geschützt. In einer Stadt, die ebenfalls geschützt war. Fern der Pariser Exzesse. Der Unruhen in den Banlieues. Natürlich war da dieses Jahr gewesen, in dem es so ausgesehen hatte, als würde sie den Boden unter den Füßen verlieren. Sie hatte ein Jahr verloren, ohne dass irgendjemand wusste, was da passiert sein mochte. Doch alles hatte sich rasch wieder zurechtgerückt. Zumindest waren sie davon überzeugt gewesen. Das alles lag hinter ihnen. Eine Pubertätskrise oder irgendetwas in der Art. Als sie nach dem Abitur von dieser Schule in Paris angenommen worden war, hatten sie sich daher nichts von alledem träumen lassen, sie hatten ein Einzimmerappartement im sechsten Arrondissement gemietet, nicht weit weg von ihrer Tante, die hochentzückt war, den Anstandswauwau für ihre Nichte zu spielen und sie vom Quartier

Latin nach Saint-Germain-des-Prés zu begleiten. Jedes zweite Wochenende kam sie nach Hause. Und in den Ferien. Sie fand, dass sie sich verändert hatte. Es war schwer zu erklären. Er bemerkte wie üblich nichts. Das bildest du dir ein, sagte er. Wie sehr er ihr manchmal auf die Nerven gehen konnte. Immer waren ihm seine Akten und seine Golfpartien wichtiger. Er war nicht imstande, ein auch nur andeutungsweise persönliches Gespräch zu führen. Unfähig zur geringsten psychologischen Reflexion. Störrisch, wenn es darum ging, Gefühle zu zeigen. Ein Mann alter Schule. Und dann war da dieser Abel gewesen. Wo mochte sie ihn kennengelernt haben? Was hatte sie nur so für ihn eingenommen, dass er sie verzaubern und in seine krankhafte Spirale hatte hineinziehen können? Jacques machte ihn für alles verantwortlich. Ein labiler Junge. Ein Drogensüchtiger. Ein Gauner. Der seine Tochter auf dem Gewissen hatte. Und man könne sicher sein, dass er ihm nicht nachweinen würde. Für Léa sei es eine schreckliche Prüfung. Aber eine Prüfung, die sie überwinden würde, dachte er. Er hatte fest daran geglaubt. Selbst, als sie sie ins Krankenhaus hatten bringen und dort hatten lassen müssen. Wochen-, monatelang. Selbst als sie sie beschimpft hatte. Ihnen ins Gesicht gespuckt hatte. Ihnen wegen etwas böse gewesen war, wofür sie nicht verantwortlich gemacht werden konnten. Cécile hatte versucht, Jacques zu beruhigen, indem sie ihm gesagt hatte, es sei unvermeidlich. Sie sei wütend. Traurig und wütend. Auf das Schicksal. Auf das Leben. Sie suche nach Verantwortlichen. Das sei nur menschlich. Léa hielt sie für schuldig, wenn sie sie nicht zu sich zitiert hätten, nachdem sie entdeckt hatten, dass sie schon seit Monaten nicht mehr zur Uni gegangen war, wäre Abel nicht gestorben. Léa hatte es ständig wiederholt. Aber was hätten sie sonst machen sollen? Zulassen, dass sie ihr Studium hinschmeißt? Ihr Leben? Wegen einer Laune? Mit diesem Drogensüchtigen ohne Zukunft? Es war furchtbar schmerzlich gewesen, das alles zu akzeptieren. Aber was sie letztlich am meisten irritierte, war die Frage, die ihr nicht aus dem Kopf ging: Dass dieser Typ irgendwo in sie eingedrungen sein musste. Eine Spalte. Deren Umrisse sie allerdings undeutlich wahrgenommen hatten. Und als Léa nach Abels Tod den Boden unter den Füßen verloren hatte, hatte Cécile angefangen, sich zu sagen, dass dieser Spalt schon seit langem in ihr gewesen sei und sich niemals wirklich geschlossen habe und sich nichts anderes wünsche, als sich zu öffnen und in einen Abgrund zu verwandeln. Dass Abel nur der Vorwand gewesen sei. Der Auslöser. Der Funke. In ihren Augen las sie einen ständigen Vorwurf, aber auch noch etwas anderes: die Art und Weise, wie sie sie schon lange vorher angesehen hatte. Cécile hatte es gespürt. Jacques natürlich nicht. Das bildest du dir ein, mein Schatz. So etwas wie Verachtung. Eine Zurückweisung. Und nach Abels Tod hatten Léas Worte und Blicke diese Intuition bestätigt. Was warf sie ihnen eigentlich vor? Cécile wusste es nicht. Ihren angeblichen Konformismus. Die Freudlosigkeit ihres Lebens. Ihre Besonnenheit. Ihren Paternalismus *(sic)*. Ihre Engstirnigkeit (erneut *sic*) und so weiter und so fort. Was sollte sie darauf antworten?

Die Vorspeisen werden serviert. Aber niemand scheint groß darauf zu achten. Sie nicht, ihr Mann nicht und die anderen Gäste auch nicht, ja nicht einmal die Kellner.

Jacques checkt die E-Mails auf seinem BlackBerry (sie zieht eindeutig das iPhone vor, doch Jacques findet, das ist alles nur Marketing, was für »Gobos«, ein Neologismus, auf den er sehr stolz ist, eine Kombination von »Gogo« und »Bobo«, also eine Mischung von Einfaltspinsel und alternativem Wohlstandsbürger). Und die übrigen Gäste starren auf den Bildschirm, rülpsend und Bier in sich hineinschüttend zu Ehren von elf armen Jungs, die einem weiszumachen versuchen, dass im Sport wie in allem anderen die Würfel nicht gezinkt sind, dass Raum bleibt für Beherztheit, Solidarität, Schneid und dass das einen Unterschied machen kann angesichts des Geldes und des Professionalismus. Sie schenkt sich ein weiteres Glas ein. Draußen hüllt die Nacht das Meer ein, alles ist nichts als eine Überlagerung mehr oder weniger glänzender, mehr oder weniger opaker, mehr oder weniger wogender, mehr oder weniger regloser Schwarztöne. Ihr Telefon beginnt genau in dem Augenblick zu klingeln, in dem das ganze Restaurant den Kopf hängen zu lassen scheint. Trotz ihres Engagements, brüllt der Kommentator, trotz ihrer Solidarität in der Verteidigung hat die Logik gesiegt, Nantes führt 1:0. Sie wirft einen Blick auf das Display. Es ist ihr Sohn. Er erkundigt sich, was es Neues gibt. Wie jeden Abend. Sie geht nicht ran, ist sich nicht sicher, ob sie ihn hören will, sie kann ihm nichts Neues berichten, fürchtet, erneut in Tränen auszubrechen und ihn am anderen Ende der Leitung zu beunruhigen. Er war da an dem Tag. Als Jacques es für angebracht hielt, einen Familienrat einzuberufen. Die Jüngste war ebenfalls da, aber sie wirkte so verloren, so hilflos, so emotional, dass sie nicht wirklich mitreden konnte. Ihr Aber sie liebt ihn doch, Aber sie lieben sich doch brachten alle zur Verzweiflung. Und er, was hatte er an dem Tag und an den folgenden Tagen dazu zu sagen gehabt? Sie hört in sich hinein. Seine Schwester krepierte in einer psychiatrischen Klinik, man pumpte sie voll mit Chemie, sie litt, weil sie den Mann, den sie liebte, hatte sterben sehen, und er fand, sie übertreibe. Sie hätte ihm an liebsten eine runtergehauen, aber damit hätte sie das Unerhörte eingestanden: Ihr Sohn nervte sie schon seit geraumer Zeit mit seiner rationalen Kälte, seiner Zurückhaltung, seinem Mangel an Mitgefühl und Zärtlichkeit, während Léa trotz ihrer Eskapaden ihr ganzes Leben war. Ja, sie stand auf ihrer Seite. Wenn sie tief in sich hineinhorchte, stand sie auf ihrer Seite, hatte aber nie gewusst, wie sie es ihr sagen, wie sie es sie spüren lassen sollte. Sie betrachtet Jacques, wie er seine Languste in sich hineinschlingt, und plötzlich bringt auch er sie auf die Palme. Mein Gott, wie er sie manchmal auf die Palme bringt. Von Zeit zu Zeit. Immer. Aber nach so vielen Jahren ist das vermutlich unvermeidlich. Geschrei erfüllt den Raum, Los, los, brüllen drei Typen, die gebannt auf den Fernseher starren. Es folgt ein langer Seufzer der Enttäuschung. Eine Stille, die von den Kommentatoren ausgefüllt wird. Tja, dieser junge Tony Verger hat mehr auf dem Kasten, als man vermutet hätte. Wenn das der Ersatz für Antoine Da Costa ist, von dem alle hier sprechen, dann kann man es kaum erwarten, das Original zu sehen … Sie auch nicht. Die Assistenzärztin hat gesagt, sie könnte ihn vielleicht morgen sehen. Wenn er einverstanden ist. Sie meint, es könnte sein, dass Léa mit ihm gesprochen habe. Wenn sie mit jemandem gesprochen habe, dann mit ihm, hatte sie behauptet, ohne sich weiter dazu äußern zu wollen. Intuition, hatte sie ausweichend gesagt. Mein Gott. Was hat Intuition damit zu tun?

»Du hast etwas Mayonnaise im Mundwinkel, Jacques.«
Er lächelt, wischt sie mit seiner Serviette ab und schenkt sich Wein nach. Er ist so steif, so unflexibel. So auf seine großen Werte fixiert, die nichts bedeuten. Borniert. So engstirnig. Léa ist schwach gewesen, wiederholt er alle naselang. Mehr scheint er dazu nicht zu sagen zu haben. Damit setzt er sie herab. Was willst du, Léa ist schwach … Als handelte es sich um ein altes Pferd, das man abschreibt. Warum sagt er nicht »zerbrechlich«? »Überempfindlich«? Warum soll Léa sich dafür entschuldigen, dass sie zerbrechlich ist? Wieso soll das eine Schande sein? Denn genau darum handelt es sich, vermutet sie. Um eine Art Schande. Eine Schmach, die sie ihm angetan hat. Die sie ihnen angetan hat. Indem sie vom rechten Weg abkam. Strauchelte. Den Boden unter den Füßen verlor. Und genau das vermag er nicht zu akzeptieren. Sie betrachtet ihn und ist überrascht, dass sie innerlich so redet. Wie kommt es, dass sie plötzlich solche Gedanken hat? Wie konnten sich die Worte ihrer Tochter innerhalb weniger Monate in ihren Mund einschleichen? Diese Vorwürfe. Warum hat sie sie sich jetzt zu eigen gemacht? Und durch welches Wunder glaubt sie sich jetzt von ihnen reinwaschen zu können? Denn sie richteten sich ja auch gegen sie. Aber sie verwechselt nicht die Ursachen und die Symptome. Léa ist abgestürzt. Hat ihr Vertrauen missbraucht. Hat sie zurückgewiesen. Ihnen die Schuld gegeben. Aber Schuld woran? Dass sie ihr nicht alles nachgesehen haben? Dass sie reagiert haben, als sie die Kontrolle verlor, Dummheiten machte, sich mitreißen ließ? Sie schenkt sich ein wei-

teres Glas ein. Sie hat schon zu viel getrunken. Oder es sind
die Medikamente. Jacques ihr gegenüber sagt nichts. Wirft
einen Blick auf das Spiel. Kaut ein Stück Brot. Draußen
herrscht so tiefe Nacht, dass es keinen Unterschied macht,
ob sie hier zu Abend essen oder anderswo. Das Meer ist
unsichtbar. Lediglich eine glatte Fläche. Ohne Bewegung.
Ohne Gezeiten. Ohne smaragdgrüne Variationen. Ohne
Veränderungen am Himmel. Sie hat das Mittelmeer nie
besonders gemocht. Die Hitze im Sommer. Diese überfüll-
ten Strände diese Neonlichter diese Palmen. Selbst der Akzent stört sie. Irgendetwas in der Luft, der Landschaft. Etwas Laszives. Verwirrendes. Sie blickt sich um. Ein Wort
kommt ihr in den Sinn, das sie sich nicht einzugestehen
wagt. Ordinär. Diese Inneneinrichtung. Diese Leute. Ihr
Benehmen, ihre Art, sich zu kleiden. Und die faszinierten
Blicke, mit denen sie das Fußballspiel verfolgen. Dieser
Geruch nach Bier. Pastis. Billigem Rosé. Es widert sie an.
Was macht sie hier? Was hat Léa hier gemacht? All diese
Wochen mit Abel. Und jetzt? Verschwunden, obwohl es
ihr besser zu gehen schien. Man sich um sie kümmerte. Sie
überwachte. Die Medikamente versetzten sie in eine Art
Benommenheit, Trägheit, Nebel. Sie war, wie soll man sagen, weniger lebendig. Ständig müde. Das Gesicht zu einer
traurigen Maske erstarrt. In demonstrativer Trauer. Wie
diese Miene sie nerven konnte. Mein Gott, wie gern hätte
sie ihr gesagt: Du bist zwanzig. Du wirst darüber hinwegkommen. Aber sie hatte sich geschämt, so etwas zu denken. Wer war sie schon, um Léa das Recht zu lieben abzu-
sprechen? Wer war sie schon, um fest davon überzeugt zu
sein, dass es ein solches Gefühl im Grunde gar nicht gab,
dass es sich nur um eine Wunschvorstellung, eine Illusion

handelte? Sollte sie kalt geworden sein? Hart? Sollte sie die wenigen Illusionen verloren haben, die sie jemals gehabt hat? Sollte es so weit gekommen sein, dass sie den anderen das Recht absprach, anders, als sie selbst es getan hatte, zu fühlen, zu denken, ihr Leben aufzubauen? Sie, die niemals so geliebt hatte. Wie in den Büchern. Den Filmen. Wie ihre Tochter geliebt zu haben schien. Sie war nie hingerissen gewesen. Außer sich. Überwältigt. Sie hatte Jacques geheiratet, weil sie ihn für zuverlässig und solide gehalten hatte. Weil er gutsituiert war. Alles schien vorgezeichnet, festgeschrieben, unhinterfragbar. Ein Leben vernünftiger Leute. Die sparen, investieren, bauen. Nun ja. Wozu über all das nachdenken? Es ist zu spät. Léa ist irgendwo da draußen. Man muss sich den Tatsachen beugen. Als man sie endlich gefunden hatte, war das eine solche Freude gewesen, eine solche Erleichterung, das Ende eines Albtraums, aber es hatte nur ein paar Stunden gedauert. Sie waren in ihr Auto gesprungen, und als sie hier ankamen, war sie nicht mehr da. Wochen unerträglicher Angst, in denen sie zwischen Hoffnung und Verzweiflung schwankten. Verzweiflung meist. Und dann der Silberstreif am Horizont, wahnsinnige Hoffnung. Und nichts. Erneut verschwunden. In Luft aufgelöst. Als wäre nichts geschehen. Außer dass sie natürlich am Leben ist. Woran sie nie wirklich gezweifelt hat. Sie hat sich einfach verboten, das Gegenteil zu denken. In all diesen langen Wochen. Hilflosen, stumpfsinnigen, absurden Wochen. Sie blieb allein zu Hause und starrte ihr Telefon an. Jacques war in seinem Büro und versuchte sich ablenken zu lassen, ohnehin völlig überarbeitet, und sie hat die Vermutung, dass er sich absichtlich in die Arbeit flüchtet. Übrigens wird er nicht hierbleiben können, um zu warten, er wird hin- und herfahren, um zu regeln, was er zu regeln hat. Wie auch immer, er hat das Gefühl, dass er hier zu nichts nutze ist. Die Polizei tut alles, was notwendig ist, um sie zu finden. Sie wird nicht weit kommen, sagen sie. Ohne Geld, ohne nichts. Jacques wird vermutlich in ein paar Tagen nach Hause fahren. Für sie kommt das nicht infrage. Auch nur einen Augenblick nicht hier zu sein kommt ihr wie ein Fehler vor. Eine Art Kapitulation. Als würde sie sie im Stich lassen. Dass er auch nur daran denken kann, macht sie wütend. Auch wenn er behauptet, er könne nicht anders, er könne nicht so lange wegbleiben. Er bestellt ein Dessert. Um sie herum ist alles plötzlich wie elektrisiert. Erneut stehen alle auf, zittern, schreien. Und es ist eine Explosion der Freude. Sie haben den Ausgleich geschafft. Es ist kaum zu glauben. Der Kommentator ist völlig aus dem Häuschen und übertreibt mächtig, spricht von dem Schreinergesellen, der als Ersatzspieler fast durch Zufall in das Match geraten ist und diese ganzen Profis an der Nase herumgeführt hat, dank einer perfekten Vorlage des Mannschaftsveteranen, Busfahrer von Beruf und Torwart, dessen Herauslaufen zunächst riskant wirkte, zumal er sich wie ein Feldspieler in die gegnerische Hälfte gewagt hatte. Es folgt ein lausiges Wortspiel, irgendetwas über das Talent, das man haben muss, um eine Aktion und eine Mannschaft zum Sieg zu führen. Jacques hebt die Hand, und der Kellner kommt zu ihm, ohne den Blick vom Bildschirm abzuwenden.

»Ich hatte ein Dessert bestellt.«

»Ach ja, tut mir leid, es kommt gleich. Aber wissen Sie, durch das Spiel ist alles ein bisschen verrückt heute.«

Jacques nickt kühl. Blickt auf die Uhr. Als hätten sie noch etwas vor, das sie zur Eile anhält. Cécile dagegen betet, dass sich alles in die Länge zieht. Sie mag weder den Ort noch die Leute und auch nicht diese Spielatmosphäre, aber es herrscht wenigstens Leben, und im Augenblick erschreckt nichts sie mehr als die Stille ihres Hotelzimmers, die das Geräusch des Meeres nicht ausfüllen kann. Denn es ist zu kalt, um die Fenster zu öffnen, und es sind Doppelfenster. Alles außer dieser Nacht, die nicht enden wird. In der sie nicht wird schlafen können trotz der Schlafmittel und ihr Telefon anstarren wird, als könnte sie es dadurch zum Klingeln bringen. Alles außer Jacques' Schnarchen und sein zu breiter Körper im selben Bett. Sie ist es nicht mehr gewohnt. Gott sei Dank ist das Haus so groß. Sie hat dort ihr eigenes Schlafzimmer. Schon so lange, dass sie sich nicht mehr erinnert, dass es einmal anders gewesen war. Dass sie in einem Bett geschlafen hatten. Dass sie miteinander geschlafen hatten. Dass sie an manchen Abenden sogar etwas Lust empfunden hatte, nach ein paar Gläsern Champagner, bevor er seinen Bauch hatte wachsen lassen, während sie sich, wenn sie sich nach der Dusche im Spiegel sah, durchaus noch schön fand. Die Desserts kommen, und im Fernsehen läuft Werbung. Das Restaurant hat sich für ein paar Minuten geleert. Manche stehen draußen vor den Fenstern, ziehen an ihren Zigaretten und reiben sich die Hände, um sie zu erwärmen. Vor der Toilette warten gut zehn Personen. Sie muss zugeben, dass diese Leute heute Abend trotz allem glücklich zu sein scheinen. Oder zumindest genau am richtigen Platz sind und glücklich, dabei zu sein. Bier mit Freunden zu trinken und sich über die Leistung ihrer Mannschaft zu freuen.

Als das Spiel weitergeht, sind sie beim Kaffee. Jacques hat um die Rechnung gebeten, und Cécile schlägt ihm, um das Unausweichliche noch etwas hinauszuzögern, einen kleinen Digestif vor. Einen guten Whisky oder etwas anderes. Sie wundert sich über sich selbst, dass sie ihn in Versuchung führt, da die letzten medizinischen Untersuchungen ihn gezwungen haben, auf seine Ernährung zu achten. Das Fett zu reduzieren. Den übermäßigen Zuckerkonsum. Den Alkohol. Und besonders die starken Sachen. Er war lustiger, wenn er trank, denkt sie bei sich. Wenigstens entspannte er sich ein wenig. Wurde gesprächig. Versuchte Witze zu erzählen. Auch wenn sie ein bisschen plump, ein bisschen dreckig waren. Aber das lockerte die Stimmung immerhin durch ein wenig Fröhlichkeit auf. Er trinkt seinen Kaffee und holt sein Zigarrenetui aus seiner Jacke.

»Bestell ruhig was, wenn du willst. Ich werde am Strand rauchen.«

»Das macht dir nichts aus?«

Er antwortet kaum, steht auf und verlässt den Raum, in dem plötzlich eine Grabesstimmung herrscht. Nantes führt wieder. Und seitdem hat ihre Mannschaft keine Ballberührung mehr. Sie bestellt ein Glas Champagner. Der Kellner macht ein komisches Gesicht. Als würde er eine Verbindung herstellen zwischen dieser Bestellung und dem Tor von Nantes.

»Sie sind doch hoffentlich keine Bretonin?«

Im ersten Augenblick versteht sie die Frage nicht. Begnügt sich damit zu verneinen. Als hätte diese Frage einen bedrohlichen Unterton. Und Bretonin ist sie sowieso nur ganz entfernt. Von den Sommerferien her, als sie klein war, bei ihrer Großmutter in Saint-Coulomb. Sie lebten in Paris, im vierzehnten Arrondissement. Sie liebte diese langen Sommer. Die wilden Strände zwischen den mit Stechginster und Heidekraut bewachsenen Landzungen. Das Haus von Colette am Strand von Roz Ven, gekrönt von Kiefern, zu dem ein Schotterweg an Feldern vorbeiführte und das »Le Blé en herbe« genannt wurde. Auf der anderen Seite breitete sich eine kleine Bucht aus, an deren Ende sich auf einer kleinen Insel das Haus befand, in dem Léo Ferré eine Weile mit seinem Schimpansenweibchen Pépée gelebt hatte. Dieser Typ machte ihr immer ein bisschen Angst, wenn sie ihn im Fernsehen sah. Sie erinnert sich an ihre Angst, an die Vorstellung, ihm dort zu begegnen. Ihre Erinnerungen an die Bretagne waren vor allem das. Die Cousins die Cousinen. Die Nachmittage am Strand. Das eiskalte Wasser. Krabben sammeln bei Ebbe. Und dann wechselte es. Die Sommer in Dinard. Das Ferienhaus. Die kleinen weißblauen Zelte am Strand. Die Segeltörns. Die Restaurants an der Promenade du Clair de Lune. Der Golf zwischen Saint-Lunaire und Saint-Briac. Die Abende, an denen Jacques einem Gutteil seiner Klienten, Pariser Bekannten, begegnete. Man wusste nie, ob er bei der Arbeit war, mitten in der Öffentlichkeitsarbeit, oder im Urlaub. Es war nicht unangenehm. Man badete in dieser etwas altmodischen Eleganz, die sie zu lieben gelernt hatte und die die Farbe ihres Lebens geworden war. In ihrem Haus im Berry. An der Côte d'Émeraude. Doch etwas in ihr trauerte den wilden Sommern in Saint-Coulomb nach. Obwohl es kaum zwanzig Kilometer weiter war. So nah. Und doch so fern. So viele Jahre. Ein anderes Leben. Im Saal ertönt ein erleichtertes Uff. Der Torhüter hat einen Freistoß abgewehrt, der auf die Torecke zielte, eine tolle Leistung dem Urteil des Kommentators zufolge, eine Abwehr auf internationalem Niveau, ohne die es mit den winzigen Hoffnungen, die der Klub sich noch machen konnte, vorbei gewesen wäre. Es bleiben noch 25 Minuten zu spielen, und Nantes scheint ein bisschen auf der Stelle zu treten. Sie wirft einen Blick auf die Partie. Sie hat keine Ahnung. Weiß nicht, wer in Gelb und wer in Rot spielt. Weiß nicht einmal, in welcher Richtung das funktioniert. Wer muss wohin schießen?

»Gehen wir?«

Sie dreht sich um. Jacques ist zurück. Er hat gerade einen Schein als Trinkgeld auf den Tisch gelegt.

»Warten wir nicht das Ende des Spiels ab?«, fragt sie zu ihrer eigenen Verwunderung.

Er hat sie nicht gehört. Oder tut so. Aber das ist sie von ihm gewohnt. Er geht nie wirklich auf ihre Fragen, ihre Vorschläge ein. Sie brechen auf, wenn er beschließt, dass es Zeit ist. Sie zieht ihren Mantel an, und sie gehen hinaus. Plötzlich explodiert die Stadt. Stimmen ertönen von allen Seiten. Aus den Bars, den Restaurants, den Häusern. Ein Schrei wie aus einer Kehle. Dabei war ihr der Badeort menschenleer vorgekommen. So sehr, dass sie sich, als sie angekommen waren, gefragt hatte, ob hier überhaupt jemand wohnt. Außer ein paar alten Leuten in ihren Villen, ihren luxuriösen Altersheimen. Und ein paar wenigen Touristen, die die Hotels und die Restaurants am Meer unsicher machen.

»Das muss der Ausgleich gewesen sein.«

Jacques zuckt die Achseln. Sie gehen zum Hotel, dessen blaues Neonschild sich im Wasser spiegelt. Eine schwarze

Lasur, Satin, in dem ein bisschen versunkenes Türkisblau verläuft. Sie denkt an morgen. An den Termin auf dem Kommissariat. Der tägliche Treffpunkt. Mit diesem langen Typen mit Ringen unter den Augen, der völlig überfordert, vollkommen inkompetent wirkt. Jacques öffnet die Tür des Hotels. Schaut nicht einmal nach, ob sie hinter ihm ist. Sie bleibt auf der anderen Seite der Glastür und sieht, wie er den Schlüssel nimmt, in den Aufzug geht, sich zur Tür umdreht und bemerkt, dass sie nicht da ist. Seine ganze Reaktion ist eine Bewegung mit dem Kinn, die sagen will, Was ist, wo bleibst du denn? Mit zwei Fingern bedeutet sie ihm, dass sie ein bisschen laufen wird.

Sie friert etwas. Sie blickt auf ihre Uhr. Es müssen noch fünf Minuten zu spielen sein, und man hört nur noch das Meer, sein Zischen. Gelegentliches träges Plätschern. Nein, das hier ist eindeutig nicht das Meer. Es wirkt nicht wirklich lebendig. Eine etwas schlaffe Hülle, ohne Muskeln, ohne Sehnen. Aber es ist nicht unangenehm. Es liegt eine große Sanftheit darin. Lässigkeit. Und genau das braucht sie jetzt. Und es ist niemand da, der ihr das gibt. Der sie tröstet. Sie beruhigt. Sie in die Arme nimmt. Sie ist im Begriff, ihre Tochter zu verlieren. Sie weiß nicht einmal mehr, wo sie ist. Noch ob sie überhaupt lebt. Ob sie sie eines Tages wiedersehen wird. Was hat sie gemacht, um das zu verdienen? Was hat sie nicht gemacht? Sie ist immer da gewesen. Sie hat sie immer geliebt. Leidenschaftlich. Bedingungslos. Wie man seine Kinder liebt. Sie hat es ihr nie wirklich gezeigt. Und noch weniger gesagt. Aber es gibt ja Beweise. Und die sollten genügen, oder nicht? Sie war nie begabt für Gefühlsausbrüche und zärtliche Worte. Lange fand sie das lächerlich, albern, kindisch, unpassend. Jetzt ist sie sich nicht mehr so sicher. Vermutlich hätten sie wirklich mit ihr reden müssen. Ihr zuhören. Ihr Herz erforschen. Ihr Gehirn. Versuchen zu verstehen. Was in ihr vorging. Die Gefühle, denen sie ausgeliefert war. Vermutlich. Aber nun ja. So ist sie eben nicht. Und in ihrem Alter verändert man sich nicht plötzlich wie durch Zauberhand ... Und außerdem hätte Jacques eine solche Beziehung missbilligt. Wir sind ihre Eltern, nicht ihre Freunde. Zärtlichkeit, die Worte »ich liebe dich«, all das ist dermaßen lächerlich. Eine Schwäche. Und er hasst nichts mehr als Schwäche. Rührung. Demonstrativ zur Schau gestellte Gefühlsduselei. Sie macht noch ein paar Schritte, zögert, ihre Schuhe auszuziehen. Entschließt sich. Lässt ihre Füße ins Wasser gleiten. Gar nicht so kalt, wie sie gedacht hätte. Unerwartet angenehm. Sie spürt, wie ihre Knöchel sich entspannen, ihre Waden leichter werden. Sie läuft ein bisschen durch die tiefe Nacht, die Schuhe in der Hand. Und plötzlich eine erneute Explosion. Schreie, Beifall. Und es nimmt kein Ende. In den letzten paar Minuten haben sie wohl noch ein Tor geschossen. Bis zum Abpfiff hört es nicht auf. Das hysterische Geschrei. Sie läuft weiter. Und es sind Freudenschreie. Gesänge. Und jetzt das Halbfinale, brüllt jemand. Und alle applaudieren. Wir sind im Halbfinale, wir sind im Halbfinale! Auf diese Melodie, die alle kennen. Diese Melodie, die man 1998 überall hörte, und dann 2006. Zidane und seine Jungs. Was ihr damals herzlich egal war. Diese Welle der Begeisterung überall in der Stadt. Diese lautstarke Freude, all das für Typen, die Ball spielten. Aber hier und jetzt tun ihr die Freude, das Geschrei gut, während sie am Meer entlanggeht. Sie möchte ein Zeichen darin sehen. Ein Versprechen.

21

GRINDEL

Ob man sich irgendwann daran gewöhnt? An die Tür des Hauses klopfen, in dem man vor zwei Jahren noch gewohnt hat. Vor einem Typen stehen, der sie öffnet. Ihm seine Kinder übergeben. Dahinten in der Küche die Frau erkennen, die man geliebt hat, für die man sein Leben gegeben hätte. Sie sagen hören: Salut, François. Hast du auch daran gedacht, ihre Schulranzen mitzubringen? Im besten Fall erleben, dass sie zu dir kommt und dir zwei Küsschen gibt. Wieder gehen und plötzlich das Gewicht der Welt auf deinen Schultern spüren, das dich zu Boden drückt. Wird das irgendwann ein Ende haben? Wird man irgendwann aufhören, sich über sein Schicksal zu beklagen? Kann man ernsthaft glauben, dass man wirklich der Vater seiner Kinder bleibt, wenn man sie nur jedes zweite Wochenende und die Hälfte der Ferien hat?

Er fährt nach Hause, es ist Sonntagabend. Gestern war er gar nicht hier. Er war mit den Kindern zum eintausendneunhundertzwölften Mal ins Marineland gefahren. Und danach aßen sie eine Pizza in der Altstadt von Nizza. Und er überraschte sie mit einer Übernachtung im Hotel. Schon verrückt, wie sehr die Kinder das lieben. Zwölf Quadratmeter. Ein großes Bett mit Blick auf den Fernseher. Die Geräusche aus den anderen Zimmern. Sie waren völlig aus dem Häuschen. Selbst den Anblick des Meeres fanden sie irre. Dabei sehen sie es jeden Tag, essen nachmittags was am Meer, machen dort ihre Hausaufgaben, verbringen ihre Samstage, ihre Sonntage dort. Wenigstens hat er ihnen das bieten können. Aus den Vororten von Lyon wegziehen und sie hier aufwachsen lassen. Manchmal fragt er sich, wie er das geschafft hat, durch welches Wunder. Diese Versetzung war fast zu schön, um wahr zu sein. Zumindest bis zu den letzten Wochen. Bei seiner Ankunft hatte sein Vorgänger, ein Typ, der in den Ruhestand ging und mit einem dermaßen starken Akzent sprach, dass man meinen konnte, er übertreibe und imitiere Galabru in *Der Gendarm von Saint-Tropez*, ihm einen raschen Überblick gegeben. Auf der einen Seite gebe es da all das, was sich im Umfeld der Discos, der Restaurants und der Sicherheitsunternehmen abspiele. Mauscheleien auf allen Ebenen. Geschäfte aller Art. Aber das sei nichts verglichen mit dem, was auf jeder Seite der Bucht vor sich gehe. Also wenn er einen Rat wolle, wenn er ein ruhiges Leben haben und das Glück, hier zu sein, in vollen Zügen genießen wolle, solle er sich darum nicht kümmern. Alles Übrige sei Routine. Jungs, die in volltrunkenem Zustand Auto fahren, eine Schlägerei hier und da, Einbrüche. Geklaute Autos, ausgeraubte Villen. Dummheiten. Nichts Weltbewegendes. Er hatte ihm zugehört. Perez lud ihn alle zwei Monate zum Abendessen ein, um ihm zu zeigen, wer der Chef ist. Der Bürgermeister sagte ihm jeden zweiten Tag, er solle dieses oder jenes nicht weiterverfolgen, nur ja kein Aufsehen erregen. Anfangs hatte er Zweifel gehabt. Eine Art Stechen. An der Stelle, an der sich befand, was ihm noch an Prinzipien geblieben war. Und dann war Audrey diesem Typen begegnet. Ein Autoverkäufer am Rand des Badeorts, der Luxusschlitten verkaufte. Villa mit Swimmingpool. Sportboot. Ein bisschen älter als sie, aber eine Art in die Jahre gekommener Beau. Allerdings hatte das keine Bedeutung gehabt. Oder vielleicht doch. Weil sie letzten Endes Schluss mit ihm gemacht hatte. Doch ihm hatte es einen Schlag versetzt. Leiden lassen wie einen Hund. Und dann hatte sie einen anderen kennengelernt. Einen Lehrer. Der in derselben Schule wie sie unterrichtete, fünfzehn Kilometer entfernt. Sympathisch. Nett. Ausgeglichen. Nicht von Angst zerfressen wie er. Sie muss wirklich Lust auf etwas anderes gehabt haben, um sich so gierig auf den erstbesten Köder zu stürzen, der sich präsentierte. Jetzt lebte dieser Typ bei ihr, fickte Audrey, sicher besser, als er es je getan hat, und zog seine Kinder groß. Wenigstens waren sie in guten Händen. Darum brauchte er sich nicht zu sorgen. Letztlich war er der Einzige, der in der ganzen Geschichte den Kürzeren gezogen hatte. Und darum, ganz ehrlich, warum sollte er nicht das Recht haben, sich über sein Schicksal zu beklagen? Außerdem lag es in seiner Natur. Er sah immer alles schwarz. Eine Art Berufskrankheit vermutlich. Kurz und gut, gestern Abend war er nicht da gewesen. Aber er hätte sowieso keinen Cent auf die Mannschaft gesetzt. Vor allem nicht ohne Antoine. Gott sei Dank war nichts passiert. Nichts Schlimmes. Nichts, womit sein Team nicht fertiggeworden wäre. Der Abend hatte im Morgengrauen geendet. Junge Leute hatten sich in den Kopf gesetzt, trotz des Verbots ein großes Feuer am Strand zu machen. Wie immer in solchen Fällen hatte es ganz fürchterlich geraucht. Es wurde entsetzlich gesoffen. Schließlich war die Situation aus dem Ruder gelaufen. Fünf oder sechs Kerle fanden sich im Krankenhaus wieder. Als hätten sie das in dem Augenblick gebraucht. Aber im Großen und Ganzen war es ganz gut gelaufen. Niemand hatte ihm seine Abwesenheit vorgeworfen. Niemand hatte versucht, ihn zu erreichen. Er hatte ihnen klare Anweisungen gegeben. Sollten sie wie durch ein Wunder gewinnen und die Stimmung sich zu sehr aufheizen, abwarten und Tee trinken. Diese braven Leute haben nicht jeden Tag die Gelegenheit, Dampf abzulassen. Sie müssten sich nur um die alten Leute kümmern, die schimpfen würden. Zu viel Lärm. Beschwipste Typen in ihren Swimmingpools. Hausfriedensbruch. Kindereien. Nichts Schlimmes. Vor allem, wenn man bedenkt, was die Stadt gerade durchgemacht hat. Wenn er darüber nachdenkt, ist es kaum zu fassen. Innerhalb so kurzer Zeit. Was da alles über seinen Schreibtisch hereingebrochen ist. Es hat ihn vollkommen überfordert und sein Team ebenfalls. Niemand hat sie darauf vorbereitet. Obwohl sie theoretisch dafür da sind. Auf dem Papier sind sie dafür zuständig, die Dinge zu bewältigen, wenn sie stattfinden. Aber die meiste Zeit passiert nichts. Und wenn doch, weiß niemand, wie er sich zu verhalten hat. Man versucht sein Bestes. Tastet herum. Tappt im Dunkeln.

Er hat die Stille immer gehasst. Mit den Kindern war das kein Problem. Aber die Einsamkeit der geräuschlosen Wohnung erträgt er nicht. Er macht die Stereoanlage an. Bruce Springsteen. Schenkt sich einen Whisky ein. Keine besondere Musik. Kein besonderer Whisky. Beide haben die gleiche Wirkung. Gehen in die gleiche Richtung. Es ist ein wenig stark, aber es wärmt. Vertraute Klänge. Ein vertrauter Geschmack. Die sich in den Lauf des Lebens einfügen. Ohne einen von oben herab anzublicken. Ohne irgendetwas zu verlangen. Wie ein Freund, der einen in den Arm nimmt, wenn es einem schlecht geht, und einem auf den Rücken klopft, bevor er einem ein Bier anbietet. Er wirft einen Blick nach draußen. Das kleine Einkaufszentrum. Nichts Besonderes. Ein Zeitungsladen, eine Bäckerei. Ein Fischhändler, der auf Saint-Trop' macht. Der Spar. Die Pizzeria. Etwas abseits die erleuchteten Tennisplätze. Ein Dutzend Leute isst auf der Terrasse zu Abend, die Gesichter den Heizstrahlern zugewandt und die Mäntel über den Schultern. Er erkennt das Paar, das den kleinen Supermarkt führt. Er hat sich immer gefragt, wie ein Typ wie er es fertigbringt, ein Mädchen wie sie an sich zu binden. Dabei ist er durchaus ein sympathischer Mann. Eher lustig. Nicht die Bohne langweilig. Manchmal scheint das auszureichen. Vermutlich hat er nie begriffen, wie man so ein Mann werden kann. Zuverlässig, korrekt, einfach. Ausgeglichen. Er ist niemals ausgeglichen gewesen. Vermutlich haben seine Eltern nicht die richtige Mischung gefunden, die richtigen Ingredienzien, haben sich irgendwo vertan. Sein Vater ist immer einer von denen gewesen, die die Gebrauchsanweisungen diagonal lesen und sich dann wundern, dass die Apparate nicht so funktionieren, wie er möchte. Und was seine Mutter betrifft, ist die Dosierung nie ihr Ding gewesen, er kann sich an kein Gericht erinnern, das irgendwann einmal den richtigen Geschmack oder die angestrebte Textur gehabt hätte oder richtig gar gewesen wäre.

Es ist schon verrückt, wie dehnbar die Zeit ist. Wie sie sich zieht. Vor allem, wenn er da so vor dem Fenster steht, einen Whisky trinkt und Musik hört. Er schaut alle drei Sekunden auf die Uhr, als würde die Zeit dadurch schneller vergehen. Aber man könnte meinen, dass das nicht genügt. Dabei hat er es durchaus nicht eilig, dass morgen wird. Die ganze Scheiße, die ihn erwartet, und er ist kein Stück weiter als vor dem Wochenende. Aber so ist es eben. Am Montag kommen sie alle an. Alle wollen eine Bestandsaufnahme machen. Über die Ermittlungen. Die Ermittlungen ... Als würde irgendetwas in diesem Chaos auch nur entfernt nach Ermittlungen aussehen. Als hätte irgendetwas darin Ähnlichkeit mit einem Fall. Eher ein verdammtes Zusammentreffen von Zufällen. Das Gesetz der Serie. Jahrelang passiert nichts. Schlimmstenfalls schlägt ein stockbesoffener Kerl seine Frau, und die Nachbarn rufen an, und wenn sie kommen, sagt sie, es sei nichts passiert, und der Kerl hat blutunterlaufene Augen, hat sich aber beruhigt. Sie weigert sich, Anzeige zu erstatten oder auch nur eine Aussage zu machen, und das war's dann bis zum nächsten Mal. Zum tausendsten Mal versucht er Ordnung in die ganze Sache zu bringen. Indem er sich auf das konzentriert, was in seine Zuständigkeit fällt. Weiter entfernt an der Küste gehen die Ermittlungen weiter. Es gibt zwei weitere Personen, die als vermisst gemeldet wurden und die man sicher niemals finden wird, deren Körper sich vermutlich in der Tiefe des Meeres auflösen und von all den Tieren, die dort herumschwimmen, aufgefressen werden, aber das ist nicht sein Problem. Er hat so schon genug zu tun. Das ist zunächst mal das alte Ehepaar. Sie ist ertrunken. Er hat sich ein paar Tage später in einer Schlucht des Massivs unterhalb der Grotte de Saint-Honorat zu Tode gestürzt. Zumindest hat seine Tochter das erzählt. Was hat er dort gemacht? In seinem Alter und in seinem Zustand, wo er doch gerade das Krankenhaus verlassen hatte. Eine kleine Wanderung aus purem Vergnügen, von wegen. Aber er hat beschlossen, einen Schlussstrich zu ziehen. Zum Abschluss zu bringen, was er sich vorgenommen hatte. Auch wenn der Alte Selbstmord begangen hat, geht ihn das nichts an. Und selbst wenn er seine Frau in gewisser Weise in der stürmischen See nicht hatte retten können oder, wie die Assistenzärztin erzählt hat, hatte durchblicken lassen, dass sie absichtlich ins Wasser gegangen seien, dass er vorgehabt habe, gemeinsam mit seiner Frau zu sterben, selbst wenn man das als vorsätzliche Tötung oder unterlassene Hilfeleistung einstufen kann, ist es sinnlos, darin herumzustochern. Sie sind beide tot. Die Tochter ist nach Paris zurückgekehrt. Ende der Geschichte. Und was haben wir noch? Dieses Mädchen, das die Zähne nicht auseinanderkriegt und von dem niemand weiß, woher es kommt. Und als man endlich die Eltern ausfindig gemacht hat, dank der alten lesbischen Schriftstellerin, die schließlich eins und eins zusammengezählt hat (nebenbei bemerkt, sie schreibt sicher keine Krimis, denn sie hat ganz schön lange dafür gebraucht ...), und sie herkommen, um sie mitzunehmen, verschwindet sie erneut von der Bildfläche. Und die Eltern sind da. Halb verrückt vor Sorge. Verlangen Ergebnisse, Auskünfte, die er nicht hat. Ihre Tochter ist zurzeit unauffindbar. Keinerlei Hinweise. Nichts. In Luft aufgelöst verschwunden. Pfft. Und außerdem ist sie volljährig. Ermittlungstechnisch kann er nicht viel machen. Außer ihr Verschwinden zu melden und zu hoffen, dass Kollegen sie demnächst auf einer Bank, an einem Strand, in einem besetzten Haus auflesen. Außer zu beten, dass man sie nicht vergewaltigt und bewusstlos in einer Schlucht, einem Wald oder mitten in der Macchia findet. Morgen werden die Eltern wieder zu ihm kommen. Er wird ihnen nichts Neues sagen können. Sie werden sagen, wir kommen morgen wieder. Er will gar nicht erst die vier Verrückten erwähnen, die angerufen haben, nachdem sie das Foto in der Zeitung gesehen hatten. Wie üblich. Immer die Gleichen. Er kennt sie schon. Sie rufen immer an, um irgendetwas zu melden. Eine komische Erscheinung am Himmel. Einen merkwürdigen Geruch. Zwielichtige Typen in der Nachbarschaft.

Die Pizzeria schließt. Die Tennisplätze liegen im Dunkeln. Die anthrazitfarbene Nacht bekommt eine leichte Perlmuttfärbung. Die Laternen bilden eine Sichel, die zur Landzunge hin flieht. Nichts bewegt sich mehr. Ein paar Wagen sind noch unterwegs und stören die Stille. Kein Lüftchen regt sich. Selbst das Meer liegt ganz ruhig da. Als wollte es ihn nachdenken lassen. Aus der Welt eine Wandtafel machen, auf die er Namen, Ereignisse schreiben, Pfeile zeichnen und Fragezeichen, haufenweise Fragezeichen malen kann. Was noch? Außer Hinweisen, die nicht weiterführen. Fälle von unerklärlichem Verschwinden. Da ist zunächst einmal dieser Typ. Ryan. Und seine Freundin mit ihrem Kind, die die ganze Zeit schreit und völlig aufgelöst auf die Wache kommt. Sie flennt. Man erzählt ihr von dem schweren Seegang, von den anderen, die an der Küste als vermisst gemeldet sind, von den Ermittlungen, die in vollem Gang sind. Von den Hubschraubern. Den Booten. Den Tauchern. Doch sie will nichts hören. Ihrem Kerl ist irgendwas passiert. Aber nicht das. Und er war mit seinem Kumpel zusammen. Seinem Kumpel Javier, der als Wachmann bei den Lagerhallen arbeitet. Ebenso von der Bildfläche verschwunden. Verdammt. Wie schaffen es die Leute nur, dass sie einfach so plötzlich verschwinden? Was ist los mit ihnen? Und da wird die Sache kompliziert. Denn es scheint eine Verbindung zwischen den Fällen zu bestehen, aber es gibt nichts Konkretes. Pfeile, die nirgendwohin führen. Mit einem verdammten Haufen Fragezeichen. Weil auch sie sich aus dem Staub gemacht hat. Mit ihrem Kind. Hopp. Niemand mehr in der Wohnung. Die Frau, die sich im Verein für Wiedereingliederung um sie kümmert, hat nichts von ihr gehört. Ist er also wieder aufgetaucht? Und sie sind gleich darauf einfach abgehauen? Na gut. Da scheint sich was abzuzeichnen. Er und sein Kumpel von den Lagerhallen. Der Einbruch. Sie wollen von sich ablenken. Er holt das Mädchen, und sie verschwinden mit der Beute. Ja, warum nicht, das ergibt Sinn. Außer dass der andere Wachmann, Alex, derjenige, der an dem Abend da war, der gefesselt worden war, der die Geschichte mit den Hunden erzählt hat. Er hat nur von zwei Typen gesprochen. Und die wurden geschnappt. Der berühmte Freddy (warum berühmt, keine Ahnung, alle sagen »der berühmte Freddy«, ohne dass irgendjemand weiß, woher das kommt). Und sein Kumpel Lucas. Sie haben gestanden. Und sie sitzen im Knast. Und behaupten weiterhin, dass sie nur zu zweit gewesen sind. Natürlich kann man ihnen nicht im geringsten vertrauen. Natürlich nicht. Aber na gut. Was hätten sie davon, ihre Kumpel zu decken, die mit der Beute abgehauen sind? Und welche Beute? Es wurde fast alles gefunden. Sie hatten alles in Behältern gelagert, hatten nicht die Zeit, viel zu verkaufen. Und auf den Überwachungs-kameras sieht man nur zwei Personen. Also nichts. Das passt alles nicht zusammen. Er wird sich damit abfinden müssen. Nach etwas anderem suchen. Oder die Sache ad acta legen. Bleibt noch die Frau des Wachmanns. Desje-nigen, der verschwunden ist. Javier. Jedes Mal wenn sie kommt, heult sie. Eine dicke Frau, die putzen geht. Mit einer Art portugiesischem oder spanischem Akzent. Wo ist mein Mann? Wo ist mein Mann? Pausenlos wiederholt sie es und flennt dabei. Und mal ganz ehrlich: Sie haben nicht den geringsten Schimmer. Sie haben nicht den ge-ringsten Schimmer, die ganze Geschichte ist ein Rätsel, was soll er antworten? Auf dem Grund des Meeres, meine liebe Dame. Sie haben die ganze Nacht mit ihrem Kumpel durchgefeiert, sind im Morgengrauen sternhagelvoll am Strand gelandet und dann, dumm gelaufen. Der schwere Seegang. Die eine Welle zu viel. Mitgerissen. Und ver-wandelt in Futter für die Fische und Krabben. Okay. Aber warum hat sich die kleine Mélanie dann ebenfalls in Luft aufgelöst? Verdammt. Fragen über Fragen. Er schließt das Fenster. Will die CD wechseln. Zögert kurz und entschei-det sich erneut für den guten alten Bruce. Seinen Kumpel. Es hört sich blöd an, aber dieser Typ hilft ihm zu leben. Dieser Typ ist ein Freund. Ein wahrer. Manchmal hätte er ihn gern leibhaftig vor sich. Um ihm zu sagen, dass ihm die Geschichte mit Audrey, mit den Kindern verdammt wehtut. Wie sehr ihn das überfordert. Wie wenig er noch von seiner Arbeit überzeugt ist. Und wie lange schon. Dass er sich manchmal alt und verbraucht fühlt. Und vollkom-men von der Rolle. Ohne wirklichen Grund. Ohne dass irgendetwas Dramatisches vorgefallen wäre. Einfach nur ein vierzigjähriger Typ, den seine Frau verlassen hat und der seine Kinder nur jedes zweite Wochenende sieht. Ein Typ, der seine Abende allein verbringt, Bruce Springsteen hört und ein Gläschen trinkt. Ein Typ, der von dem Mädchen aus dem Spar träumt. Verdammt. Und ihm hat man die Sicherheit einer Stadt anvertraut? Einem Typen wie ihm. Der sich vom ersten Schicksalsschlag umhauen lässt. Dem allergewöhnlichsten. Lediglich eine verdammte Scheidung, Scheiße. Was für eine Wunde er sein kann. Was für ein lebendiges Klagegeschrei. Schnief-schnief. So hatte sein Vater ihn immer genannt, als er ein Kind gewesen war. Weil er anscheinend wegen jeder Kleinigkeit geheult hat. Schnief-schnief im Land der Scheidung. Schnief-schnief spielt Polizist. Ja. Das ist er. Manchmal fühlt er sich schlimmer als ein Stück Scheiße. Manchmal möchte er im Boden versinken.

Er zieht sich aus. Legt sich ins Bett. Schluckt zwei Schlaftabletten. Ohne sich Illusionen zu machen. Ohne auch nur einen Augenblick zu glauben, dass das reichen wird, um ihm den Schlaf zu bringen. Er steckt die Hand in seine Unterhose. Manche behaupten, das helfe beim Einschlafen. Er schließt die Augen und versucht, sich das Mädchen vom Spar im Badeanzug vorzustellen. So wie er sie an schönen Tagen sieht. An dem kleinen Strand, der etwas versteckt direkt unterhalb des Einkaufszentrums liegt. Doch es nutzt nichts. Sein Schwanz bleibt schlaff wie eine dicke, träge Nacktschnecke.

Er liegt einen Augenblick so da, denkt an nichts und starrt an die Decke. Die Tapete löst sich. Die Typen, die die Arbeiten gemacht haben, hatten ihm gesagt, das sei besser, als neu zu streichen. Tapete. Und weiß drübergestrichen.

Aber es löst sich. In den Ecken löst sie sich. Wenn das so weitergeht, wird sie schließlich überall herunterhängen. Papierstreifen, die herabbaumeln. Ganz zu schweigen von den Rissen, die die Tapete verdecken sollte und die wieder deutlich zu sehen sind. So etwas wie geschwollene Adern, die sich über seinem Kopf schlängeln. Wie weiße Krampfadern. Okay, er macht weiter. Los. Zwei, drei Tritte in die Pedale. In einem Meer aus Grieß. Unglaublich, wie man in einem Wassertropfen ertrinken kann. Wenn die Kerle, die ihn auf den Posten berufen haben, das wüssten. Was würden sie lachen. Wenn sie sähen, wie unfähig, inkompetent, begriffsstutzig er ist. Um was handelt es sich denn, genau betrachtet? Um lächerliche Angelegenheiten. Leute, die ein bisschen neben der Spur sind. Leichtsinnige Menschen, die sich vom Sturm überraschen lassen. Eine depressive Jugendliche, die ihrem verstorbenen Freund nachweint, der ein Junkie war, wie er im Buche steht, ein kleines bürgerliches Mädchen, das Bonnie und Clyde spielen wollte und besser bei ihren Pferden und Musikstunden geblieben wäre ... Zwei Loser, die in ein Lager einbrechen und sich gleich danach schnappen lassen. Übrigens hat er sofort gedacht, dass die beiden zweimal zugeschlagen haben. Das Lager. Und diese merkwürdige Geschichte mit Antoine. Er hat von Anfang an nicht so recht gewusst, was er davon halten soll. Keine Zeugen, keine wirklichen Indizien. Der Kerl, der halb tot vor dem Krankenhaus liegen gelassen worden ist, und vom wem? Außer von seinem Kumpel Jeff? Aber warum sollte der dann einfach so abgehauen sein? Auch wenn deutlich zu erkennen ist, dass er halb verrückt ist. Als würden die ganze Zeit Fliegen in seinem Gehirn summen. Schön. Nehmen wir an, dass er es war. Dass er seinen Kumpel mit eingeschlagenem Schädel gefunden und zum Krankenhaus gebracht hat und abgehauen ist aus Angst wovor, der Polizei, den Ärzten, davor, Ärger zu bekommen? Und woher kommt eigentlich die Geschichte mit den Baseballschlägern? Okay, die Ärzte sagen, es sehe danach aus, aber Scheiße, wer hat das eigentlich in Umlauf gebracht? Wer hat es mit eigenen Augen gesehen? Es hätten genauso gut Eisenstangen, ein Stück Holz, irgendetwas sein können. Warum Baseballschläger? Und mit welchem Motiv? Nur wegen einem Kopfstoß nach einem etwas zu beherzten Foul in einem beschissenen Spiel? Ehrlich gesagt fällt es ihm schwer, das zu glauben. Dass diese Jungs so bescheuert sein können. Vor allem weil sie eigentlich nicht mehr wirklich Jungs sind, ja sogar gar keine mehr. Hier werden sie von allen immer noch als solche betrachtet, weil man sie hat aufwachsen sehen, weil sie nie ihr Leben in die Hand genommen haben, weil sie sich irgendwie durchschlagen, weil sie alle möglichen zwielichtigen Geschäfte machen, während der Saison große Töne spucken, weil niemand ihr Alter zu schätzen vermag, aber allmählich werden sie älter, die Jungs, oder? Als sie die Typen vom Einbruch geschnappt haben, den berühmten Freddy und seinen Kumpel Lucas, haben sie gedacht, der Fall sei gelöst. Die beiden unterstützten die andere Mannschaft, die Perez nicht ausstehen kann – und Perez zahlt es ihnen entsprechend heim. Aber auch diesbezüglich streiten die Typen alles ab. Und als er Antoine ihre Fotos gezeigt hat, hat das bei ihm nichts ausgelöst. Aber er sagt sowieso, dass er sich an nichts erinnert. Dass er seit ein paar Tagen merkwürdige Bilder sehe, die sich seinem Gehirn einprägen, aber er sei nicht sicher, ob er sie nicht erfinde. Zwei Typen. Sein Hund, der bellt. Sonst nichts. Sein Hund. Als er neulich zum einhundertachtzehntausendsten Mal mit seinem Team den Campingplatz durchsucht hat und anschließend Jeffs Hütte und die ganze Umgebung, hat sich der Köter wie verrückt aufgeführt. Er lief um sie herum und hörte nicht auf zu bellen. Jeff versuchte, ihn zu beruhigen, nichts zu machen. Schließlich hat er ihn an die Leine gelegt und an einem Pflock hinter dem Restaurant angebunden. Dort, wo sein Platz ist, bis Antoine das Krankenhaus verlassen kann. Verdammter Jeff. Scheiße. Anscheinend haben alle gewusst, dass er eine Waffe unter seinem Bett versteckte. Als der alte Mann das Gewehr brachte, das er am Strand gefunden hatte, und er selbst überall herumfragte, ob irgendjemandem was dazu einfalle, war Jeffs Name der erste, der auftauchte. Natürlich streitet Jeff alles ab. Er würde es an seiner Stelle ebenso machen. Aber eigentlich beschäftigt ihn etwas anderes viel mehr. Was hatte das verdammte Gewehr im Wasser zu suchen? Und die einzige Antwort, die ihm einfällt, ist, dass Jeff den Sturm genutzt hat, um es loszuwerden. Weil er nicht wollte, dass man es bei ihm findet. Oder aus einem plötzlichen Impuls heraus. Denn man muss fähig sein, sich von seinen Waffen zu trennen, wenn man nicht sicher ist, ob man sie nicht eines Tages braucht. Er betrachtet seine Knarre, die neben seiner Jacke am Garderobenhaken hängt. Er mag es überhaupt nicht, sie bei sich zu haben. Sagt sich, dass es besser wäre, sie in Zukunft in seinem Büro zu lassen. In seiner Schublade. Seit mehreren Nächten schon betrachtet er sie viel zu intensiv. Als machte sie ihm schöne Augen. Seit zu vielen Nächten stellt er sich vor, wie er den Lauf in seinen Mund steckt. Und jedes Mal taucht das Bild seiner Kinder auf. In seinen Träumereien hält ihn das davon ab, die Sache durchzuziehen, aber um ganz offen zu sein, nur das. Es sind bescheuerte Träume, Gedanken, die einfach so kommen. Aber trotzdem. Morgen wird er sie bestimmt im Büro lassen. Und er wird auch noch einmal zum Campingplatz gehen. Jeff besuchen. Auf der Polizeischule hat man ihm gesagt, man dürfe nicht zögern, die Leute mehrmals zu besuchen. Ihnen die gleichen Fragen zu stellen. Dieselben Orte durchzukämmen. Es gibt immer etwas, das man übersehen hat. Und es gibt immer etwas, das sie letzten Endes übersehen haben.

Er blickt auf die Zeitangabe seines Telefons. Zwei Uhr morgens, und noch immer nicht das geringste Zeichen von Müdigkeit. Außer die Nerven. Ich bin nicht müde, ich bin erschöpft. Das würde er gern antworten, wenn man ihm sagt, er sehe furchtbar aus, mit Augenringen, die sein halbes Gesicht bedecken. Wie ein Waschbär auf Tranxene. Du siehst ganz schön fertig aus, mein Alter. Nein, aber ich wäre es gern, wenn du es genau wissen willst. Das würde er am liebsten antworten. Er betrachtet das Display seines Handys. Geht die Namen in seinem Adressbuch durch. Von A bis Z. Obwohl er sich genauso gut auch aufs A hätte beschränken können. Oder genauso schlecht. Denn es überkommt ihn jede Nacht. Er tippt die Nummer. Wartet, dass sie rangeht. Manchmal geht er ran. Selten. Dann legt er sofort wieder auf. Meistens ist sie dran. Die Wirkung, die es auf ihn hat, ihre Stimme zu hören. Ihre verschlafene Stimme. Schroff, müde, genervt. Denn das geht schon eine ganze Weile so mit diesen nächtlichen Anrufen. Oder er sagt nichts. Hört, wie sie Hallo, Hallo sagt. Ihn beschimpft. Auflegt. Sie hat alles versucht. Eine Antwort auf ihre Fragen zu bekommen. Wer sind Sie? Was wollen Sie? Ein paar Minuten zu warten, ohne aufzulegen und ohne etwas zu sagen. Das ist ihm am liebsten. Weil nach einer Weile immer eines der Kinder ins Zimmer kommt und sagt, Mama, das Telefon hat mich aufgeweckt. Wer ist es? Niemand. Verwählt. Geh wieder schlafen. Sie weiß genau, dass er es ist. Schon seit den ersten Malen, nachdem sie Hallo gesagt hat. Nachdem sie mit seinem Schweigen konfrontiert gewesen ist. Sie hat seinen Vornamen gesagt. Sie hat immer schon einen guten Riecher gehabt. Intuition. Als sie in einem Vorort von Lyon gewohnt hatten, hatte er ihr von seinen Fällen erzählt. Und sie hatte immer eine Lösung parat. Das ist doch klar wie Kloßbrühe, pflegte sie zu sagen. Er hatte nichts gesehen. Und letzten Endes hatte sie immer recht gehabt. Es war eine Art Gabe. Du hättest Bulle werden sollen, hatte er zu ihr gesagt. Und sie hatte mit den Achseln gezuckt. Du hättest etwas anderes machen sollen. Du bist nicht dafür geschaffen. Was hat dich nur geritten, zuerst zu studieren und dann zur Polizei zu gehen? Sie hat ihn deswegen immer verachtet. Wegen dieser Arbeit. Einer muss sie schließlich machen, hatte er entgegnet. Ja, aber warum du? Na ja, ich bin nützlich. Ich beschütze meine Mitbürger. Ich wache über sie. Sie hatte nur gelacht. Er glaubte selbst kein Wort von dem, was er sagte. Anfangs schon. Anfangs hatte er daran geglaubt. Aber das hatte sich gelegt. Er war sehr schnell zur Vernunft gekommen. Er war nicht dafür geschaffen. Alle wussten es. Und genau deswegen ist er ja auch hier. Ein Versorgungsposten. Noch dazu am blauen Meer, meist mit einem wolkenlosen Himmel darüber. Mit karmesinroten Felsen, die ins türkisblaue Meer abfallen. Die wirklich Guten versetzt man dorthin, wo man sie wirklich braucht. Dort, wo es schwierig ist. An einem Ort wie diesem kriegen sie nach drei Sekunden einen Rappel. Obwohl die Dinge sich zu ändern scheinen. Da ist der neue Präfekt. Der entschlossen zu sein scheint, für Ordnung zu sorgen. Da und dort sagt, dass es mit den Mauscheleien vorbei sei, dass Typen wie Perez sich Sorgen machen müssten. Nun ja. Ihm kann das scheißegal sein. Endlich geht sie ran. Sie sagt neuerdings nicht mehr Hallo. Stellt keine Fragen mehr. Sie legt nicht mehr auf, weil sie weiß, dass er sofort wieder anruft. Sie hat die Nummer geändert, aber er hat sie trotzdem. Weil er der Vater ihrer Kinder ist. Ein paar Wochen lang hat er nicht angerufen. Weil er definitiv Ärger bekommen hätte. Sie stand auf der roten Liste. Wer außer ihm hätte sich die Nummer besorgen können? Wer wäre gestört genug, um so etwas zu tun? Also nimmt sie jetzt ab. Er hört, wie sie den Hörer auf den Nachttisch legt. Und wieder ins Bett geht. Es ist kein Geräusch zu hören. Manchmal glaubt er ihren Atem wahrzunehmen. Da ist nichts als Stille. Die Stille seines früheren Zuhauses. Aber es ist sozusagen greifbar. Er hat das Gefühl, dort zu sein. Für ein paar Minuten. Schließlich legt er auf. Wenn die Tränen kommen, legt er immer auf.

Eines Tages ist sie in seinem Büro aufgekreuzt. Sie hat ihm in die Augen geblickt. Hat gesagt, Also, ich komme, weil mich jemand am Telefon belästigt. Für ihn gab es keinen Zweifel. Sie weiß, dass er es ist. Er nahm ihre Aussage auf. Sie roch nach Parfum. Wie gern hätte er ihr Haar berührt. Ihre Wangen. Seine Kollegin am anderen Schreibtisch tippte die Aussage und warf ihnen amüsierte Blicke zu. Der Chef und seine Ex. Als Audrey gegangen war, hatte die Kollegin gefragt, Was unternehmen wir? Er hatte geantwortet: Nichts. Irgendwann wird er es müde sein. Die Kollegin muss gedacht haben, es habe sich einfach nur um eine dieser Gemeinheiten gehandelt, die man sich nach der Scheidung antut. Mehr nicht. Sie hatte die Sache nicht weiter verfolgt. Sie gehörte nicht zu den Übereifrigen. Wie übrigens niemand hier. Noch am selben Abend hatte er wieder angerufen. Sie hatte nur gesagt: Du nervst. Und hatte ihn der Stille seines früheren Zuhauses überlassen. Seines früheren Lebens.

22

JEFF

Der Hund hat ihn gewarnt. Er fing an, wie verrückt zu bellen. Besoffen, wie er noch vom Vorabend war und vom Abend davor, dauerte es Ewigkeiten, bis es in seinem Gehirn ankam. Ein Wahnsinnswochenende. Die Wiedereröffnung. Das Restaurant war voll gewesen. Die Terrasse picobello. Kein Körnchen Sand mehr im Speisesaal. Die Küche funktionierte. Mann, wenn du das gesehen hättest. Übrigens hat er den dicken Perez getroffen. Er war Sonntagabend mit der ganzen Mannschaft da gewesen, um zu feiern. Schön, es war keine dieser Partys von Olympique Marseille oder Nizza mit Koks, Champagner, der in Strömen fließt, und Nutten und allem, was dazugehört, es war ruhig gewesen, aber alle hatten einen glücklichen Eindruck gemacht. Perez zumindest schien zufrieden gewesen zu sein. Gute Arbeit, mein Junge, hatte er zu ihm gesagt. Ihm war ein Riesenstein vom Herzen gefallen vor Erleichterung. Ihn den ganzen Abend über zu sehen hatte ihm eine Scheißangst eingejagt. Seit seinem letzten Besuch hatte er jede Nacht von ihm geträumt. Der Typ, der seine Kohle zurückverlangte und ihn folterte, bis er auspackt. Und jede Nacht änderte er die Methode. Ich kann dir sagen, mein Alter, es war immer grauenhaft und sehr einfallsreich. Ein Kumpel hatte ihm einmal gesagt: Ich arbeite gerade für ihn. Ich schwör dir, er ist ein Psychopath. Er ist nicht sauber. Ich glaube, er war im Algerienkrieg. Deswegen. Das hat ihn ballaballa gemacht. Jeff hat es in seinem Hinterkopf registriert. Obwohl man verdammt noch mal kein Genie zu sein braucht, um zu erkennen, dass das schon von den Daten her nicht zusammenpasst. Aber im ersten Moment hatte er doch eine Scheißangst gehabt. Vor allem nach dem Besuch von neulich. Und man muss zugeben, er hatte mächtig Scheiße gebaut.

Er zieht sich in aller Eile an und erinnert sich, dass vor ein paar Stunden noch ein Mädchen mit ihm in diesem Bett gewesen war. Nicht, dass er auf solche Details nicht achtet, aber, Gott im Himmel, das war so unerwartet und verrückt gewesen, dass er nicht sicher ist, es nicht geträumt zu haben. Anscheinend kann die Euphorie über einen Sieg manchmal Berge versetzen Er wirft einen Blick durch das Fenster und zögert, ob er über ihre Abwesenheit enttäuscht sein soll. Oder im Gegenteil beruhigt. Von den Bullen aufgeweckt werden, wenn man die Nacht bei einem Typen verbracht hat, erweckt nicht unbedingt Vertrauen. Sie schleichen zu sechst oder siebt um das Restaurant herum. Inspizieren den Sand, als würde das Meer ausspucken, was sie jetzt suchen. Aber sie können ihm vertrauen: Sie werden bestimmt nicht finden, was sie suchen. Na ja, wenn dieser blöde Köter nicht wieder durchdreht. Das letzte Mal hat er wie verrückt die Erde hinter der Macchia beschnüffelt. Die Bullen haben sich über seine Bekloppheit amüsiert. Nicht einer ist auf die Idee gekommen, er könnte vielleicht versuchen, ihnen was zu sagen. Verdammt, ihm wird ganz heiß, wenn er daran denkt. Er wird etwas unternehmen müssen mit diesem Hund. Antoine wird bald entlassen werden, sagen sie. Aber bald kann in ihrer Sprache und angesichts dessen, was er durchgemacht hat, in ein paar Wochen bedeuten. Jeff schluckt zwei Xanax. Ein Schluck Bier, damit sie rutschen. Er entspannt seinen Nacken und knackt mit den Fingern. Verrückt, wie verspannt er immer ist. Wie steif seine Knochen sind und ständig wie miteinander verschweißt. Als wären sie innerlich nicht genug geölt. Als wären die Gelenke von Anfang an blockiert. Er atmet tief durch. Bemüht sich, nicht an die ganze Scheiße zu denken. Zu den Bullen zu gehen, als könnte ihn kein Wässerchen trüben, als hätte er keine Ahnung, was sie von ihm wollen. Im Augenblick funktioniert das. Er spielt den Dummen. Wäscht sein Gehirn. Redet sich ein, es sei nichts passiert. Dass er Ryan und Javier nicht auf Befehl von Perez eingestellt hat. Dass sie nicht aufgekreuzt sind, als Antoine da war. Dass er ihn nicht wie einen Wahnsinnigen auf das Restaurant hat zulaufen sehen, und die beiden Typen hinter ihm her. Dass er nicht mit eigenen Augen gesehen hat, wie seinem besten Kumpel in guten wie in schlechten Zeiten der Schädel wegen ihm, wenn man es recht bedenkt, wegen ihm mit einem Baseballschläger eingeschlagen worden ist, wird er nie wieder aus seinem Schädel bekommen. Vergessen, dass er sein Gewehr unter seinem Bett hervorgeholt und geschossen hat, bevor die Typen Antoine den Rest geben und mit ihm weiß Gott was machen würden. Vergessen, dass er Antoine zum Krankenhaus bringen musste. Ihn wie einen Hund auf der Bank auf dem Vorplatz liegen lassen musste. Und in der stockdunklen Nacht fliehen musste. Dass er hierher zurückkehren musste, um aufzuräumen. Diese ganze Scheiße loswerden musste. Die Knarre. Die Typen. Danach begann das Meer zu toben, und er hat so viel Zeugs genommen, um nicht in Panik zu geraten, alles durcheinander, Pillen und Gras und Alkohol und Koks, er zitterte und schwitzte am ganzen Körper, eingeschlossen in sein Restaurant hatte er das Gefühl, dass irgendein Gott ihn bestrafte, dass das Meer ihn verschlingen wollte. Dass die Erde sich rächte. Nicht dass er von seiner eigenen Wichtigkeit überzeugt wäre, aber manchmal scheint dir, wenn die eigene Schuld an dir nagt, alles Zeichen zu geben. Du wirst ernsthaft paranoid. Du siehst überall Hinweise, Vorzeichen und Strafen. Zwei Tage verkroch er sich in seiner Ecke. Bis es vorbei war. Bis die Götter sich beruhigten. Er dachte vor allem an ihn. Erst danach wurde ihm bewusst, dass seine Beine im Wasser waren. Dass die Küche überschwemmt war. Dass die Stromleitungen durchgeschmort waren. Dass die Terrasse unter dem Sand, der zweimal so hoch wie sonst war, eingestürzt war.

»Kann ich Ihnen helfen, meine Herren?«

Er hat das in einem Film gesehen. Er findet, dass es klasse klingt. Lässig. Über jeden Verdacht erhaben. Er kann nicht wissen, dass seine Stimme zittert und sein rechtes Auge zuckt. Man schaut schließlich nicht dauernd in den Spiegel. Manchmal ist einem nicht bewusst, welche Wirkung man auf andere hat. Man kann nicht wissen, dass man unheimlich einem Junkie ähnelt, der von nervösen Ticks gequält und von merkwürdigen Zuckungen geschüttelt wird, als bekäme man ständig kleine Stromstöße. Übrigens, wenn man sich dessen bewusst wäre, dann wäre das Wunder der letzten beiden Tage erst recht ein Wunder. Und wenn man allein in seinem Bett aufwacht, würde man letztlich zu dem Schluss kommen, dass man alles nur geträumt hat, dass man unmöglich zwei Nächte mit einem so schönen, so attraktiven Mädchen verbracht haben kann. Er denkt ernsthaft darüber nach. Manchmal spielt sein Gehirn ihm Streiche. Es kommt vor, dass er sich Dinge einredet, die nicht passiert sind. Es ist gut möglich, dass er alles nur geträumt hat. Er kennt sich schließlich. Vielleicht hat er alles nur erfunden. Er steht dermaßen unter Strom. Vor allem in der letzten Zeit. Er macht Dinge, und hinterher vergisst er sie und fragt sich sogar, wie er das alles machen konnte. Etwa in Panik zu geraten und so überzeugt zu sein, dass Antoines Vater ihn verurteilt und ins Höllenfeuer schickt, dass er in sein Zimmer rennt und die Kohle nimmt, um sie ihm zu geben. Ihm sagt, Das ist für den Kleinen, wenn er groß ist. Alles könnte er damit irgendwas regeln. Die Schuld begleichen. Die Schuldenlast loswerden. Das ergibt keinen Sinn. Außer, dass er großen Ärger bekommt. Noch größeren Ärger. Weil Perez sein Geld zurückwill. Und weil er besser nie herauskriegen sollte, was Jeff damit gemacht hat.

Grindel schüttelt ihm die Hand. Er erklärt ihm, dass sie sich noch einmal umschauen. Dass sie schon auf dem Campingplatz gewesen seien.

»Man könnte meinen, dass Ihr Boss nicht die Geduld hat abzuwarten, bis Antoine aus seinem kleinen Krankenurlaub zurückkommt ...«

Jeff zuckt die Achseln. Seit heute Morgen ist dort ein Typ. Der in das Mobile Home eingezogen ist. Angefangen hat zu streichen. Die Palmendächer anzubringen. Jeff hat nicht versucht, das zu verstehen. Perez bezahlt Antoine dafür, alles zu renovieren. Danach bittet er ihn, Kerle zu finden, die alles niederbrennen. Das geht schief, und er macht weiter, als wäre nichts geschehen. Nun ja. Er macht, was er will. Wenn's ihm Spaß macht. Er versucht, Verwirrung zu stiften. Oder so ähnlich.

»Wenn Sie mich brauchen, ich bin da.«

»Wir werden uns hinten noch etwas umschauen.«

Jeff will wieder ins Restaurant gehen, als Grindel leicht hustet, als wollte er seine Aufmerksamkeit erregen.

»Sagen Sie, Ihr Hund.«

»Ja.«

»Es scheint ihm nicht sehr zu gefallen, dort angebunden zu sein. Sie sollten ihn ein wenig herumlaufen lassen.«

Es stimmt, er bellt seit vorhin wie ein Wahnsinniger.

»Das liegt an Ihren Leuten, sie machen ihm Angst. Er kennt sie nicht.«

Grindel geht um das Restaurant herum. Er nähert sich dem Tier. Jeff sieht, wie er ihm den Kopf, die Schnauze, die Flanken streichelt. Chet bellt erneut, aber diesmal mehr aus Freude, eine Art stürmische Begrüßung.

»Er macht eigentlich keinen ängstlichen Eindruck auf mich. Ich denke, er möchte einfach nur ein bisschen herumtollen.«

»Ja, Sie haben vielleicht recht.«

Jeff macht den Hund los, und die Promenadenmischung läuft direkt auf die Kiefern zu. Verdammter Scheißköter. Schon wieder. Das muss der Geruch sein. Selbst durch das Erdreich hindurch. Jeff will es lieber nicht mit ansehen. Kehrt ins Restaurant zurück. Schließlich hat er zu arbeiten. Perez hat ihn gebeten, bei schönem Wetter während der Woche zu öffnen. Um die verlorenen Tage ein bisschen aufzuholen. Und auch, weil manche Landesteile jetzt Ferien haben. Es könnten Leute kommen, zusätzlich zu den Italienern Holländern Deutschen und den Alten. Gestern Abend hat er so spät zugesperrt und hatte einen solchen Schwips und das Mädchen hat ihn dermaßen verrückt gemacht, dass er, als nur sie und er noch da waren, alles stehen und liegen gelassen hat und sie in der vollkommen stillen Nacht gefickt haben. Sie war das erste Mal Samstagabend gekommen. Mit Freunden. Sie war ihm sofort aufgefallen. Er war wie vom Blitz getroffen, ohne dass er sagen könnte, warum, warum sie und nicht eine andere. Etwas in ihrem Blick. Die blauen Augen die schwarzen Haare. Er hat schon immer eine Schwäche für diese Kombination gehabt. Blaue Augen schwarzes Haar. Sicher wegen des Kontrasts. Oder weil sie so ernst gewirkt hatte. Während die anderen alle ausgelassen und fröhlich gewesen waren. Sie hatten den Abend dort verbracht. Aperitif. Abendessen. Und danach tranken sie weiter. Sie waren die Einzigen gewesen, die sich nicht für das Spiel interessiert, die mit dem Rücken zum Bildschirm gesessen hatten. Er hatte sie jedes Mal mit den Augen verschlungen, wenn er ihnen etwas gebracht hatte. Anscheinend war ihr das nicht unangenehm gewesen, weil sie, nachdem er zugesperrt hatte, noch am Strand geblieben war.

»Haben Sie Ihre Freunde verloren?«, hatte er sie gefragt.

»Sagen wir eher, ich habe sie gehen lassen.«

»Darf ich Sie zu einem letzten Glas einladen?«

»Warum ein letztes?«

Manchmal ähnelt das Leben einem Film. Selten, aber es kommt vor. Und wenn es vorkommt, geschieht es in der Regel zufällig. Flüchtig, eine Erscheinung. Und soweit

Jeff weiß, darf man sich, wenn es geschieht, keine Fragen stellen und hinterher nicht zu viel nachdenken. Man muss einfach da sein. Nehmen, was sich bietet, und es dabei belassen. Nach dem Aufwachen brachte er ihr Kaffee, und sie lag nackt in seinem Bett. Dermaßen schön, dass es kaum zu glauben war. Als würden der Alkohol und alles Übrige Visionen bei ihm auslösen. Eine Art Halluzination. Sie fickten erneut, und er dachte bei sich, dass er niemals genug bekommen würde von ihrem Arsch, ihrem Mund und ihren Brüsten, er betete jeden Millimeter ihrer Haut gleichsam an, ein solches Mädchen genügte ihm als Beweis für die Existenz Gottes. Und was er getan haben mochte, um das zu verdienen, ist ein noch größeres Geheimnis. Danach sagte er ihr, Lass dir Zeit, ich muss arbeiten, ich muss das Mittagsgeschäft vorbereiten. Er deckte gerade die Tische auf der Terrasse, als er sah, wie sie in Richtung Parkplatz verschwand, ihre Sandalen in der Hand. Sie winkte ihm zu, was er mehr als ein Auf Wiedersehen als ein Lebewohl verstand. Aber er wollte sich keine falschen Hoffnungen machen. Bis jetzt hatte ihm das Leben nicht besonders viele Geschenke gemacht. Also erhoffte er sich nichts allzu Schönes. Von Pfennigfuchsern erwartet man besser nichts. Das weiß er besser als jeder andere. Seine Eltern sind nie genau das gewesen, was man unter großzügigen Leuten versteht. Seine Eltern sind immer echte Arschlöcher gewesen. Doch am nächsten Tag tauchte sie wieder auf. Na ja, falls er nicht geträumt hat. Falls sein Gehirn ihm nicht einen Streich gespielt hat. Er geht in seine Bude und zieht sich aus. Macht sein Bett. Und da sieht er das Papier auf dem Nachttisch. Ein gefaltetes Blatt. Er faltet es auseinander. Da steht eine Telefonnummer. Nicht zu fassen. Verdammt. Er hätte fast vergessen, dass die Bullen sich hier herumtreiben und dass der Hund sich an genau der Stelle wie ein Verrückter gebärdet, an der man besser nicht allzu gründlich herumschnüffelt. Beinahe hätte er das ganze Chaos vergessen. Er geht unter die Dusche, um einen klaren Kopf zu bekommen. Kriegt einen gewaltigen Ständer, nur indem er an sie denkt, sich die Form ihrer Titten, ihren seidigen Arsch, ihren weichen Bauch vergegenwärtigt und, verdammt, ihre Augen, wenn er sie fickt, ihre Art, ihm direkt ins Gesicht zu blicken, sich an ihn zu klammern, als könnte er sie vor irgendwas retten. Sie dem Schlimmsten entreißen. Ohne Witz. Er. Retten vor was auch immer. Das ist wirklich zum Schießen. Er dreht das Wasser etwas heißer und denkt bei sich, dass er Antoine in gewisser Weise gerettet hat. Immerhin. Wenigstens das kann man ihm zugestehen. Vielleicht hat das ihn erlöst. Deswegen hat er sich das Geschenk verdient, das ihm in den letzten beiden Tagen gemacht worden ist. Ein vorgezogenes Weihnachten. Obwohl er doch zugeben muss, dass er es einfach nicht fassen konnte, als man ihm sagte, Antoine sei über den Berg. Es ist mies, zugegeben, doch einerseits war er dermaßen erleichtert und glücklich. Antoine. Sein Kumpel. Sein alter Kumpel. Der Einzige. Und auch die Klemme, aus der ihm das geholfen hat. Die Last der Schuld und all diese Dinge. Etwa dass du dich bis ans Ende deiner Tage nicht mehr im Spiegel betrachten kannst. Dass dir das die ideale Entschuldigung liefert, bis auf weiteres nichts als Scheiße zu bauen. Und was soll's, wenn du ihm alles in die Schuhe schiebst, was vorher war. Jeff ist nicht blöder als die anderen. Er weiß sehr genau, dass Antoine ihm dadurch, dass

427

er aufgewacht ist, nicht nur den Kummer darüber erspart
hat, ihn zu verlieren, sondern auch darüber, dafür verantwortlich zu sein. Andererseits muss man den Tatsachen
ins Gesicht sehen, dass er aufgewacht ist, öffnet auch noch
viel größerem Ärger Tür und Tor. Im Augenblick erinnert
er sich offensichtlich an nichts. Aber es gibt nichts Unzu-
verlässigeres als das Gedächtnis. In der einen wie in der
anderen Richtung. Es kommt und geht. Er kann ein Lied
davon singen. Er vergisst ganze Stücke seines Lebens. Und
andere, die er für immer begraben geglaubt hatte, setzen
sich plötzlich in seinem Schädel fest, und er kann sie mit
nichts verscheuchen, außer sich einzureden, dass es Lü-
genmärchen sind. Er stellt die Dusche ab, und nachdem er
sich angezogen hat, überprüft er, dass er nicht geträumt
hat. Dass auf dem Nachttisch tatsächlich ein gefalteter
Zettel liegt. Die Schrift ist leicht geneigt. Wenn er auf sich
hörte, würde ihn selbst die Art, wie sie Ziffern auf ein
Blatt Papier schreibt, verrückt machen. Er kann nichts dagegen tun, dass sein Geist losgaloppiert, dass er sich bereits ein Leben mit ihr, Kinder, ein Haus, Reisen, Hotels
und den ganzen Rest vorstellt. Er weiß, dass er sich bremsen muss. Dass er nicht verrückt spielen darf. Dass er ihnen mit seinen Dummheiten immer Angst macht. Dass er
immer wie ein durstiges Tier wirkt und dass sie das erschreckt. Übrigens wird er sie heute Abend anrufen. Oder
morgen.

Er geht in den Speisesaal. Einige Tische sind noch nicht
abgeräumt. Und der Boden ist ekelhaft. Er muss auch die
Terrasse vorbereiten. Draußen ist die Sonne hinter dem
Massiv hervorgekommen. Das grelle Licht macht ihn benommen. Alles funkelt und verursacht ihm Kopfschmer-

zen. Und das Meer versengt seine Netzhaut. Er spürt, wie sie verbrennt. Vielleicht schmilzt sie sogar. Er schließt für einen Augenblick die Augen. Reibt sie, damit sie aufhören zu brennen. Die Luft riecht intensiv nach Algen und Meerestiefe. Er hat das Gefühl, Salz zu schnüffeln. Hier, genau an diesem Ort zu sein macht ihn manchmal fast glücklich. Er hat das Gefühl, mit alldem eins zu werden. Mit der weiten Salzwasserfläche. Dem Sand, der von Muscheln und Glimmerstückchen übersät ist. Dem Harz, das die Kiefern ausschwitzen. Manchmal wird ihm bewusst, wie sehr er dazu gehört. Wie sehr er damit verbunden ist. Manchmal denkt er bei sich, dass es sehr einfach wäre, eine Art Weisheit zu erlangen. Dass er fast ein Zenbuddhist werden könnte. Was stimmt nicht mit ihm? Was hat ihn immer daran gehindert, genau das zu sein, von dem er wusste, dass er es sein muss? Was treibt ihn ständig, einen Schritt zur Seite zu machen? Und vorzugsweise den falschen. Man könnte fast meinen, er habe tief in seinem Innern eine Vorliebe für das Scheitern. Als hätte man an der Basis einen Stromkreis zerstört und das würde bei jeder Gelegenheit seinen Geist verwirren. Er lässt die Augen geschlossen, und alles kehrt sich um. Das Geräusch des Meeres zieht sich zurück, und er hört es nur noch im Hintergrund. Der Hund, der immer noch wie ein Blöder bellt, und die Stimmen der Typen, die überall herumschnüffeln. Er geht über die Terrasse und auf die Kiefern zu. Durchquert den kleinen Wald, den die dichtgedrängten Kiefern über der orangefarbenen, von verbrannten Nadeln übersäten Erde bilden. Dahinter gibt es bis zur zwei Kilometer entfernten Straße nur noch ein Durcheinander von Sträuchern und Felsen. Er braucht sich nicht einmal mehr auf die Stimmen und das Bellen des Köters zu verlassen. Er weiß genau, wo sie sind. Er geht schneller. Schweißperlen auf seinen Schläfen. Warum schwitzt er immer so? Bei jeder Temperatur. Sobald sein Herz wie wild zu schlagen beginn, perlt es an den Haarwurzeln. Als hätte er Fieber.

Der Hund führt sich auf wie ein Schwachsinniger. Und sie beobachten ihn lachend. Das dumme Tier scharrt die Erde auf.

»Ein ulkiger Köter«, sagt einer der Bullen.

»Wenn diese Hunde von ihrem Herrchen getrennt sind, werden sie plemplem«, erwidert Grindel.

Sie machen kehrt und lassen Chet im Staub graben. Jeff kehrt ebenfalls ins Restaurant zurück. Es fällt ihm nicht leicht, aber er weiß, was er zu tun hat. Heute Nacht wird er sie an einen anderen Ort bringen. Er hat sogar schon eine Idee. Hinter der alten Zisterne. Wo die Wildschweine sind. Allein schon beim Gedanken daran wird ihm übel. In welchem Zustand werden die beiden Typen sein? Nach wie vielen Tagen wird es dort unten wirklich eklig? Wie tief wird er graben müssen, um Ruhe zu haben? Man kann nie tief genug graben. Nie tief genug. Er sieht die Szene bereits vor sich. Die beiden Körper unten im Loch. Und der Hund festgebunden bei ihnen. Es wird dunkel sein. Er wird nicht sehen, wie die Augen des Tiers ihn flehentlich anblicken, wenn er ihm die ersten Schaufeln Erde ins Gesicht schleudert.

23

ANTOINE

Er hört sein Herz in seinem Kopf schlagen. Das und sein Atem nehmen allen Raum ein. Das Geräusch der Schlösser, die Betonmauern und die vergitterten Fenster, das bleibt zurück. Die Kerle, die sich auf den Bänken unterhalten, die anderen, die, einen Ball in der Hand, zwischen den beiden Basketballkörben hin und her laufen, das bleibt zurück. Die Wärter, der Geschmack von Scheiße, den er immer noch im Mund hat, und alles, was ihm Bauchgrimmen verursacht und ihn nervt, das geht vorbei. Es geht immer irgendwann vorbei. Er läuft, und nach einer Weile hört er nur noch seinen Herzschlag. Sein Blick trübt sich, und alles verwandelt sich in einen grauen, je nach Sonneneinstrahlung mehr oder weniger hellen Brei. Manchmal wird alles zu einer großen silbrigen Masse. Er vergisst das Urteil, das näherrückt, und die Zeit, die er hier oder anderswo, in einem anderen Gefängnis einer anderen Gegend anderen Zellen einem anderen Hof hinter anderen Gitterstäben, wird absitzen müssen. Er vergisst Marion und Nino. Er läuft bis zur Erschöpfung. Hat mit dem Boxen angefangen. Stemmt Gewichte. Bis sein ganzer Körper brennt. Sein Gehirn zu Asche wird. Eine andere Methode hat er nie gekannt. Liegestütze in der Zelle. Bis er durchdreht. Und die anderen halb verrückt macht. Sie können ihn alle mal. Jedenfalls ist er nicht sicher, ob er durchhält. Irgendwann muss das alles ein Ende haben. Manchmal wäre es ihm lieber gewesen, er wäre nicht mehr aufgewacht. Manchmal wäre es ihm lieber gewesen, er wäre bei seiner Mutter geblieben, dort oben oder unten, irgendwo, wo, weiß er nicht, ein Ort weiß wie konzentriertes Licht, eine schneebedeckte Ebene, wo du nicht frierst, eine Eiswüste bei zwanzig Grad Celsius.

Ein Wärter brüllt seinen Namen. Besuch! Dieser Kerl mag ihn. Er war früher immer im Stadion gewesen. Redet bei jeder Gelegenheit mit ihm über die Mannschaft. Schade, dass sie als Gegner Paris Saint-Germain gezogen haben. Schade, dass Antoine nicht rechzeitig wieder auf dem Damm gewesen ist. Schade, dass er so große Scheiße gebaut hat. Sie wurden 4:1 geschlagen. Zlatan mal vier. Verdammt, trotzdem war es was Besonderes. Sie spielten in Nizza, weil ihr Stadion für so ein Spiel zu klein war. Das hätte er gerne gesehen. Das Stadion überfüllt mit außer Rand und Band geratenen Parisern. Zlatan persönlich schaute verächtlich auf sie herab, als wären sie ganz gewöhnliche Gartenzwerge. Ein Gemetzel. Immerhin hielten sie eine Halbzeit durch. Eine Halbzeit gegen solche Typen ist gar nicht übel. Elf in der Defensive. Die sich wie Verhungernde auf jeden Ball stürzten. Nach 45 Minuten waren sie vollkommen ausgelaugt. Wohingegen die anderen gerade mal ihre Aufwärmphase beendet zu haben schienen. In der zweiten Halbzeit begannen sie zu spielen. Das muss man gesehen haben. Sie liefen doppelt so schnell. Schossen doppelt so stark. Ihre Füße zogen das Leder magnetisch an. Der Typ hofft, dass PSG wenigstens das Finale gewinnt. Damit die Ehre gerettet ist. Denn alles andere ist seitdem die reinste Katastrophe. Die Jungs sind nicht mehr da. Haben drei Spiele hintereinander verloren. Der Aufstieg in die Nationalliga ist für'n Arsch.

»Du wirst sehen, nächstes Jahr werden sie ohne dich wieder absteigen. Wenn es so weitergeht. Wenn du die Kerle sehen könntest, sie wirken, als wären sie endgültig allegemacht worden. Wie Fische auf dem Trockenen. Auf dem Rasen pfeifen sie aus dem letzten Loch. Starren ins Leere. Als wären sie aus einem zu schönen Traum aufgewacht, demgegenüber das Leben ihnen dermaßen fade vorkommt, dass sie keine Lust auf gar nichts mehr haben.«

Antoine hört seinem Philosophieren zu, während er eine Gittertür nach der anderen öffnet. An den Zellen vorbei bis zu den Gemeinschaftsräumen. Die Duschen. Nach einer weiteren Gittertür die Bibliothek. Die Krankenstation. Noch eine Gittertür und dahinter der Raum der Wärter und die Büros der Gefängnisleitung. Rechts die Besuchszimmer. Er tropft vor Schweiß, stinkt auf tausend Meilen gegen den Wind nach totem Bär. Er hätte gern geduscht. Vermieden, sich in diesem Zustand zu präsentieren. Vor allem, wenn es Sarah ist. Oder Marion.

»Wenigstens kann man sagen, dass du Besuch bekommst, mein Alter. Es ist schön, von so vielen Leuten umgeben zu sein.«

Vielleicht hat er ja recht. Vielleicht ist das so eine Art Lehre. Dass all diese Leute so zu ihm halten. Trotz dem, was er ihnen alles angetan hat. Trotz dieses kompletten Farbfächers, den zu betrachten er sie seit seiner Kindheit zwingt. Angefangen mit seinem Vater. Der weitere zehn Jahre gealtert ist. Als ob das möglich wäre. Die Falten graben an manchen Stellen so tiefe Furchen in sein Gesicht, dass man sich fragt, ob sie nicht irgendwann den Knochen berühren. Er hat noch mehr abgenommen. Er sagt, dass er sich um den Kleinen kümmere. Dass er aufhören müsse, Scheiß zu bauen. Dass Nino ihn unbedingt sehen wolle, dass er begriffen habe, was ein Gefängnis ist, dass man ihm erklärt habe, warum er hier drin sei, und dass er sich nicht davon abbringen lasse. Sie nerven ihn alle damit. Louise, klar. Und selbst Éric, seit sie zusammen sind. Säße er nicht auf der anderen Seite der Scheibe, würde er ihm mit Sicherheit die Fresse polieren. Obwohl dem Erstbesten die Fresse zu polieren ihm in seinem Leben nicht wirklich Glück gebracht hat. Obwohl ihn das nicht sehr weit gebracht hat. Zwischen vier verdammte Wände. Nicht sehr weit, nein. Seit er sich für seinen Schwager hält, kommt Éric alle zwei Tage. Manchmal mit Louise. Manchmal ohne sie. Er hat Nino unter seine Fittiche genommen. Und er redet. Und verdammt, wie er redet. Während der ganzen Besuchszeit übergießt er Antoine mit einer ununterbrochenen Flut von Worten. Manchmal spielt er den Trainer. Dann wieder den großen Bruder. Manchmal möchte Antoine ihn zum Teufel schicken. Macht sich über ihn lustig. Erwidert, Yes coach. Nennt ihn Coach Taylor. Wie der Typ in *Friday Night Lights*. Aber die Anspielung scheint auf taube Ohren zu stoßen. Ich sehe nicht fern, sagt er. Ich auch nicht viel, aber da verpasst du was, Alter. Er hat irgendwann angefangen, die Serie zu sehen. Im Grunde gefällt es ihm ganz gut, sich mit Coach Taylor zu identifizieren. Deshalb nennt er Antoine Riggins. Das verstehe, wer wolle. American-Football-Geschichten. Nichts Wichtiges. Sie können ihn nerven, soviel sie wollen. Der

Kleine wird nicht herkommen. Und damit basta. Das ist kein Ort für ihn. Ausgeschlossen, dass er seinen Vater inmitten all dieser Loser sieht, die von Typen eingesperrt werden, die auch nicht besser sind. Er sagt es ihnen jedes Mal wieder; obwohl es ihm in Wahrheit das Herz zerreißt, dass er Nino das angetan hat, wenn er daran denkt, was das bedeutet, hat er einfach nicht die Kraft, seinen Blick zu ertragen. Und darin all das zu sehen, was er zerstört hat. Die Katastrophe, die er ausgelöst hat.

»Und wenn du lebenslang bekommst? Hm? Was dann? Soll dein Sohn sich dann damit abfinden, dass er keinen Vater mehr hat? Antoine, Scheiße.«

Louise hat immer Tränen in den Augen, wenn sie ihn so ins Gebet nimmt. Er weiß, dass er sie diesmal vernichtet hat. Zerstört hat. Wären da nicht Éric und die hübsche kleine Wohnung, die sie gerade gemietet haben, wäre ihre Flasche von Lkw-Fahrer nicht irgendwo unterwegs im hintersten Polen oder anderswo, für immer weit weg von ihr, würde sie möglicherweise vollends zusammenbrechen. Ihn vielleicht ebenfalls fallen lassen. Aber so ist es eben. Das Glück verleiht Superkräfte. Wie Spinat.

Sarah ist optimistischer, wenn sie kommt. Sie sagt, er würde mit einem blauen Auge davonkommen. Der Richter werde die mildernden Umstände berücksichtigen. Seine Abhängigkeiten, den Angriff auf ihn, das Koma. Sein verständliches, wenn nicht sogar entschuldbares Bedürfnis nach Erklärung, nach Auseinandersetzung mit dem Typen, den er auf die eine oder andere Weise für verantwortlich hielt. Und wie die Sache aus dem Ruder gelaufen war. Dass er es nicht gewollt hatte. Die Wirkung der Medikamente, der Einfluss der Nachwirkungen. Trauma, neuronale Netze. Dieses ganze Zeug. Ein ganzes Bataillon von Experten beschäftigt sich damit. Antoine nickt. Aber die Wahrheit ist, dass Florian tot ist. Dass seine nette Braut jetzt allein dasitzt mit einem Kind, das er hätte aufwachsen sehen sollen. Die Wahrheit ist, dass das alles ein solcher Schlamassel ist, ein solcher Horror, der auf so vielen Fehlern, einem solchen Berg von Scheiße beruht, dass ein Teil von ihm nicht aus dem Kopf kriegen kann, dass er das verdient hat. Dass er blöd genug war, diesen Typen am Stadioneingang abzupassen. Dass er so besoffen war, dass er ihn provoziert hat, obwohl der andere immer wieder sagte, er sei unschuldig, das habe nichts mit dem Spiel zu tun, sollten irgendwelche Leute sich in den Kopf gesetzt haben, ihn zu rächen, so habe er nichts davon gewusst, und er habe tagelang alle befragt, sich überall erkundigt. Wären der Klub, Spieler oder Fans darin verwickelt, wäre letzten Endes etwas durchgesickert, und er hätte es erfahren. Er redete auf ihn ein, doch Antoine sah und hörte nichts, er stand in Flammen, und ein roter Dunst vernebelte ihm Blick und Verstand. Schließlich verpasste er ihm eine Gerade, und der Typ stürzte unglücklich nach hinten. Scheiße, seit wann kann man einfach so sterben, indem man rücklings auf den Bordstein fällt? Seit wann genügt ein dünner Faden Blut, der aus dem Hinterkopf rinnt, dass das Leben vollkommen aus einem entweicht und man nur noch ein bereits verwesender Haufen Knochen und Fleisch ist? Was er auch wissen möchte, ist, wer ihm diese doppelte Gemeinheit angetan hat. Ob es irgendwo jemanden gibt, der sich gesagt hat, Na, den wollen wir jetzt mal kräftig verarschen. Ob es jemanden gibt, der sich damit amüsiert hat, sein Gehirn auf die falsche Frequenz einzustellen und gleich danach wieder auf die richtige. Sobald dieser arme Kerl tot und das Baby Waise ist. Sobald er im Loch sitzt. Verdammt. Hatte das nicht früher zum Vorschein kommen können?

Er setzt sich vor die Scheibe, und vor ihm sitzt Jeff. Er ist ein bisschen enttäuscht, denn er hat Sarah erwartet, obwohl er nicht so recht versteht, wieso sie so viel Zeit hier bei ihm verbringt, obwohl es ihm eher weh als guttut, sie so aufgelöst zu sehen, als wäre er ihr lieber Mann, der im Knast sitzt, ohne sie in die Arme nehmen und ihr die Zunge zwischen die Zähne oder manchmal sogar anderswohin stecken zu können. Er kapiert einfach nicht, welchen Film sie in ihrem Kopf abspult, in welcher verdammten Serie sie sich glaubt. Ihr sagen, dass sie sich zu lange geweigert hat, den Tatsachen ins Auge zu sehen. Dass sie zusammen sein sollten. Dass sie füreinander geschaffen sind. Moment mal. Jetzt, wo er im Knast ist, jetzt, da er aus bestialischen Scheißrachegelüsten einen Typen getötet hat. Oh. Ernsthaft. Dreht er jetzt völlig durch?

»Wie geht's, Alter?«

»Geht so.«

»Hast du Grindel gesehen?«

»Ja. Gestern.«

»Und was wollte er?«

»Na, rat mal. Mehr erfahren über das, was er in der Akte gelesen hat und was ihm nicht zur Kenntnis gebracht worden war, hat er gesagt.«

»Und was hast du ihm erzählt?«

»Das Gleiche wie dem Anwalt ... Tut mir leid, Jeff. Ich weiß, dass ich Scheiße gebaut habe. Aber verdammt, ich schwör dir, wenn sie die Typen schnappen, die mir das angetan haben, werde ich nicht weinen.«

»Was hast du ihm genau gesagt?«

»Nur dass, seit ich hier bin, die Erinnerung stückweise zurückgekommen ist. Dass sich Bilder eingestellt haben. Dass es nur verdammte Puzzleteile sind, aber dass ich beim Streichen gewesen bin, als diese Typen gekommen sind und angefangen haben, ihre Kanister um die Wohnwagen herum zu leeren. Dass sie überhaupt nicht wie Florian ausgesehen haben. Dass ich sie gefragt habe, was zum Teufel sie da tun würden, und dass sie nach Baseballschlägern gegriffen haben. Und mich verfolgt haben. Und peng. Sonst nichts.«

Jeff wirkt dermaßen zerstreut da vor ihm. Dermaßen hilflos, dass Antoine sich fragt, wer auf welcher Seite im Besucherzimmer sitzt. Dieser Typ hat ihm das Leben gerettet, Scheiße. Dieser Typ hat ihm das Leben gerettet, und er macht sich noch immer Vorwürfe, weiß der Teufel weswegen. Weil er zu spät gekommen ist? Weil er die beiden Typen hat entwischen lassen? Weil er es nicht geschafft hat, die Knarre loszuwerden, mit der er sie bedroht hat? Weil er ihn auf einer Bank vor dem Krankenhaus hat liegen lassen, anstatt ihn hineinzubringen, wie es sich gehört? Scheiße. Was hätte er denn sonst tun können? Dass er sich danach solche Gedanken macht, kann Antoine durchaus verstehen. Anfangs wollte er nichts sagen. Keine Aussage machen. Es handelte sich ja nur um Bilder, die ihm durch den Kopf schwirrten. Und warum sollte er ihnen mehr trauen als den anderen? Außerdem war alles verschwommen. Und als Grindel ihm noch einmal die Fotos der beiden Typen vom Lager gezeigt hat, von dem berühmten Freddy und seinem Kumpel Lucas, ganz ehrlich, da war er sich nicht sicher. Ja, vielleicht sind sie es. Vielleicht auch nicht. Eher nicht. Die Gesichter in seinem Kopf waren undeutlich, aber er hatte nicht das Gefühl, dass sie denen ähnelten. Und erst recht nicht Florian. Da ist er sich sicher. Es ist zu spät, aber jetzt ist er sich sicher. Klar, dass er Jeff damit nicht hilft. Dass er sich nicht wirklich angemessen revanchiert hat. Scheiße. Er kann doch diese Typen nicht so leicht davonkommen lassen. Grindel hat gesagt: Ich brauche alles. Alles, was wir haben. Das geringste Detail kann entscheidend sein. Und als Antoine dann endlich auspackte, sagte er: Interessant. Die beiden Typen. Die Kanister. Interessant. Sonst nichts. Immerhin genug, um die Ermittlungen wieder aufzunehmen. Aber Jeff hat Antoine nicht erwähnt. Schlimmstenfalls betrifft ihn das nur indirekt. Denn die Typen wollten den Campingplatz von Perez niederfackeln, was bedeutet, dass es sich wirklich um eine dreckige Sache handelte, dass sie in den Geschäften des Dicken werden herumschnüffeln müssen und dass man zwangsläufig nicht ganz saubere Dinge finden wird, und das ist für niemanden gut. Und vor allem nicht für diejenigen, die wie Jeff für ihn arbeiten. Direkt oder indirekt.

»Sag mal, hast du Chet gefunden?«

»Nein, Mann. Er ist verschwunden. Vermutlich jagt er Wildschweine in der Macchia. Oder er treibt sich hier irgendwo herum. Angeblich können Hunde ihr Herrchen überall finden.«

»Ja. Vielleicht gräbt er sogar einen Tunnel.«

Antoine lacht, aber Jeff lacht nicht mit. Manchmal weiß er nicht so recht, was in Jeffs Kopf vorgeht, aber manche

Themen, manche Sätze haben die Macht, ihn sofort zu demoralisieren. Ihm innerhalb von drei Sekunden die Tränen in die Augen zu treiben.

»Was ist los? Habe ich was Dummes gesagt?«

Jeff blickt auf seine Uhr. Er muss gehen. Das Restaurant öffnet heute. Er muss die Terrasse vorbereiten. Draußen ist Hochsommer. Massenhaft Touristen. Dieses Jahr sind viele Urlauber gekommen. Das ist gut. Es herrscht Hochbetrieb.

»Also, mein Alter, pass auf dich auf.«

»Du auch, Alter.«

»Jeff?«

»Ja.«

»Sag mal, die beiden Typen mit den Baseballschlägern.«

»Was?«

»Na ja, keine Ahnung. Haben die sich auch in Luft aufgelöst?«

Jeff antwortet nicht. Er geht und lässt Antoine auf seinem Stuhl zurück. Der Wärter hinter ihm bedeutet ihm, dass es Zeit ist, in die Zelle zurückzukehren. Antoine steht auf. Verdammtes Scheißpuzzle. Er wünscht sich so sehr, die Teile würden zusammenpassen. Um einen klaren Kopf zu bekommen. Er spürt, dass Jeff ihm nicht alles gesagt hat. Dass er sich wegen irgendwas Vorwürfe macht. Dass er sich das Gehirn zermartert. Und all das Geld, das er dem Alten für Nino gegeben hat. Als Antoine aus dem Krankenhaus kam, wollte sein Vater es ihm zurückgeben, aber Jeff wollte nichts hören. Er hat wieder einen seiner Panikanfälle bekommen. Psychokram. Wenn er so ist, macht er einem wirklich Angst. Wirklich.

Antoine kehrt in seine Zelle zurück. Denkt bei sich,

dass er hier wohl nicht allzu lange vermodern wird. Dass er früher oder später eine Lösung wird finden müssen. Angesichts der Strafe, die ihm droht, bieten sich nicht gerade viele an. Er streckt sich auf seiner Pritsche aus. Er wünscht sich nichts sehnlicher, als bei seiner Mutter zu sein. Sie um Entschuldigung zu bitten. Um Entschuldigung. Um Entschuldigung dafür, dass er immer nur Mist gebaut hat. Um Entschuldigung dafür, dass er alles mit Füßen getreten hat. Seine Begabungen. Die Zärtlichkeit, mit der man ihn verwöhnt hat. Das Vertrauen, das man ihm trotz allem geschenkt hat. Um Entschuldigung dafür, dass er Scheiße gebaut hat. Eine Riesenscheiße. Und das gründlich.

INHALT

1 ANTOINE 7

2 MARION 25

3 PAUL UND HÉLÈNE 41

4 MARCO 55

5 SARAH 73

6 CORALIE 89

7 DELPHINE 107

8 SERGE 127

9 ANOUCK 151

10 ÉRIC 171

11 ALEX 191

12 LAURE 211

13 CLÉMENCE 229

14 LÉA 253

15 FLORIAN 273

16 LOUISE 291

17 PEREZ 313

18 MÉLANIE 337

19 DIE MANNSCHAFT 351

20 CÉCILE 377

21 GRINDEL 397

22 JEFF 417

23 ANTOINE 431